元禄名家句集略注

冨尾似船篇

伊藤善隆・竹下義人
池澤一郎・佐藤勝明
玉城　司　著

新典社

はじめに

雲英末雄先生が亡くなられてから、もう十七忌の年を迎える。往事茫々とはいうけれども、先生の思い出は今も鮮明である。最後にお声を聴いたのは、電話でのことであった。それからほどなくして、短い御手紙と一緒に依田学海の『墨水二十四景記』上・下という線装の漢文随筆をご投恵下さった。御手紙にはしっかりとした字で「まだまだ病気との格闘は続きます」と記されていたのに、数日後には訃報が届く。

先生五十歳前後のお元気な頃はよく飲みに連れて行って下さった。芭蕉に関する卒業論文の口頭試問の折に、「君は東京下町の生まれだから、よい店を知っていたら案内してね」とおっしゃったので、不遜にも其の頃塾講師の同僚とよく利用していた浅草千束町の『石松』という居酒屋にご案内申し上げた。ガッツ石松に似た店主とふくよかな女将さんが切り回す店であったが、先生はえらくお気に召されて、ある時などは研究室で「今日は猛然と『石松』で飲みたい気分だ」とおっしゃることもあった。

この度、先生の研究室で学んだ先輩、玉城司先生、竹下義人先生、佐藤勝明先生、後輩伊藤善隆さんのお導きとご尽力で、本書『冨尾似船篇』が刊行される。雲英先生が若き日に情熱を傾けられた元禄京都俳壇の一角を占める逸材の発句を集成し、訳注を施したものである。当方は文字通り末席を汚すだけであったが、四氏に導かれて、お手伝いさせていただいたことは、雲英先生の研究室を現在使わせていただいている者として嬉しい限りである。先生の替わりにこの本を携えて、『石松』で天上の先生に献杯したい処だが、『石松』も店をたたんでしまって久しい。

令和六年十月六日

池澤一郎　拝

目次

冨尾似船略歴

似船は寛永六年（一六二九）生まれで、京の人。冨尾氏。本名は重隆で、俳諧師としてはこれを初号とし、後に似船と改号した。別号に蘆月庵、似空軒二世、柳葉軒がある。二十代なかばころまでの俳諧活動については未詳だが、明暦二年（一六五六）、二十八歳のときに刊行された令徳編『崑山土塵集《こんざんどじんしゅう》』に重隆として発句七句が収録され、これが現在確認できる俳書への最初の入集である。また、同年には貞室編『玉海集《ぎょっかいしゅう》』にも六句が入集している。俳諧の師匠は貞門の似空軒安静（荻野氏）であった。万治二年（一六五九）以降、寛文九年（一六六九）までに刊行された安静の歳旦三物に同座していることもそのことを裏付ける。寛文五年（一六六五）に重隆から似船へと改号し、この年に最初の撰集にあたる四季類題発句集『蘆花集《ろかしゅう》』を刊行した。その序文の年記部分によると、このときすでに出家していた事実が判明する。寛文九年は、師の安静が亡くなった年だが、その後の似船は、延宝二年（一六七四）、安静の編で刊行が延びていた『如意宝珠《にょいほうしゅ》』を上梓へと導き（柳葉軒似船として序文を草す）、同四年には安静の七回忌追善百韻を興行し、翌五年には安静筆録の仮名草子『宿直草《とのいぐさ》』にも序文を寄せるなどして師恩に報いた。

かくして似船は、明暦から寛文にかけて貞門俳人として着実な歩みを進めた。その俳諧は掛詞・縁語・もじり・古典のパロディなどを駆使した貞門俳諧の典型的な作風を示していた。延宝四年（一六七六）には仮名草子『石山寺入《いしやまでらいり》相鐘《あいのかね》』を刊行するが、とりわけ注目すべきことといえば、この延宝期に入って間もなく、当時の新風として台頭していた宗因風（談林俳諧）へと自身の俳風を大きく変えたことであった。延宝五年（一六七七）刊の『かくれみの』は、京俳人の作品を中心に構成された似船の手になる撰集だが、本書によれば、貞門俳諧からの転向がはかられたことが認められる。全体として宗因風らしい誇張表現によって滑稽性を強調する傾向を示しながら、似船の特徴の一つとしては仏語（釈教）の多用が指摘できる。なお、このころの逸書に『独吟大上戸《どくぎんおおじょうご》』（延宝四年）、『火吹竹《ひふきだけ》』（同七年）などがある。以後、似船も含めた宗因風を標榜する俳人たちは、守旧派貞門の随流などから異風と見なされて非難を浴びたりしたが、似船は延宝九年（天和元年／一六八一）に『安楽音《あんらくのこえ》』を刊行することで、さらなる新境地を開示した。本書は諸家の発句・付句・連句を収録する横本四冊からなり、しかも全体が漢詩文調で仕立てられているという大胆かつ徹底した姿勢が打ち出された撰集であった。このことから、天和期に京・江戸俳壇内で顕著に見られた漢詩文調句、極端な字余り句や破調句の流行の先駆けとなった撰集として注目された。ただし、本書で試みられたような新奇な趣向・技法は一過性の表面的なものに留まり、それ以上の深化を見せることはなかった。

貞享元年（一六八四）に父が逝去。貞享期における似船の俳諧活動に大きな動きはなかったが、六十歳を迎えた元禄期に入って再び活発化する。元禄二年（一六八九）に『苗代水《なわしろみず》』、同四年に『勢多長橋《せたのながはし》』、同七年に『堀河之水《ほりかわのみず》』、同十年に『千代の睦月《ちよのむつき》』などが似船の撰集として相次いで刊行され、いずれも大部なものであった。なお、『苗代水』『勢多長橋』『堀河之水』には、版下筆工として嘯琴（孤松軒、冨尾左兵衛）の名を明記するが、この人物については似船の一族と見られている。当代における似船は、俳諧師としての俳壇的地位を不動のものにするとともに、その作品も景気を主とした元禄俳諧らしい平明で落ち着いた句風を示すようになった。また、先の『苗代水』が雑俳前句付撰集であったように、元禄期に入ってから雑俳化が進行した前句付俳諧の点者としての活動も多く見られた。こうして貞門から談林を経て、継続的かつ旺盛な活動を展開し、京を代表する有力な元禄俳人の一人となった。宝永二年（一七〇五）七月十六日没（墓碑銘）、享年七十七。墓碑は京都市東山区の大谷本廟に現存する。

（この略歴は雲英末雄著『元禄京都俳壇研究』（勉誠社　昭和60年）所収の似船関係の諸論と同編『元禄京都諸家句集』（勉誠社　昭和58年）所収「冨尾似船篇」の年譜をそれぞれ参考にしてまとめた）

注釈

凡　例

一、本書は雲英末雄編『元禄京都諸家句集』（勉誠社　昭和58年刊）の「富尾似船篇」に基づき、全句に略注を施したものであり、同書を「原本」、各句を収める俳書等の資料を「出典」と呼称する。

二、原本で各句に付けられた番号は、同一句にも別番号が付されているので踏襲せず、新たに番号を付け直した。同一句は初出のもので代表させ、【備考】に他書の情報を記した。

三、それぞれの句の下に出典とその刊行年を記した。出典の表記は原本に従うことを原則としつつも、『俳文学大辞典』や私見により改めた場合がある。書名の角書（「俳諧」「誹諧」など）は基本的に省略し、省くと他の書名と紛らわしくなる場合などに限り、普通の字の大きさでこれを加えた。

四、句形・前書については原則として原本の表記に従った。ただし、次のような変更を加えた。

イ、常用漢字以外の漢字などには、原則として現代仮名遣いで振り仮名を付けた。原本や出典にある振り仮名については、【語釈】でそれを示した。

ロ、音読や訓読の記号は原本のままとした。

ハ、異体字・俗字は原則として使用しないこととしたが、一部の漢字は原本・出典のままとした。

ニ、くり返し記号（ヲドリ字）は原則として「々」以外は使わず、現行の表記に改めた。

ホ、仮名遣いは原本通りとした。

五、本書の本文中に記した月はすべて旧暦のものとした。

六、【句意】の末尾に句の季節と季語を記した。特定の季語がない場合は、前書や句意によって判断した。なお、句意が理解しにくいと判断される場合は、句意と季節「季語」の間に簡潔に解説をした。

七、【語釈】の説明は基本的に『日本国語大辞典』『時代別国語大辞典』などによった。説明中に和歌など古典文学作品を引用する際は、歴史的仮名遣いに従った。漢詩文の引用は原則として書き下しにした。

八、【備考】では必要に応じて、他書に入集するなどの情報や上記の不足、長文の前書の大意などを記した。

九、五四一番句の『俳諧年中行事』は未見のため、原本に従って掲載した。

十、本書の【語釈】等にしばしば用いる延宝四年（一六七六）刊の『俳諧類船集』は、梅盛著の俳諧付合語辞書とも言うべきもので、当時の人々の連想範囲を探る上で有益なものである。本書では『類船集』の略記によって用い、同書についてのいちいちの説明はしないこととした。

十一、作品中には今日的観点から好ましくない表現が散見されるも、資料的価値を尊重してそのまま活字化した。

十二、本書は五人の共同作業として相談しながらまとめたものであるが、一応の執筆分担を示せば以下の通りとなる。

一～一〇九	出典俳書略解題	伊藤善隆
一一〇～二一六	冨尾似船略歴	竹下義人
二一七～三一八	はじめに	池澤一郎
三一九～四二〇・五四二	冨尾似船年譜	佐藤勝明
四二一～五四一	索引・あとがき	玉城　司

一　出《いで》て見よきもんつぶす程《ほど》比叡《ひえ》の雪　　　　　　　　　　　　　　　　（『崑山土塵集《こんざんどじん》』明暦2）

【句意】外に出て見よ、都の鬼門にあたる比叡山《ひえいざん》をつぶすかと肝をつぶすほど、たくさん雪が降っている。冬「雪」。

【語釈】○きもん　鬼門とは東北の方角で、そこから禍が入って来ると考えられ、京都の鬼門を守るのが比叡山延暦寺であるとされた。ここでは、「鬼門」と「肝」を言い掛ける。○比叡の雪　比叡山に降った雪。

二　綿ならばたばねん一把《いちわ》庭の雪　　　　　　　　　　　　　　　　（同）

【句意】綿ならば一把束ねてみたいと思わせるほどに、真っ白で綺麗な庭の雪であるよ。冬「雪」。

【語釈】○綿　真綿、木綿などの総称。衣類、布団などに用いる。○把　束ねたものを数えるのに用いる語。

【備考】宗臣《むねしげ》編『詞林金玉集《しりんきんぎょく》』（延宝7）に入集。

三　くれた年の世の返礼は銀花哉《ぎんかかな》　　　　　　　　　　　　　　　　（同）

年の暮の雪を

【句意】暮れ行く年の世間への返礼は、銀貨ならぬ銀花であることよ。冬「くれた年」。

【語釈】○くれた　年が「くれた」と返礼を「くれた」は掛詞。○返礼　人から受けた礼や贈り物に対して行動や品物で報いること。また、その行動や品物。○銀花　銀色の花。また、装飾に用いる銀製の花。降る雪をたとえてもいう。

八重桜またしき比清水《ころきよみず》に参《まいり》けるに、かつ咲《さき》たる一木のもとに人おほかりければ

四　人たちは女の鬼か伊勢ざくら　（『玉海集《ぎょっかい》』明暦2）

【句意】この人たちはかの『徒然草』の「女の鬼」であろうか、集まる先が伊勢桜であるだけに。伊勢桜の「伊勢」から『徒然草』第五十段を連想して詠まれた句。春「伊勢ざくら」。

【語釈】〇清水　清水寺か。松岡玄達『桜品』に「地主桜　東山清水寺の内、北の方の上にあり。…伊勢桜、桐谷など皆八重の桜なり。此所の桜、遊屋《ゆや》と云《いう》謡曲にも載《のせ》て名高き木也」とあり、伊藤篤太郎『桜譜』（明治34）にも「ヂシユサクラ　地主桜　清水寺桜　古へ山州清水寺地主権現の神前にありとぞ。…花、寸余《すんよ》、重弁、白色」とあるように、清水寺の地主桜は八重咲きの桜だった。〇女の鬼か　『徒然草』第五十段の「応長の比、伊勢国より、女の鬼になりたるを率《い》てのぼりたりといふ事ありて」を踏まえる。〇伊勢ざくら　伊勢桜。サトザクラの園芸品種。地主桜と同じく八重咲きの桜。四月下旬、淡紅色の花をつける。

五　水色の雲井になくや土岐《とき》の鳥　（同）

【句意】水色の雲井に土岐の鳥、すなわち時鳥が鳴いていることだ。夏「土岐の鳥（時鳥）」。

【語釈】〇水色　桔梗の花を図案化した土岐氏の家紋で、色彩のある数少ない紋の一つ。「土岐ノ桔梗一揆、水色ノ旗」

『太平記』）。雲がある空の色であると同時に、土岐氏の家紋を掛けている。○雲井　雲のある所。大空。「雲井の鳥」は和歌などで常套的な表現。○土岐の鳥　時鳥の「時」と「土岐」を掛ける。

【備考】出典では「郭公」の題下に収められる。

六　虫の音《ね》や気の毒ならぬ鴆《ちん》ちろり　（同）

【句意】虫の音は、毒を持つ鴆ではなく、心地よいちんちろりというものだ。鳴き声の中に「ちん（鴆）」はあっても、決して心の毒にはならないということ。秋「虫の音」。

【語釈】○気の毒　自分の心に苦痛や困惑を感じること。不快に思うこと。「毒」が「鴆」を導く。○鴆ちろり　松虫・鈴虫などの鳴き声「ちんちろり」の「ちん」に「鴆」を掛けた。「鴆」は中国にいるという毒を持った鳥、またその鳥の羽にある猛毒。

七　雲に風や月に三五夜中《さんごやちゅう》のもの　（同）

【句意】雲を払う風は、月にとってはこの十五夜の忠義者ということになる。秋「三五夜」。

【語釈】○三五夜　陰暦十五日の夜。とくに八月十五日の夜。ここは白居易が遠方の地に左遷された親友の元稹《げんしん》を憶って詠んだ漢詩句「三五夜中新月の色　二千里外故人の心」（『和漢朗詠集』「八月十五夜付月」）を踏まえた。漢詩句の「新月」は、出たばかりの月。○中のもの　「忠の者」を掛けた。

八　夢でなし松茸生《はえ》る山のはら　（『玉海集』明暦2）

【句意】夢ではないぞ、松茸が山腹に生えているぞ。秋「松茸」。

【語釈】○山のはら　山の中腹、山腹。奥山に分け入って松茸を探す苦労もせず、山の中腹で松茸が採れたことは夢のように、ありがたい、ということ。『宇治拾遺物語』巻一の六「中納言師時、法師ノ玉茎検知事」に、煩悩を切り捨てたという法師の股を、師時が小侍に擦らせたところ、「松茸の大きやかなる物の、ふらふらと出で来て、腹にすはすはと打ち付けたり」とある。これを踏まえ、山の腹に生えている松茸を人体の腹に生えている玉茎と見立てて興じた句か。

【備考】出典では「茸」の題下に収められる。素外《そがい》編『古今句鑑《くかがみ》』（安永6）に入集。

九　ぜうになる炭や火桶のまどのゆき　（同）

【句意】白髪の老翁のようになっていく火桶の炭よ、火桶の窓から見えるその灰は窓の雪のように白い。すなわち、どちらも白いということ。冬「火桶・ゆき」。

【語釈】○ぜうになる　「尉になる」の意。炭が燃えて「小になる」と掛けるか。○火桶のまど　通気用の穴。蕪村にも「炭団法師火桶の窓より覗《うかが》ひけり」（『蕪村自筆句帳』）の句がある。○まどのゆき　中国の晋の孫康《そんこう》が雪明かりで本を読む苦労をしたという故事から、苦学することをいう成語。あるいは、作者が火桶で暖を取りながら読書をしていたことから発想したか。なお、炭を雪に見立てた句として、神野忠知の「白炭ややかぬ昔の雪の枝」（『佐夜中山集』）は有名。

【備考】出典では「埋火」の題下に収められる。

一〇　門松や峰もたいらの京の町

（『歳旦発句集』明暦・万治年間）

【句意】正月に門松を飾ることだよ、周囲の峰もさほど高くはなく、まさに平らかで静謐に治まる京都の町だよ。世が「平らかに治まる」ことと「平安京」の「平」の字を掛ける。春「門松」。

【語釈】○門松　正月に家の門口にたてる一対または一本の松。○たいらの京　平安京。

【備考】出典の『歳旦発句集』は、表紙屋（井筒屋）庄兵衛が寛永十六年から延宝二年までに成った諸家の歳旦発句（巻頭に「年代不知」の発句を掲出）を編集・刊行したもので、本句は「年代不知」の項にあり、原本は便宜的に「明暦・万治年間」の箇所に置くとする。

一一　天《あめ》が下にくる年玉や朝日影

（『歳旦発句集』万治３）

【句意】日本全国にくるお年玉のようなものだなあ、元旦の朝日の光は。春「年玉」。

【語釈】○天が下　空の下。高天原の下の意で、天下。日本全国。○年玉　新年を祝って贈る金品。「玉」は日輪が丸いことに掛ける。

【備考】出典では万治三年の項にある。

一二　神の春や鳥も朝くらの謳初《うたいぞめ》

（『歳旦発句集』万治４）

【句意】神様をお迎えしたおめでたい正月だなあ、朝も暗いうちから鳥も神楽歌の謡初《うたいぞめ》をするように鳴いている。春「神の春・謳初」。

【語釈】○神の春　神を迎えためでたい正月。○朝くら　神楽歌「朝倉」に「朝倉や木《き》の丸殿《まろどの》に我が居れば　我が居れば名告《なの》りをしつつ行くは誰」とあるのによる。「朝倉の声」で「名乗りの声」。「くら」は「倉」と「暗」の掛詞。○謳初　新年に謡曲のうたい始めをする儀式。ここは謡曲ではなく、神楽歌の謡初ということ。

【備考】出典では万治四年の項にある。

一三　書初《かきぞめ》の水茎《みずぐき》ぶりやけふの歌

（『歳旦発句集』寛文２）

【句意】見事な書初の書きぶりであるよ、新年に詠んだ歌のめでたさにふさわしく。春「書初」。

【語釈】○書初　新年に初めて毛筆で文字を書く行事。○水茎　筆跡。藤原定家「みづぐきのはかなきことをしるべにてけふせきかぬる袖のしがらみ」（『拾遺愚草員外』）など、「水茎」と「けふ」はしばしば組み合わせて詠まれた。そうした和歌を踏まえたか。○けふの歌　正月の歌。

【備考】出典では寛文二年の項にある。

祖母の追善に

一四　祖母《そぼ》降《ふる》は袖のなみだの時雨哉《かな》　（『鄙諺《ひげん》集』寛文2）

【句意】そぼ降るものは、祖母を思って袖をぬらす涙であり、時雨であることだなあ。冬「時雨」。

【語釈】○追善　死者の冥福を祈って仏事供養を営むこと。○祖母降　しとしとと細かい雨が降るさま。「そぼ降る」の「そぼ」に「祖母」の字を宛てた。貞門俳諧らしい言語遊戯。出典で「祖母」に「そぼ」の振り仮名。

一五　何を風の口ばしりてや夕時雨《ゆうしぐれ》　（同）

【句意】いったい何を風は口走ったのか、その風のせいで夕時雨になってしまったことだ。うっかりひどいことを言って人を泣かせてしまうことがあるが、あたかも泣き出したように雨が降ってきたこの空模様は、きっと風が何か嫌なことを口走ったためだろう、ということ。冬「夕時雨」。

【語釈】○何を　どういうことを。○風の口　風の吹いてくる所。風の吹き込む口。○口ばしりて　口走りて。思わぬことや言ってはならないことをうっかり言うこと。「風の口」と「口ばしりて」の「口」を掛ける。○夕時雨　夕方に降る時雨。「夕」に「言ふ」を掛ける。

一六　山路を行《いく》とて
ちる木葉《このは》猿まひごしや山嵐　（『鄙諺集』寛文2）

【句意】木の葉は猿が舞うような恰好で散ることよ、山嵐に吹かれて。「木葉猿」という言葉があるだけに、という洒落。冬「木葉」。

【語釈】○木葉猿　樹上を身軽に伝う猿。「ちる木葉」に「木葉猿」、「木葉猿」に「猿まひごし」を言い掛ける。○猿まひごし　猿舞腰。猿が舞をするときのような腰つき。へっぴり腰。○山嵐　山に吹く嵐。山から吹きおろす嵐。

一七　鞠《まり》をすける人の所望に
日にけぬるまり場の霜や葛袴《くずばかま》　（同）

【句意】日々に蹴っている蹴鞠場の霜は、蹴鞠に用いる葛布の袴なのだなあ。無関係の二物を同一だと言いなし、霜と葛の裏葉はどちらも白いからと落ちをつけた。冬「霜」。

【語釈】○日にけぬる　鞠を「蹴ぬる」と霜が「消ぬる」の掛詞。○まり場　蹴鞠をする場所　○葛袴　葛布《くずふ》で作った小袴。江戸時代は蹴鞠の袴とした。出典で「葛」に「くず」の振り仮名。なお、植物の葛は葉の裏側が白く、秋風にひるがえるさまが印象的なことから、「葛の裏葉」「葛の裏風」などとして和歌に用いられる。また、裏側が白いため、しばしば霜と組み合わせて詠まれた。

一八　弟月《おとづき》のはなの光りや金菊《こがねぎく》　（同）

【句意】弟月と呼ばれる十二月にふさわしい花と言えば、花の弟という異名を持つ黄金色の菊だろう。冬「弟月」。

【語釈】○弟月　陰暦十二月の呼称。○金菊　黄色の菊。また菊の異称は「花の弟」。「光り」と「金」は縁語。

【備考】出典では「冬月」の題下に収められる。

坂本にて

一九　軒の垂氷《たるひ》とづ坂本の人家《じんか》哉《かな》　（同）

【句意】軒に氷柱が垂れ下がると、坂本の人家も閉ざされてしまうことだ。冬「垂氷」。

【語釈】○坂本　滋賀県大津市の地名。旧滋賀郡坂本村。延暦寺および日吉神社の門前町。○垂氷　軒先に垂れ下がっている氷。つらら。つららは、本来は池など地表に張った氷を指すため、動詞は「閉づ」「結ぶ」「ゐる」を用いる。「とづ」は垂氷と人家の両方に掛かる。○人家　人の住む家。出典で「じんか」の振り仮名。

歌仙発句に

二〇　猿丸や木の葉のうへの玉霰《たまあられ》　（同）

【句意】猿と同じなのだなあ、木葉の上の玉霰は。冬「木の葉・玉霰」。

【語釈】 ○猿丸　三十六歌仙の一人、猿丸大夫。奈良時代後期か平安時代初期に生存したといわれる。「奥山に紅葉踏み分け鳴く鹿の声聞くときぞ秋は悲しき」（『古今集』『百人一首』）は有名。○木の葉　このは。樹木の葉、とくに紅葉した葉や落葉をいうが、ここは木葉猿（樹上を身軽に伝う猿）を言い掛ける。○玉霰　霰の美しさを玉にたとえていう語。

二一

酒宴の座にて

しら玉や瀧飲《たきのみ》にせん霰酒《あられざけ》

（『鄙諺集』寛文2）

【句意】 この美しい白玉が入っているような霰酒を、一気に飲み干してしまおう。冬「霰酒」。

【語釈】 ○しら玉　白色の美しい玉。詠人しらず「かきくらし霰ふりしけ白玉をしける庭とも人のみるべく」（『後撰集』）のように、霰は白玉に見立てられる。○瀧飲　酒などを一息に飲み干すこと。瀧の水は白く落ちるから、霰、白玉と縁語関係になる。○霰酒　奈良特産の味醂の名。白いかすが混じっているのを、霰に見立てていう。

二二

霙《みぞれ》ふりける日《ひ》旅路にて

しとどぬれて鳥肌たてる身《み》ぞれ哉《かな》

（同）

【句意】 はなはだしく濡れて鳥肌が立った身は、霙が原因であることよ。冬「身ぞれ（霙）」。

【語釈】 ○しとど　はなはだしく濡れるさまを表す語。○鳥肌　人の皮膚が、毛をむしりとった後の鶏の皮の表面のように、ぶつぶつになる現象。また、そのはだ。寒さや恐怖などの強い刺激によって、立毛筋が反射的に収縮して起こる。○身　鳥肌が立った「身」と霙の「み」を言い掛けた。

二三　けぬに降雪《ふるゆき》気《げ》の風やへらず口　（同）

【句意】消えぬ先から降ってくる、その雪の気配を知らせる風の口は、へらず口とも言うべきものだ。冬「雪気」。

【語釈】○け　消。もともと和歌にだけ用いられた語で、下二段活用の動詞「消《き》ゆ」の未然形・連用形の「消え」の変化した形。○雪気　ゆきげ。今にも雪が降り出しそうな気配。○へらず口　負け惜しみを言うこと。にくまれ口をたたくこと。「風やへらず」の「へらず」と掛けている。風の吹き込む箇所を「風の口」というが、これを「へらず口」に結びつけた。

　　つれづれなる折しも、雪打《ゆきうち》しけるを見て

二四　打《うち》つけにさびしくもなし雪礫《ゆきつぶて》　（同）

【句意】不意に子どもたちの雪合戦が始まったのを目にしたため、かりそめにもさびしいなどという気持ちはなくなった。冬「雪礫」。

【語釈】○つれづれ　手持ち無沙汰であるさま。○雪打　雪を丸めてぶつけ合うこと。雪合戦。○打つけに　突然に、かりそめに。これに雪礫を「打つ」意を掛ける。○雪礫　握り固めて丸くした雪。

二五　銀公《ぎんこう》か木さきにふれる雪女　　　　（『鄙諺集』寛文2）

【句意】それは銀公なのか、木の先に触れて銀色の氷に変える雪女とは。雪や氷を銀に見立てる伝統に倣い、それを歴史上の人物である銀公（【語釈】を参照）と結びつけた。冬「雪女」。

【語釈】○銀公　中国の漢の武帝の后。その袖の香が梅の花に移ったという。○木さき「木さき」と「后」を掛ける。○雪女　雪の深い夜に雪の精が化して現れるという、白い衣を着、白い顔をした女の妖怪。

二六　水鳥も岩とびするや竹生島《ちくぶしま》　　　　（同）

【句意】水鳥も岩飛びをすることよ、所も竹生島であるだけに。謡曲「竹生島」を踏まえ（後述）、その上で水鳥を擬人化した作。冬「水鳥」。

【語釈】○岩とび　岩飛。高い岩の上から水中に飛び込むこと。また、岩飛をする人。見世物にもした。謡曲「竹生島」の間狂言の型にその所作がある。○竹生島　琵琶湖の北部、葛籠尾《つづらお》崎の南二キロメートルにある島。全島が杉、松などの常緑樹で覆われ、社寺以外に集落はない。古来信仰の対象であり、琵琶湖八景の一つとされてきた。

二七　冬の梅や香《か》の来《きた》る事としの内　　　　（同）

【句意】一年のうちで最初に花を咲かせるのは梅だというが、年の明けないうちから開花して香を放つのは冬の梅だよ。冬「冬の梅・としの内」。

【語釈】○冬の梅　冬のうちから花が咲く梅。○香の来る事とし　謡曲「熊野」に「花は流水に随って香の来る事疾《とと》し」とあるのを踏まえ、「疾し」を「年」に言い掛けた。○としの内　正月が来ないうち。年内立春を詠むことは、在原元方「年のうちに春は来にけりひととせを去年とやいはむ今年とやいはむ」（『古今集』）以来の伝統があるが、この句もその変型である。

二八　あかぼしや紅梅殿《こうばいどの》の神楽歌《かぐらうた》　（同）

【句意】明けの明星とともに菅原道真の紅梅殿で演じられる神楽歌、これもまた明星だ。冬「神楽歌」。

【語釈】○あかぼし　神楽歌の曲名。「あかぼし」は明けの明星のこと。○紅梅殿　菅原道真の邸宅。「あかぼし」から言葉の縁で「紅梅」を導いた。○神楽歌　神楽の中でうたう神歌や民謡。

二九　簾《すだれ》もやあげまきうたふ神楽殿《かぐらでん》　（同）

【句意】簾までも巻き上げて「総角」をうたう神楽殿であることよ。冬「神楽殿」。

【語釈】○あげまき　総角。神楽歌の一つ。「あげまき」は簾を「まき（巻き）」「あげ（上げ）」ると掛詞。○神楽殿　神社の境内にあって、里神楽を演ずる建物。神楽殿。神楽屋。

時宗寺にて

三〇　仏名《ぶつみよう》や六字不断の御《おん》つとめ　（『鄙諺集』寛文2）

【句意】間断なく「南無阿弥陀仏」と仏様の名前を断ち切ることなく唱える、ありがたい仏名会であることよ。冬「仏名」。

【語釈】○時宗寺　時宗は鎌倉後期の僧一遍智真《いつぺんちしん》を開祖とする浄土教の一派。時宗寺はその寺。○仏名　仏名会。古くは十二月十五日から、後には十九日から三日間、禁中および諸寺院で仏名経を誦し、諸仏の名号《みようごう》を唱えて罪障を懺悔する法会。○六字　六字の名号、すなわち「南無阿弥陀仏」の六字のこと。○不断の御つとめ　日時を決めて昼夜間断なく念仏を唱えること。

三一　談義房《だんぎぼう》や網代《あじろ》にこもる法師むしや　（同）

【句意】談義坊主よ、網代に籠もっているおまえは、さしずめ法師武者というところだな。謡曲「頼政」の詞章により、宇治川の網代に掛かったのが伊勢武者ならば、談義坊主の異名を持つ鯎が網代に籠もれば法師武者だと興じたもの。冬「網代」。

【語釈】○談義房　談義坊主のこと。鯎の類の魚の異名。○網代　湖や川に柴や竹を細かく並べ立て、魚を簀の中へ誘って採る仕掛け。冬、氷魚《ひお》を捕えるために用いた宇治川の網代が有名。宇治川の網代から、謡曲「頼政」の「伊勢武者は、みな緋縅《ひをど》しの鎧《よろひ》着て、宇治の網代に掛かりけるかな」を連想した。謡曲「頼政」は、『平家物語』巻第四「橋合戦」を題材にした曲。なお、謡曲「頼政」も「筒井の浄妙《じょうみょう》、一頼法師《いちらいほっし》、敵《かたき》味方の目を驚かす」と法師武者の戦いぶりに言及する。○法師むしや　法師武者。僧兵。

三二　天《あま》の戸やよべをきりりと明《あけ》の春　（『歳旦発句集』寛文4）

【句意】大空の天の戸がきりりと開き、新春が明けたことだ。春「明の春」。

【語釈】○天の戸　日月の渡る空の道。大空。天照大神《あまてらすおおみかみ》が、弟の素戔嗚尊《すさのおのみこと》の乱暴を怒って天岩戸《あめのいわと》に隠れたため、天地が真っ暗になり昼がなくなったという神話（『日本書紀』）を踏まえる。困りはてた神々が、祝詞や舞などで大神を招き出すと天地は再び明るくなったという。○よべ　昨夜。○きりりと　引き締まっていてゆるみのないさま。○明の春　年の始め。新春。新年を祝っていう語。「明《あけ》」には、戸を「開け」る意を掛ける。

【備考】出典では寛文四年の項にある。似船編『蘆花《ろか》集』（寛文5）・安静《あんせい》編『如意宝珠《にょいほうしゅ》』（延宝2）にも入集。

三三　春の来る色や瑠璃君《るりぎみ》佐保姫御《さほひめご》　（『歳旦発句集』寛文5）

【句意】春が来る東方の色といえば瑠璃色で、その色に輝く姫君といえば、『源氏物語』の瑠璃君や春をつかさどる佐保姫御であろう。東方瑠璃光世界と春の女神を結びつけたもの。春「春の来る」。

【語釈】○色　ここは「気配」の意。○瑠璃君　『源氏物語』に登場する玉鬘の幼名。父は頭中将、母は夕顔。また、

「瑠璃」は宝玉の一つで、紺碧色の意もあるから、「色」と「瑠璃」は縁語。また、瑠璃光如来は薬師如来の別名で東方をつかさどるが、五行思想では「春」は「東」に配当され、同じ「木」に属する。したがって、ここでは瑠璃色を春の来る色とした。○佐保姫　春をつかさどる女神。春の女神。佐保神。○御　「御前《ごぜん》」の略。人物を表す名詞に付いて、軽い敬意を添える。

【備考】出典では寛文五年の項にある。『知足《ちそく》書留歳旦帖』（寛文5）・似船編『蘆花集』（寛文5）にも入集。

三四　神の春やうちおさまれる国狭槌《くにさづち》　（『蘆花《ろか》集』寛文5）

【句意】正月にめでたく神を迎えて世の中が治まっているのは、国狭槌尊《くにのさづちのみこと》のご威光であるよ。槌の名をもつ神だけに、打って治めるのはお手の物という洒落。春「神の春」。

【語釈】○神の春　神を迎えためでたい正月。○うちおさまれる　「穏やかな状態になる」という意の「治まれる」に、動作・作用を強める接頭語の「打ち」が付いた語。「打ち」は「槌」と縁語。○国狭槌　国狭槌尊。『日本書紀』の所伝では、天地が初めて開けたとき出現した独化三神の第二神。土地をつかさどる神。

【備考】出典では三五の句とともに「立春」の題下に収められる。

三五　うつし見るや去年《こぞ》を今年の鏡餅《かがみもち》　（同）

【句意】去年を今年に映して見るのだろうか、去年のうちに作ったものを今年に移して飾る鏡餅だけに。春「今年・

鏡餅」。

【語釈】〇鏡餅　円形で平らな、鏡の形のように作った餅。正月または祝いのときに大小二個を重ねて神仏に供える。

三六　氷《ひ》のためしにたてまつれるや鏡石《かがみいし》　（同）

【句意】氷の様として天覧に供される石は、鏡石でもあろうか。その元になった氷で吉凶を占うことから、運勢を映す鏡だと興じたもの。春「氷のためし」。

【語釈】〇氷のためし　氷の様。元日の節会《せちえ》に、前年の氷室《ひむろ》・氷池《ひいけ》の氷の様子を禁中に奏し、その年の豊凶を占った儀式。また、氷室に収められている氷の厚さなどを模して石で作ったもの。氷様の奏のときに、天覧に供される。

〇鏡石　表面に光沢があって、物の形がよく映る石。鏡岩。天覧のための鏡石。

三七　すげぬるや胡鬼《こぎ》の子をおもふ鶴の羽《はね》　（同）

【句意】これは糸をすげて作った羽根なのであろうな、子を思う鶴の羽を使って。「胡鬼の子」と「羽」は縁語。また「胡鬼の子」と「子をおもふ鶴」の「子」を掛けている。春「胡鬼の子」。

【語釈】〇すげ　挿げ。紐や糸などを穴などにさし通す。すげる。〇胡鬼の子　羽根突きに使う羽根。〇鶴　鶴は子を思う愛情が強いという。白居易の「夜鶴《やかく》子を憶《おも》い籠中《ろうちゆう》に鳴く」（『和漢朗詠集』「管絃付舞妓」）。

三八　ねのびして摩《する》やちとせの柳腰《やなぎごし》　　（『蘆花集』寛文5）

【句意】子日に引いた小松の根で、寝ながら身体を摩れば、千歳の柳腰が手に入るよ。「子日」と「寝伸び」は掛詞。春「ねのび」。

【語釈】○ねのび　「子日」は「ねのひ」で、十二支の子にあたる日。とくに、正月の最初の子の日。野で小松を引き、若菜を摘み、遊宴して千代を祝う。「寝伸び」は、寝ながら手足を伸ばすこと。○摩　さする。○ちとせ　千の年。せんねん。転じて、長い年月。「松根に倚って腰を摩れば、千年の翠手に満てり」（『和漢朗詠集』「子日付若菜」）を踏まえる。○柳腰　女性の細いしなやかな腰。松と柳はどちらも翠（緑）の縁語。

三九　少《すこし》うるくくたちや銭一《いち》もんじ　　（同）

【句意】少し売る茎立は銭にして一文ほどだ。「一もんじ」は「一文」とに「一文字」の掛詞。さらに「茎立」に「太刀」を掛け、刀剣用語の「一文字」に結んだ点が作意。春「くくたち」。

【語釈】○くくたち　茎立。スズナやアブラナなどの野菜。また、それらの薹《とう》。○一もんじ　一文字派の刀工とその作品。

【備考】出典では「若菜」の題下に収められる。

四〇　これやいふけぶりの蓑とさぎつちやう　　（同）

【句意】これがいわゆる煙簑なのだな、左義長《さぎちょう》の煙を浴びた身は。成語「雨笠煙蓑」（【語釈】を参照）に基づき、大量に煙を浴びることに注目し、これが本当の「煙簑」だと興じた。春「さぎつちやう」。

【語釈】○けぶりの蓑　雨の中で働く漁師の姿を「雨笠煙蓑」という。「煙雨」は細かい雨をいい、その中で蓑笠を付け、働くことをさす。　○さぎつちやう　左義長。一般的にはサギチョウと発音する。正月に行われる火祭の行事。宮中では、正月十五日および十八日に、清涼殿の南庭に青竹を立てて扇などを結びつけたものに吉書を添えて焼いた。民間では、多くは十五日に長い竹数本を立てて、正月の門松・注連縄・書初などを持ち寄って焼く。その火で餅などを焼いて食べると、その年は病気にかからないとされる。

【備考】出典では四一の句とともに「爆竹」の題下に収められる。

四一　竹のなる声はさぎちやうの耳と哉《かな》　（同）

【句意】青竹が発する爆竹音であるから、左義長の耳は鋭敏なのだろう。左義長の飾りの「耳」に「耳と」を掛けた。春「さぎちやう」。

【語釈】○竹のなる声　左義長で燃やされる青竹が発する爆竹音。　○さぎちやう　左義長。四〇の【語釈】を参照。○耳と　形容詞「耳疾し」「耳聡し」の語幹。聴覚が鋭敏で、音がよく聞こえること。これに左義長で燃やす作り物の「耳」を掛けた。木と竹と藁でできた作り物に挿す飾りや御幣を「耳」と呼ぶ（米田実「近江八幡の左義長祭」『滋賀文化財教室シリーズ』139〈平成5・11〉）。

四二　綿《わた》ばなは踏歌《とうか》の雲井《くもい》ざくらかな　（『蘆花集』寛文5）

【句意】舞人が頭に飾る綿花は、花の雲ならぬ、まさに宮中の桜であるよ。春「踏歌」。

【語釈】○綿ばな　綿で作った造花。男踏歌《おとことうか》の際に舞人が頭に飾ったもの。挿頭《かざし》の綿。○踏歌　平安時代、正月の行事として宮中で行われた舞踏。都の男女を召して年始の祝詞《のりと》を舞い歌わせる。中国の行事が伝来し、持統天皇の七年に初めて行われた。正月十四日、または十五日に男踏歌、十六日に女踏歌を行う。○雲井ざくら　季吟著『増山井《ぞうやまのい》』（寛文7）に「山桜…雲井桜、吉野に有」とある。ただし、ここでは、雲井を皇居や宮中に取りなして、花の雲ならぬ宮中の桜、の意で用いた。

四三　　市のかり屋の前すぐるとて空也《くうや》上人のことを思ひ出《いで》侍りて

くみぬるや市のひじりと夕がすみ　（同）

【句意】こうした市場で酒を酌み交わしたのだろうか、当時の庶民たちは空也上人と、夕霞を見ながら。春「夕がすみ」。

【語釈】○市のかり屋　市は物品の交換や売買を行う所。「市のかり屋」で市仮屋。市のために建てた小屋。市小屋。○空也　平安時代中期の僧侶。市中を巡って民衆に念仏を勧めたので、世人は阿弥陀聖とも市聖《いちのひじり》とも呼んだという。○くみぬるや　汲みぬるや。この句では霞を酒の意で用いている。○市のひじり　空也。○夕がすみ　空にたなびく夕霞に、酒の異称の霞を掛けた。当時の酒は濁り酒であったために霞と呼んだ。

四四　いはほつつむ霞はべうぶぶくろかな　　（同）

【句意】峻険な巌《いわお》は屏風にたとえられるが、そうであるならば、その巌を包む霞は屏風をしまう屏風袋のようなものだ。春「霞」。

【語釈】○いはほ　巌。成句「屏風を立てたるがごとし」は山などが切り立って続くことの形容。○霞　空気中に広がった微細な水滴や塵のために空や遠景がぼんやりする現象。○べうぶぶくろ　屏風袋。「びやうぶ」が一般的ながら、「べうぶ」の表記もある。

四五　法華経のなりし翅《つばさ》かきんゑてう　　（同）

【句意】その鳴き声の通り、法華経がなり代わってできた翼なのか、金衣鳥《きんえちょう》とも言われる鶯は。鶯の鳴き声を「法華経」と聞きなすことを踏まえ、最上の衣類である「金衣」を最上の仏典である「法華経」に結びつける。春「きんゑてう」。

【語釈】○法華経　鶯の鳴き声を「ホーホケキョウ（法華経）」と聞きなすことを踏まえた句。○きんゑてう　金衣鳥。鶯の異名。

【備考】出典では「鶯」の題下に収められる。

泉涌寺《せんにゆうじ》にて　或ハ仙遊寺トモ

四六　此《この》寺のうぐひすの楽《がく》や仙遊霞《せんゆうか》　（『蘆花集』寛文5）

【句意】この寺で聞く鶯の音は、所柄か、雅楽の「仙遊霞」さながらだ。「仙遊寺」という別称からこの曲名を想起したもの。春「うぐひす」。

【語釈】○泉涌寺　京都市東山区泉涌寺山内町にある真言宗泉涌寺派の総本山。天長年間（八二四～八三四）空海の創建で、法輪寺と称した。斉衡三年（八五六）藤原緒嗣が神修に帰依して建立、天台宗に改め、仙遊寺と改称。建保六年（一二一八）俊芿《しゆんじよう》が堂宇を再建して台・密・禅・律四宗兼学の道場とし、現名に改めた。四条天皇以降、歴代皇室の菩提寺として崇敬をうけた。○此寺　前書にある泉涌寺をさす。○楽　音楽（とくに雅楽など）をさす語で、ここは鶯の音をこれに見立てた。○仙遊霞　雅楽の曲名。天皇の即位に際して、斎宮・斎王の交替が行われるとき、琵琶湖畔勢田の橋で奏した曲という。

四七　こうばいのはなのさかりやあかの昼　（同）

【句意】紅梅の花盛りの様子は、まさに赤の昼、真っ昼間であるように感じられることだ。春「こうばい」。

【語釈】○こうばい　紅梅。梅の品種の一つ。濃い桃色の花が咲く。○はなのさかり　花の盛り。○あかの昼　真っ昼間。「赤の」は「全くの」「はっきりした」の意。紅梅の「紅」と「あか（赤）」の縁語仕立て。

四八　けんびしかこほりとけたる浪の紋　（同）

【句意】春になって、水面の氷が溶けかかり波で割れた模様は、ちょうど剣菱の紋所のようだ。春「こほりとけたる」。

【語釈】○けんびし　剣菱。菱形の四隅を剣先の形にとがらせた紋所。○こほり　「氷の剣《つるぎ》」あるいは「氷の刃《やいば》」は成語で、氷のように冷たくとぎすました刃をいう。すなわち、「氷」と「剣」は縁語。○浪の紋　波によってできる水面の模様。

【備考】出典では「春氷」の題下に収められる。

四九　きえてあゐに染《そめ》かたびらや淵の雪　（同）

【句意】降る端から消えていき、藍色に染めた染帷子になったことだ、淵の雪は。「帷子雪」の語を元に、淀んで深い淵の水を「藍染」の色と見立て、これは藍の染帷子だと言い立てたもの。春「句意による」。

【語釈】○あゐ　藍。○染かたびら　染帷子。色や模様を染めた裏地のない衣服。

【備考】出典では「春雪」の題下に収められる。

五〇　世尊寺《せそんじ》やねはんの雲のうへつかた　（同）

【句意】ここもあの世尊寺だよ、世尊を追悼する寺々では涅槃図《ねはんず》が掲げられ、釈迦を迎えに来た尊い方々が雲に乗っているさまが描かれている。世尊を追悼しているから、ここも世尊寺だと興じたもの。春「ねはん」。

【語釈】○世尊　「この世の中で最も尊い」の意で、仏、または釈迦をさす。「世尊寺」は平安時代に藤原行成が建立した寺だが、江戸時代には廃絶していた。行成は書の名手で三蹟の一人。その流派は書道界の主流を占め、「世尊寺流」と呼ばれた。○ねはんの雲　涅槃の雲。死のたとえ。涅槃図には、横たわる釈迦を迎えに、摩耶夫人たちが雲に乗って来る様子が描かれる。○うへつかた　上つ方。身分や官位の高い人々。

【備考】出典では「仏 別《ほとけのわかれ》」の題下に収められる。「仏別」は二月十五日の涅槃会《え》のこと。

五一　　はるの雨のいとや木目《きのめ》をはり仕事　　　　　　　　　（『蘆花集』寛文5）

【句意】細い糸のように春の雨が降ると木の芽が張ってくるが、これは春雨の針仕事ならぬ張り仕事といったことになろう。「いと」と「はり仕事」は縁語、木の芽が「張り」と「針」が掛詞。春「はるの雨・木目」。

【語釈】○はるの雨　春に降る雨。春雨。「はる」に「春」と「張る」を掛ける。○木目　木の芽に同じ。○はり仕事　針仕事。裁縫。縫い物。

【備考】出典では「春雨」の題下に収められる。

五二　　鶯の歌や耳とまるふしやなぎ　　　　　　　　　（同）

　　柳に鶯の鳴《なき》けるを聞て

【句意】伏柳に止まって鳴く鶯の歌の節が、私の耳にとまることだ。春「鶯・ふしやなぎ」。

【語釈】〇鶯　ウグイス科ウグイス属の鳥。早春、「ホーホケキョ」と美声でさえずる。〇ふしやなぎ　伏柳。伏したように横に生え広がる柳。伏柳の「伏」と鶯の歌の「節」、柳に鶯が「とまる」と鶯の鳴く音が耳に「とまる」が掛詞。

【備考】出典では「柳」の題下に収められる。

ひんがしの六条諏訪のやしろの柳を見て

五三　神木《しんぼく》やすはりとしたる柳ごし　(同)

【句意】ご神木はお社の名前の通り、すわりとした柳腰の柳である。春「柳」。
【語釈】〇ひんがしの　東の。〇諏訪のやしろ　京都市下京区下諏訪町にある尚徳諏訪神社。五条通と六条通の間に位置し、『山州名跡志』(正徳1)には「諏訪の社　両替町通り楊梅辻子の南に在り…古へ当社封内広し」と載る。〇神木　神社の境内や神域にある樹木の総称。〇すはりと　「すらり」に同じく、身体などの形よく伸びたさまをいう。これに「諏訪」を掛ける。〇柳ごし　柳越。女性の細いしなやかな腰。諏訪の社の近隣には六条柳町(三筋町)の遊郭(寛永十七年、もしくは十八年に島原へ移転)があったことの連想か。

五四　火ともすやつゐまつもさく花の時　(同)

【句意】火を点《とも》したのだろうか、松にも花が咲くとはまさに花の時に相応しいことだよ。夜に花見ができるように松明《たいまつ》を燃やしたのである。春「花の時」。

【語釈】○火ともす　火を点ける。○つゐまつ　つぎまつ（継松）の変化した語。松明のこと。○花の時　花が開花したとき。松は百年に一度咲き十回それをくり返すというが、この句は松明に火を点けたことを「松にも花が咲いた」と興じたもの。「つゐまつも」には、「ついに松も咲く」の意が込められているか。

【備考】出典では「松若緑付松花」の題下に収められる。

五五　しろつばきさくとおつるやかはり番　（『蘆花集』寛文5）

【句意】白椿は咲く花がある一方、さっと落ちる花もあって、まさに代わりばんこである。春「しろつばき」。

【語釈】○しろつばき　白椿。白花をつけるツバキ。○さくと　動きの早いさまを表す語。さっと。ここは「咲くと」と掛詞。○おつるや　落つるや。○かはり番　代番。または替番。交替で何かすること。順番。

鳥部野《とりべの》にて

五六　はえ初《ぞめ》やつかのみじかき筆《ふで》つ花《ばな》　（同）

【句意】まだ生え初めの土筆《つくし》だろうか。筆に見立てるとしたら軸の部分が短いことだ。春「筆つ花」。

【語釈】○鳥部野　鳥部山。京都市東山区今熊野の地名。古く火葬場があった。○はえ初　生え初め。「ぞめ」は、動詞「そめる」の連用形が名詞化したもので、動詞の連用形に付き、その動作を初めてすることをいう。○つか柄。筆の手で持つところ。筆の軸。鳥部野で詠んだということは、塚（墓）を掛けたか。○筆つ花　筆津花。土筆の異名。

五七　ころばすや露を蕨《わらび》の手まさぐり　（同）

【句意】蕨の芽がほころんできたが、手慰みに露を転がすことだ、蕨が手でまさぐって。蕨の芽を人の拳にたとえる常套的な発想による。春「蕨」。

【語釈】○ころばす　転がす。○蕨　握り拳のように巻き曲がっている早蕨のことを「蕨手」ともいう。○手まさぐり　手弄。何となく手先で弄ぶこと。手慰み。

五八　丸ぐけにしたるやつぼむ花の紐　（同）

【句意】丸ぐけにしたのだなあ、つぼんできた花の下紐を。成語「花の紐」の「紐」の縁で、ふくらんださまを「丸ぐけ」と見なしたもの。春「花の紐」。

【語釈】○丸ぐけ　中に布、綿などの芯を入れて、丸く縫い付けること。○つぼむ　莟む。莟を持つ。莟になる。○花の紐　「花の下紐」に同じ。花のつぼみが開くことを、下紐の解けることにたとえていう語。

【備考】宗臣編『詞林金玉集』（延宝7）にも入集。

霊山《りようぜん》にて

五九　鷲のやまはなふくかぜや貝の音　　　　（『蘆花集』寛文5）

【句意】霊山の名にふさわしく、花を吹く風に乗って法螺貝の音が聞こえてくることだ。春「はな」。

【語釈】○霊山　京都東山三十六峰の一つ。○鷲のやま　霊山の名前の由来ともなった霊鷲山正法寺《しようぼうじ》。京都市東山区にある。○貝の音　寺院で吹く法螺貝の音。法螺貝は、釈迦が古代インドの霊鷲山で法華経を説いた時、人を集める合図として使われたものとされる（『法華経』序品第一）。正法寺の山号の霊鷲山による連想。

絵師のもとにて

六〇　うつせ見ん葉にをく露も花の絵師　　　　（同）

【句意】花だけでなく葉に置く露までも写せ、私が見ようではないか、華々しい絵師よ。春「花」。

【語釈】○うつせ　写せ。「移せ」と「空蟬」を掛ける。○見ん　見よう。「ん」は意志の助動詞。壬生忠岑「袂よりはなれて玉を包まめやこれなむそれと移せ見むかし」（『古今集』）を踏まえる。○花の　花の美しく咲く様子にたとえていう。華やかな。素晴らしい。「花」を「花の絵」と「素晴らしい絵師」の両方に掛けた。

六一　めづるはなの雲に心やかけり駒　（同）

【句意】雲のように見える桜の花を遠望し、私の気持ちは、翔り駒のようにその花へばかり向いている。春「はなの雲」。

【語釈】○めづる　愛づる。素晴らしさに心を打たれて感動する。素晴らしさに夢中になる。○はなの雲　一面に咲いている桜の花を雲に見立てた言葉。「めづる花」と言い掛ける。○かけり駒　飛ぶように速く走る馬。「心やかけり」と言い掛ける。

物思ひける比盛《ころさかり》なる花を見て

六二　花のなみや世のういこともわすれ水　（同）

【句意】花が散り浮かぶ水面に立つ美しい波を見ていると、この世の中の辛いことも忘れることができるよ。春「花のなみ」。

【語釈】○はなのなみ　花の波。花の散り浮かぶ水面に立つ波。○うい　憂い。物事が思いのままにならない。辛い。○わすれ水　忘れ水。絶え絶えに野中を流れている水。人に知られないで流れている水。ここは憂いを忘れるの意で用いる。「忘れ水」本来の意は利いておらず、「なみ」との縁語として「水」を出した。

新玉津島社頭奉納独吟百韻《にいたまつしましやとう》のはいかいに

六三　香《か》ざや袖にうつすも高き宮の花　（同）

【句意】袖に移すのは、この格式の高い神社の花の香りであるよ。春「花」。

【語釈】○新玉津島社　京都市下京区の神社。文治二年（一一八六）に藤原俊成が宅地に社殿を造営したものという。○社頭　社殿の前。○香ざ　匂い。香り。○宮　神社。飛鳥井雅縁「いまここにうつすもたかき宮居かなもとのなぎさの玉つしま姫」（『新続古今集』）を踏まえる。宮居を移すというのを、その宮で袖に香を移すとした。

六四　花ぞうきおちても月はあすも見よう

花のちる木間《このま》より曙《あけぼの》の月をみて

（『蘆花集』寛文5）

【句意】花は散るから辛い、同じ落ちるのでも月は明日にまた見ようというもの。春「花」。

【語釈】○うき　憂き。物事が思いのままにならないことを嘆き厭う気持ちや、そうした気持ちを起こさせる物事をいう。ここは後者。○おちても　「花が落ちても」と「月が落ちても」を言い掛けている。○あすも見よう　明日も見よう。「よう」は当然・適当の意の助動詞。「見よう」の発音はミョウとなる。

六五　いけばなや舟ながしたる伊勢ざくら

ふねに生《いけ》たるを見て

（同）

【句意】生け花であるなあ、古歌の「舟ながしたる」ではないが、舟型の花器に伊勢桜が生けられていて。古歌の文句を取り入れたもので、「ながしたる」にさほどの意味はない。春「伊勢ざくら」。
【語釈】○いけばな　生け花。木の枝や草花などを切り、枝葉の形を整えて花器に挿すこと。また挿したもの。○舟ながしたる　『古今集』の伊勢の長歌に「いせのあまも　舟ながしたる　心地して」とあるのを踏まえる。○伊勢ざくら　伊勢桜。サトザクラの園芸品種。四月下旬に淡紅色の花をつける八重桜。

六六　はなのなみの景気や雲の夢見草《ゆめみぐさ》　（同）

【句意】満開の花が風で揺れている景色は、これも花の雲なのだ。「雲の波」という語があるから、花の雲ともいえるという理屈。春「はなのなみ・夢見草」。
【語釈】○はなのなみ　花の波。桜の花が風に揺れるさまを波にたとえた。花の散り浮かぶ水面に立つ波をいうこともある。○景気　あり様。様子。○夢見草　桜の異名。美しい情景なので夢を見ているようだ、という意を含むか。

六七　さくらだいひれふるやまやおきつしま　（同）

【句意】沖に見えるあの島の領巾振山あたりでは、松浦佐用姫《まつらさよひめ》が領巾《ひれ》を振るのではなく、桜鯛が鰭を振って泳いでいるのだろうか。領巾と鰭の掛詞。春「さくらだい」。
【語釈】○さくらだい　桜鯛。桜の咲く頃、産卵のため浅瀬に群がり漁獲される。瀬戸内海の鯛が有名。○ひれふるやま　領巾振山。肥前国にある鏡山の別称。松浦佐用姫が朝鮮に出征する夫を、この山から領巾を振って見送ったと伝えられる。領巾とは、両肩に後ろから掛けて前に垂らす布帛。○おきつしま　沖にある島。

六八　小町田をかへすや牛のたまつくり　（『蘆花集』寛文5）

【句意】小さな区画田を耕している牛が額に汗をかいているのは、あたかも牛の額に牛玉《ぎゅうぎょく》が生じているように見えることだ。〈かへすや牛→牛の玉→玉造〉と語をつないでいったもので、意味のつながりはあまり重視されていない。春「田をかへす」。

【語釈】○小町田　区分された田を町田という。○田をかへす　田を耕す。○牛のたま　牛の玉。牛の額に生じた玉状のかたまり。牛玉を転じて牛王《ごおう》といい、寺院などでは宝物とする。○たまつくり　玉を磨《す》って細工物などを作ること。また、それを職とする人。たますり。

六九　石首魚《いしもち》のあつまるやなはしろ普請《ぶしん》　（同）

【句意】イシモチが川の簗《やな》には集まるけれど、農家では苗代を作ることだ。「簗は」と「苗代」の言い掛けにより、二つの文脈を接合させたもので、さらに「石首魚」に「石持」を掛け、「苗代」に「城普請」を言い掛け、石を持ち集まって城を築くという第三の文脈まで隠し込んでいる。春「なはしろ」。

【語釈】○石首魚　カジカの異名。カジカはカジカ科の淡水魚。出典で「いしもち」の振り仮名。○やな　簗。川の瀬に杭を打ち並べて水を堰き止め、魚を取る仕掛け。○しろ普請　城普請。城を造ること。築城すること。「石首魚が簗にあつまる」と「石を持ったの（人）が城普請にあつまる」が掛詞になっている。

七〇　つのぐむや芦でうた絵の双紙《そうし》きり　（同）

【句意】芦の芽が角組むことよ、葦手絵や歌絵を描いた草紙に綴じ穴を開ける、錐《きり》のような芽が。春「つのぐむ…芦（角組芦）」。

【語釈】〇つのぐむ　草木の芽が出始める。〇芦で　芦手、葦手絵。平安時代に行われた遊戯的な絵文字や絵模様。葦、水流、鳥、石などの光景の中に文字を絵画化したものや、歌などを散らし書きにしたもの。〇うた絵　一首の歌の意味、内容などを描いた絵。〇双紙きり　草紙錐、双紙錐。紙を重ねたものに綴じ穴を開けるために使う錐。千枚通し。

七一　ひめももけふや女三《にょさん》の花のかほ　（同）

【句意】姫桃も三月三日の今日は女三宮《おんなさんのみや》のような花のさまである。「姫桃」に「姫」を掛けて「女三」「顔」とつなげ、姫桃の花と姫君の顔を重ねた点が作意。春「ひめもも・花のかほ」。

【語釈】〇ひめもも　姫桃。モモの古名。〇女三　女三宮。『源氏物語』に登場する女性。朱雀院の第三皇女。光源氏の妻となるが、柏木と密通して男児（薫）を生んだ後、出家。〇花のかほ　咲いている花の姿。また花のように美しい顔。

【備考】出典では「三月三日付鶏合」の題下に収められる。安静編『如意宝珠』（延宝2）にも入集。

七二　雲雀笛《ひばりぶえ》や作らん野路《のじ》のしのび竹　（『蘆花集』寛文5）

【句意】雲雀笛を作るとしよう、ひそかに野路のしのび竹を使って。春「雲雀笛」。

【語釈】○雲雀笛　ヒバリを捕えるために吹く笛。ヒバリの鳴き声に似た音を出す。○野路　野の中の道。○しのび竹　シノメダケ。ヤダケの異名。「忍び」の語を掛ける。

七三　実方《さねかた》の魂《たま》のありかやこずゑの巣　（同）

【句意】梢に雀の巣があるが、そこには雀になったという実方の魂があるのではないだろうか。「雀」の語を敢えて使わない点が作意。春「句意による」。

【語釈】○実方の魂　陸奥国に左遷されて彼の地で没した藤原実方が執心のため雀になって京都に戻って来たという説話が『十訓抄』や『今鏡』に載る。

【備考】出典では「春鳥」の題下に収められる。藤園堂文庫蔵真蹟短冊（年代未詳）がある。

七四　ひとなりて巣だつ軒端や燕子楼《えんしろう》　（同）

【句意】成長して巣立つ軒端は、それが燕の子であるだけに燕子楼ということになろう。残された親鳥にはさびしく長い日々が待っているというのであり、燕子楼の故事（【語釈】を参照）に基づく。春「燕」。

【語釈】○ひとなりて 「その日となって」に「人なりて」（成人になって）の意を掛ける。○燕子楼 唐の張氏の邸内にあった小楼。張氏の愛妓眄眄《めんめん》が、張氏の死後十余年そこに住んで独身を守ったという。白居易の「燕子楼中霜月の夜、秋来りてただ一人の為に長し」という詩句は、『和漢朗詠集』「秋夜」にも収録されている。

七五　雁陣《がんじん》にいむか見すつる花のかほ　（同）

【句意】雁陣であるから忌むのであろうか、花の顔を見捨てて帰る雁は。「雁陣」に「陣」を掛け、花の時期に北へ帰る雁について、陣中に女性（花の顔）は禁物だからかとうがった見方を示す。春「花のかほ」。

【語釈】○雁陣 列を作って空を渡る雁の形。○いむ 忌む。禁忌とする。はばかる。○花のかほ 咲いている花の姿。また花のように美しい顔。

【備考】出典では「帰雁」の題下に収められる。帰雁を詠むことは、伊勢の「春霞立つを見すてて行く雁は花なき里に住みやならへる」（『古今集』）以来の伝統があるが、この句もその変型である。なお、原本の「雁科」を「雁陣」に改めた。

瀧のほとりにて声を聞て

七六　ひびきあふや泉涓々《けんけん》きじのこゑ　（同）

【句意】響き合うことよ、泉はけんけんと流れ、雉子の声もケンケンと鳴く。「涓々」という漢語の音と雉子の鳴き声を掛けて興じた。なお、「泉」は漢語では滝のこと。春「きじ」。
【語釈】○涓々　小川などの水がちょろちょろと流れるさま。出典で「けん〱」の振り仮名。○きじのこゑ　雉子の声。雉子が相手を威嚇するときに「ケンケン」と鳴く。陶潜「帰去来辞」に「木欣欣《きんきん》として以て栄ふるに向《なんなん》とす、泉涓涓《けんけん》として始めて流る」(『古文真宝後集』)とある。

七七　ぬる蝶をねらへるねこや雪おこし　(『蘆花集』寛文5)

【句意】寝ている蝶をねらった猫とは、雪起こしの雷なのである。猫が動くと蝶は起きるということで、これを雪の前兆である雷のようなものだとする。春「蝶」。
【語釈】○ぬる　寝る。○ねこ　猫。○雪おこし　雪の降ろうとするときに鳴る雷。

七八　声するやかはづのいくさものがたり　(同)

【句意】声がするぞ、蛙の戦物語が始まったな。春「かはづ」。
【語釈】○かはづのいくさ　蛙の戦。群れ集まった蛙が戦をしているように争って交尾すること。早春にアカガエルやヒキガエルが行う。蛙軍《かわずいくさ》、蛙合戦《かわずがっせん》とも。○いくさものがたり　合戦の話。「蛙の戦物語」と「河津の戦物語」

を掛けたことで、河津祐泰が工藤祐経に殺されたことを発端とする曽我兄弟の仇討と、蛙合戦を重ねた。

七九　つぼそこか春の末野《すえの》のすみれ草　（同）

【句意】そこが壺底なのか、春の野の末に菫草が咲いているということは。菫の一種である壺菫を念頭に、それが咲く土地だから壺底（深い所）だという洒落。春「春の末野（春の野）・すみれ草」。

【語釈】○つぼそこ　壺底。また、深いところ。○春の末野　野原の果て。野原の端。○すみれ草　菫草。「菫」に同じく、スミレ科の多年草。早春、葉間から花柄を伸ばし、紫紅色の花をつける。ここは同じスミレ科の多年草。壺菫。

八〇　あざみ草みどりの色や紺青鬼《こんじようき》　（同）

【句意】薊《あざみ》の花の濃い紺色のものは、まさに地獄の青鬼のようだ。大形で葉の鋸歯の鋭い薊の仲間を総称して鬼薊と呼ぶが、そのことと薊の藍色から青鬼を連想した。春「あざみ草」。

【語釈】○あざみ草　薊草。薊に同じ。キク科のアザミ属の多年草の総称。○みどりの色　「みどり」は、深い藍色や艶のある黒なども指す言葉である。この句の場合、後の紺青鬼との関連から、濃い紺色の意に取るのが適当であろう。○紺青鬼　地獄にいるという体の色が紺青の鬼。青鬼。

【備考】出典では「春草」の題下に収められる。

八一　月宮《げっきゅう》もたなびくころや栖霞楼《せいかろう》　（『蘆花集』寛文5）

【句意】月の宮殿も霞がたなびくころとなり、まさに栖霞楼と呼ぶにふさわしいありさまになっていよう。「霞」の語を敢えて出さず、建物の名称の中にそれを隠し込む。春「月宮…たなびく（朧月）」。

【語釈】〇月宮　月にあるとされる月天子の宮殿。〇たなびく　雲や霞が層をなして薄く横に長く引く。〇栖霞楼　平安京大内裏の豊楽院《ぶらくいん》正殿である豊楽殿の東にある楼。方二間二重瓦葺で歩廊の上に建ち、西の霽景楼《せいけいろう》に相対する。

【備考】出典では「春月」の題下に収められる。

八二　　ひえの山にて
のぼり見るや映山紅《えいさんこう》のはなざかり　（同）

【句意】比叡山に登って見ると、映山紅の花盛りであった。「叡山」と「映山」が掛詞。春「映山紅（さつき）」。

【語釈】〇ひえの山　比叡山。京都市北東部と滋賀県大津市との境にまたがる山。古来の信仰の山で、延暦寺や日吉大社があり繁栄した。〇映山紅　サツキの異名。サツキはツツジ科の常緑低木。雄蘂が五本のものがサツキ、五本以上のものがツツジ。出典で「ゑいさんこう」の振り仮名。〇はなざかり　花が満開であること。また、その頃。

【備考】出典では「躑躅」の題下に収められる。

八三　おるや木の股露《また》わくるもちつつじ　（同）

【句意】木の股を折るぞ、またも露を分けて野を進んでいくとモチツツジが咲いている。和歌のもじりの作（【語釈】を参照）で、句意の整合性はあまり重視されていない。春「もちつつじ」。

【語釈】〇木の股　木の幹や枝が分かれて、股の形をしているもの。この句は、藤原定家「さがの山千代のふるみち跡とめて又露わくるもち月の駒」（『新古今集』）を踏まえて、「又」を「木の股」に、「もち月の駒」を「もちつつじ」にしたのが作意。出典で「股」に「また」の振り仮名。〇露わくる　露の置いた草原などを押し分けていく。〇もちつつじ　黐躑躅。ツツジ科の常緑低木。春、紅紫色の漏斗状の花を開く。

八四　景は松のひびきのなだよふぢの浪　（同）

【句意】望ましい景としては、響の灘で舟が波を待ったように、松が藤波を待ち得て作る景観である。和歌の措辞（【語釈】を参照）を用いる。春「ふぢの浪」。

【語釈】〇景　景色。〇松　マツ科マツ属の常緑高木の総称。「待つ」を掛ける。〇ひびきのなだ　響の灘。播磨国の海とも筑紫国の海とも言う。壬生忠見「としをへてひびきのなだにしづむ舟波のよするをまつにぞありける」（『夫木抄』）が『袋草子』『袖中抄』『歌枕名寄』などに採録されていて有名。この歌の「沈む舟が波を待つ」というのを、「松が藤波を待つ」と置き換え、それが叶った景観を望ましい姿だと発想した。〇ふぢの浪　藤の波。藤の花房が風になびいて動くさまが、ちょうど波の打ち寄せるような動きであることをいう。

八五　やまぶきのはびこる陰や黄なる昏《くれ》　（『蘆花集』寛文5）

【句意】山吹がはびこる隠れた地は、日暮れ時を迎え暗い黄色となっている。春「やまぶき」。

【語釈】○やまぶき　山吹。バラ科の落葉低木。春、黄金色の五弁花をつける。○はびこる　蔓延る。草木が伸び広がる。○陰　人目にかからない、隠れた場所。表立たない所。○黄なる昏　「黄昏」を開いた表現。日暮れ。「黄」は「やまぶき」の色。「黄なる昏」と開いたことにより、「昏」に「暗い」という意味を持たせた。

八六　かいだうにねよとの鐘やはなの鈴　（同）

【句意】海棠には寝るときを知らせる鐘の役割をする花の鈴があるよ。楊貴妃の故事（【語釈】を参照）を踏まえ、花が鈴のようであることから発想したもの。春「かいだう」。

【語釈】○かいだう　海棠。ハナカイドウ。バラ科の落葉低木。日本では古くから観賞用に栽植されてきた。○ねよ　寝よ。唐の玄宗皇帝が楊貴妃の眠る姿を「海棠睡り未だ足らざる耳《のみ》」（『野客叢書』）と評したといい、酔った美人が眠り足りない艶めかしい様子は海棠にたとえられた。蘇東坡は「只だ恐る夜深くして花の睡り去らんを　高く銀燭を焼きて紅粧を照らす」（『唐宋聯珠詩格』）と詠み、綺麗な海棠を夜も見ていたいとしたが、この句はその逆を言ったものか。○鐘　時を告げる鐘。鈴の縁語。○はなの鈴　ハナカイドウの漢名を垂糸海棠という通り、その花は花茎を長く伸ばして垂れ下がるように咲くため、とくに莟のうちはちょうど小さな鈴がぶら下がっているように見える。

八七　なしの花の輪《りん》こそ雨を帯ぐるま　（同）

【句意】梨の花の一輪こそは、雨を帯びても根付よろしくそこにとどまっている。可憐な姿で雨にも落ちない様子。春「なしの花」。

【語釈】○なしの花　梨の木に咲く花。バラ科で桜に似ている。○花の輪　一輪の桜の花。ここは一輪の梨の花。「輪」は「くるま」と縁語。○帯ぐるま　巾着やタバコ入れなどの紐の先端につけて、帯にはさんだとき抜け落ちないようにする。象牙や水晶などでいろいろな形状に作る。根付け。

八八　見るや目のほとけにちかきもくれんげ　（同）

【句意】見ることだよ、仏に近しかった目犍連《もくけんれん》ならぬ木蓮の花を、目前の近さで。春「もくれんげ」。

【語釈】○目のほとけ　瞳。「目の仏」と「仏に近き」の言い掛け。○もくれんげ　木蓮華。木蓮に同じ。モクレン科の落葉低木。観賞用に庭などに栽植される。釈迦の十大弟子の一人である目犍連は略して目連といい、木蓮と掛詞にしている。ここは、『源氏物語』「鈴虫」巻の「もくれんが、仏に近きひじりの身にて、たちまちに救ひけむためしにも」を踏まえている。

八九　　　夕づくひをながめてさす月のはなのながしや春日影　（同）

【句意】差す月の出るまでが長くなったなあ、春の陽光がいつまでもとどまって。春「春日影」。

【語釈】○夕づくひ　夕日。夕陽。○さす月　差す月。光を発する月。○はなのながし　端の長し。出端《ではな》は、出始め。月が輝くまでの時間が長くなった、ということ。○春日影　春の陽光。

【備考】出典では「永日」の題下に収められる。「永日」は昼の長い春の日。

九〇　さしつめている日は三十《みそ》の矢《や》よひ哉《かな》　（『蘆花集』寛文5）
三月三十日の暮《くれ》かたに

【句意】矢を次々と射るようにさしつまって、入る日も三十を数えた弥生であることだなあ。掛詞を使った作。春「矢よひ（弥生）」。

【語釈】○さしつめている　「差し詰む」は矢を次々につがえること、また切羽詰まった状態になること。「いる」は「射る」と「入る（日）」の掛詞。○三十の矢よひ　三月の異名「弥生」の「や」に「差し詰む」の縁語の「矢」を掛詞にする。

【備考】出典では「三月尽」の題下に収められる。

九一　つれ舞《まわ》るたきぎのけぶり能大夫《のうだゆう》　（同）

【句意】連れ舞をする身に薪の煙まで付き回っている、能太夫に対して。春「たきぎ…能（薪能）」。

【語釈】○つれ舞る　連舞は二人以上の者がいっしょに舞うこと。ここは煙がつきまとうことも含意させている。○たきぎのけぶり　薪能で用いられる薪の煙。薪能とは、神事能の一つで、奈良興福寺の修二会《しゅにえ》期間中の陰暦二月六日から十二日まで、晴天の七日間に南大門前の芝生や春日若宮社頭・興福寺寺務別当坊などで四座（金春・観世・宝生・金剛）の大夫によって演じられた能をいう。○能大夫　能役者のうち、公の席でシテを務める地位にある者。江戸時代は四座一流の家元や各藩所属役者で格の高い者などをさした。

【備考】出典では「雑春」の題下に収められる。

九二　なつごろもきのふはどちへさらさ染《ぞめ》　（同）

【句意】今日は夏衣に着替え、昨日までの更紗染《さらさぞめ》はさらりとどちらかへやってしまおう。夏「なつごろも」。

【語釈】○なつごろも　夏衣。夏に着る着物。江戸時代には、四月一日から冬の衣を夏の衣にかえる習慣があった。○さらさ染　更紗染。江戸時代にインドやジャワから船載された綿布で、人物、鳥獣、草花などの模様を手描きや型を用いて染めたもの。「どちへさらさ」に「どちへさらす」、「さらさ」に「さらり」を掛けている。

【備考】出典では「更衣」の題下に収められる。

九三　のこれるや執心ばかり花はなし　（同）

【句意】残っているのは花への執心ばかりで、花自体はあとかたもない。夏「句意による」。

【語釈】○執心　物事に強い関心を持ち、いつまでもそれにこだわる気持ち。

【備考】出典では「余花」の題下に収められる。「余花」は春に遅れて咲く花、とくに遅咲きの桜をいう。挙堂《きよどう》著『真《ま》木柱《きばしら》』（元禄10）にも入集。

九四　しげれるは松原の毛かたかがみね　（『蘆花集』寛文5）

【句意】茂っている木々は松原の毛ということになるのか、所も鷹峰であるだけに。「原」と「腹」の掛詞により、木々の茂りを鷹の腹の毛だと言い立てたもの。夏「しげれる」。

【語釈】○松原の毛　鷹の腹の毛。松原になぞらえて言う。「松原」に「腹の毛」を言い掛けた。○たかがみね　鷹峰。京都盆地北西端に臨む丹波高地南麓で、京の「七口《ななくち》」の一つ、長坂口《ながさかぐち》にあたる。徳川家康から土地を与えられた本阿弥光悦が、一族で居住した土地としても知られる。現在は京都市北区の一地区。

【備考】出典では「新樹」の題下に収められる。「新樹」は新緑の樹木をいう語。

九五　いろよ香《か》よ紫麝《しじや》を薫《くん》ずる杜若《かきつばた》　（同）

【句意】色といい香りといい、紫色の麝香を薫じたという恰好の杜若である。夏「杜若」。
【語釈】○紫麝　麝香。薄紫色であることによる呼称。麝香はジャコウジカの雄の下腹部にある鶏卵大の包皮腺（香嚢）から採取される香料。芳香が強く、強心剤、気つけ薬などの薬としても用いられた。○薫ずる　匂わせる。○杜若　アヤメ科の多年草。夏に濃紫色の花をつける。

人のがりいきけるに庭にさきたるを見よとて簾《すだれ》を撥《かか》げれば

九六　庭の花を見すやあげまき鎧《よろい》ぐさ　（同）

【句意】庭の花を見せるためか、総角《あげまき》の付いた御簾《みす》を巻き上げると、牡丹が咲いている。夏「鎧ぐさ（牡丹）」。

【語釈】○がり　許《もと》。○簾を撥げれば　清少納言が雪の積もった日に、中宮定子から「香炉峰の雪いかならん」と問われて、白居易の詩句にならって御簾を高く上げてみせたという逸話（『枕草子』）を踏まえる。○見す　見せる。「見す」と「御簾」の掛詞。○あげまき　総角。紐の結び方の名。輪を左右に出し、中を石だたみに組んで結び、房を垂らしたもの。御簾や文箱《ふばこ》などの装飾に用いる。ここは「御簾を上げる」と「総角」の「あげ」を掛詞としている。○鎧ぐさ　「ぼたん（牡丹）」の異名。「あげまき鎧」と「腹巻鎧」を言い掛けて、「鎧ぐさ」を導いた。

九七　春なつやふとく大きな和歌楓《わかかえで》　（同）

【句意】春夏と過ぎるにつれて、若楓も太く大きくなってきたことだ。夏「和歌楓（若楓）」。

【語釈】○春なつ　春夏。○ふとく大きな　『三体和歌』の「春　夏　此二は、ふとくおほきによむべし」を踏まえる。○和歌楓　若楓。楓の若木。若葉の萌え出ている楓。「若楓」を「和歌楓」と表記した点に作意がある。

九八　卯《う》のはなの庭や雪国こしば垣《がき》　（『蘆花集』寛文5）

【句意】卯の花が咲く庭はまるで雪国の越路であるなあ、小柴垣のあたりに咲いていて。夏「卯のはな」。

【語釈】○卯のはな　空木《うつぎ》の花。古来、時鳥《ほととぎす》などとともに、初夏の代表的風物の一つとされ、白く咲き乱れるさまは、雪、月、波、雲などにたとえられた。○雪国　雪が多く降る地方。この句では、卯の花が咲く様子を雪が降ったさまに見立てている。○こしば垣　小柴垣。雑木の小枝で作った丈の低い垣根。ここは、「雪国こし」の「こし」（越）が「小柴垣」の「こし」と言い掛けになっている。

九九　礼《らい》をもつて夏になりけり仏生会《ぶつしようえ》　（同）

【句意】羅衣《らい》を手にして夏となり、礼儀を尽くして仏生会を行う。夏「句意による」。

【語釈】○礼　礼儀。薄物の着物である「羅衣」を言い掛けた。出典で「らい」の振り仮名。○仏生会　釈迦の誕生日の四月八日に修する法会。灌仏会。

【備考】出典では「灌仏」の題下に収められる。

一〇〇　花によめ塔くむやうにきりの歌　（同）

【句意】花について詠むがよい、塔を組むように入念に準備をした、その切りとして桐の歌を。夏「花…きり（桐の花）」。

【語釈】○塔くむ　塔を組み立てる。諺「蟻の塔を組むごとし」（『毛吹草』）を踏まえる。「塔」は蟻塚で、少しずつ怠りなく功を積んで大事業をなしとげることのたとえ。「塔」に「薹」を掛ける。「桐の薹」は桐の花軸。○きりの歌　桐を詠む和歌に、切り（最後）の和歌を言い掛ける。

一〇一　聞《きき》ならへ霜夜《しもよ》のかねでほととぎす　（同）

【句意】耳で聞いて学びなさい、霜夜の鐘の響きのよさを、時鳥《ほととぎす》よ。冬と夏の夜の景物を対比的に出し、よい鳴き声を聞かせよという願いを込める。夏「ほととぎす」。

【語釈】○霜夜のかね　中国の豊山の鐘は霜が降ると自然に鳴ったという。転じて、霜の降る夜、ひときわ冴えまさって寒々と響く鐘の音をいう。張継「月落ち烏啼きて霜天に満つ…夜半の鐘声客船に到る」（『三体詩』『唐詩訓解』）はよく知られる。○ほととぎす　ホトトギス科の鳥。日本には五月に各地に渡来し、八～九月に南方へ去る。日本へ飛来する時期には、夜中に上空を通過しながら鋭い声で鳴く。その鳴き声は、古くから和歌に詠まれてきた。夏の時鳥の声と冬の鐘の音を対比させたのは、どちらも夜に響くものだからであろう。

一〇二　一声や南枝《なんし》はなやまほととぎす　（同）
山科《やましな》の辺にて初《はじめ》て聞《きき》て

【句意】最初の一声だ、南向きの枝から花が咲いていくように、ここ花山の山時鳥《ほととぎす》から鳴いていくよ。夏「やまほととぎす」。

【語釈】○一声　一回の鳴き声。とくに、時鳥や鶴などの鳴き声にいう。ここは初音。○南枝　南の方に生えのびた草木の枝。日あたりのよい枝。慶滋保胤「東岸西岸《とうがんせいがん》の柳、遅速《ちそく》同じからず　南枝北枝《なんしほくし》の梅、開落《かいらく》已《すで》に異なり」（『和漢朗詠集』「早春」）を踏まえる。場所によって季節の推移に差が生じることを詠んだもの。○はなやま　花山。桜の花の咲いている山。京都市山科区の西部にある花山《かざん》地区の別称。ここは「南枝はな」と「はなやま」の「はな」、「はなやま」と「やまほととぎす」の「やま」をそれぞれ掛詞のように詠んでいる。○やまほととぎす　時鳥の異名。まだ山に住んでいる時鳥。時鳥は、夏とともに山から里におりてくると考えられていた。

一〇三　雨の空やくろぼうかほるほととぎす　（『蘆花集』寛文５）

【句意】雨の空は黒ずんでいても、まるで黒方が香るように何とも味わい深い時鳥《ほととぎす》の鳴き声だ。視覚・聴覚・嗅覚を駆使した句作。夏「ほととぎす」。

【語釈】○くろぼう　薫物《たきもの》の名。沈香《じんこう》、丁子香《ちょうじこう》、甲香《こうこう》、麝香《じゃこう》、薫陸香《くんろくこう》、白檀《びゃくだん》などを混ぜて作った練香《ねりこう》。冬の薫物で、幽玄を表すとされた。「くろぼうかほる」で「えもいわれぬ味わい」といった意。色の「黒」も掛け、雨空の陰鬱さを表してもいる。

一〇四　本尊《ほんぞん》は広舌長《こうぜつちょう》かほととぎす　（同）

【句意】お前の本尊は広舌長の相をした転輪聖王なのか、時鳥《ほととぎす》よ。だからお前は弁舌も巧みに「本尊《ほぞん》かけたか」と鳴くのだろう、といううがちを示す。夏「ほととぎす」。

【語釈】〇本尊　寺院・仏壇などで中央に祀られ、信仰・祈りの主な対象となる仏像。個人がとくに信仰する仏。また、時鳥の鳴き声を「本尊かけたか」と聞きなす習慣がある。〇広舌長　仏、転輪王の三十二相の一つ。広く長く、柔軟で、伸ばし広げると顔面をおおって髪のきわにまで及ぶという舌。転じて、巧みな弁舌。雄弁。出典で「くわうせつちやう」の振り仮名。

一〇五　本尊やほとけの名のるほととぎす　（同）

【句意】「本尊かけたか」と鳴いて、仏の名を告げる時鳥《ほととぎす》である。時鳥の鳴き声を「本尊かけたか」と聞きなすことは、室町時代後期から江戸時代にかけて一般化したとされる。夏「ほととぎす」。

【語釈】〇本尊　一〇四の【語釈】を参照。〇のる　告《の》る。告げる。

一〇六　仁和寺《にんなじ》の辺にて声を聞て
うらは香《か》や無価《むげ》の玉山《たまやま》ほととぎす　（同）

【句意】うららかなことだ、衣の裏の無価宝珠のような綺麗な実をつけた橘が植わっている裏山は、あたかも玉山のようだし、山時鳥も鳴いているよ。夏「ほととぎす」。

【語釈】○仁和寺　京都市右京区御室大内にある真言宗御室《おむろ》派の総本山。仁和二年（八八六）光孝天皇の勅願により着工、同四年完成。延喜四年（九〇四）宇多天皇が出家後入寺。以後、御室御所と称し門跡寺となった。○うらは香　裏山の花橘の香。詠人しらず「ほととぎす花橘の香をとめてなくは昔の人やこひしき」（『新古今集』）などのように、時鳥は花橘の香を慕って鳴くと詠まれた。日が照って長閑な様子をいう「うららか」に言い掛けた。○無価の玉　無価宝珠。値のつけられないほど貴重な宝石。「衣の裏の玉」とは『法華経』「五百弟子受記品」の故事による言葉で、大事なものが身近にあってもそれに気付かないことのたとえ。○玉山　玉の採れる山。○山ほととぎす　時鳥の異名。時鳥が鳴くのは、無価宝珠を求めてではなく、裏山の花橘の香りを求めているのだろうと興じた。

一〇七　絵にかいた影か月夜に飛《とぶ》ほたる　（『蘆花集』寛文5）

【句意】絵に描いた光なのであろうか、月夜に飛ぶ蛍は。せっかく光を放っても月光の下ではよく見えず、無価値であるということ。夏「ほたる」。

【語釈】○絵にかいた　絵に描いた。「絵に描いた餅」のように、無益で価値がないこと。○影　光。○月夜　月や月の光。また、月のあかるい夜。○ほたる　蛍。甲虫目ホタル科の昆虫の総称。腹部に発光器を持ち、暗い所では青白い光を放つ。

【備考】宗臣編『詞林金玉集』（延宝7）にも入集。

かねにて作りたる瓶《かめ》に生《いけ》たるを

一〇八　むかし見し鋳物《いもの》や瓶のとこよばな　　（同）

【句意】昔に見た鋳物の瓶はいつまでも残って、常世の橘が咲いている。夏「とこよばな（橘の花）」。

【語釈】○瓶　花を生ける瓶。○むかし見し　橘倚平「昔見しいきの松原事とはばわすれぬ人も有りとこたへよ」（『拾遺集』）の、「いきの」を「いもの」に、「とこたへよ」を「とこよ」に変えたか。『伊勢物語』第六十段の「さつき待つ花橘の香をかげば昔の人の袖の香ぞする」も踏まえるか。○鋳物　溶かした金属を鋳型に流し込んで造った器物。○とこよばな　常世花。橘の異名。昔から変わらないという意で「常世」が導き出されている。

【備考】出典では「盧橘」の題下に収められる。「盧橘」は一般には金柑の異名とされる。

一〇九　目はなさぬや心をつなぐ雲見ぐさ　　（同）

【句意】視線をはなさないことだ、美しい雲見草であれば心がつなぎ止められる。雲など普段は気にも留めないが、美しい雲見草となれば話は別だ、と興じた句。夏「雲見ぐさ」。

【語釈】○目はなさぬ　見続ける。○心をつなぐ　見る者の心を対象につなぎ止める。○雲見ぐさ　雲見草。梅檀《せんだん》の異名。梅檀は、初夏に淡い紫色の花を咲かせるが、遠目には紫雲がたなびくように見える。そのため「雲見草」とも呼ばれ、和歌や俳諧では、しばしば雲に見立てて詠む。また、雲に関しては、たとえば「雲煙過眼《うんえんかがん》」（雲や煙が留まることなく目の前を過ぎ去っていくように、物事に執着することがないこと）という言葉もある。

【備考】 出典では「榁」の題下に収められる。「榁（樗《おうち》）」は梅檀の古名。

二一〇　はなは火をともしなるらしかのこ百合《ゆり》　（『蘆花集』寛文5）

【句意】 まるで火でも灯したかのように鹿の子百合の花が咲いている。鹿の子百合の大きく上に反り返った花びらの形状やその色合いから灯火を想像した。夏「かのこ百合」。

【語釈】 ○ともし　灯し。ともしびのこと。また、「照射《ともし》」とみた場合、夏の夜の狩りで山中の木陰にかがり火をたいたり、火串《ほぐし》に松明《たいまつ》を灯したりして、鹿をおびき寄せて射殺する意があるので、照射狩り《ともしがり》（「狙《ねら》ひ狩り」とも）という鹿狩りのことも連想させる。なお、「しかのこ」で「鹿の子」を掛ける。○かのこ百合　鹿の子百合。ユリ科の多年草、花弁に鹿の子模様の斑点があることからの名。

二一一　おそろしき蚊の声や耳のはたた神《がみ》　（同）

【句意】 おそろしいのは蚊の羽音ですなあ、耳のそばで聞くと激しい雷のようだもの。夏「蚊・はたた神」。

【語釈】 ○蚊の声　蚊は飛ぶときに特有の羽音を立てることから、その音を声とした。○はたた神　霹靂神。激しい雷のこと。

五戒《ごかい》を探題《たんだい》にて人々発句つかふまつりけるに不殺生戒《ふせつしょうかい》を

一一二　追《おわ》ばおへころすをいまし飯《めし》の蝿《はえ》　（同）

【句意】今まさに飯にたかっている蝿を追うなら追えばいい、だが殺すなんてとんでもない、戒めるべきことだ。不殺生戒を犯すことを戒める。夏「蝿」。

【語釈】○五戒　仏教徒として守るべき五つの戒。不殺生戒（生き物を故意に殺してはならない）、不偸盗戒《ふちゅうとうかい》（他人のものを盗んではいけない）、不邪淫戒《ふじゃいんかい》（不道徳な性行為をしてはいけない）、不妄語戒《ふもうごかい》（嘘をついてはいけない）、不飲酒戒《ふおんじゅかい》（飲酒をしてはいけない）。○探題　複数の題の中から籤《くじ》で探りとった題によって詩歌などを詠むこと。さぐりだい。○不殺生戒　前出「五戒」の一つで、生き物を故意に殺してはならない、という戒め。○追ば「追ふ」の未然形に接続助詞「ば」が付いて順接の仮定条件を表し、追うならば。出典で「追」に「おは」の振り仮名。○いまし　ちょうど今。今を強調しながら、「いまし飯」に「いましめし（戒めし）」を掛ける。出典で「飯」に「めし」の振り仮名。

一一三　しげる陰や竹のけぶりにすすけ色　（同）

【句意】枝葉が生い茂ってできた陰であるのだな、竹林が煙ったようなすすけた色をしている。夏「しげる（茂る）」。

【語釈】○しげる　茂る。草木が盛んに生えて枝葉が重なり合っている。○竹のけぶり　竹の林を遠方から見たときに煙のように淡く見える様子。○すすけ色　煤がついて黒く汚れているような色。

かしらおろしける時申《もうし》侍る

一一四　実《み》さいはひあれもこなたも梅法師《うめほうし》　（『蘆花集』寛文5）

【句意】実があってこそまことといえるのであって、あちらの梅は梅干しに、こちらの自分は法師となって幸いだった。自ら出家して法師となったことを梅干しに擬し、梅干しの種に中身・内実を伴ったまことのあることを含意した。夏「梅法師」。

【語釈】○かしらおろしける時　頭髪をそって僧になったとき。出家したとき。○実　果実などの中心にある堅い種子の部分。または、内容・中身。○さいはひ　幸い。幸運。「実」に「身」を掛けて「身さいはひ」とし、自身の幸運をいう。出典で「実」に「み」の振り仮名。○あれ　あのもの。事物や人を指し示す遠称。本句では梅の実を指す。○こなた　こちら。話し手側に近い方向を指し示す近称。本句では自分のことを指す。○梅法師　梅干しを擬人化した表現。梅干しは、青梅を塩漬けにし、シソの葉を加えて漬け込んだ保存食。

【備考】出典の『蘆花集』自序の末尾に「ときに寛文五年花見月十日あまり五日洛陽五条住冨尾氏重隆入道似船序ス」と記されていることから、寛文五年三月十五日の時点で出家していた事実が確認できる。

一一五　水をせきとれる早苗《さなえ》やすまひ草　（同）

【句意】水の流れを堰き止めて植える早苗とは、土俵上の関取のようなものだから相撲草ともいえよう。夏「早苗」。

【語釈】○せき　流水などをさえぎるもの。「せきとれる」で関取を掛ける。○早苗　田に植える稲の苗。○すまひ

草　相撲草。イネ科の一年草。雄日芝《おひしば》の異名で、ほかに力草《ちからぐさ》という名もある。季語としては秋。

一一六　かみなりは核《さね》わるをとかうめの雨　　（同）

【句意】梅雨のさなか、雷が鳴っているが、あれは梅の種子を割っている音でもあろうか。夏「うめの雨」。

【語釈】○核　果実の中にある殻にはいった種子。この句では梅干しの種のことで、固い殻を割った中にある白い実のことを核とか仁《じん》という。菅原道真の飛梅伝説にちなんで天神様にもたとえられる。出典で「さね」の振り仮名。○をと　音。○うめの雨　梅雨《つゆ》の訓読み。夏至の前後に続く雨期。

一一七　やねの樋《とい》やほそ谷川の菖蒲帯《しょうぶおび》　　（同）

【句意】屋根の樋をよく見れば、細長い谷川で涼しげに流れる菖蒲帯のようだ。端午の節句にちなんだ句で、樋を菖蒲帯に見立てた。夏「菖蒲帯」。

【語釈】○樋　屋根から雨水を集めて排水するために設けられた軒先の管。○ほそ谷川　流れの細い谷川。せまい谷川。「大君《おおきみ》の御笠《みかさ》の山の帯にせる細谷川の音のさやけさ」（『万葉集』）、「真金《まがね》ふく吉備《きび》の中山帯にせる細谷川の音のさやけさ」（『古今集』）などの用例を踏まえれば、本句では、次項の菖蒲帯を着物の帯のように流れる細い谷川にたとえていることになる。○菖蒲帯　五月五日の端午の節句に腰痛を防ぐまじないのために菖蒲の葉を編んで腰に巻くもの。菖蒲は雨季にあたる端午の節句（五月五日）の諸行事に欠かせないもので、軒菖蒲、菖蒲湯、菖蒲枕ほかの用途に使われた。

一一八　草のもちにまいてめでたや篠粽《ささちまき》

（『蘆花集』寛文5）

【句意】草餅に比べていっそうめでたいものだなあ、笹の葉を巻いた端午の節句の篠粽というものは。夏「篠粽」。

【語釈】○草のもち　草餅。蓬などの草を練り込んだ餅。季語としては春。○まいて　さらにいっそう。「巻いて」を掛ける。○めでたや　形容詞ク活用「めでたし」の語幹「めでた」に間投助詞「や」が付いて感動を表す。めでたいなあ。結構なことであるなあ。○篠粽　笹粽。笹の葉でくるんで作ったちまき。五月五日の端午の節句に食べる習慣がある。

【備考】出典では「菖蒲付端午」の題下に収められる。

一一九　つりがねのはなおとす風や山法師《やまぼうし》

（同）

【句意】釣鐘の花をふり落とすほどの風が吹いている、あの鐘を谷間に投げ落としたという弁慶のような山法師さながら強い風だよ。夏「つりがねのはな（釣鐘の花）・山法師」。

【語釈】○つりがね　釣鐘草。蛍袋《ほたるぶくろ》の異名。キキョウ科の多年草で、夏に釣鐘状の花が垂れ下がって咲く。○山法師　平安時代に武力をふるった比叡山延暦寺の僧兵のこと。「弁慶の引き摺り鐘」として知られるものに、弁慶が叡山の延暦寺の僧兵として園城寺（三井寺）を攻めた折、戦利品として園城寺の鐘をひきずって持ち帰ったところ、この鐘を突くたびに三井寺へ帰ろうと鳴るため、怒った弁慶がこの鐘を谷間に投げ捨てた、という伝説があり、これを踏まえる。また、夏に白い花を咲かせる同名の落葉高木があり、頭状の花序を法師の頭、花びらに見える白い総苞《そうほう》を頭巾に見立てての命名という。

【備考】出典では「夏草」の題下に収められる。

一二〇　なくころや五月《さつき》のみのりせみの経《きよう》　（同）

【句意】そろそろ鳴き始めるころだろう、実り多き五月だもの、夏本番を告げるありがたい経を唱える蟬が。夏「五月・せみ」。

【語釈】○みのり　御法。仏法を尊んでいう語。「実り」を掛ける。語呂合わせとして、五月の「緑」も重ねる。○せみの経　蟬の鳴き声を読経にたとえる。

一二一　夏きえぬひむろや名誉《めいよ》きたの山　（同）

【句意】夏でも溶けて消えることのない氷を貯えておく奇特な氷室は、誉れ高き北の山にある。夏「夏・ひむろ」。

【語釈】○ひむろ　冬に切り出した氷を夏まで貯えておくための室。京都の山々には氷室が点在し、その場所を示す地名でもある。似船編の歳時記『勢多長橋《せたのながはし》』（元禄４）「氷室」の項に「氷室をよみたる所々有《あり》」として、氷室山・長《なが》坂《さか》・松崎《まつがさき》・小野・石影山《いわかげやま》・栗栖野《くるすの》のほか、大阪の闘鶏野《つげの》を挙げる。本句では、京都市北区の西賀茂地区に属する山間部にあった氷室と推定。当地は、平安時代から氷を製造・貯蔵する氷室があったことで広く知られていて、同地には氷室とともにその守護神として氷室神社が鎮座する。後年のものながら『拾遺都名所図会』(天明6) 巻三に、氷室社の解説と氷室神社の挿画が載る。一九三に氷室山の句あり。○名誉　評判の高いこと。世に稀なこと。○きたの山　北山。京都市北区の北西、いわゆる丹波高地に連なる山間部を指す呼称で、平安京から見て北の方角に位置することに由来する。本句では氷室のある地域を指す(【語釈】「ひむろ」を参照)。

一一二　ゆふだちのはれまや月をおがみうち　(『蘆花集』寛文5)

【句意】夕立ちの晴れ間の機会をとらえて、ここぞとばかりに月を刀で突くようにして拝み倒したことだ。「月」に「突き」を掛け、雨天の晴れ間を逃すまいとした咄嗟の動作を拝み打ちと表現した。夏「ゆふだち(夕立)」。
【語釈】○ゆふだち　夕立。雲が急に立ち、雷鳴を伴いながら短時間に激しく降る大粒の雨。「だち」に「太刀《たち》」を言い掛ける。○おがみうち　拝み打ち。刀の柄を両手で握って頭上に高く構え、上から下へ切り下げること。本句では時機を逃すまいと拝む際の勢いあまった動作をとらえた。

一一三　おるほねや盛夏《せいか》にきえぬ雪の竹　(同)

【句意】骨の折れた扇というのは、真夏でも消えずに耐えて残っている雪折れの竹と似たようなもの。夏「盛夏」。
【語釈】○おるほね　骨が折れたことに、力を尽くしたの意を重ねる。○盛夏　夏の盛りの時期。真夏。○雪の竹雪折れの竹。白い扇のことを万年雪をたたえた富士山に見立てた可能性もある。

【備考】出典では「扇付団扇」の題下に収められる。

一二四　招涼《しょうりょう》の玉といふべしまろ団扇《うちわ》　（同）

【句意】この暑さの中では、まさに招涼の珠と呼ぶにふさわしいのがこの丸い団扇だ。夏「団扇」。

【語釈】○招涼の玉　招涼の珠。持っていると夏の暑いときでも自然と涼しさをまねき寄せるといわれる珠。○まろ　丸いこと。丸い形。

一二五　なつの夜やきりとうだいのあぶら月　（同）

【句意】いかにも夏らしい夜だこと、今夜の月ときたらまるで切り灯台のようだから油月とでも呼んでおこう。夏「なつの…月」。

【語釈】○きりとうだい　切り灯台。照明具で、高灯台に対して背が低い灯台の称。上に油皿をのせて火をともす。○あぶら月　油月。にぶい光を放っている月。月の周囲に油を引いたように見えるのでいう。季語としてこれ自体は秋。「あぶら」は、切り灯台の油と油月の両方に掛かる。

【備考】出典では「夏月付短夜」の題下に収められる。

舳松瓜《へのまつうり》といふをたうべて

一二六　ひゆるふりやへの松陰《まつかげ》のいはし水　（『蘆花集』寛文5）

【句意】冷えたようですなあ、こうして瓜が食べごろになったのも舳松の松陰に流れる石清水のお蔭ですね。夏「ふり（瓜）・いはし水（石清水）」。

【語釈】○舳松瓜　和泉国舳松村（現在の大阪府堺市堺区内）で栽培された真桑（甜）瓜。『毛吹草』（正保2）に「和泉」（巻四）の名物として「舳松瓜」を挙げる。○たうべて　食べて。○ひゆる　冷える。○ふり　様子。「瓜」を掛ける。○への松陰　舳松瓜と松陰を言い掛けた。○いはし水　石清水。岩の間からわき出るきれいな水。

一二七　見をくるやうごかすほこの舟ぐるま　（同）

【句意】見送ろうではないか、皆で力を合わせて動かす船形の鉾が乗った山車を。京都の祇園社の祭礼である祇園会の様子を、船出する人を見送る場面のように見立てた。夏「ほこの舟ぐるま（船鉾《ふねほこ》・祇園会）」。

【語釈】○ほこ　鉾。敵を突き刺すための長柄の武器。それをかたどり、祭礼用に装飾を施したものを山鉾などの屋台の上に立てた。本句では京都の祇園会において巡行する山鉾（船鉾）のこと。○舟ぐるま　船形の山車。船鉾。

【備考】出典では「祇園会」の題下に収められる。

一二八　中島《なかじま》やさきぬるいけの蓮華峰《れんげほう》　（同）

【句意】中島の方へ目をやると、池では峰のように並ぶ蓮華の咲き誇っている様子が見える。夏「蓮華」。

【語釈】〇中島　池や川の中にある島のことで、とくに庭園の池中に作られた島。本句では場所の特定はできないが、寺院の池泉庭園であろう。〇蓮華峰　庭園の池一面に蓮の花が咲き連なっている様子を峰に見立てた。

一二九　涼しさや花の遺恨《いこん》もなつの風　（同）

【句意】涼しくなってきたようだ、花にもどこか心残りがありそうな、そんな思いを含んだ夏の風であることよ。夏「涼しさ・なつの風」。

【語釈】〇遺恨　憾み。残念に思うこと。思いを残すこと。心残り。〇なつの風　夏の風。「なつ」に「撫づ」を掛けて、涼風によって「遺恨」を慈しむ、慰めるといった含意を持たせたか。

【備考】出典では「暑気付納涼」の題下に収められる。

六月三十日神なり夕立《ゆうだち》しければ

一三〇　雷盆《すりばち》か雨にをとするみそぎ川　（同）

【句意】雷盆か、すりこぎを使ったときに出るほどの激しく大きな雨音を立てている禊川だことよ。夏「みそぎ川（禊川）」。

【語釈】○神なり　雷。○夕立　雲が急に立ち、雷鳴を伴いながら短時間に激しく降る大粒の雨。○雷盆　擂鉢《すりばち》のことで、食物をすりつぶすための調理器具。「らいぼん」とも読み、雷に掛けて「雷盆」と表記した。○をと　音。○みそぎ川　みそぎをする川。とくに夏越《なごし》の祓《はらえ》の神事を行う川。神事は毎年六月晦日に宮中や神社で行われる。

【備考】出典では「御祓」の題下に収められる。

蒲《がま》に火ともしたるを見て

一三一　不動《ふどう》ならでもゆる穂のほやがまのさう　（『蘆花集』寛文5）

【句意】不動明王でもないのに燃えるその蒲の炎は恐ろしい形相をしている。夏「がま（蒲）」。

【語釈】○蒲　がま。ガマ科の多年草。池や沼の岸辺に群生し、夏になると円柱形の鉾に似た花穂をつけるが、この花穂を蒲の穂といい、ほぐして火口《ほくち》として用いた。○不動　不動明王。悪を断ち仏道に導くことで救済する役目を担っていることから恐ろしい表情をしており、燃え上がる炎の形をした火焔光背を背にしている。○ならで　…でもないのに。○穂のほや　「穂の火舎《ほや》（香炉、「火屋」とも）」と「炎《ほのお》や」を掛ける。○がまのさう　蒲の相。本句では不動明王などが悪魔を降伏《ごうぶく》させるときの恐ろしい顔つきをいった。また、釈迦が悟りを開こうとしたとき、妨害した欲界第六天を降伏させた。そのときの姿をいう「降魔《ごうま》の相」も掛ける。

朔日《さくじつ》ひつじの日なりければ

一三二　冬やたちて今朝告朔《こうさく》の羊《ひつじ》の日　（同）

【句意】暦の上では立冬を迎え、今朝は朔日未《ひつじ》の日、まさに告朔の羊の日であるよ。冬「冬やたち（冬立つ）」。

【語釈】○朔日　その月の第一日。ついたち。○ひつじの日　未の日。日に割り当てられた十二支が未にあたる日。「羊の日」（後項「告朔の羊の日」参照）を掛ける。○冬やたちて　「冬立つ」で、暦の上で冬になって。○告朔の羊の日　中国では毎月一日に羊を廟に供えて祖先を祀る告朔の儀式が行われてきたが、周の時代の魯の国ではそれが廃れ、羊を供えるという形式だけが残っていた。それを見た子貢がそうした習慣はやめるべきだというと、師の孔子は儀式が廃れてしまうことを惜しんで反対したという。この故事により、古くからの習慣は実質的な意義を失っていても、むやみに廃止すべきではないことをたとえて「告朔の餼羊《きよう》」というようになった（「餼羊」はいけにえの羊）。実体のない虚礼のたとえとしても使われる。古代日本でも「告朔・視告朔《こうさく》」として、天皇が毎月朔日に公文書を視る儀礼として受容され、儀式化していった。出典で「告朔」に「かうさく」の振り仮名。

【備考】出典では「初冬」の題下に収められる。

一三三　はしり知恵や時雨《しぐれ》の雲のうかべたて　（同）

【句意】思慮の浅いことだなあ、時雨の雲をあちこちに浮かべて雨を降らそうとするなんて。冬「時雨」。

【語釈】○はしり知恵　走り知恵。早のみこみをして思慮の浅いこと。○時雨　晩秋から初冬にかけて降ったり止んだりする小雨。時雨が降り過ぎていくことを走るともいうので、「はしり」と「時雨」は縁語仕立て。○うかべたて　浮かべ立て。雨雲が方々に浮かんでいる様子。

例よりも嵐はげしかりければ

一三四　阿太胡殿《あたごどの》やけふの豕子《いのこ》のあれの神　（『蘆花集』寛文5）

【句意】愛宕殿《あたご》だけに、今日の嵐がいつもより激しいのは、猪《いのしし》が霊験あらたかな神のつかいとして暴れ回っているからだ。冬「豕子（亥子）」。

【語釈】○例よりも　いつもよりも。○嵐　荒く激しく吹く風。○阿太胡殿　京都市右京区嵯峨愛宕町にある愛宕神社。全国にある愛宕神社・愛宕信仰の総本山。とくに火伏せ（防火・鎮火）にご利益があるという。○豕子のあれ「豕子（亥子）」は「猪」で愛宕神社の神使《しんし》。「あれ」は「荒れ」で天候が穏やかでないこと。「亥子の荒れ（「亥子荒れ」とも）」で、亥の子の日の前後の天候の荒れ模様をいう。○あれの神　荒れの神。「荒神《あらがみ》」として霊験のあらたかな神の意を込める。

一三五　ちる木葉《このは》やばらばら雨と夕あらし　（同）

【句意】舞い散っているのは木の葉だ、ばらばらと雨と夕嵐にもまれている音が聞こえるよ。冬「木葉」。

【語釈】○ばらばら　粒状のものが散らばりながら勢いよく落ちるさま。濁点は出典の表記による。『類船集』によれば「ばらばら」と「木葉」「雨」は付合語。○夕あらし　夕嵐。夕方に吹く強い風。「夕」に「言ふ」を掛けるか。

【備考】出典では「落葉」の題下に収められる。

一三六　月次《つきなみ》の会さはる事侍りて中絶しけるを又もよほし侍るとて
小春《こはる》とやことばの花もかへり咲《ざき》　（同）

【句意】暖かく穏やかな小春日和であるならば、それにふさわしく言葉の花も返り咲くことでしょう。再開された句会を喜ぶ気持ちが託される。冬「小春・かへり咲」。

【語釈】○月次の会　月例の句会。○さはる事　障ること。都合の悪いこと。○小春　冬の初めの春に似た温暖な気候。陰暦十月の異称。○ことばの花　美しい表現の言葉。巧みな表現。詩歌とくに和歌をいうが、本句の場合は俳諧。○かへり咲　草木の花がその時季ではないのに咲くこと。多くは春に咲く花が、初冬の小春日和が続いた日に再び咲くことをいう。帰花《かえりばな》（皈花）とも。

【備考】出典では「皈花」の題下に収められる。

一三七　朝の間《ま》の霜はくれなゐの袴哉《はかまかな》　（同）

【句意】日の出時分の朝日に照らされた霜は、まるで紅の袴のようだなあ。冬「霜」。

【語釈】○霜　冬の寒い早朝などに地面や草の葉の表面に付着する氷の結晶。○くれなゐの袴　紅の袴。十二単などの女房装束で、成人女子が用いた紅染めの袴。緋の袴。この句の場合は朝焼けの霜をいう。また、袴が月の光で白々と輝いているさまをいう「霜の袴」という表現にならった見立の句でもあろう。

一三八　崇《あが》むべしつるぎの宮と霜の神　（『蘆花集』寛文5）

【句意】何はともあれ崇拝すべきは、剣《つるぎ》の宮と霜の神ですよ。冬「霜」。

【語釈】○崇む　尊いものとして扱う。○つるぎの宮　剣神社。京都市東山区にある剣神社。○霜の神　剣の宮の縁で、この時期に見かける霜を剣に見立て、崇拝の対象に加えたのだろう。

一三九　枯《かれ》ゆくや霜にせめらるる駒《こま》つなぎ　（同）

【句意】だんだんと草木が枯れる頃になってきて、いよいよ霜に追いつめられているのは駒つなぎだ。冬「枯ゆく・霜」。

【語釈】○枯ゆく　草木が次第に枯れてゆくさまをいう。○霜　気温が氷点下になったとき、空気中の水蒸気が地面や地上の物に触れて昇華してできる氷の結晶。○せめらるる　追いつめられる。苦しめられる。「責む」には馬を調教する、乗りならすの意もあることから「駒」を連想したのだろう。○駒つなぎ　マメ科の被子植物。山野に生える。季語としては夏。また、馬をつなぎとめることやそのためのものをいう。霜がおりた冬の朝、馬をつなぎとめるという強靭そうな名の付いた「駒つなぎ」が、霜に当たってやがて枯れていくさまを「せめらるる」と擬人化して表現した句。類句に「冬は霜にせめらるる野や駒つなぎ　泉郎子」一三二（『時勢粧』寛文12）がある。

【備考】出典では「寒草」の題下に収められる。

一四〇　星は月のかつらの木葉天狗哉《このはてんぐかな》　（同）

【句意】星は月に従う眷属で、月に生える桂の木の葉っぱのようなもので、大天狗に仕える木葉天狗ともいえよう。冬「木葉」。

【語釈】〇月のかつら　古代中国の伝説で、月の中に生えているという桂の木。月桂《げっけい》。転じて月または月の光。〇木葉天狗　大天狗に仕える眷属の天狗で、鳥のような姿をしているという。また、威力のない小さい天狗（小天狗）で、風に舞い散る木の葉のたとえとも。天狗の姿や種類については様々な伝承があり、日本では赤顔長鼻で高下駄を履き、羽団扇を手にした山伏姿がイメージされてきている。中国では天から幸運をもたらす吉獣・吉星とか、逆に不幸をもたらす凶獣・凶星として伝えられてきている。本句では、星や月を取り合わせていることから、中国における天上を駆け巡る天狗星などから連想したものか。

【備考】出典では「冬月」の題下に収められる。

一四一　せせなぎの氷は垢貳《くに》の衣《ころも》かな　（同）

【句意】どぶに張るような氷は、垢や脂で汚れた衣をまとったようなものといえようか。冬「氷」。

【語釈】〇せせなぎ　どぶ。下水。〇垢貳の衣　「垢貳」は「垢膩」（「こうじ」とも読む）で、肌につく垢と脂の意。謡曲「卒塔婆小町」に「垢膩の垢《あか》づける衣あり」の詞章があり、垢で汚れた衣類のことを垢衣《くえ》という。本句では、氷が張ったさまを、衣が物を覆い包むのにたとえていう「氷の衣」を発想の契機としたものだろう。下水に張るような氷は汚れて透明でないことを詠んだ。

【備考】 原本では「垢貳」を「垢弐」とするが、出典の表記によって改めた。

一四二　氷そろ玉とみるまで桶の水　（『蘆花集』寛文5）

【句意】 氷というものがありまして、美しい玉と見まがうほどのものながら、もとはただの桶の水なのです。冬「氷」。

【語釈】 ○そろ　候《そうろう》。「ある」「いる」の丁寧語。○玉　球形の美しくて小さい石の総称。真珠。「玉とみるまで」の部分は、大伴家持の和歌「さを鹿の朝立つ野辺の秋萩に玉と見るまで置ける白露」（『万葉集』『新古今集』）を踏まえる。下五の「桶の」は和歌の「置ける」の部分に掛けたもじり。○桶　円筒形をした木製の容器の総称。

一四三　岸浪《きしなみ》のあやや氷柱《つらら》の筋《すじ》どんす　（同）

【句意】 岸に打ち寄せる波の模様でもあろうか、その垂れ下がっている氷柱の筋緞子は。冬「氷柱」。

【語釈】 ○岸浪　岸に寄せる波。○あや　模様。○氷柱　水のしずくが凍って、軒や岩角などに長く垂れ下がったもの。○どんす　緞子。繻子織《しゅすおり》地に繻子織の裏組織で模様を織り出した織物。礼装用の帯地、表装具、寺院の調度品などに使われる。「あや」と「筋どんす」は縁語。本句では、岸辺に垂れる氷柱のことを波模様のようだとし、それが氷柱の筋で織りなした緞子だと見立てる。

一四四 玉の花やこけてころころ笑顔《わらいがお》 (同)

【句意】玉の花のような霰《あられ》だことよ、ころころと転がりながら、笑い転げるように花の笑顔を見せている。冬「玉の花(霰)」。

【語釈】○玉の花 玉花《ぎょっか》。美しい花。転じて、雪など美しいもののたとえ。本句では霰を指す。○こけて 転がって。○ころころ まるい物や小さな物が転がっていくさま。笑い転げるさま。○笑顔 えがお。「笑」と「咲」は同義で、花の咲くことを「花笑ふ」ということから、「笑顔」は「花」の縁語。

【備考】出典では「霰」の題下に収められる。

一四五 うきたつた雲は酒気《さかけ》と霙《みぞれ》かな (同)

【句意】空に浮かびたった雲は、酒の酔いで上機嫌になって霙を降らすことだ。浮雲の様子に対し、酒に酔って浮き立った人のイメージを重ね、「酒気」や「霙」などの語を連想した。冬「霙」。

【語釈】○うきたつた雲 浮雲。空中に浮かび漂う雲。転じて、空に漂う雲のように行方が定まらないこと、境遇の定まらないことのたとえでもある。また、「浮き立つ」には、楽しく陽気になる、うきうきするの意もある。○酒気 酒の酔いで上機嫌な気配。○霙 雪が空中で溶けかかって雨とまざって降るもの。霙酒(糯米《もちごめ》の麹《こうじ》の粒が残っている状態を霙に見立てたところからの名)のイメージを重ねる。

人のもとへ夜遊《やゆう》にまかりて明《あく》る朝、礼《れい》に文《ふみ》やる折ふし雪ふりければ筆のついでにかき付《つけ》侍る

一四六　今朝の雪やよべの栄花《えいが》の帰花《かえりばな》　　（『蘆花集』寛文5）

【句意】今朝降る雪こそは、昨夜の華やかな遊興の再来と惜しむ帰花のようなものだ。冬「雪・帰花」。

【語釈】○夜遊　夜の遊宴。○よべ　昨夜。ゆうべ。○栄花　贅沢な生活をすること。本句では昨晩、遊び楽しんだ酒宴のこと。○帰花　初冬、小春日のころに返り咲く花。花を咲かせる時期が過ぎた後に、再び時節はずれに花をつけることで、桜・桃・梨・山吹・つつじなどに多く見られる現象。なお、「雪」を「花」に見立てることは、紀貫之の「雪降れば冬ごもりせる草も木も春に知られぬ花ぞ咲きける」（『古今集』）などのように、和歌以来の例は多い。

【備考】前書の大意は「人のもとへ夜遊びに出かけ、翌朝になって礼状を認めようとしたその折、雪が降ってきたものだから、筆を使うついでに句を書きつけた」。出典では「雪」の題下に収められる。

一四七　茶のはなか雲のあはたつ空の雪　　（同）

【句意】茶の花と見紛うばかり、雲がわきあがっていく粟田《あわた》のあたりの空の雪模様であることよ。冬「茶のはな・雪」。

【語釈】○茶のはな　茶の木に咲く白い花。○雲のあはたつ　雲がわきあがる。雲が多く立ちのぼる。京都の地名「粟田」を掛ける。和歌の用例にあやもち「憂きめをばよそ目とのみぞ逃れゆく雲のあはたつ山の麓に」（『古今集』）がある。

一四八　おもきこそ威《い》ある君子《くんし》よ雪の松　　（同）

【句意】雪を頂いた松のその姿は、重くなっただけに威厳のある君子のようだ。冬「雪」。

【語釈】○威　威厳。○君子　すぐれた徳と品行のそなわった人。人格者。孔子の容貌を評した言葉で、君子の理想的な人柄をいう「威ありて猛《たけ》からず（威厳はあるが、内に温情がこもっていて荒々しくない）」（『論語』述而篇）を踏まえる。

一四九　銀燭《ぎんしよく》にますや学びの窓のゆき　　（同）
　　　　学文者《がくもんじや》のもとにて

【句意】銀の燭台の灯火にもいっそうまさっていることだよ、学びの窓の雪明かりというものは。中国の有名な故事（【語釈】を参照）を踏まえ、苦学する者の尊さを表す。冬「ゆき（雪）」。

【語釈】○学文者　学問者。学問のできる者。学者。○銀燭　銀製の燭台。また、光の美しく照り輝く灯火のたとえ。華燭。○窓のゆき　苦学することをたとえていう。中国の晋《しん》の孫康《そんこう》は、貧しくて灯油が買えなかったので、冬月には雪明かりで書物を読んだという故事に基づく。この故事は、『蒙求』「孫康映雪、車胤聚蛍（孫康雪に映じ、車胤蛍を聚む）」の前半の四言詩による。なお、対をなす後半の四言詩は、前者同様に貧しかった車胤は、夏月には集めた蛍の光で照らして書物を読んだという内容の故事。蛇足ながら、今日では両方あわせて明治時代の唱歌『蛍の光』の歌詞「蛍の光、窓の雪」の出典として知られる。

一五〇　雪に見るや玉の中なる釈迦《しやか》の嶽《たけ》　　　　（『蘆花集』寛文5）

【句意】このあたりを雪の降り積もった日に見ると、玉の中のお釈迦様さながら、美しい玉の中の釈迦ヶ嶽といった風情であることよ。冬「雪」。

【語釈】○玉　球形かそれに近い形の美しいもの。真珠。「玉の中なる釈迦」については、謡曲「海人」に「玉中に釈迦の像まします。いづ方より拝み奉れども、同じ面《おもて》なるによつて、面を向ふに背《そむ》かずと書いて、面向不背《めんこうふはい》の玉と申し候」とあるように、前から見ても後ろから見ても表裏がなく、美しく見える玉をいう「面向不背の玉」をさす。○釈迦の嶽　釈迦ヶ嶽。本句の場合、場所は特定できないものの、名称としては釈迦如来を山頂・山麓・山中に祀ったことに由来する。

絵師のもとにて

一五一　かきうつす絵の鴦鳥《おしどり》や紙ぶすま　　　　（同）

【句意】書き写された絵の中の鴛鳥は、夫婦ともに末永く仲むつまじくあれ、という願いが込められ、紙衾に仕上げられた。冬「鴦鳥・紙ぶすま」。

【語釈】○鴦鳥　鴛鴦。カモ科オシドリ属に分類される水鳥。「鴦」はメス、「鴛」はオスを示し、「鴛鴦」で「おしどり」と読むが、ここの「鴦鳥」はツガイとみて「鴛鴦」と同義と解した。夫婦や男女の仲がよいことのたとえとしても使われる。〇紙ぶすま　紙衾。紙子で作った粗末な夜具。ここでは「鴛鴦《おし》の衾《ふすま》（「えんおうのふすま」とも）」で、夫婦和合を象徴する鴛鴦の絵柄の付いたものをいう。とくに婚礼の際などに用いられた。

【備考】出典では「水鳥」の題下に収められる。

一五二　雪獅子《ゆきじし》と見んけだものの炭《すみ》のぜう　（同）

【句意】雪獅子となって現れ出てきたと見よう、それは獣炭《じゅうたん》が白くなったもので、白髪の老父のようだ。冬「雪獅子・けだものの炭（獣炭）」。

【語釈】〇雪獅子　雪で作った獅子。雪だるま。〇けだものの炭　獣炭（「けだものずみ」とも）。粉炭《ふんたん》を練って獣の形に作ったもので、中に香を入れて燻じるのに用いた。〇ぜう　尉。老父。炭火の白い灰となったもの。黒い炭が白い灰になるのを老人の白髪になぞらえていう。

【備考】出典では「埋火」の題下に収められる。

東寺《とうじ》にて

一五三　花の香もたかし東寺の冬至梅《とうじばい》　（同）

【句意】花の香りも評判が高いのは東寺に咲く冬至梅である。冬「冬至梅」。

【語釈】〇東寺　京都市南区九条町にある寺。東寺真言宗の総本山。〇たかし　高し。評判が高い。本句では梅の香り高いことと、「東寺」にも掛けて、五重塔などが高さを誇っていることを含意したか。〇冬至梅　野生の梅の系統で冬至の頃に咲く。花は白で中輪、枝は細く主に盆栽用に用いる。早咲きの梅。「とうじうめ」とも。「冬至」に「東寺」を掛ける。

【備考】原本では上五を「花に香も」とするが、出典の表記によって改めた。

江州《ごうしゅう》にて

一五四　つりぶねは花いけなれやびわの海　『蘆花集』寛文5

【句意】釣り船はここ琵琶湖に花生けの器さながらに浮かび、釣り船という船形の花生けには枇杷の花が生けてある。冬「花…びわ（枇杷の花）」。

【語釈】〇江州　近江国の異称。〇つりぶね　釣りをするのに用いる船。また、生け花で船の形をした釣り花生け。〇花いけ　花生け。花を生ける器。花器。花入れ。〇びわの海　琵琶湖。滋賀県の中央部にある湖。「枇杷」を掛ける。

【備考】出典では「枇杷花」の題下に収められる。

一五五　ふくふくのめにあふや茶のはなの風　（同）

【句意】柔らかくふくよかな心地のする風が、小さな茶の花が開くことを誘うように吹いてきたよ。冬「茶のはな」。

【語釈】○ふくふくの　豊かであるさま。柔らかくふくらんだ感じのするさま。芽を吹く（芽を出す）を連想させる。○めにあふ　目に遭う。直接に経験する、体験する。「め」は「目」に「芽」を掛ける。○茶のはな　茶の木に咲く白い花。
【備考】出典では「茶花」の題下に収められる。

一五六　ふみとどろかしましやなるかみ衾《ぶすま》　（同）

【句意】足を踏み鳴らすように音を轟かせている雷が騒々しく、紙衾にくるまることしかなすすべがない。「かし」と「かみ」の掛詞を連続して用いた技巧が目立つ。冬「かみ衾（紙衾）」。
【語釈】○ふみとどろかし　足を踏んで音を鳴り響かせる。「かし」は次の「かしまし」にも掛かる。○かしましやかましい。さわがしい。そうぞうしい。耳障りである。○なるかみ　鳴神。雷のこと。「なる」は続く「かみ衾」もごわごわと「鳴る」ことを掛けているか。○かみ衾　紙衾。紙子で作った粗末な夜具。

一五七　千歳《せんざい》や松の尾やまのかぐら歌　（同）

【句意】長い年月を経て今日まで由緒正しく伝来しているのは、松尾山で奉納される神楽歌である。冬「かぐら歌（神楽歌）」。
【語釈】○千歳　長い年月。神楽歌の中の一曲でもある。○松の尾やま　松尾山。京都市西京区にある山。この山をご神体とする松尾大社《まつのおたいしや》（松尾神社）が麓にある。歌枕としても知られ、「千歳」と「松の尾山」を取り合わせた例歌として、源兼澄の「ちはやぶる松の尾山の陰みれば今日ぞ千歳のはじめなりける」（『後拾遺集』）がある。○かぐら歌　神楽歌。神楽の中でうたう神歌や民謡。「千歳」「松」「神楽」の一連の連想が働く。

一五八　空夜《くうや》窓《まど》あけがたにきくや鉢《はち》たたき
　　あかつきとをるを聞《きき》て　（『蘆花集』寛文5）

【句意】静かな夜が過ぎた明け方の頃、窓を開けてみたら聞こえてきたよ、空也念仏を唱える鉢扣《はちたたき》の声が。冬「鉢たたき」。

【語釈】○あかつき　暁。明け方。○空夜　静かな夜。さびしい夜。これに「空也」上人を掛ける。○あけがた　夜が明けようとするころ。「あけ」に「開け」を掛ける。○鉢たたき　鉢扣・鉢敲。とくに、京都の時宗に属する空也念仏の集団が空也上人の遺風と称し、鉢や瓢箪をたたきながら念仏を唱えたり、念仏踊を行って勧進するもので、陰暦十一月十三日の空也忌から大晦日までの四十八日間に行うものが知られる。江戸時代には家々の門に立って喜捨を乞う門付芸の一つにもなった。

一五九　綿《わた》かづきとなふほとけや地蔵尊《じぞうそん》　（同）

【句意】綿の帽子を頭にいただいて祈りを唱える仏様といえばお地蔵様だ。冬「綿・となふほとけ（仏名会）」。

【語釈】〇かづき　頭にかぶって。頭上にいただいて。〇となふほとけ　仏名会《ぶつみようえ》、御仏名《おぶつみよう》のこと。陰暦十二月十九日より三日間、禁中および諸寺院で仏名経を誦し、過去・現在・未来の三世にわたる諸仏の名号を唱えて罪障を懺悔する法要。〇地蔵尊　地蔵菩薩。六道（地獄、餓鬼、畜生、修羅、人間、天上）に苦しむ衆生《しゆじよう》を教化救済する菩薩。一般に僧形で右手に錫杖《しやくじよう》、左手に宝珠を持つ。救いの働きによって様々な名が付き、その多くは石に刻まれて路傍に建てられ、広く祈念の対象となった。とくに子どもの守護尊とされたことから、赤い前掛けや帽子を奉納するようになった。

【備考】出典では「仏名」の題下に収められる。

一六〇　しきなみはあじろの床《とこ》のたたみかな　（同）

【句意】寄せ来る波は、網代の床に敷いた畳のようにたたみかけてくるよ。冬「あじろの床」。

【語釈】〇しきなみ　頻波・重波。次から次へとしきりに寄せて来る波。「敷き」を掛ける。〇あじろの床　網代の床（「網代」と同義）。川の瀬に設ける魚を捕るための設備。冬、京都の宇治川で氷魚（鮎の稚魚）を捕えるのに用いた。川の流れの中に杭を立て並べ、竹・木などを細かく編んで魚を通れなくし、その端に水面に簀を置いて魚がかかるようにしたもの。〇たたみ　畳。波がたたみかけるように押し寄せてくることを言い掛ける。「しき（敷き）」「床」「たたみ（畳）」は縁語。

一六一　うり出しの銭《ぜに》やせちぶの舟のあし　（同）

【句意】何とか売り出して得た銭なのだが、節季前の支払いで、急ぐ船足のようにはやばやと使ってしまったよ。冬「せちぶ（節分）」。

【語釈】○うり出し　売り出すこと。○せちぶ　節分。とくに立春の前日をいう。広義には季節の変わり目として、立春・立夏・立秋・立冬の前日。○舟のあし　船足で、船の進む速さ。船賃の意も含める。

年内立春

一六二　ときことや年のうちもの春の風　（『蘆花集』寛文5）

【句意】早いことだなあ、今年の暮れは、物々交換したごとく、冬に代わって春の風が吹くことになった。冬「年のうち・年内立春（前書による）」。

【語釈】○年内立春　陰暦で新年を迎えないうちに立春になること。『古暦便覧』（貞享2）によると、出典の刊年に一番近いところでは、前年の寛文四年十二月二十二日が立春であった。○ときこと　疾きこと。時間的経過が早いこと。○年のうち　年の内、年内。暮れ。「うち」は次の「うちもの」にも掛かる。○うちもの　品物を交換しあうこと。物々交換。本句では年内立春により、暦の上では年末の時点で冬から春に代わってしまったことのたとえとした。○春の風　春に吹く穏やかな風。

【備考】原本では「補訂」として追加された一句。

うしの年のくれに

一六三　ゆくをつなぐ桃林《とうりん》もがなうしの年　（同）

【句意】暮れゆく丑年からは、来年も牛をつなぐ桃林のように平穏であって欲しいと願う。丑年だけに牛のように穏やかな一年だったことを含意しながら、来る年への期待を込める。冬「句意による・年のくれ（前書による）」。

【語釈】○うしの年　丑の年。出典の刊年にもっとも近い年としては、寛文元年（一六六一）が辛丑《かのとうし》にあたる。「丑」に動物の「牛」を掛ける。また、「憂し」を掛け、丑年のうちに何事かがあって、辛い年だったと想像することもできよう。○つなぐ　長く切れないようにたもたせたり、たえないようにする。本句では、牛を綱などでつなぎとめておく意をきかせる。○桃林　桃の林。牛の異名でもあり、両方の意をきかせる。一句の上でも「桃林」と「うし」は縁語の関係にある。牛については、「馬を崋山の陽に帰し、牛を桃林の野に放ち」（『書経』武成篇）による。争いが終わって平和になること、二度と争いをしないことのたとえとして知られる「帰馬放牛《きばほうぎゆう》」の典拠でもある。○もがな　……があればなあ、のようにほかへの願望を表す。

【備考】出典では「歳暮」の題下に収められる。

一六四　つくり見るもち花や春のとなり草　（同）

【句意】歳末に作り上げた餅花は、これこそ春の隣草と呼ぶにふさわしかろう。冬「句意による」。

【語釈】○もち花　餅花。正月に柳や竹などの枝に小さく切った餅や団子を挿して飾る祝儀用の飾りもの。季語としては春。〇となり草　隣草。牡丹の異名で、季語としては夏。「となり」の語は「春のとなり」と「となり草」の両方に掛かり、本句では餅花を春に隣り合った花だと言いなした。

【備考】出典では「歳暮」の題下に収められる。

一六五　ともしありくほかげや年の末の松　（『蘆花集』寛文5）

【句意】火を灯して歩いていくと、火影に照らし出された先に見えたのは年の瀬の松の姿だった。「松」に「待つ」を掛けながら、行く年を惜しみつつも新年を待ち望む意を込める。冬「年の末」。

【語釈】〇ほかげ　火影。灯火または灯火に照らされてできる影のこと。〇年の末　年の終わり。十二月も押し詰まったころ。

【備考】出典では「歳暮」の題下に収められる。

一六六　門松《かどまつ》や秋津洲崎《あきつすさき》の春の景　（『歳旦発句集』寛文6）

【句意】どの家の門口にも門松が飾られている、わが国の州崎に似つかわしい春の景色だことよ。春「門松・春の景」。

【語釈】〇門松　正月に歳神を迎える依代《よりしろ》として家の門口に立てる松飾り。〇秋津洲　秋津島（秋津洲《あきつしま》）のこと。大和国《やまとのくに》の異称で、広く日本をさす。「洲」は次の「洲崎」にも掛かる。〇洲崎　「州崎」とも表記し、州が長く河海に突出して、みさきのようになった所。スサキともスザキとも発音する。

【備考】原本では「洲」を「州」とするが、出典の表記にしたがって改めた。出典の『歳旦発句集』は、表紙屋（井筒屋）庄兵衛が、寛永十六年から延宝二年までに成った諸家の歳旦発句（巻頭に「年代不知」の発句掲出）を編集・刊行したもので、本句はその寛文六年の項にある。『知足《ちそく》書留歳旦帖』（寛文６）・安静《あんせい》編『如意宝珠』（延宝２）にも入集。

一六七　しづけさは御代《みよ》を見まねや今日の春　（『歳旦発句集』寛文７）

【句意】この静けさといったら、今どきの泰平の御代をまねたようで、これぞ初春らしい穏やかさであることよ。春「今日の春」。

【語釈】○御代　神や天皇の治世の期間の意で、ある時代を尊んでいう。「御代を」に「見やう」を掛ける。○見まね　見真似。見てまねること。前項と合わせて「御代を見まね」は「見やう見まね」（見よう見まね）のもじり。○今日の春　正月、初春を祝っていう言葉。

【備考】出典では寛文七年の項にある。安静編『如意宝珠』（延宝２）にも入集。

一六八　今朝匂ふ春日《かすが》は伽羅《きやら》の初子《はつね》哉《かな》　（『歳旦発句集』寛文８）

【句意】今朝匂っているのは春日にふさわしい伽羅の香、正月の子の日の祝意に満ちた風情を感じることだよ。春「初子」。

【語釈】○春日　春日小路。京都の市街を東西に走る通り。春の日の意も含めて掛ける。○伽羅　沈香の一つ。優秀なもの、世にまれなものをほめていう語。極上。粋。○初子　その月の最初の子の日。とくに正月の最初の子の日。古くはこの日、宮中では饗宴や行幸が行われ、庶民は野外で小松を引き、若菜を摘む習慣があった。『古暦便覧』(貞享2)によっても寛文八年の元旦が子の日にあたっていることが確認できる。
【備考】出典では寛文八年の項にある。安静編『如意宝珠』(延宝2)にも入集。その前書きには「元日子日なりければ」とある。原本の注記に『寛文前後古誹諧』には下五「拍子かな」とある」。

一六九　末遠《すえとお》き世はくるとしの花香《はなか》哉《かな》

(『歳旦発句集』寛文9)

【句意】遠い先の世にあっても巡り来る年には必ずやって来るのが花の香だ。春「花香」。
【語釈】○くるとし　明年。○花香　花の香気。とくに桜の花のかぐわしいよい香りのこと。
【備考】出典では寛文九年の項にある。『寛文前後古誹諧』(寛文9)にも入集。

一七〇　香《か》にきえて梅花《ばいか》を埋《うず》む雪もなし

(『ひともと草』寛文9)

【句意】馥郁《ふくいく》たる梅の香りが漂う季節になって、梅花を埋める雪も溶けてなくなった。春「梅花」。
【語釈】○きえて　消えて。雪などが溶けてなくなって。○梅花　うめの花。本句では白梅がふさわしい。一句として、後醍醐天皇の和歌「消えやすき梢の雪の隙《ひま》ごとにうづもれはてぬ梅が香ぞする」(『題林愚抄』『続千載集』)を踏ま

える か。

【備考】元隣著『宝蔵』（寛文11）・安静編『如意宝珠』（延宝2）にも入集。

一七一　涼し過《すぎ》て夏を忘れぬ清水かな　（同）

【句意】あまりに涼し過ぎて、夏であることすら忘れてしまったほど、清らかに澄んだ清水だことよ。夏「涼し・夏・清水」。

【語釈】○忘れぬ　忘れてしまった。「ぬ」は打消の助動詞「ず」の連体形として解することもできるが、完了の助動詞「ぬ」の終止形とみて、清水の清澄さをより強調する解とした。○清水　地面や岩の間などからわき出る澄んだ水。季語としての「清水」について、俳諧式目書『俳諧御傘』（慶安4）などでは単独で用いた場合は雑（無季）の扱いとするが、実際は夏季とした例も多い。

一七二　おちにきと人にかかる木《こ》の葉哉　（同）

【句意】落ちてしまった、とその後は人の手をわずらわせるばかりの木の葉だことよ。冬「木の葉」。

【語釈】○おちにきと人にかかる　僧正遍昭の和歌「名にめでて折れるばかりぞ女郎花我おちにきと人に語るな」（『古今集』）を踏まえ、下の句の部分「おちにきと人に語るな」をもじる。四二一の句参照。○かかる　かき集める。本句の場合は落葉《おちば》搔《かき》のことになる。○木の葉　樹木の葉。落ち葉。枯れ葉。

一七三　うらじろやうらめづらしき春の宿《やど》　（『宝蔵《たからぐら》』寛文11）

【句意】裏白《うらじろ》は正月飾りとして実に心ひかれる葉で、新春の住まいを引き立たせるものだ。春「うらじろ・春の宿」。
【語釈】○うらじろ　裏白。シダ類ウラジロ科の常緑多年草。葉の裏側が白く、正月の注連飾りに用いる。○うらめづらしき　心ひかれる。心から珍しく思う。「うら」は裏白の「裏」を重ねて用い、心や思いの意を掛ける。和歌でも「うら」に「裏」「心」「浦」を掛ける例は多い。○宿　家。家屋。

一七四　山岡元恕《やまおかげんじよ》秀才なるをめでて申遣《もうしつかわ》す
文《ふみ》好む木《き》みは利根《りこん》をにほひかな　（同）

【句意】梅は好文木ともいわれるだけに、利発さを感じさせる雰囲気を漂わせていることだ。「木み」に「君」を掛け、あなた元恕も生まれながらの賢さを備えた人ですよ、と彼の秀才ぶりに賛辞を表した句。春「文好む木（好文木・梅）」。
【語釈】○山岡元恕　山岡元隣（一六三一～七二）の息。出典の『宝蔵』には発句が二十句入集するほか、跋文を寄せており、その末尾の記述によると、この時点で十八歳であったことがわかる。父の元隣は北村季吟門の俳人で、『宝蔵』の著者。仮名草子作者・国学者としても知られる。○秀才　非常にすぐれた学問的才能の持ち主。○めでて　感心して。○文　学問。学芸。○木み　きみ。君。なお、「文好む木」で梅の古名「好文木」を詠み込み、中国の晋の武帝が「文を好めば則ち梅開き、学を廃むれば則ち梅開かず（学問に励んでいるときは梅の花が開き、怠ったときは花が開かなかった）」という故事をきかせる。当該故事は、『十訓抄』にも見られる。○利根　生まれつき賢いこと。利発。○にほひ　どことなく漂う気配、雰囲気。

一七五　なつきえぬ雪にあられや銀かなめ　（同）

【句意】夏になっても消えぬ雪に、さらに霰《あられ》が降ってまじると、そこは扇の銀のかなめのようにますます固くまとまっていくことだ。夏「なつ（夏）」。

【語釈】○あられ　霰。雲の中で雪に微小な水滴が凍りついて小さな粒となって降ってくるもの。○銀かなめ　銀要。銀製の扇のかなめ。かなめは扇の末端で骨をつづり合わせるためにはめこまれたくさび。逆さにした扇を、万年雪をたたえた富士山に見立てたか。

ふかくさにて
一七六　ゆふぐれやたださへあるを秋の風　（同）

【句意】秋といえばやはり夕暮れ時がいいものだ、さらにそこに秋の風が吹いてくるのも一層趣き深いことではあります。秋「秋の風」。

【語釈】○ふかくさ　深草。京都市伏見区北部の地名。東山連峰の南端、稲荷山南西側の麓。○ゆふぐれ　夕暮。夕方、日の暮れるころ。一句全体としては、『枕草子』第一段の有名な一節、「秋は、夕暮。夕日のさして、山の端いと近うなりたるに、烏の寝どころへ行くとて、三つ四つ、二つ三つなど、飛び急ぐさへあはれなり。まいて雁などの列ねたるがいと小さく見ゆるは、いとをかし。日入り果てて、風の音、虫の音など、はたいふべきにあらず」に示される世界観を踏まえる。〇たださへ　普通の場合でも。そうでなくても。

一七七　月の名をおもへばひくし須弥《しゅみ》の山　（『宝蔵』寛文11）

【句意】月の名高さに思い至れば須弥山なんてものは遠く及ばず低いものですよ。秋「月」。

【語釈】〇名　評判。名声。〇須弥の山　須弥山。仏教の宇宙論で、世界の中心にそびえるという想像上の高山。須弥山の想像図上における月は、日（太陽）とともに須弥山の中腹あたりの低いところを回っていることから、本句では敢えて月の美しさや素晴らしさを称揚する句に仕立てた。須弥山の巨大さを比喩として用いた例に、「名は須弥の山より高し空の月」（『一掬集』）があり、本句と同想といえよう。ほかに、諺にもなった「父の恩の高きこと須弥山よりもなほ高し」（『御曹子島渡り』）や「父の恩は山より高し、須弥山尚下《なおひく》し」（『誹諧童子教』）などがある。

一七八　草や木よかれこれおかしやまの景　（同）

【句意】草やら木やらなにもかもが一面枯れ色の風情で染まった山の景色であることよ。「かれ」に冬枯れの「枯れ」を掛け、一句として枯れ山の全容を詠んだ。冬「草や木…かれ（冬枯れ）」。

【語釈】〇かれこれ　あれやこれや。〇おかし　をかし。趣がある。風情がある。

一七九　木《こ》がらしに一倍あをしみねの松　（同）

【句意】木枯しが吹き荒れて、揺れる峰の松のその緑がひときわ目立っているよ。木枯しの季節、枯れゆく草木の中にあって、常緑の松の存在がいっそう際だっていることを詠んだ。冬「木がらし」。

【語釈】○木がらし　木枯し。秋の末から冬の初めにかけて吹く強く冷たい風。○一倍　ほかと比較して数量や程度が大きいこと。いっそう。ひとしお。○あをし　青し。青は黒と白の中間にある色名で、青、緑、藍などを指す。

一八〇　江《え》の流れ矢どめをしたる氷哉《かな》　（同）

【句意】川の流れを矢止めにしたように堰き止めてしまうほど、厚い氷が張っていることだ。冬「氷」。

【語釈】○江　川、海、湖、堀などの呼び名。とくに陸に入り込んでいる部分をさすことが多い。○矢どめ　矢止め。矢を射ることを一時中止し、休戦すること。

一八一　よりてこそ寒さ覚ゆれたかごたつ　（同）

【句意】互いに身を寄せ合って暖を取っていると、なおさら外気の厳しい寒さを実感してしまう高炬燵だことよ。冬「たかごたつ（高炬燵）」。

【語釈】○よりて　寄りて。身を寄せて。「よりてこそ」は「寄りてこそそれかとも見めたそがれにほのぼの見つる花の夕顔」（『源氏物語』「夕顔」巻）の和歌の用例のように、近寄ってこそ確実に見極められるという意。○たかごたつ　木組みの枠を置き、その上に布団を被せて使った炬燵。櫓炬燵。

西福寺《さいふくじ》万句《まんく》に一向宗《いっこうしゅう》なれば

一八二　うぐいすや改悔《かいげ》山下《さんげ》の谷の声　（『如意宝珠《にょいほうしゅ》』延宝2）

【句意】うぐいすの鳴き声が聞こえてくるよ、悔い改めるよう山の麓の谷の方からの声として。春「うぐいす」。

【語釈】○西福寺　京都にある浄土真宗の寺だと思われるが、特定できず未詳。○万句　百韻百巻の興行。○一向宗　浄土真宗のことで、主として他宗派からの呼び名。○うぐいす　ウグイス科ウグイス属の鳥。春を告げる鳥として、古くからその鳴き声、とくに初音がもてはやされた。さえずりが「法、法華経」と聞こえたので、経読鳥《きょうよみどり》と呼ばれることもある。○改悔　浄土真宗で報恩講の初夜などに信仰上の心得違いを悔い改めること。また、懺悔告白すること。合わせて「改悔懺悔」と使われることもある。○山下　山の麓。本句では「さんげ」と読んで「懺悔」を掛ける。

一八三　ねはんざうつし心もなみだ哉《かな》　（同）

【句意】涅槃像を拝して写していると、理性ある心をもってしても涙があふれてくるばかりであることよ。涅槃会

（陰暦二月十五日の釈迦の入滅の日に追慕・報恩のために行う法要）でのひとこまを詠んだ。春「ねはんざう（涅槃像）」。

【語釈】○ねはんざう　涅槃像。釈迦入滅の姿を描いた絵や彫像。○うつし心　現し心。確かな心。理性のある心。「うつし」に「写し」を掛ける。

一八四　気《き》だすけや花まつ比《ころ》の峰の雲　（同）

【句意】気休めになることだ、花の咲く時季を心待ちにしているころの峰におく雲の様子を眺めていると。春「花」。

【語釈】○気だすけ　気助け（気扶け）。人を慰め、励ますこと。また、そうした物事。○峰の雲　峰にかかる雲。本句では、桜の花が咲き連なっている様子を雲に見立てていう「花の雲」を連想させる。

【備考】宗臣編『詞林金玉集』（延宝7）にも入集。

一八五　花はなどあとにひらくぞにしの京　（同）

東の京の花はちりがたなるに西の京の花はまだしかりければ

【句意】京の桜の花というとどうして、東に遅れて開花するのだろうか、ここ西の京では。春「花」。

【語釈】○東の京　平城京・平安京などで中央の大通り朱雀大路《すざくおおじ》より東方の地で、左京。○ちりがた　散り方。まさに散ろうとするころ。散りぎわ。○西の京　東の京に対し、朱雀大路の西側の地域で、右京。左京は都市として栄えていくが、右京は住居として適さない土地だったことから平安時代中期頃からすでに衰退していく一方であった。

都の中心は左京へ移るが、こうした土地柄の相違を背景に、右京の桜の開花が遅れて遠慮がちに咲いていることを穿ったか。○しかりければ　そのようであれば。西の京の花はまだ散る気配のない状態にあること。○など　何。どうして。なぜに。

神祇官《じんぎかん》にて

一八六　花にかぜやおもて八句の神祇官　（『如意宝珠』延宝2）

【句意】花に対して風が吹くということは、表八句に神祇官を詠んだ句の扱いと同様に、嫌われているということだ。春「花」。

【語釈】○神祇官　もとは律令制時代の役職で、神祇の祭祀をつかさどった。ここは京都市左京区にある吉田神社のことを指すと思われる。吉田神社は、慶長十四年（一六〇九）に神祇官代として儀礼を修めるなどし、とくに江戸時代においては神道の中心としての役割を果たした。○花にかぜ　とかく物事には邪魔が起こりやすいことのたとえ。「月に叢雲花に風」とも「花に嵐」ともいう。○おもて八句　百韻形式の俳諧で、四枚の懐紙のうち、一枚目の初折のオモテの八句のこと。式目ではこの表八句のうちに神祇、釈教、恋、無常、述懐、懐旧などの句を詠むことは避けるべきこととされた。

はなのまだしき比山路《ころやまじ》に遊び居けるに風のはげしかりければ

一八七　何を見かけふくぞ花なき山おろし　（同）

【句意】いったい何に目をとめたから吹いているのか、花も咲いていない地を荒らす山おろしというやつは。春「花」。
【語釈】○まだしき　まだその時期に至らない。本句では桜の開花が待たれる頃をいう。○山路　山中の道。○山おろし　山颪。山から吹き下ろす激しい風。

花の陰に遊び居て

一八八　花に酒すごしてよとや伊勢ざくら　（同）

【句意】花の方から酒を飲み干すほど楽しみなさいよ、と言われているような、そんな見事な咲きっぷりの伊勢ざくらだことよ。春「伊勢ざくら」。
【語釈】○花の陰　花の咲いている木の下かげ。○酒すごして　酒を飲み過ぎて。○伊勢ざくら　サトザクラの園芸品種。

一八九　ともす火や天下一灯《いっとう》江戸ざくら　（同）

【句意】灯火なのだな、天下を一つにまとめて照らしているかのような見事な江戸桜は。春「江戸ざくら」。
【語釈】○天下　この世。一国全体。世の中。○一灯　一つの明かり。「天下一灯」に天下を一つにまとめる意の「天下一統」を掛けてもじる。○江戸ざくら　サトザクラの園芸品種。花は紅色。中央は淡紅色大形の重弁で、多数集まって美しく咲く。

一九〇　目はなあるになど耳なしの山桜　（『如意宝珠』延宝2）

【句意】目鼻は揃ってついているのに耳のないのが山桜だ。春「山桜」。

【語釈】○目はな　「目・鼻」に「芽・花」を掛ける。山桜が新芽の芽吹きと同時に開花する特徴をとらえた。○耳なし　前項で触れたように、山桜に「目（芽）・鼻（花）」は揃っているが、「耳」に相当するものがないので「耳なし」とした。○山桜　バラ科の落葉高木。日本に自生する桜の野生種。

一九一　時節《じせつ》おかしさく二日草《ふつかぐさ》三日の桃
をりから桜の盛《さかり》なれば　（同）

【句意】花の咲く時機として興味深いのは、花の見頃を示すその名も二日草や三日の桃である。春「二日草・三日の桃」。

【語釈】○をりから　おりしも。ちょうど。○時節　物事を行う時機。○おかし　をかし。興味深い。おもしろい。○二日草　桜の異名（『類船集』参照）。○三日の桃　三月三日の節句に飾る桃の花。

【備考】出典では「三月三日」の題下に収められる。

大原《おおはら》にて

一九二　山彦《やまびこ》やをはらもんだう郭公《ほととぎす》　（同）

【句意】やまびこのように聞こえてくるよ、大原問答の念仏を思わせる時鳥《ほととぎす》の大きな鳴き声が。夏「郭公」。

【語釈】○大原　京都市左京区北部の地名。後項の「をはらもんだう」との関係で、ここは天台宗の寺院、勝林院（魚山大原寺勝林院《ぎょざんだいげんじ》）。○山彦　山や谷間などで音が反射して返ってくること。木霊《こだま》。○をはらもんだう　大原問答。大原談義。文治二年（一一八六）、浄土宗の開祖法然《ほうねん》が、比叡山の学僧顕真《けんしん》法印の求めによって、大原の勝林院で奈良の諸大寺や延暦寺などの学僧を相手に浄土念仏の教理について論議・問答したこと。信服した人々は三日三晩にわたって大声で念仏を唱えたという。○郭公　時鳥。ホトトギス科の鳥。

一九三　神の本地《ほんじ》寒山《かんざん》ならしひむろやま　（同）

【句意】神様の本来の姿を示現した寒山であることよ、この氷室の山は。夏「ひむろ（氷室）」。

【語釈】○神の本地　神の本来の姿。本句では氷室神社を指す。○寒山　冬の山。草木の葉が枯れ落ち、ものさびしげに見える山。○ならし　……である。……だなあ。○ひむろやま　氷室山。京都市北区の西賀茂地区に属する山間部をいう。平安時代から氷を製造・貯蔵する氷室があったことで広く知られている。一二一の【語釈】を参照。

【備考】出典では「氷室」の題下に収められる。

一九四　絵は花鳥風月《かちょうふうげつ》は又あふぎかな

花鳥《かちょう》を絵書《えがけ》る扇《おうぎ》にかきつく

（『如意宝珠』延宝2）

【句意】扇に描かれた絵は風雅な花鳥の世界、合わせて風はこの扇で起こし、これまた風流な月を仰ぎ見ることだ。夏「あふぎ（扇）」。

【語釈】○花鳥　花と鳥。自然の美の代表的なもの。花を見て鳥の声を聞く風雅な心。○扇　扇子、団扇。手に持ってあおいで風を起こす道具。○風月　「花鳥」と同様に自然美の代表的なもの。清らかな風と美しい月の風物に親しむ心。「花鳥風月」も同義で、詩歌・絵画などの題材や創作の契機となる風雅。○あふぎ　扇。風を起こす意の「あおぐ」を掛ける。

一九五　たなばたの恋のおも荷やになひ星

（同）

【句意】七夕の二星は、年に一度しか逢瀬が許されぬ堪えがたさが恋の重荷となり、ともにそれを背負い込んだ担い星ともいえよう。秋「たなばた（七夕）」。

【語釈】○たなばた　七月七日に織女星《しょくじょ》と牽牛星《けんぎゅう》を祀ること。○恋のおも荷　恋の重荷。恋愛のためにつのる堪えがたい思いを重い荷物を背負う苦しみにたとえた語。能の演目の一つでもある。○にない星　「にない」は担ぐこと。本句では、「親荷星《おやにないぼし》（親担星）」という星の名があることからの発想で、恋の重荷を背負う星の名として興じたもの。

【備考】宗臣編『詞林金玉集』（延宝7）にも入集。

一九六　過去帳《かこちょう》やまつれる魂《たま》の名対面《なだいめん》　（同）

【句意】過去帳というものは、亡くなって祀られた魂が名乗り合う、これこそ名対面というものだ。秋「まつれる魂（魂祭）」。

【語釈】○過去帳　亡くなった人の法名・俗名・死亡年月日などを記しておく帳簿（冊子本、折本など）。一般に寺などに保管される。○名対面　対面に際して互いに名乗り合うこと。本句の場合、死者同士あるいは死者と生者との対面でもある。

【備考】出典では「魂祭付施餓鬼」の題下に収められる。宗臣編『詞林金玉集』（延宝7）にも入集し、中七「まつれる玉の」とある。

一九七　打《うち》わたす聖霊《しょうりょう》だなやもどり橋　（同）

【句意】あの世から渡り越せるようにと願って作った精霊棚《しょうりょうだな》は、ご先祖様の魂が戻って来るためのまさにもどり橋であるよ。秋「聖霊だな（精霊棚）」。

【語釈】○打わたす　渡り越す。乗り越える。○聖霊だな　精霊棚。盂蘭盆会《うらぼんえ》に、先祖の霊を迎えるための供物をのせる棚。○もどり橋　京都の上京、堀川にかかる一条戻橋《もどりばし》のこと。この橋をめぐっては様々な伝説があるが、本句の場合の戻橋は、実在の橋を念頭に置きながら、盂蘭盆会に先祖の霊が一年に一度家に戻って来るための架け橋になるものとみた。

【備考】 出典では「魂祭付施餓鬼」の題下に収められる。

一九八　うら盆の灯籠《とうろ》の花やもくれんげ　（『如意宝珠』延宝2）

【句意】 盂蘭盆の灯籠にふさわしいと思わせる花ですなあ、あの白く清らかな木蓮華は。盂蘭盆会を迎え、木蓮華の清浄さを尊んで、灯籠にしたいと思い願った。秋「うら盆（盂蘭盆）・灯籠」。

【語釈】 ○うら盆　盂蘭盆。陰暦七月十五日を中心に行われる仏事。祖先の霊を迎え、供物を供えて経をあげる。○灯籠　神仏に灯明を献ずるための照明具。○もくれんげ　木蓮華。モクレンの別称、モクレン科の落葉低木。季語としては春。釈迦仏の十大弟子の一人で、盂蘭盆の行事の創始者「目連」を掛ける。

【備考】 出典では「燈籠」の題下に収められる。

一九九　鳥おどすやまぢやすぢり鵙《もず》の声　（同）

【句意】 ほかの鳥まで驚かせてしまうのは、山路も身をよじるほどの鵙の鋭いその鳴き声だ。秋「鵙」。

【語釈】 ○おどす　驚かす。びっくりさせる。○やまぢ　山路。○すぢり　捩り。まがりくねる。身体を様々にまげくねらせる意の「すじりもじり」を言い掛ける。○鵙　モズ科の鳥。秋に人家近くで鳴く鋭い声は、鵙の高鳴きと呼ばれている。

二〇〇　三五夜《さんごや》にくるや月丸《つきまる》かりのふね　（同）

【句意】中秋の名月の夜になると雁とともにやって来るのは月丸という名の雁の船だ。秋「三五夜・雁」。

【語釈】○三五夜　陰暦八月十五日、中秋の名月の夜。○月丸　満月にちなんだ船名とした。○かりのふね　雁の船。秋から冬の雁が渡来する時期に運航する船のことか。雁の渡来を船に重ねて見立てる。「月」と「雁金」は付合。

【備考】出典では「雁」の題下に収められる。

桑門《そうもん》の許《もと》にて

二〇一　もどかしの都《みやこ》ずまゐや庵《いお》の月　（同）

【句意】思うにまかせぬ都での暮らしぶりとはいえ、草庵から仰がれる月はせめてもの慰めとなる。秋「月」。

【語釈】○桑門　僧侶のこと。○もどかし　思うようにならずいらいらする。気に入らない。

くもりければ

二〇二　さはる雲やほうかいりんきけふの月　（同）

【句意】月にかかる雲よ、嫉妬心から邪魔をしたとて、やはり今夜は美しい名月なのですよ。名月を隠す雲を「法界恪気」と見なしたところに作意がある。秋「けふの月（今日の月）」。
【語釈】○さはる　障る。差し支える。邪魔になる。妨げとなる。○ほうかいりんき　法界恪気。自分に無関係な人のことに嫉妬すること。また、他人の恋をねたむこと。○けふの月　八月十五夜の名月。

二〇三　影もなしこよひの外《ほか》は画図《がと》の月　（『如意宝珠』延宝2）

【句意】十五夜だというのに月影もないとは、今宵のほかでは絵画の中に描かれているような名月を見せてくれていたのに。秋「こよひ…月（今宵の月）」。

【語釈】○影もなし　月影もない。○こよひ　今宵。下五の「月」と合わせて「今宵の月」とみて、本句では八月十五日の月のことを詠む。○画図の月　絵画のような美しい満月。出典で「画図」に「グハト」の振り仮名。

【備考】出典では「名月」の題下に収められる。

二〇四　さきの月のうしろ姿やけふの影　（同）

【句意】前に観た美しい名月に対し、その後ろ姿とでもいえそうなややさびしげな今宵の月影であることよ。秋「月のうしろ（後《のち》の月）」。

【語釈】○さきの月のうしろ　「さきの月（前の月）」で八月十五夜の月を指し、これに対し、「さきの月のうしろ」で「後の月」、すなわち九月十三夜の月を表す。これに「うしろ姿」を掛ける。八月十五夜の満月に対し、九月十三夜の月は満月には少し欠ける。○影　月の光。月の姿。

【備考】出典では「九月十三夜」の題下に収められる。西鶴編『古今誹諧師手鑑』（延宝4）に「九月十三夜貞隆興行」の前書。「貞隆」は京の人で、似船門の俳人。

二〇五　うらじろやおもて浅黄《あさぎ》に春の色　（『俳諧三ツ物揃』延宝3）

【句意】正月飾りの裏白《うらじろ》は葉の表側は浅黄色だから春の色をしている。延宝三年の歳旦句。春「春の色」。

【語釈】○うらじろ　裏白。シダ類ウラジロ科の常緑多年草。葉の裏側が白く、正月の注連飾りに用いる。○浅黄「浅葱」とも表記し、緑がかった薄い藍色。この色の木綿布を裏地に用いた着物を浅黄裏（浅葱裏）といい、江戸時代に流行した。その裏の浅黄色がウラジロの表であることの対比の面白さもきかせてある。

【備考】似船編『かくれみの』（延宝5）にも入集する。

二〇六　絵に拝《おが》む頭《ず》北面西《ほくめんさい》うき世哉《かな》　（『誹諧絵合《えあわせ》』延宝3）

【句意】浮世たるこの俗世に生きる我々は、憂えては釈迦の涅槃図に向かって一心に拝むばかりであることよ。涅槃会（陰暦二月十五日の釈迦の入滅の日に追慕・報恩のために行う法要）でのこと。春「句意による（【備考】を参照）」。

【語釈】○絵　この句では釈迦入滅の様子を描いた涅槃図を指す。涅槃図は、陰暦二月十五日の釈迦入滅の様子を描いたもので、沙羅双樹のもと、頭を北に向け、右脇を下にして身を横たえ、入寂したと伝えられている。次項参照。

○頭北面西　遺体の頭を北に向け、顔を西に向けて安置すること。釈尊入滅の際に「頭北面西右脇臥《ずほくめんさいうきょうが》」の姿勢をとったことに由来する。○うき世　浮世。定めない世の中。仏教的世界に対して俗世間のこと。「憂き世」を掛ける。

【備考】原本の注記に「この句、独吟百韻の発句なり」とある。脇は「二千余年も春の夜の夢」。『かくれみの』（延宝5）にも入集し、「仏別《ほとけのわかれ》」（涅槃会のこと）の題下に収められる。

二〇七　世の中や茶屋のしやうぎに春の夢　（『石山寺入相鐘《いしやまでらいりあいのかね》』延宝4）

【句意】世の中というものははかないものだ、茶屋の縁台でひと休みする間につい睡魔に襲われ、そんな感慨にとらわれた春の夢をみた。春「春の夢」。

【語釈】○しやうぎ　床机。屋外に置く長方形の移動式の腰掛け台、縁台のこと。茶店では客人の休憩用に用いた。○春の夢　春は睡魔の季節で、そうした春の眠りにみる夢のこと。「ただ春の夜の夢の如し」（『平家物語』）のように、はかなきもののたとえとして解されてきた。本句における夢の内容は、「邯鄲の枕」として広く知られた人生の栄枯盛衰のはかなさを悟らされるようなものだったか。

【備考】出典の『石山寺入相鐘』は似船著の仮名草子で、石山寺観音開帳への道中記。本句はそれによると、日ノ岡のあたりの峠の茅屋で休憩した折の作。

二〇八　すいさんやあんないなしに花の風　（同）

【句意】差し出がましいことだ、案内なしに断りなく桜の花を散らす風を吹かせるなんて。春「花の風」。

【語釈】○すいさん　推参。差し出がましいこと。○あんない　案内。事情、様子などを知らせること。取り次ぐこと。○花の風　桜の花を吹き散らす風。

【備考】出典の『石山寺入相鐘』によると、同道した僧からこの地には天智天皇の御陵があることを聞かされるが、実はそのように説いた本人も実見したわけではなく、『石山の案内者』なる一書からの情報であることが明かされる。こちらから尋ねたわけでもなく、書物から得た情報を知らされたことから、これをお節介な一件としてとらえなおし、花にとっては迷惑で望まれない風のことを詠んだ。

二〇九　花の風は無常《むじやう》もしるを在所衆《ざいしよしゆ》　（同）

【句意】美しい花々を吹き散らしてしまう風は、この世の無常をも知らせてくるのに、この地の人々ときたらのんびりと花見に興じていることよ。春「花の風」。

【語釈】○花の風　二〇八の【語釈】を参照。○無常　仏語。この世の中の一切のものは常に生滅流転して、永遠不変のものはないということ。人生のはかないこと。出典で「むじやう」の振り仮名。○在所衆　都会を離れた地方に住む人々。出典で「さいしよしゆ」の振り仮名。一般的にはザイショシュウ。

【備考】出典の『石山寺入相鐘』によると、山科の毘沙門堂での句。

二一〇　おもちやうのほこ何のため花の風　（同）

【句意】毘沙門天がお持ちになっている鉾は何の役に立つのだろうかと、一向に吹きやまぬ花の風に吹かれながら思いめぐらすことだ。花の風も止められない鉾の無役なことをやんわりと揶揄する気分がある。春「花の風」。

【語釈】○おもちやう「お」は尊敬・丁寧の意を表す語で、「もちやう（持ち様）」は持ち方、かまえ方。○ほこ鉾。両刃の剣に柄をつけた刺突のための武器。宗教儀礼の用具。○花の風　二〇八の【語釈】を参照。

【備考】出典の『石山寺入相鐘』によると、山科の毘沙門堂で「……しばし御堂のかたを見やりて」とあるので、堂内の毘沙門天を見遣っての句。

二一一　はしり井や養老《ようろう》のながれ花と薬

（『石山寺入相鐘』延宝4）

【句意】この走井は養老の流れを汲むもので、花を咲かせたり長寿をもたらす薬となるのです。春「花」。

【語釈】○はしり井　清水が勢いよくわき出て流れる泉の意だが、本句では大津市大谷に伝わる走井のことを指している。出典の『石山寺入相鐘』には「はしり井」と題された挿絵があり、近辺の店先の様子とともにその井戸が描かれている。○養老のながれ「養老」は老後を安楽に送ること。出典で「やうらう」の振り仮名。「養老のながれ」は「養老の滝」という孝子が山で酒の泉を発見する伝説に基づくもので、『古今著聞集』『十訓抄』のほか、謡曲「養老」にも脚色されて広く知られる。その概要は「元正天皇の時代、美濃国に貧しい父子が住んでいた。老父が酒を欲しがったので、孝子は山へ出掛け、石の間から酒の泉がわき出ているのを発見し、それを老父に飲ませて養い喜ばせた。天皇は当地に行幸の折、そこを養老の滝と命名して年号も養老と改めた」というもの。

【備考】出典の『石山寺入相鐘』によると、大谷という所の薬屋で、様々な薬効などが話題にのぼった折の句。

二一二　香《か》によつてこほりとけたり水のはな　（同）

【句意】芳香によって池の氷が溶け出したという、水面にはその香をもたらした花がゆったり然として浮かんでいるよ。春「こほりとけ（氷解）」。

【語釈】○香　出典で「か」の振り仮名。○水のはな　池に浮かぶ花。蓮（季語としては夏）のこともいうが、本句では桜であろう。「水」は「こほりとけたり水」で、氷が溶けて水になるの意としても掛かっている。

【備考】出典の『石山寺入相鐘』によると、関の清水の跡にやって来た折の句。鴨長明の『無名抄』の関の清水の跡について触れた一節を引用し、「いまの清水其所かもしりがたし」と結んだ後、「又、例のやまおろしのかぜ、花をもてきて清水をくもらしければ」と記して本句を示す。

二一三　ものいふを出《で》をんなと見よしがの花　（同）

【句意】気のきいた風に物を言うのを出女と見るがよし、何とも美しく艶やかな滋賀の花であることよ。春「花」。

【語釈】○ものいふ　気のきいたことを言う。男女がねんごろになること。○出をんな　出女。宿屋の客引きをする女で、売色にも応じた。出典で「出」に「で」の振り仮名。○しがの花　滋賀は様々な花の名所が点在していることで知られていた。本句では、宿場町として賑わった大津の八丁（八町）にある旅籠の遊女を見立てる。【備考】を参照。また、「ものいふ…花」から「解語《かいご》の花」（玄宗皇帝が楊貴妃をさしていった故事による。言葉を解する花、すなわち美人のこと）へ導かれて、楊貴妃のイメージを想起することもできる。

【備考】出典の『石山寺入相鐘』によると、大津の八丁の旅籠で見かけた「うかれめ」の風情を、「面に滋賀の花をうつし、にほひは袖のかけ香にふくみ、音羽のもみぢはまへだれに、秋のかたみをのこすかと見ゆ」と記す。

二一四　見し人やもし児桜《こざくら》のはなのせい

（『石山寺入相鐘』延宝4）

【句意】確かにこの目で見た人なのだが、もしやそれはこの世に現れ出た児桜の花の精によるものだったのか。春「児桜」。

【語釈】○見し人　以前会ったことのある人。顔見知りの人。○もし　もしや。ひょっとしたら。疑問・推量表現を導く。○児桜　稚児桜《ちござくら》のこと。桜の一品種。『和漢三才図絵』には「小白単葉即ち山桜之一種」とある。出典で「こさくら」の振り仮名。○せい　精。精霊。「所為」を掛ける。

【備考】出典の『石山寺入相鐘』によると、三井寺（長等山園城寺）でたまたま見かけた若衆の美しい立ち居振る舞いに心を奪われた。後にこの一件を人に語ったところ、それは桂海《けいかい》律師の思いに焦がれた梅若の幽霊で、三井寺の桜にとらわれ浮かれ出てきたものだろう、といわれたという。このことを踏まえた句。なお、比叡山延暦寺の桂海律師と三井寺の稚児梅若の悲恋物語は御伽草子『秋夜長物語《あきのよながものがたり》』参照。

二一五　世《よ》や蝶《ちょう》のゆめのうきはしなむあみだ

（同）

【句意】この世のことは胡蝶の夢のごとくに夢か現《うつつ》かわからないほどで、人生もはかなく、ただひたすら南無阿弥陀を唱えるばかり。春「蝶」。

【語釈】○世　出典で「よ」の振り仮名。○蝶のゆめ　胡蝶の夢。夢と現実の判断がつかない境地、はかない人生のたとえ。出典で「蝶」に「てふ」の振り仮名。胡蝶の夢は、『荘子』斉物論篇に記される話で、むかし荘周（荘子）は自分が蝶になった夢を見た。あちこち飛びまわる身が気持ちよく満足して、自分が荘周だということを忘れていた。やがて夢から覚めてみれば、まぎれもない荘周であった。さて、荘周が夢で胡蝶となったのか、それとも蝶が夢で荘周になっていたのか、と。○ゆめのうきはし　夢の浮橋。夢の中の危うい通い路。また、はかないものの意。『源氏物語』最終の巻名でもある。かつて薫と匂の宮との間での恋路の闇に迷い、入水に及んだあげくに出家を遂げた浮舟ではあったが、あらためて昔の薫とのことを想うと動揺を隠せない。そうした我が身の情念を振り払おうと、ひたすら阿弥陀仏を唱える浮舟の姿が想起される。○なむあみだ　南無阿弥陀。阿弥陀仏への帰依を表明する定型句で、いわゆる念仏。

【備考】出典の『石山寺入相鐘』によると、本句は、石山寺にある紫式部を祀った「苔むしたる石塔」に向かって詠んだ追善句。石山寺は紫式部が堂内に籠もって『源氏物語』「須磨」「明石」巻の着想を得たゆかりの地として知られる。

二一六　殊《こと》にすきのしる人うれし山ざくら　（同）

【句意】山桜の美しく咲くこの折に、とりわけ風流を解する人に出会えたことはありがたいことだ。春「山ざくら」。

【語釈】〇殊に　出典で「殊」に「こと」の振り仮名。〇すき　数寄・数奇。風流・風雅に心を寄せること。〇しる人　知る人。情趣を解する人。〇山ざくら　バラ科の落葉高木。日本に自生する桜の野生種。「もろともにあはれと思へ山桜花よりほかに知る人もなし　行尊」（『金葉集』『百人一首』）を踏まえるか。

【備考】出典の『石山寺入相鐘』には、本句を発句とする表八句が記される。同書の場面によれば、万句興行にたびたび出座しているという男に声を掛けられ、その折に所望されて詠んだ発句で、その男が「柳葉軒にあそぶうぐひす」（柳葉軒は似船の軒号）と脇を付け、第三を似船に同行の僧侶が付け進めて表八句を成した。

祇園《ぎおん》にて

二一七　祇園会《え》も思へばさびし花盛《はなざかり》　（『渡奉公《わたりぼうこう》』延宝4）

【句意】夏の祇園祭りはさすがの賑わいながら、思えばそれもさびしく見劣りがする、桜の花が満開の際の賑わいに比べれば。春「花盛（はなざかり）」。

【語釈】〇祇園会　京都の八坂神社の祭礼で、毎年七月に開催され、様々の祭事に従事する者と、その見物客とで京都の町その間はたいへん賑わう。〇思へばさびし　芭蕉に「元日やおもへばさびし秋の暮れ」（真蹟短冊・『続深川集』）があり、発想が類似する。

二一八　松を時雨《しぐれ》それは非情ぞ郭公《ほととぎす》　（同）

【句意】松を時雨が降りすぎるころから待っていたのに、それは非情というものだぞ、時鳥《ほととぎす》がいつまでも鳴かないのは。時鳥を待ちかねる心情を大げさに詠む。夏「郭公」。

【語釈】○松を時雨　松の木に時雨が降りかかるさま。「松」に「待つ」を掛ける。「時雨」は初冬のにわか雨。慈円「わが恋は松を時雨に染めかねて真葛が原に風騒ぐなり」（『新古今集』）のように、松は時雨に濡れても緑のままで紅葉しないものとして、和歌では詠まれる。○非情　冷淡であること。無関心なこと。○郭公　ホトトギス科の鳥である時鳥の一表記。時鳥はその一声を、夜も寝ずに待って聞くものとされる。

【備考】似船編『かくれみの』（延宝5）にも入集。

二一九　慮外《りよがい》ながら月は名取《なとり》て何の為　（同）

【句意】失礼な申し上げようながら、月があれだけの名声を得ているのは何のためなのか。今日になって姿を見せないのはどうしたことかというので、十五夜の名月を望む心を表す。秋「月」。

【語釈】○慮外ながら　武士などが相手に失礼を承知で物を申す際の、切り出しの語。○名取て　そのことに関して評判をとって。名声を博して。○何の為　どうして。どういうわけで。反語を構成して詰問したり、責め立てる口ぶり。

二二〇　かさの雪やすぼめる花の色もなし　（同）

【句意】傘をすぼめて落ちる雪よ、雪に比される花はすぼんだままで咲く気配もない。冬「雪」。

【語釈】○すぼめる　ひろげてかざしていた傘を閉じる。また、花が開かないままでいることも掛ける。○花の色　雪と見まごう花の美しい白さ。また、花が咲きそうな気配。

【備考】梨節《りせつ》編『反古《ほご》ざらへ』（元禄年間）にも入集。惟中《いちゅう》編『俳諧三部抄』（延宝5）には「からかさはすぼめる花の雪もなし」の句形。

二二二　一《ひと》ツ書万《がきよろず》春あり亀の甲　（『かくれみの』延宝5）

【句意】一つ書きとして永遠にすべてにめでたい新春がある、亀の甲羅には。万年も生きるとされる亀の模様に着目し、それは「一」でもあり「萬（万）」でもあるということか。春「春」。

【語釈】○一ツ書　ひとつがき。「一、」と列挙箇条して書き並べる書式。ここは横一列に並んだ何匹もの亀の甲羅の模様を箇条書きと見立てたか。書き初めを含意して新年の句。○万春　永遠に変わらずめでたい春。本来はバンシュンと読む漢語ながら、ここはヨロズハルと訓で読むか。「万」は「亀は万年」に掛けたものであろう。○亀の甲　亀の甲羅。甲羅の模様が「萬（万）」字に見える。

【備考】出典では二二一・二二三とともに「元日」の題下に収められる。

二二三　京の図を彩色《いろどり》けりなけさの春　（同）

【句意】京の絵図に色を付けたようなことであるなあ、新春を迎えた今朝の眺めは。高所よりの眺望を彩色された絵画のようだと見立てる。春「けさの春」。

【語釈】○京の図　京の町を描いた絵図。また、京の町を一望の中に収めた眺め。○彩色　「いろどり」と読む。色を付ける。さらに美しくする。○けさの春　新年を迎えた元旦。

二二三　はつ鳥や二番に麒麟《きりん》御代《みよ》の春　（同）

【句意】今年最初の鶏が早々に鬨《とき》の声を上げ、二番には俊足の麒麟がやって来て、この御代の新春は何ともめでたい。春「はつ鳥」。

【語釈】○はつ鳥　元旦に初めて鳴き声を上げる鶏。季語。○二番　正月の瑞兆として「はつ鳥」に続くもの。○麒麟　古代中国に空想された五種類の幻獣のうちの一つ。駿足なので一番とあるべきところ、「はつ鳥」の早さを強調すべく「二番に」とした。出典で「キリン」の振り仮名。○御代の春　永く平穏に治まってめでたい新春の意で、歳旦句に常套的な表現。

但安《たんあん》興行

二二四　山も一つなるとみえたり薄霞《うすがすみ》　（同）

【句意】山々が一つであると見えた、峰々には薄い霞がかかっていて。春「薄霞」。

【語釈】○但安　京の人で、阿形氏。安静編『鄙諺集《ひげん》』（寛文２）・似船編『蘆花集』（寛文５）・湖春編『続山井』（寛文７）・安静編『如意宝珠』（延宝２）や、似船編『かくれみの』・同『安楽音《あんらくのこえ》』（延宝９）、延宝三年（一六七五）と六年の似船歳旦帖に入集する。○興行　但安の主催する連句会が同宅で開催されたことをいう。○一つなる　京都東山のなだらかな三十六峰の山並みが、霞で稜線がぼやけ一つに見えるさまであろう。藤原定家「桜花咲きにし日より吉野山空もひとつにかほる白雪」（『新古今集』）では、全山の桜で山と空が「ひとつ」になると詠まれたのを受け、ここでは霞によって「一つ」に見えるとしたか。「なる」は断定の助動詞「なり」の連体形。○薄霞　春に薄く立ちこめる霞。

二二五　鶯や竹斎《ちくさい》の弟子吟の声

（『かくれみの』延宝５）

【句意】鶯も初音のころは、竹斎の弟子が狂歌を吟じる声のように拙い。『類船集』で「藪」と「鶯」が付合語であるように、「竹」と「鶯」の間には一種の連想関係がある。春「鶯」。

【語釈】○竹斎　江戸初期の仮名草子『竹斎』（富山道冶という医者の著作とされる）の主人公。都の藪医者竹斎が弟子のにらみの介を同伴し、東海道を下り名古屋に滞在して治療に失敗し、江戸に至るまでを記した諸国行脚物語。狂歌による応酬が特徴的で、模倣作を生み、名所記や十返舎一九の『東海道中膝栗毛』にも影響を及ぼした。○吟の声　弟子であるにらみの介が詠む狂歌の声。これに鶯の初音の声を掛ける。

玄了《げんりよう》興行

二二六　方組《かたぐみ》や耆婆《ぎば》が伝へし宿の梅

（同）

【句意】薬を処方することだ、伝説の耆婆がもたらしたというわが家の梅で。春「梅」。
【語釈】○玄了　元禄京都貞門俳人。医師であったか。○方組　かたぐみ。薬の調合・処方。○耆婆　古代インドマガダ国の医師。「耆婆・扁鵲」と併称される名医の代名詞。通常「ギバ」と音読するが、出典で「キバ」の振り仮名。○宿の梅　自邸の庭にある梅の実。梅干しには殺菌力があり、漢方薬として伝来した。

二二七　松むめや三本の内月の笠　（同）

【句意】目の前には松と梅とが並ぶので、松竹梅三本で残る竹は月を覆う笠となる。春「むめ」。
【語釈】○松むめ　松と梅。画題「歳寒三友」の中の二種。「むめ」は「うめ（梅）」のこと。○三本　松竹梅の三つの樹木。○月の笠　月の周囲に現れるぼんやりとした光の環で、「月の暈《かさ》」とも書く。「笠」は頭にかぶる雨具。「笠」の字の冠が「竹」である。

二二八　はげ山や春をねだれん峰の雪　（同）

【句意】草木の枯れた兀山《はげやま》は春をねだるだろう、峰の雪を早く溶かせと。春「春…雪（春の雪）」。
【語釈】○はげ山　草木が枯れてしまった山。冬山。○ねだれん「ねだらん」の訛言で、強く要求する意の動詞「ねだる」の未然形に推量の助動詞「む（ん）」が付いたものか。

【備考】出典で「春雪」の題下に収められる。

二二九　駕《のりもの》や花を帆《ほ》にあげて通り町《ちよう》　（『かくれみの』延宝5）

【句意】駕籠舁《か》きは花の盛りに一段と掛け声を高く張り上げ、通り町を通り抜けていく。春「花」。

【語釈】○駕　駕籠。前後に貫かれた担ぎ棒に駕籠舁き人足二人が肩を入れて乗客を運ぶ乗物。軽快に移動するため、人足は掛け声を出すのが通例。出典で「ノリモノ」の振り仮名。○花を帆にあげ　藤原菅根「秋風に声を帆にあげてくる舟は天の門わたる雁にぞありける」（『古今集』）や慣用句「声を帆にあぐ」（高らかに声を上げるの意）を念頭に置くか。駕籠舁き人足の掛け声が、満開の花や人々の視線を意識してますます意気盛んに張り上げられるさまであろう。出典で「帆」に「ホ」の振り仮名。○通り町　目抜きの大通り。これに通る意を掛ける。

【備考】調和編『富士石』（延宝7）にも入集。

二三〇　僕《ぼく》ひとり茶磨《ちやうす》に眠る花見かな　（同）

【句意】所在なげな下男が退屈して居眠りをしている、花見であることよ。春「花見」。

【語釈】○僕　出典で「ボク」の振り仮名があり、しもべ・奉公人・下男の意。女性ならば「婢」。○茶磨　茶臼。茶葉を抹茶にするために細かくすりつぶす小さな臼。所在なく退屈しているさまをもいう。遊里で客がつかず、遊女が退屈している状態をさす「お茶を挽く」と類語。

二三一　花やしる京にいくたり大上戸《だいじょうご》　（同）

【句意】桜の花は知っているのだろうか、大酒飲みが京都中には何人いるかということを。すべての酒飲みが花を見て満足するまで散らずに待っていてくれよということ。春「花」。

【語釈】○しる　知る。上に「や」があることで、知っているであろうかという疑問（ないし詠嘆）の意になる。○いくたり　何人いるであろうか。これも「や」と呼応して疑問代名詞の機能を果たす。○大上戸　大酒飲み。いつまでもいくらでも酒を飲める人。

【備考】惟中編『俳諧三部抄』（延宝5）にも入集。

二三二　花は吉野それはまだるし東山　（同）

【句意】古来の花の名所といえば吉野だが、京都からは遠くて出かけるのが億劫《おっくう》なので、すぐ近くの東山で楽しむこととしよう。春「花」。

【語釈】○吉野　芳野。奈良の吉野山。桜の名所で、「花は吉野」は一種の成句。貞室「これはこれはとばかり吉野山」（『ひともと草』）。○それは　京都から吉野山まで行くのは。○まだるし　億劫だ。時間がかかる。○東山　京都近郊、鴨川の東の山間の土地。花が楽しめる。

小石《しようせき》興行

二三三　花の香を衣桁《いこう》に残すゆふべ哉《かな》　（『かくれみの』延宝５）

【句意】花の香を衣桁に残した黄昏時であることよ。花見から帰宅して着物を衣桁に掛け、桜の香りが着物からしたということを、「香を衣桁に残す」と表現。春「花の香」。

【語釈】○小石　京の人で、延宝八年の似船歳旦帖や似船編『安楽音』（延宝９）に入集。○衣桁　衣紋掛け。着物を吊り下げるために木を組んで作った家具。出典で「イカフ」の振り仮名。

【備考】花の残り香が物に移るとした発想では、後代の蕪村句「なには人の木や町にやどりゐしを訪ひて／花を踏《ふみ》し草履も見えて朝寝かな」（『蕪村句集』）も想起される。

二三四　脱《ぬぎ》かくるもみうらを花の時雨哉　（同）

【句意】花見から帰宅して羽織りを脱ぎかけると、紅い絹の裏地に付着した花びらがはらはらと時雨のように落ちたことよ。春「花の時雨」。

【語釈】○もみうら　羽織や上着の裏地に紅絹を使ったもの。真紅の裏地と桜花の花びらの対照が印象的である。○花の時雨　花時雨。桜の花びらがはらはらと時雨のように落ちるさま。あるいは、着物の裏地に落花の景が刺繡されていたか。

二三五　花の下《もと》の半日《はんじつ》のかかや荷《にな》ひ茶屋《ちやや》　（同）

【句意】咲き満ちる花の下の、「半日の客」ならぬ「半日の嬶《かか》」であるよなあ、担い茶屋の女主人というものは。謡曲詞章のもじり（【語釈】を参照）。春「花の下」。

【語釈】○花の下　花が見頃に咲いた桜木の傍ら。花見客が集まる。○半日　一日の半分で、日中ということ。○かか　嬶。細君。妻。ここでは飲食の世話をする女性。ここまでの「花の下の半日のかか」は謡曲「鞍馬天狗」の「げにや花の下の半日の客、…近うよつて花御《ご》らん候へ」を踏まえる。○荷ひ茶屋　湯茶や茶碗を携帯し、路頭などで茶を飲ませる商人。

天王寺にて

二三六　ちる花や上宮太子《じようぐうたいし》下化衆生《げけしゆじよう》　（同）

【句意】落花は曼陀羅華のようで、聖徳太子にゆかりの寺で衆生は教化される。春「ちる花」。

【語釈】○天王寺　大坂にある天台宗の寺院。四天王寺。山号は荒陵山、本尊は救世観音。聖徳太子建立の寺。○ちる花　開花の後に風雨で吹き散らされる花。風で舞い散るさまが天上高くから降り注ぐ仏教の奇瑞としての曼陀羅華のやつし。○上宮太子　聖徳太子の別称。聖徳太子は四天王寺、法隆寺などの寺院を建立し、日本を仏教国とした。○下化衆生　庶民や世上の人々を仏教で教化すること。釈迦の言葉「上求菩提《じようぐうぼだい》下化衆生」（菩薩が自らは悟りをめざし、人々を導きもするということ）を踏まえ、「上」と「下」が対になる。

二三七　千金や正面の畳《たたみ》はつざくら　貞隆《ていりゆう》興行（『かくれみの』延宝5）

【句意】価千金と叫びたくなる、正面の畳台の席から眺める初桜は。春「はつざくら」。

【語釈】○貞隆　京の人で、岸田氏。似船編『かくれみの』・同『安楽音』（延宝9）等に入集。○千金　千両の価値がある。北宋の蘇東坡「春夜」の「春宵一刻直千金」を踏まえ、漢詩では春の宵という時節の価値を讃えるのに対し、本句では開花直後の花見の場所としての畳台を賞賛する。○正面　能舞台や芝居の正面の特等席。花見に格好の場所。○はつざくら　初桜。

二三八　山を削《けずり》とくさかけたり初桜《はつざくら》　（同）

【句意】山を削った上に木賊《とくさ》をかけて磨きあげたようだ、全山に初桜が輝いて。春「初桜」。

【語釈】○山を削　全山の枯木・枯草が削り落としたようになくなった冬のさま。出典で「削」に「ケツリ」の振り仮名。○とくさ　木賊。笹竹のように芯は空洞で節がある植物。乾燥させて樹木や皮革、石などを研磨するために用いる。○かけたり　木賊を使って磨きをかける。物質のざらざらな表面をなめして光沢を帯びさせる。○初桜　開花したての花。初めて見る桜花。

二三九　かんこ鳥京に鳴《な》らむやま桜　　（同）

【句意】閑古鳥《かんこどり》は意外にも京の町中でひっそり鳴いているだろう、人々は山桜を見に出かけているから。静かな山がにぎわい、市中はさびしいという、日常との反転現象に興じる。春「やま桜」。

【語釈】○かんこ鳥　閑古鳥。郭公《かっこう》。鳴き声がさびしいことから、「閑古鳥が鳴く」で人が集まるべき場所に人気《ひとけ》がないこと、客商売がふるわないことなどをたとえる。これ自体の季は夏。

二四〇　花や桃三日めのワキ西王母　　（同）

【句意】桃の花が咲くことよ、三日目の上演でワキは桃の実をもらうことになる、西王母から。「三日」の掛詞と謡曲詞章に基づく作（【語釈】を参照）。春「桃・三日（三月三日）」。

【語釈】○花　ここは桃の花。○三日め　謡曲の上演三日目ということか。これに三月三日の上巳の節句を掛ける。○ワキ　謡曲の演者で、シテ（主演）の相手をする役。○西王母　中国古代の伝説の女性。謡曲「西王母」のシテは西王母で、ワキが穆王。この句は穆王の名を敢えて出さず（談林俳諧の「抜け」の手法に通じる）、「三日ワキ」と暗示的に表す。三千年に一度だけ花が咲き、食べる者に不老長寿を授けるという桃を携え、西王母が穆王のもとを訪れるという内容で、初めは桃の花の枝、次に桃の実を携えてくる。

【備考】出典では二四一とともに「三月三日」の題下に収められる。

二四一　とりあへず賛したり絵櫃《えびつ》三日《みか》の作　（『かくれみの』延宝5）

【句意】間に合わせに櫃の絵に賛をした、三月三日の作として。春「三日（三月三日）」。

【語釈】○賛　厳密には四言の韻文（漢詩）を絵画に書き付けることで、日本では詩文や和歌・俳諧などの作を画に書き付けること。○絵櫃　蓋や本体の外装に絵模様をあしらった木製の容器で、節句の調度品として草餅・赤飯などを入れる。○三日　ここは三月三日。この日は曲水の宴の開催日なので、流水に浮かべた酒杯が自分の前に届くまでに詩歌を詠むという、この行事のしきたりが踏まえられていると考えられる。

紀州一見の時、阿形自笑《じしよう》にいひかけ侍る

二四二　はつ旅や抑《そもそも》自笑の春の比《ころ》　（同）

【句意】初めての紀州への旅であるなあ、一体それは花も自ずと笑う春のころで。同行者の「自笑」という号に興じ、花が咲いて人も自ずと笑顔になる春だとする。春「春の比」。

【語釈】○紀州　紀伊国（和歌山県）。○一見　一覧。旅でその地を訪ねた際にいうことが多い。○阿形自笑　自笑号の俳人は複数いるも、これは似船編『かくれみの』等に入集する加賀国山中の人で、阿形氏。この旅に同行したか。○抑　そもそも。一体。○自笑　俳号に、ひとりでに笑う意を掛ける。また、「笑ふ」には花が咲く意があり、それも重ねられている。

【備考】出典では「雑春」の題下に収められる。

二四三　待《まち》し花の勝手あてたら子規《ほととぎす》　(同)

【句意】今年の春はいい塩梅に花の見ごろを逃さなかったので、夏を迎えた今は時鳥《ほととぎす》も聞き逃したくない。他季を引き合いに願望を強調するのは、よく見られる趣向。夏「子規」。

【語釈】○待し花　開花をずっと期待していたこと。○勝手あてたら　うまい具合に開花の時分にめぐり会えたので。「勝手」は「花の勝手」(花の時期を逃さず花見を満喫すること)と「子規の勝手」(時鳥の初音を聞き逃さないこと)を意味する。○子規　時鳥の異名。夏の到来を告げる鳥で、雨の止み間や風の凪いだ折に、けたたましい鳴き声を出す。

【備考】出典では「郭公」の題下に収められる。春の開花を味わったばかりで、すでに夏の風流にまで思いを馳せている欲張りな趣味人の滑稽。

二四四　さうぶのぼりお旗下さぞ江戸甲《かぶと》　(同)

【句意】菖蒲幟《しょうぶのぼり》がはためく時節、地方から来た田舎侍も将軍家のお膝元で、さぞや江戸屋敷に兜を飾って端午の節句を祝うであろう。夏「さうぶのぼり・甲(五月五日)」。

【語釈】○さうぶのぼり「菖蒲幟」と「傖夫の上り」の掛詞で、出典では「さうふ」と清音ながら、「さうぶ」と判断される。「菖蒲」はショウブのほか、ソウブとも発音した。「菖蒲幟」は端午の節句に飾る幟(旗の一種)。「傖夫」

は田舎者で、参勤交代で江戸に上る田舎侍をいうことが多い。後世の蕪村の句に「採蕁を諷ふ彦根の傖夫哉」(『蕪村自筆句帳』)。○お旗下　大将・将軍のお膝元。徳川将軍の支配下。これに幟旗《のぼりばた》の下の意を掛ける。○さぞ　きっと。さだめし。○江戸甲　江戸で五月五日の節句に飾る兜。

【備考】出典では二四五とともに「五月五日」の題下に収められる。

二四五　薬日《くすりび》や天下一同《てんかいちど》に御用《おんもち》ひ　(『かくれみの』延宝5)

【句意】五月五日の薬日には、世の中の人が一様に薬玉《くすだま》を用いることよ。夏「薬日」。

【語釈】○薬日　五月五日。丁子・沈香・菖蒲などの薬草を採集し、その薬草を詰めた薬玉を飾る日。○天下一同　上は将軍家から士農工商すべての階層が。出典で「同」に「ド」の振り仮名。○御用ひ　将軍家を含むための敬語。

二四六　耳にみちぬ十声千々《じつしようせんせん》蟬の吟　(同)

延宝三年六月廿九日一万句満座に

【句意】耳に満ちあふれる、いくたびも南無阿弥陀仏をくり返す僧侶の声のような蟬の鳴き声が。「蟬の吟」に僧侶の「十声」を重ね、さらに「万句」の「吟」を含意させる。夏「蟬」。

【語釈】○一万句満座　一万句の連句(百巻の百韻)を作る俳諧興行が無事終了すること。立て続けに句を読み上げる人の声と鳴きしきる蟬の声とを対比させるのが本句の趣向。○十声　十念。浄土教で南無阿弥陀仏を十回唱えること。ジッセイとも。○千々　十声を数えきれぬほど反復すること。ここは蟬の鳴き声がくり返されることを仏教の十念の声のようだとする。また、「千」に「蟬」を音読みにした「セン」を含意させ、「センセン」の反復で蟬の声の反響を強調する。さらに、「十声」が「千」で「万」になることから、「万句」の満尾した祝意もここに重ねている。

二四七　芥子《けし》に須弥《しゆみ》富士を入《いれ》けり扇箱《おうぎばこ》　（同）

【句意】仏説では芥子粒の中に須弥山を納められるように、富士山を入れてしまったよ、扇箱に。開いた白扇が富士に見立てられることを前提に、当たり前のことを大げさに表現。夏「扇箱」。

【語釈】○芥子に須弥　『維摩経』「不思議品」の「芥子に須弥を納む」による表現で、これは極小の物の中に極大の物を入れるたとえに用いる。出典で「芥子」に「ケシ」の振り仮名。○富士を入けり扇箱　扇の箱に白扇を収納したということで、扇と富士山の見立は常套的。石川丈山の漢詩「富士山」（『新編覆醤集』）に「雪は紈素の如く煙は柄の如し、白扇倒しまに懸かる東海の天」とあり、この背景には白居易「白羽扇」の「盛夏雪消えず、終年風尽くること無し。秋を引いて手裏に生じ、月を蔵して懐中に入る」（『和漢朗詠集』「扇」）がある。

二四八　水に近き炉路《ろじ》は先涼《まず》し庭の月　（同）
自笑の許にて手水鉢《ちょうずばち》の月を

【句意】瀟洒な茶室へと続く露地の傍らにある手水鉢の水に天空の月が映っているのは、茶室に入る前から涼味を感じさせるものだ。夏「涼し・月（夏の月）」。

【語釈】○自笑　阿形自笑。二四二の【語釈】を参照。○炉路「露地」「露路」「路地」などに同じく、茶室に付属する庭。千利休が茶庭を露地と呼んだことにちなむ。

【備考】出典では「夏月」の題下に収められる。

二四九　風やはだか百貫《ひやっかん》道具夕涼み　（『かくれみの』延宝5）

【句意】風が裸の身に心地よい、大勢の人にとって貴重な道具だ、夕涼みの風は。夏「夕涼み」。

【語釈】○風や　暑さを吹き飛ばすありがたい風だという感嘆の意味を込める。○はだか　夕涼みをする人々が上半身を裸にしているさま。○百貫道具　巨大で重い道具。また、きわめて価値のある道具。ここは後者で、涼風の価値を称揚する。また、自分の身体以外には何もないことをいう「裸一貫」を「はだか百貫」と翻し、大勢の男がいることを表している。

【備考】出典では「納涼」の題下に収められる。

二五〇　水とんで鰹《かつお》をどるやところてん　（同）

【句意】水が飛び散ると、鰹でも躍り上がりそうなことだなあ、心太《ところてん》なるものは。見立の作。夏「ところてん」。

【語釈】○水とんで　ところてんを突き落とす際に、器の中の水が威勢よく跳ね上がるさま。○鰹をどる　鰹節のはねるようなさまを、海中で威勢よく跳ねる鰹に見立てる。出典で「鰹」に「カツホ」の振り仮名。○ところてん　心太。海藻のテングサを煮て冷やし固め、線状に突き出した夏の食物。酢醬油や黒蜜に浸し、前者では青海苔・鰹節などをかける。

【備考】出典では「雑夏」の題下に収められる。

二五一　あまが紅粉《べに》の末つむ花かめたなばた　（同）

【句意】大空に夕陽の残照と織《しょくじょ》女星の輝きが美しいが、これは女性が七夕に顔に施す紅白粉《べにおしろい》の粉末をばらまいたようでもあり、その茜色は光源氏が衝撃を受けた末摘花姫の象のような大きな紅い鼻をも連想させる。秋「めたなばた」。

【語釈】○あま　天。大空。これに女性を表す「あま（尼・阿魔）」を掛ける。○紅粉　紅白粉の粉末。宮中の七夕の儀式で白粉を撒くという次第を踏まえる。これが『源氏物語』「末摘花」巻で雪景色の中で常陸宮姫の赤い鼻を強調する場面につながる。○末つむ花　末摘花。化粧品の紅白粉の原料である紅花の異称。『源氏物語』「末摘花」巻では、常陸宮姫の雪景色の中の醜貌を強調するために、大きな紅い鼻を克明に描写する。「花」に「鼻」を掛ける。○めたなばた　女七夕。織女星をさす。「め」には女と「かめ」の「め」（動詞「かむ」の命令形と「瓶」語尾）とが掛けられている。

【備考】出典では二五二とともに「七夕」の題下に収められる。

二五二　むつごとや五十六億七夕《しちせき》まで　（同）

【句意】牽牛《けんぎゅう》と織女《しょくじょ》が親しく語り合うことよ、五十六億七千万年後の七夕までも。秋「七夕」。

【語釈】○むつごと　睦言。親密な男女の語らい。ここは一年に一度、七夕の日だけに許された牽牛と織女の逢瀬。○五十六億七夕　釈迦入滅後、弥勒菩薩が現れるまでの時間が五十六億七千万年であるとされ、『平家物語』巻十に「御入定は承和二年三月廿一日、寅の一点なれば、過ぎにし方も三百余歳、行く末も猶五十六億七千万歳の後」とある。その「千万」を同じセ音で始まる「夕」としたものなので、「七夕」は「シチセキ」と読む。

二五三　もち扇時宜《じぎ》一ぺんぞ秋の風　（『かくれみの』延宝5）

【句意】夏の間、常時使っていた扇であるが、暑かった時候が一変して用済みになってしまったのは、秋風が吹くようになったからだ。秋「扇（秋扇）・秋の風」。

【語釈】○もち扇　持ち扇。普段の生活で所持し、風を送って涼を取るために用いる扇。扇自体は夏の季語。○時宜　ちょうどよく都合がつくこと。ここでは扇を使って涼を取るにふさわしい時候。○一ぺん　一変。夏の暑熱が急に変化して、涼しい秋になったということ。これに「一遍」を掛け、秋風が一たび吹けば扇でくり返しあおぐ必要もないといった意を込める。

【備考】出典では「秋扇」の題下に収められる。

二五四　焔魔王《えんまおう》ねずみやひかん玉まつり　（同）

【句意】閻魔大王も退屈でさびしい思いをしていよう、魂祭《たままつり》の間は。秋「玉まつり」。
【語釈】○焔魔王　閻魔大王。地獄の裁判官。○ねずみやひかん「鼠に引かれる」は成語で、家の中に一人きりで無聊をかこつさまをいう。ここは盂蘭盆《うらぼん》で亡者が地上に帰っている間、彼らの善悪を裁く閻魔大王も手持ち無沙汰であろうということ。「ひかん」に「彼岸」も掛けるか。○玉まつり　玉祭。魂祭。七月十五日前後の盂蘭盆に死者の霊を招いて祀る行事。

二五五　見る目かぐ鼻あかせけり玉祭《たままつり》　（同）

【句意】見目嗅鼻《みるめかぐはな》の鼻をあかして驚かせたことだ、魂祭《たままつり》で地上に戻る亡者たちは。秋「玉祭」。
【語釈】○見る目かぐ鼻　見目嗅鼻。上端に男女二つの首を載せた、閻魔大王が所持する杖。男（見目）は凝視し、女（嗅鼻）は嗅いでいる相貌で、鋭い視覚・嗅覚により亡者の善悪を判断し、閻魔大王に報告するとされる。其角門の行露の句に「双牡丹かくて見目かかぐ鼻か」（『焦尾琴』）。○鼻あかせけり　思いがけない行動で相手を驚かせること。これに見目嗅鼻が目や鼻口を大きく開けているという意を掛け、見目嗅鼻があきれているさまをも表す。○玉祭　魂祭。

二五六　宵にきませ門がきびしい玉祭
　　賊の怖有《おそれあり》て世中《よのなか》さはがしき比《ころ》　（同）

【句意】宵のうちにおいでくださいませ、盗賊の恐れから夜の門戸は固く閉ざす魂祭なので。先祖の霊に呼びかけるという体裁の句。秋「玉祭」。

【語釈】○賊の怖　盗賊の被害に遭うかも知れないという心配。○世中さはがしき　世間の人々が誰しもそわそわとして落ち着かないさま。○比　ころ。折。○宵　夕刻。まだ残照の余映があって闇に包まれない頃。○きませおいでなさい。丁寧な命令形。○門がきびしい　門戸の戸締まりが厳重であるさま。盗賊の闖入を防ぐための厳重な戸締まりにより、子孫の家に戻るはずの先祖の霊までが締め出しを食らうということ。○玉祭　魂祭。

二五七　かへるなり人は根芋《ねいも》に花とうろ　　（『かくれみの』延宝5）

【句意】花が根に帰るように、人の霊も帰ってくるのである、根芋を供えて花灯籠を飾った家にと。成句（【語釈】を参照）を活用し、盂蘭盆《うらぼん》で死者が戻ることへの理屈を示す。秋「花とうろ」。

【語釈】○かへるなり　先祖の霊が冥界からお盆の間だけ現世に帰ってくることで、これに「花は根に帰る」（散った花が肥料になることで、物はすべて根源に戻るという理を表す）という成語を掛ける。○人　ここは祖先の霊。○根芋　里芋の根や茎を土に埋めて栽培した食物で、芋はお盆の供物。「根」は右の成語を生かす措辞。○花とうろ　花灯籠。蓮などの花の絵模様をあしらったお盆の灯籠。「花」が右の成語と関連する。

【備考】出典では二五四・二五五・二五六とともに「魂祭」の題下に収められる。

二五八　風体《ふうてい》や庭の荻原《おぎわら》まづ宗祇《そうぎ》　　（同）

【句意】風には庭の荻原がまずはそよぎ、風体といったらまずは宗祇だ。謡曲の詞章を踏まえてのもじりの作（**【語釈】**を参照）。秋「荻原」。

【語釈】○風体　人の様子。また、和歌・連歌・俳諧における作品のさま。ここは宗祇が全国行脚で開拓・普及させた、新たな連歌の風趣をさすか。「風体」に「風」を掛ける。○庭の荻原まづ宗祇　謡曲「芭蕉」の「秋来《きた》る風の音《おと》信《ずれ》は、庭の荻原まづそよぎ、そよかかる秋と知らすなり」を踏まえ、その「そよぎ」を「宗祇」と取りなしたもの。「宗祇」は連歌界を代表する室町時代の連歌師。

二五九　花とのみ何かた意地に秋の月　　自笑興行　（同）

【句意】一年の景観は満開の花ばかりだと頑固に思い込む必要はない、このようにすばらしい秋の月があるのだから。秋「秋の月」。

【語釈】○自笑　京の人で、阿形氏。二四二の**【語釈】**を参照。○何かた意地　どうして片意地を張る必要があろうか、その必要はない。「片意地」は頑固に自分の考えを通すこと。

二六〇　守れるや医王《いおう》全盛やどの月　　辻玄竹《げんちく》興行　（同）

【句意】見守っているのだな、医王全盛のこの家を、今夜の美しい月は。薬師如来が現世を守ることに重ねて、玄竹も名医として繁栄していることを賞した挨拶句。秋「やどの月」。

【語釈】○辻玄竹　京の人で、辻氏。似船編『かくれみの』・同『安楽音』（延宝9）に入集。本業は医者であったと考えられる。○医王　名医。また、仏のことで、医者が病人を救うように、仏が人々を救うことからのたとえ。とくに薬師如来の異称であり、ここは比叡山延暦寺根本中堂の薬師如来像をさしていよう。日枝神社の本尊である山王と拮抗していたが、やがて山王は神仏習合を主張して医王に敗れるので、それにあやかって玄竹の医業も全盛を迎えると祝意を示す。○やど　宿。俳諧興行をした玄竹の家。

紅梅染屋《こうばいぞめや》不学《ふがく》興行に

二六一　天下一の名やゆるし色宿の月　（『かくれみの』延宝5）

【句意】天下一の評判を許された許しの色であるなあ、この家から望む淡い月もすばらしい。「名やゆるし」に「ゆるし色」を掛け、染め物で評判の不学を賞した挨拶句。秋「宿の月」。

【語釈】○紅梅染屋不学　京の人。延宝三年の似船歳旦帖に入集。絹布を臙脂で染める紅梅染屋を本業としていたのであろう。○名　名声。評判。○ゆるし色　だれもが自由に着用を許された衣服の色で、紅や紫などの淡い色。○宿　俳諧興行をした不学の家。

二六二　針うりや碪《きぬた》に声のしたり㒵《がお》　（同）

【句意】針を売り歩く者は、砧の音から、その売り声にもしてやったりという顔つきを表している。砧を打つ音から、その女が針を買うのではないかと期待しているのである。秋「礁」。

【語釈】○針うり　裁縫の針を売り歩く商人。○礁に声　砧を打つことで響く音。「礁」は「砧」に同じく、布を木槌で打って柔らかするための台。また、その打つ行為や音。秋の夜の砧の音は、漢詩や和歌では夫の帰りを待つ女性の閨怨の情を盛り込むのが常套。ここはそれを行商人の心情に転じる。○声のしたり㒵　商人の売り声に、うまくやったという満足げな表情が感じられるということで、「声のしたり」には砧の音がしたの意も掛けるか。

四十にいたりて

二六三　菊水《きくすい》や腰にはるべき弓ながし　(同)

【句意】菊水が欲しいものよ、曲がった腰に張って直すための弓は流してしまって。秋「菊水」。

【語釈】○四十　江戸時代は初老と見なされた。○菊水　菊の花を浸した水。菊は薬効が高く、不老長寿の薬とされ、九月九日の重陽の節句にこれを飲むと長寿が得られるとされた。紀友則「露ながら折りてかざさむ菊の花おいせぬ秋のひさしかるべく」(『古今集』)など、和歌でも多く詠まれる。○腰にはるべき弓　老齢のために曲がった腰を直したいという願いを、ぴんと張った弓になぞらえて表したもの。虎明本狂言「老武者」に「らうむしゃは、こしにあつさのゆみをはり、おきなさびたる、やりなぎなたをかたげづけてぞおしよせたる」とある。「はる」は弓の弦を張ると腰を張るとの掛詞。○ながし　弓を海に落として流しそうになり、命がけで拾いあげたという源義経の伝説(『源平盛衰記』を踏まえつつ、弓が長いの意も掛けるか。
【備考】出典では二六四・二六五とともに「九月九日」の題下に収められる。

二六四　本方《ほんぽう》や一日ひたす酒に菊　（『かくれみの』延宝5）

【句意】これが漢方における定法であろうよ、一日かけて酒に浸した菊花は。秋「菊」。
【語釈】○本方　漢方での定番の調剤方法。出典で「ホンハウ」の振り仮名。○酒に菊　菊の水が長寿をもたらせたという故事のほか、酒に菊を浮かべて飲むのは中国文人の風雅な姿勢でもあり、漢詩に多くの作例がある。ここはそれを漢方薬の調合になぞらえて興じる。

二六五　ここにあり彭祖《ほうそ》以来の菊の露　（同）
香具屋《こうぐや》重次興行

【句意】ここにあった、その効験で百年も生きたという彭祖以来の菊の露が。「菊の露」に重次が扱う商品を重ね、そのためにあなたはそんなに若々しいのかとした挨拶句。秋「菊の露」。
【語釈】○香具屋重次　京の人。重次号の俳人は複数いて特定できない。「香具屋」は「香具師」に同じく、香木や匂い袋を扱う商人。○彭祖　『神仙伝』や『史記』に登場する中国古代の長寿の人で、八百年以上も生きたとされる。○菊の露　もとは菊の花に宿る露で、これを飲むと長寿になるとされた。女性用鬢付油《びんつけあぶら》の名でもあり、ここは重次が扱う薫物《たきもの》などであろう。

二六六　若《もし》も朱座《しゆざ》訴状や上《あげ》むはつ紅葉《もみじ》　（同）

【句意】もしかしたら朱座が訴状を上げるのだろうか、初紅葉に対して。自分たちが作るものよりよい色なのをねたみ、自らの特権を守ろうとするのではないかとのうがち。秋「はつ紅葉」。

【語釈】○若も　もしかしたら。ひょっとして。出典で「若」に「モシ」の振り仮名。○朱座　幕府の監督下で水銀などの有毒物質を含む朱や朱墨の製造・販売をする特権的商人。○訴状　訴訟を起こす際に提出する文書。朱座が持つ製造権・販売権を念頭に置いた措辞か。

二六七　秋風や鎖《じよう》と手かくる小袖櫃《こそでびつ》　（同）

連可興行

【句意】秋風が吹いたら、きちんと自らの手で小袖をしまい、その櫃に鍵を掛ける。秋「秋風」。

【語釈】○連可　京の人で、林氏。三四六の【語釈】を参照。○鎖と　櫃に掛ける錠前の意に、きちんとの意の副詞「ぢやうと」を掛ける。○手かくる　自ら手を下して扱うことをいい、これに自分で鍵を掛ける意を掛ける。○小袖櫃　衣類などをしまうための上から蓋をする様式の木箱。「小袖」は現在の和服につながる一般的な衣類で、ここは夏に着用したものであろう。

【備考】出典では二六八・二六九とともに「雑秋」の題下に収められる。

二六八　はだか数寄《ずき》に帯をさせけり秋の風
信徳《しんとく》興行
(『かくれみの』延宝5)

【句意】裸で暮らすのがよいという者にきちんと帯を締めさせたことだ、秋の風が。いくら裸が好きでも冷ややかな秋風に吹かれれば帯を締める。秋「秋の風」。

【語釈】○信徳　京都の裕福な商人で、伊藤氏。俳諧は梅盛門で、元禄俳壇の中心的な一人。寛永十年(一六三三)～元禄十一年(一六九八)。○はだか数寄　常に裸でいるのがよいというのんきな人。「数寄」は茶の湯や生け花に趣味のある人をいう語ながら、ここは「…好き」と同意で用いている。『高名集』ではこの句に対応する挿絵が裸の子どもになっている。○帯をさせけり　着物と帯をきちんと着けさせてということで、秋冷に対する措置。

【備考】自悦編『洛陽集』(延宝8)・風黒編『高名集』(天和2)にも入集。

二六九　つかさどる金箱《かねばこ》や世界宿の秋
両替尺《しやく》霧《む》興行
(同)

【句意】金箱の中を数えるのは世界を支配することだと、大気に満ちたこの家の秋である。秋は金につながる(【語釈】を参照)として、両替商の主人を賞した挨拶句。秋「宿の秋」。

【語釈】〇両替尺霧　両替商の尺霧。尺霧（あるいはセキムと読むか）は俳号らしくあるが未詳。〇興行　百韻などの連句作品を創作すること。〇つかさどる　支配する。金箱の中の銭勘定をする。〇世界　この世の中。「つかさどる」は「金箱」のほか、この語をも目的語とする。〇宿の秋　尺霧の家で迎える秋。なお、陰陽五行説で「秋」は「金」に属し、このことをきかせている。

二七〇　のりものや列子《れっし》がまはす神の旅　（同）

【句意】風という乗物で列子が次々に送り出す、神の旅なのであるよ。冬「神の旅」。

【語釈】〇のりもの　ここでは列子の乗物である風。『荘子』逍遙遊篇に「夫《そ》れ列子は風に禦《ぎょ》して行き、冷然として善なり。旬有五日にして後反《かへ》る」とある。〇列子がまはす　列子が順を追って送り出す。神無月の間は神が出雲に出かけ、月末に元の場所へ戻る。列子は風に乗って十五日の旅をするので往復に三十日かかることになり、計算も合う。出典で「列子」に「レツシ」の振り仮名。〇神の旅　神々が出雲に出かけ、出雲以外には神がいなくなること。

【備考】出典では「初冬」の題下に収められる。

二七一　河音《かわおと》や松をしぐれの一談合《いちだんごう》　（同）

【句意】河音は松に降りかかる時雨の音と、ひとしきりの談合中である。河と時雨が競い合うように音を立てているのを、人間の談合にたとえての作。冬「しぐれ」。

【語釈】○河音　川の水が鳴る音。○松をしぐれ　松の枝葉に時雨が降り注ぐ音。慈円「わが恋は松をしぐれの染めかねて真葛が原に風さわぐなり」（『新古今集』）など、時雨には風の音が伴うことも多い。「しぐれ（時雨）」は初冬のにわか雨。○一談合　ひとしきり続く話し合い。「談合」はダンゴウともダンゴ・ダンコとも発音する。

似空軒安静《じくうけんあんせい》七回興行

二七二　したふ涙会紙をそむる時雨かな　（『かくれみの』延宝5）

【句意】先師を慕って流す血の涙は懐紙を紅く染めるので、木々を紅葉させる時雨のようであるよ。冬「時雨」。

【語釈】○似空軒安静七回　「安静」は貞門七俳仙の一人で、似船の師。似空軒はその号で、似船は似空軒二世を襲う。安静は寛文九年（一六六九）十月九日に五十余歳で没しているから、七回忌は延宝三年（一六七五）。○したふ涙　師の安静を追慕する涙。○会紙　「懐紙」に同じく、懐などに携帯する紙で、詩歌の類を書き記すのにも用いる。ここは安静七回忌追善興行の句会で用いる懐紙。○そむる　ここは追悼の涙が懐紙をぬらすこと。深い悲しみの「血涙」が紅く染めることを含意。時雨が木々の葉を赤や黄に染めることをこれに掛ける。○時雨　初冬のにわか雨。ここは追悼の涙を含意する。

貞隆霊山《りようぜん》にて興行

二七三　木々は枯《かれ》つひとり口きく松の風　（同）

【句意】全山の木々はすっかり葉を落としてしまい、松の木だけが緑の枝葉を風に受けて口をきいている。俳諧興行で貞隆が活躍することも含意するか。冬「木々は枯つ（枯木）」。
【語釈】○貞隆　京の人。二三七の【語釈】を参照。○霊山　「霊鷲山《りょうじゅせん》」の略で、ここは霊鷲山正法寺がある京都東山三十六峰の一つをさす。○ひとり口きく　松の木だけが葉を落とさずに風に鳴っていることを、「口きく」（話をする）と擬人的に表す。

似空七回忌かさねて興行に

二七四　便宜《べんぎ》さへなき人かなし帰花《かえりばな》　（同）

【句意】音信の手段もない亡き人を思うと悲しい、冬でも花は帰り咲きするのに。冬「帰花」。
【語釈】○似空　似空軒安静。二七二の【語釈】を参照。○かさねて興行　二七二の興行に続けての興行。○便宜　都合がつくことで、ビンギとも読む。ここは成仏した安静と面会して言葉を交わすこと。○なき　便宜がないの意の「無き」に「亡き」の意を掛ける。○帰花　冬の間の小春日和に春の花が狂い咲き、二度目の開花をすることで、復活を象徴する。

二七五　鐘突《かねつき》をうろたへさする霜夜《しもよ》哉《かな》　（同）

【句意】鐘を突こうとした者をうろたえさせるほどの寒い霜夜であることよ。澄み切った夜の寒冷な空気で予想外に大きく鐘の音が響き渡り、突く者をとまどわせたということ。冬「霜夜」。

【語釈】○鐘突　寺院の小僧ら、明け六つ（午前六時ころ）や暮れ六つ（午後六時ころ）などに鐘を突いて時を知らせる者。冬の夜の霜と鐘の取り合わせでは、中唐の張継作「楓橋夜泊」の「月落ち烏啼いて霜天に満つ、江楓漁火愁眠に対す。姑蘇城外寒山寺、夜半の鐘声客船に到る」（『三体詩』『唐詩訓解』）が人口に膾炙しており、俳諧でもこれを踏まえる作例が多い。

宗英《そうえい》妻の喪に籠《こもり》侍るを弔ひて

二七六　霜にかれぬ女松《めまつ》もあるを主人妻《いえとうじ》　（『かくれみの』延宝5）

【句意】霜に枯れない赤松という松もある一方、この家の内儀は惜しいことに。冬「霜」。

【語釈】○宗英　京の人で、内本氏。似船編『かくれみの』等に入集。○女松　松の一種である赤松の異称。雄松である黒松に対していう語。○主人妻　内儀。出典で「イヘトウジ」の振り仮名。一般には「家刀自《いえとじ》」と書く語で、イエトウジとも読み、主婦を尊んでいう。ここは家の主人である宗英の、亡くなった妻をさす。

二七七　めづる意地も秋は見分《みわけ》ず冬の月　（同）

【句意】賞美するためには寒さに耐えるという意地も秋は判別できないけれど、冬の月ならばはっきりする。意地で見ているのか、浮かれて見ているのか、寒くならないとわからないということ。冬「冬の月」。

【語釈】○めづる意地　月見という風流事のために張る意地。ここは寒さに堪えることも含意されていよう。○見分ず　見ても区別ができない。

本国寺嶽松院《がくしょういん》にて不及《ふきゅう》興行

二七八　妙《たえ》やこれさしあたつては雪の松　（同）

【句意】これは霊妙なことであるなあ、さしあたってのことで言えば、雪をかぶった松の枝に日の差すさまがすばらしい。院の名にもある「松」を賞した挨拶句。冬「雪の松」。

【語釈】○本国寺　本圀寺。京都堀川六条にあった日蓮宗の大寺院で、現在は京都市山科区に移転。「嶽松院」は九十あった子院の一つ。○不及　京の人で、本国寺の関係者か。この号の俳人は複数いて、特定ができない。○妙　霊妙なこと。不思議なまでにすぐれていること。○さしあたつて　当面。今のこの場合。これに日射しが当たるの意を掛ける。

但安男《むすこ》を儲《もうけ》給ふを祝して

二七九　御子息に千世《ちよ》進上や雪の松　（同）

【句意】御子息に千載の長寿を授けることだ、折からの雪の松にちなんで。冬「雪の松」。

【語釈】○但安　京の人で、阿形氏。二二四の【語釈】を参照。○男　ここは息子。○儲給ふ　お生まれになった。

授かった。○千世　「千代」に同じく、千年もの長い期間。「松は千年」の成句が念頭にあろう。○進上　物をさしあげること。またその品物。ここは祝いの品に代えて、長寿を約束・祈念するということ。○雪の松　雪にも枯れない松は長寿の象徴で、『論語』子罕篇の「歳寒くして松柏後《おく》れて凋《しぼ》む」に由来し、苦難にめげない節操を讃える語でもある。

独吟百韻に

二八〇　覚えたか端午《たんご》の意趣《いしゅ》を雪礫《ゆきつぶて》　（『かくれみの』延宝5）

【句意】覚えていたか、端午の節句の際に受けた恨みを、この雪の玉で晴らすとしよう。印地打《いんじうち》で受けた石は、雪合戦の雪玉で返そうということ。冬「雪礫」。

【語釈】○独吟百韻　一人で百韻の連歌や俳諧連歌（連句）を作ること。○覚えたか　思い知ったか。覚えているか。復讐をする際の台詞。○端午の意趣　五月五日の節句には「印地打」という石合戦があり、そこで打ち負かされた恨み。○雪礫　雪合戦で雪をまるめた玉として相手にぶつけるもの。

友達の追善に

二八一　あはれ位牌《いはい》あしがた計《ばかり》友千鳥《ともちどり》　（同）

【句意】ああ、哀れな位牌よ、そこにあるのは戒名の文字ばかりで、友千鳥の足跡のようにはかない。亡き友をいくら慕ってもこの世に戻ってこないという歎きを表す。冬「友千鳥」。

【語釈】○あはれ　感嘆の語。また、哀感を覚えることで、ここは両者を掛けていよう。○あしがた計　鳥の足跡だけ。「鳥の跡（鳥の足形）」は文字・筆跡をさす。ここは亡友の戒名を記した漢字で、実際の鳥の足跡の意をこれに掛ける。「計」は副助詞「ばかり」に漢字を当てたもの。○友千鳥　群れをなして上空を飛び、海浜に戯れる千鳥。「千鳥」はチドリ科の鳥の総称。

【備考】出典では二八二とともに「水鳥」の題下に収められる。

一予《いちょ》父の追善

二八二　泣《なく》よりの親類衆《しんるいしゅ》さぞ友ちどり　（同）

【句意】泣くよりほかになく、寄り集まった親類一同は、群れをなして鳴く千鳥のようである。知人の父が死んだことに対する追悼句で、「泣く」に「鳴く」を掛ける。冬「友ちどり」。

【語釈】○一予　京の人で、奥村氏。安静編『如意宝珠』（延宝2）に入集。○泣より　泣くよりほかにしようがないの意で、深い悲しみを表現する。「より」に寄り集まるの意を掛ける。○さぞ　あたかも。本当に。○友ちどり　友千鳥。二八一の【語釈】を参照。ここでは群れなす千鳥の鳴き声に、泣き悲しむ声をなぞらえる。

但安亭《たんあん》にて当座

二八三　をく炭や火鉢の鬼に鉄火箸《かなひばし》　（同）

【句意】炭を足すことよ、見れば火鉢には鬼がいて、鉄棒《かなぼう》のような鉄火箸もある。寒中に暖を取れるのは鬼に鉄棒という含意も込められていよう。冬「炭」。

【語釈】○但安　京の人で、阿形氏。二二四の【語釈】を参照。○当座　即興的に出される。和歌・連歌・俳諧などの題、また、即興的に行われるそれらの会。ここは後者。○をく炭　茶事などで、炭を継ぎ足すこと。○火鉢の鬼　鬼面火鉢。脚部に鬼面をかたどった円形の火鉢。○鉄火箸　炭火をつまんだり、灰をかきならすために用いる鉄製の箸。ここはこれを鬼の持つ鉄棒に見立てる。

【備考】出典では二八四とともに「埋火《うずみび》」の題下に収められる。「埋火」は灰の中に埋めてある炭火で、これによって火種を長持ちさせたり火力を調節したりする。

二八四　その筈《はず》ぞ薫る井上の桐火桶《きりひおけ》

井上何可《かか》興行

（『かくれみの』延宝5）

【句意】どんどん句ができるのも当然のことよなあ、井戸端には薫り高い桐の木があり、この井上家には桐火桶がある。亭主が井上姓であることを生かし、その風雅を賞した挨拶句。冬「桐火桶」。

【語釈】○井上何可　京の人で、井上氏。似船編『かくれみの』に入集。○その筈　そうあるのは当然だの意。風雅な人なのでその家には桐も桐火桶もあるということ。○井上の桐　何可の姓に井戸端の意を掛け、白居易「和答詩十首」四「和大嘴烏」の「青々たり窓前の柳、鬱々たり井上の桐」など、「井」と「桐」が漢詩でよく取り合わされることを用いる。漢詩での「井上」はセイジョウと読むので、ここもそう読ませる可能性がある。○桐火桶　桐の幹を輪切りにし、中をくり抜いて作った円形の火鉢。井上と縁語になる「桐」を出しつつも、冬の季題として「桐火桶」を点じた。『正徹物語』などに藤原俊成は冬の夜桐火桶を撫でながら和歌を案じたとされ、ここも何可が熱心に陸続と句を案出することを讃えたと考えられる。後世の蕪村句に「桐火桶無絃の琴の撫心《なでごころ》」（『夜半叟句集』）がある。

二八五　ちやの花や人事《ひとごと》いひの若ざかり　（同）

【句意】茶の花が咲くことよ、それは「茶」の「花」であるだけに、人のことを言いたがる若い盛りといったところだ。冬「ちやの花」。

【語釈】○ちやの花　冬に咲く茶の木の白い花。他者をからかう意の「茶化す」や、「話に花を咲かせる」の成句も意識されていよう。○人事いひ　他人のことをとやかく批評すること。○若ざかり　年が若く血気の盛んなこと。また、その年代。花の盛りの意も掛けられていよう。

手習《てならい》の師の十七回忌興行

二八六　となふるや念仏師匠摂取不捨《せつしゆふしや》　（同）

【句意】念仏を唱えることよ、それで仏は師匠を見捨てずに救ってくれる。書道を習った師への追悼句で、仏教行事（【備考】を参照）になぞらえる。冬「となふるや念仏（仏名《ぶつみよう》）」。

【語釈】○手習　書道。習字。○となふる　声に出して読む。手習いの師の菩提を弔うので、写経も含まれるか。○念仏師匠　仏教語である「念仏衆生」のもじり。「衆生」はすべての人間。○摂取不捨　仏が救ってくださり見捨てないこと。『往生要集』巻上大文第三に「彼の仏の光明は、遍《あまね》く法界の念仏衆生を照らして、摂取して捨てず」とある。

【備考】出典で「仏名」の題下に収められる。「仏名」は「仏名会《え》」に同じく、十二月十五日（後に十九日）より三日間、宮中や諸寺院で仏名経を誦し、諸仏の名号を唱えて罪障を懺悔する法会。

二八七　寒き夜も膝をのさばる寝酒哉《かな》　　　　　　　　　　（『かくれみの』延宝5）

【句意】寒く体のかじかむ夜も、寝酒のおかげで暖かく存分に膝を伸ばせるよ。冬「寒き夜」。

【語釈】○のさばる　思い切って伸ばす。○寝酒　寝る前に飲む酒で、酒は体を温める。

【備考】出典では二八八とともに「雑冬」の題下に収められる。

二八八　からうすや餅花《もちばな》いそぐ雨の脚《あし》　　　　　　　　　　（同）

【句意】唐臼を使うことよ、そうして餅花の準備を急いでいると、雨足《あまあし》も急いで通り過ぎていく。掛詞によって無関係の二物を結びつける。冬「餅花いそぐ（年用意）」。

【語釈】○からうす　唐臼。地面に埋めた臼に足で杵の柄を踏み、穀物などを搗く装置。○餅花　正月に柳などの枝に小さな餅や団子を花のように付け、豊作を祈る飾り物。これ自体の季は春で、ここはその用意で冬となる。○い

そぐ　正月に間に合わせるため餅花の制作を急ぐ意に、雨も急いで降り過ぎる意を掛ける。○雨の脚　雨足。雨が速く降り過ぎるのを足にたとえた表現。

二八九　松の火や電光《でんこう》ちよろり年のくれ　（同）

夜に入《いり》ての大路《おおじ》のけしきを

【句意】夜になって松明が点され、それは電光がちょろりと光ったという恰好であるなあ、今は一年で最もあわただしい歳暮なのであって。冬「年のくれ」。

【語釈】○大路　都大路。京の町の幹線道路。○松の火　松明。松の樹脂の多い部分を細かくして火をつけた照明具。○電光　稲妻《いなずま》・稲光《いなびかり》。空中の放電現象に伴う光。出典に「デンクワウ」の振り仮名。稲妻は豊作の予兆であると同時に、「電光石火」はきわめて短い時間や非常にすばやい動作などをたとえていい、無常観を伴う。○ちよろり　ちょろり。行動などが迅速なさまや、あっけなく事が行われるさまを表す語。ここは上下に掛かる。

二九〇　限りなきを懸乞《かけごい》の目にや年の暮　（同）

【句意】時間は限りないものでも、掛取《かけとり》の目には限りあるものとして映るらしい、この歳暮がそれなのであって。「時」や「限りを付ける」といった語を省略して表現。冬「年の暮」。

【語釈】○限りなきを　元来は限りない時間というものを。これに限りを付けるといった意を込める。西鶴の「大晦日定めなき世のさだめ哉」（『三ケ津』）と着想が類似。○懸乞　掛乞。掛取。後払いで売った商品の代金を回収すること、また、その商人。江戸時代の売買はこの信用取引が一般的であり、お盆と年末は大々的に収支決算が行われて、最も忙しい時期であった。

二九一　つげて明《あけ》ぬ玉子の親ぢ世界の春　（『俳諧三ツ物揃』延宝6）

【句意】告げたことで明けたよ、玉子の父親である鶏が鳴いて告げ、夜も明けて世の中は新しい春を迎えた。「玉子の親ぢ」の言い回しが、珍奇にして妙。春「世界の春」。

【語釈】○つげて　鶏の雄が鳴いて朝の到来を知らせること。○玉子の親ぢ　鶏の雄を玉子の親父であると言いなしたもの。○世界の春　世の中の全体に新春が訪れるということ。

【備考】似船自身の延宝六年歳旦帖（『俳諧三ツ物揃』所収）にこれを立句とする三物を所載。似船編『安楽音』（延宝9）にも入集。

二九二　腰越《こしごえ》の文使《ふみづかい》かやかへる雁　（『詞林金玉集《しりんきんぎょく》』延宝7）

【句意】かの腰越状の届け手なのか、春になって北へ帰る雁は。帰るついでに手紙を届けたのかというがちで、「文」と「雁」に関する故事を踏まえる（【語釈】を参照）。春「かへる雁」。

【語釈】○腰越の文　『吾妻鏡』巻四に引かれて人口に膾炙した、源義経が兄頼朝に自分への不興を取り除くために書いたとされる書状。偽簡とされるも、これが普及することで義経への判官贔屓は決定的になった。腰越は鎌倉の南西に位置する地なので、雁が北へ帰ることとも符合する。〇文使　書翰を届ける使者。〇かへる雁　帰雁。春になって北の国へ帰る雁。前漢の名臣である蘇武《そぶ》が匈奴に囚われていた折、足に手紙を結びつけた雁が宮廷の上林苑で射落とされ、昭帝の目に触れたという故事（『史記』等）から、「雁」は手紙の代名詞となった。

【備考】出典の宗臣編『詞林金玉集』は既刊の諸俳書から抜粋した句を、元の書名を明記して編んだ大部の写本で、現在は散逸した書や散逸部分にあった句が知られることもあって貴重。これは二九三・二九四・二九五・二九八・二九九・三〇〇・三〇二とともに安静編『鄙諺集』（寛文２）の散逸部分にあった句。

二九三　どこの峰も白雲山《しらくもやま》に花のころ　（同）

【句意】どこの峰も白雲山といった趣で、山に花が咲き満ちるころである。春「花のころ」。

【語釈】〇どこの峰　見渡す限りの峰々。〇白雲山　白い雲がかかった山。ここは全体が花で覆われたことのたとえ。〇山に花のころ　山に平地よりやや遅れて花が咲き誇る時期。

二九四　紙のぼりたつるや端《はし》の午《うま》じるし　（同）

【句意】紙幟を立てることだな、端午の節句の標識として。夏「紙のぼり」。

【語釈】〇紙のぼり　五月五日の節句に飾る紙製の幟で、鍾馗や武者の絵が描いてある。〇端の午じるし　最初の午の日の印。武将が戦場で存在を誇示するため馬に掲げる標識の「馬印」を掛ける。端午の節句は、元来は五月最初の午の日に行うもので、後に五日の行事になった。

二九五　けがせぬは葉びきの菖蒲刀《しょうぶがたな》かな　（『詞林金玉集』延宝7）

【句意】 切られてけがをしないのは、「刃引《はびき》」ならぬ「葉引《はびき》」の菖蒲刀であるよ。夏「菖蒲刀」。

【語釈】 ○けがせぬ　傷を負わない。○葉びき　刀の刃をつぶして切れないようにすることをいう「刃引」に、菖蒲の葉で引くの意を掛ける。○菖蒲刀　端午の節句に男の子が腰に差す菖蒲の葉で作った玩具の刀。アヤメガタナとも発音する。「菖蒲」はサトイモ科の植物。

二九六　手向《たむけ》には梅花《ばいか》やたかん星祭り　（同）

【句意】 供物としては梅花香を焚くことにしよう、星祭りには。秋「星祭り」。

【語釈】 ○手向　神仏に供える幣などの品物。○梅花　「梅花香」のことで、薫物《たきもの》の名。梅花の匂いに似せた水油（香水）にもいう。○星祭り　七夕の異名。『類船集』に「星」と「窓の梅」は付合語とされ、「星」と「梅」は一種の連想関係にある。

【備考】 これは二九七・三〇一とともに似船編『蘆花集』（寛文5）の散逸部分にあった句。

二九七　宮城野の萩の錦や御召料《おめしりよう》　（同）

【句意】宮城野で錦のように美しく咲き連なる萩の花は、領主への献上品であろう。秋「萩」。

【語釈】〇宮城野の萩　「宮城野」は仙台東部の原野で、現在は宮城野区と若林区の西部に相当。源師時「時しあれば花咲きにけり宮城野のもとあらの小萩露もしとどに」（『金葉集』）など、萩で知られる歌枕。〇萩の錦　萩が一面に美しく咲いたさまを錦に見立てていう表現。〇御召料　領主が支配する土地から徴収する生産物や代価。

二九八　秋の田の町奉行《まちぶぎよう》かや稲《いね》の殿《との》　（同）

【句意】秋の田にとっての町奉行であろうか、稲光に伴う雷鳴は。大きな音で鳥獣から稲穂を守るものとして、「稲の殿」を「町奉行」に見なしての作。秋「秋の田・稲の殿」。

【語釈】〇町奉行　行政・司法を担当とする役職名。厳格に裁判を取り仕切るので恐れられた。本句では耳をつんざく雷鳴を御白州での町奉行の大音声に擬した。〇稲の殿　「稲妻」に同じく、空中の放電現象による稲光で、ここは雷鳴を意味する。稲妻が多いと豊作になるとされ、『類船集』で「稲妻」と「田面」が付合語として挙がるように、「稲妻」と「田」は縁が深い。「早稲晩稲本妻いづれ稲の殿　重正」（『玉海集追加』）の用例がある。

二九九　祭る玉も淵になげきのなんだ哉《かな》　（同）

【句意】盂蘭盆《うらぼん》に祀る亡き人の魂は、嘆きの淵にたまる涙の粒の元であることよ。秋「祭る玉」。

【語釈】○祭る玉　盂蘭盆に迎えて祀る死者の霊魂。○淵　川底が深い箇所をいい、ここは人の嘆きが深いことをたとえる。○なんだ「涙」が音変化したもの。また、涙の滴を「玉」と見立て、「何だ」で感嘆の意味も掛けるか。

三〇〇　文字の火や聖霊《しようりよう》達の送り号　（『詞林金玉集』延宝7）

【句意】「大」をかたどって燃やす文字は、彼岸に戻る先祖の霊たちを送る合図であって、言ってみれば「送り号」とでもいったことになる。秋「文字の火（大文字焼《だいもんじやき》）」。

【語釈】○文字の火　松明の火で「大」字をかたどったお盆の送り火。「大文字焼」として知られ、京都五山の如意ヶ嶽でのものが著名。○聖霊「精霊」に同じく、死者の霊魂を表す。○送り号「追号」に同じく、死者の功績によって死後に与える名称のこととおぼしい。ただし、ここは彼岸へと送り戻す合図の意であり、これこそが「送り号」だと言いなしたもの。

三〇一　編笠と見るや釣簾《みす》もる月の影　（同）

【句意】編笠とも見られようか、吊った簾から洩れて月の光が射し込むのは。素材の間から月光の射すのは同じだとして、「釣簾」を「編笠」に見立てた作。秋「月の影」。

【語釈】○編笠　武士・虚無僧などが頭にかぶる藁などの笠で、窓と呼ぶところから外を見ることができる。○釣

簾　軒下から吊り下げて風よけ・日よけ・目隠しなどに使う、竹などで編んだ調度。ここは「御簾」に同じく、ミスと読ませるのであろう。○月の影　月光。

三〇二　入日さす雲の旗竿《はたざお》か天津雁《あまつかり》　（同）

【句意】夕日が射す雲の旗竿でもあろうか、空を連なって飛んで行く雁の群れは。夕日が染める雲を旗（「日の丸」か）と見なし、列をなして飛ぶ雁をその竿と見立てる。秋「天津雁」。

【語釈】○入日さす　夕日が照らす。○旗竿　旗を付けて掲揚する竿。○天津雁　秋に北方から渡って来て、空を飛んでいる雁をいう歌語。雁は列をなして飛翔する習性がある。

三〇三　足跡は友よぶ文か浜千鳥　（同）

【句意】足跡は仲間を呼ぶ手紙の文字なのだろうか、浜辺には千鳥が群れている。冬「浜千鳥」。

【語釈】○足跡　ここは鳥の足跡で、それは古くから文字に見立てられる。○友よぶ　一緒にいる仲間を求めることで、「友呼ぶ千鳥」は謡曲などに多く見られる表現。○浜千鳥　浜辺を飛んだり歩いたりしている千鳥。「千鳥」はチドリ科の鳥の総称で、小さく群れをなして生活する。「浜」を添えたことで、砂浜にくっきりと鳥の足跡が残る図を髣髴とさせる。

【備考】これは安静編『如意宝珠』（延宝２）の散逸部分にあった句。

三〇四　粤《ここに》薬《くすり》子《こ》蟾《じよう》娥《が》ツタヘテ┐五位《い》┘六位　（『俳諧三物揃』延宝8）

【句意】まずはここに薬子がいただく、嫦娥が伝えた薬としての屠蘇を、五位・六位と順に渡していって。系図風のものものしい表記で、視覚的効果をねらう。春「薬子（屠蘇）」。

【語釈】○粤　出典で「ココニ」の振り仮名。文の初めに置かれる語で、感嘆詞的にも用いられる。○薬子　正月三が日に宮中で屠蘇などの試し飲みをする未婚の少女。出典で「クスリコ」の振り仮名。少女が試した後に天皇が飲み、侍臣には四位が一日、五位が二日、六位が三日という順で下賜される。○蟾娥　仙女の名で、「蟾」は通常「嫦」と表記。「姮娥」に同じ。『淮南子』によると、夫が西王母から授かった不老不死の薬を盗み月に逃れたとされる。出典で「ジヤウガ」の振り仮名。○ツタヘテ　屠蘇を嫦娥が伝えた薬だとするもので、それ自体は根拠のない創作。これに飲み継ぐの意を掛ける。○五位　五位の蔵人。天皇の秘書役で文書の伝達をする。出典で「位」に「ヰ」の振り仮名。○六位　六位の蔵人。天皇の秘書役で食膳や服薬の世話をする。出典で「蟾娥」から「五位」「六位」にかけて系図のような線でつながれる。参考に『安楽音』の表記も左に示す。

【備考】似船自身の延宝八年歳旦帖（『俳諧三物揃』所収）にこれを立句とする三物を所載。随流著『俳諧猿黐《さるとりもち》』（延宝8）・似船編『安楽音』（延宝9）にも入集。

〔参考　粤《ココニ》薬子蟾娥《ジヤウガ》ツタヘテ─五位┬六位　（『安楽音』延宝9）〕

三〇五　かかぐるや一念三《み》千《ち》筋《すじ》月《つき》灯《とう》心《しん》　（『白根草《しらねぐさ》』延宝8）

【句意】掲げることだ、一念三千の教義の下、天の月は三千本の灯火となって輝く。秋「月」。

【語釈】〇かかぐる　掲げる。教義を掲げることに、灯火を掲げることを掛ける。〇一念三千筋　天台宗の教義である「一念三千」は、人の一念が三千世界に広がり三千の諸法を備えるということで、その「三千」を「三千筋」ともじる（語呂の上からミチスジと読むか）。「筋」は灯心や蝋燭を数える際の数詞。〇月灯心　「月天心」のもじりで、月を灯火と見立てての造語であろう。「月天心」は月が天の中央にあることで、邵康節「清夜吟」の「月天心に到る処、風水面に来たる時」（『古文真宝前集』）が人口に膾炙する。なお、満月は悟達の象徴。

【備考】似船編『安楽音』（延宝9）に「秀海法師のもとへ申《もうし》つかはし侍る　天台宗なれば」の前書で、下五「月灶《トウスミ》」。

三〇六　酒手《さかて》とや花は生《うま》れん五百両　（『洛陽《らくよう》集』延宝8）

【句意】それは酒代《さかて》になってしまうとか、花が咲いて生じるであろう五百両は。花にそれだけの価値があるのならば、その大金は酒のために使うのがよいということ。春「花」。

【語釈】〇酒手　酒の代金で、「酒代」とも書く。また、酒代の名目で雇った者に与える祝儀の金銭にもいう。出典で「サカテ」の振り仮名。〇花は生れん　花が咲くの意に、花によって生まれるの意を掛けるか。〇五百両　千金（千両）の半分。春の宵の花は千両の価値があるとする、蘇東坡「春夜」の「春宵一刻直千金、花に清香有り月に陰有り」を踏まえ、花と月で千両ならば、花には五百両の価値があるという理屈であろう。

【備考】似船編『安楽音』（延宝9）に「粉川氏豊久両吟」の前書で、上五「酒代とや」。

三〇七　川涼し風の出《だ》したる茶屋の床

（『洛陽集』延宝8）

【句意】川風が涼しい、その風が押し出したように川辺に出ている茶屋の床で。夏「涼し」。

【語釈】○川涼し　川辺に風が吹いて涼しい。○風の出したる　茶屋などが野外に席を特設したことを、風が吹いて外へ押し出したと表現したもの。出典で「出」に「ダ」の振り仮名。○茶屋の床　ここは「川床」のことで、納涼のために料理屋などの座敷から川原に張り出して設けた桟敷席をいう。京の鴨川における四条河原や大坂の淀川沿いのものが有名。

三〇八　けさぞ天下碧玉《へきぎよく》の春錐硯《きりすずり》を

（『安楽音《あんらくのこえ》』延宝9）

【句意】今朝は天下晴れて碧玉のような空の広がる元日だ、錐や硯の入った箱を取り出すとしよう。玉のような硯で書き初めをしようというのであろう。春「けさ…春（今朝の春）」。

【語釈】○けさ　ここは元日の朝。○天下　大空の下。地上のすべて。○碧玉の春　年の初めをいう「玉の春」（「あらたまの春」の略）を前提に、「玉」を「碧玉」としたもの。「碧玉」は翡翠色の宝石で、空・海などの青々としていることもいう。出典で「ヘキギヨク」の振り仮名。○錐硯　書き初めに使用する硯箱の中には筆・墨・硯のほか、錐なども文房用品として備えられる。ここは「硯箱を」という代わりに「錐硯を」とし、試筆（書き初め）を暗示したのであろう。「玉硯」の語もあり、「玉」と「硯」には縁がある。出典で「錐」に「キリ」の振り仮名。

【備考】出典の似船編『安楽音』で「元日」の題下に収められる。

二月廿五日西陣の会に

三〇九　社家《しやけ》ノ曰《いわ》ク天神何《なに》ヲカ言哉《いわんや》和光の梅　（同）

【句意】神主の言うことに、天神とて何も申し分はあるまい、なごやかな春の日に咲いた梅の花に対しては。怨霊であった天神もゆかりの梅には心が癒やされるという発想。春「梅」。

【語釈】〇二月廿五日　菅原道真の忌日。〇西陣の会　「西陣」は京都市上京区を中心とする地域名で、ここは上京区馬喰町に鎮座する北野天満宮での俳諧興行をさすか。〇社家　世襲の神職の家柄。また、その神主。出典で「シヤケ」の振り仮名。〇天神　天の神。ここは天満宮の祭神である菅原道真。〇天神何ヲカ言哉　『論語』陽貨篇の「子曰く、予言ふこと無からんと欲す。…四時行はる焉。百物生ず焉。天何をか言はんや」を踏まえたもので、「何をか…や」は反語表現。菅原道真は藤原時平の讒言にあって太宰府に左遷され、不平がつのって怨霊になったとされるも、ここでは梅がほころびるよき日に不満などないとする。〇和光　仏・菩薩が威徳をやわらげて仮の姿を現すことで、ここでは道真の霊をそれに擬したか。これにおだやかな光の意を掛ける。〇梅　道真には「東風《こち》吹かば匂ひおこせよ梅の花主《あるじ》なしとて春を忘るな」（『拾遺集』）の吟があり、『類船集』で「天神」と「梅」は付合語。

初春私宅ノ万句に

三一〇　筆渡ツテ硯音《すずりこえ》たてつ凍解《いてとけ》ハ　（同）

【句意】筆が渡ってきて硯は音を立てた、氷が溶けるにあたっては。新春の書き初めを漢文調で擬人的に詠んだもので、一句の題は「試筆」であろう。春「凍解」。

【語釈】○万句　百巻の百韻を数日かけて巻く俳諧の一大興行。○筆渡ッテ　筆が硯の海（墨を溜める部分）に入ることを表していよう。筆の擬人化には、韓愈「毛頴伝」などの先例がある。○硯音たてつ　硯が音を立てた。出典で「音」に「コヱ」の振り仮名。○凍解　凍っていたものが溶けること。漢語の「凍硯」（寒気に氷の張ったような硯）を踏まえ、春になればその氷の溶ける音がして、筆も渡ってくるとした。出典で「解」に「トケ」の振り仮名。

【備考】出典では「春氷」の題下に収められる。

私宅の会に

三一一　春や解《とく》たかねの胡粉《ごふん》土西《つちさい》行《ぎよう》　（『安楽音』延宝9）

【句意】春が解くだろうか、高嶺《たかね》の雪として彩色した胡粉をも、土人形の西行が仰ぎ見るものとして。「雪」の語を用いず、富士の絵の雪を「たかねの胡粉」と表す。春「解…胡粉（雪解）」。

【語釈】○解　雪を解かす。出典で「解」に「トク」の振り仮名。○たかね　高嶺。ここは富士山頂をさし、人形の西行が眺めるものとして富士の画像が想定されていよう。京の愛宕山を詠んだ西行「降りつみし高嶺のみ雪とけにけり清滝川の水の白波」（『新古集』）を踏まえるか。○胡粉　貝殻などで作る白色の顔料で、雪などを描く際に使う。

出典で「ゴフン」の振り仮名。○土西行　土で作った西行の人形。出典で「土」に「ツチ」の振り仮名。西行が笠や旅包みを脇に置いて富士山を眺める後ろ姿の図は、画題「富士見西行」として知られ、彫刻・焼物・玩具などにも用いられ、伏見稲荷大社（京都市伏見区に鎮座）の付近で作られる土人形にも西行を模したものがあった。「富士見」と「伏見」の語呂合わせも念頭にあるか。

【備考】出典では「春雪」の題下に収められる。

三一二　西陣の会に
涅槃《ねはん》ノ雲有心《うしん》にして筆の茎《くき》ヲ出《いず》　（同）

【句意】涅槃の雲にも人の情はあるのであって、筆の軸からむくむくと出ていく。涅槃像の雲に着目し、これも釈迦の死を悼《いた》んで現れるのだろうとした。春「涅槃（涅槃会《え》）」。

【語釈】○西陣の会　京都市上京区での俳諧興行。○涅槃ノ雲　死のたとえ、ここは釈迦が亡くなる際に現れた雲で、涅槃図の上方に金粉などで描かれる。○有心　人として抱く情で、思慮分別や風流心のあること。陶淵明「帰去来辞」の「雲無心にして岫《くき》を出づ」（『古文真宝後集』）の「無心」を反転させたもので、「無心」は無生物や植物・動物などが心をもたないこと。○筆の茎　筆の柄。「帰去来辞」の「岫」は山頂近くの洞窟で、これを「茎」ともじる。

【備考】出典では「仏別《ほとけのわかれ》」の題下に収められる。「仏別」は二月十五日に釈迦の死を悼んで行われる諸寺院の涅槃会のことで、大きな涅槃像を掲げて法会を行う。京都西陣の日蓮宗寺院、叡昌山本法寺には長谷川等伯筆の大涅槃図

（重要文化財）が所蔵されている。

延宝八年三月十四日　善導大師千年忌に

三一三　飛《とび》シ柳千年忌の緑鐘木《しゆもく》に満《みて》リ　（『安楽音』延宝9）

【句意】大師の徳を受けて飛んで来た柳なのか、千年忌にその木は緑にあふれ、橦木で鳴らす音も境内に満ちている。京都市東山区にある浄土宗の総本山、知恩院での作か。春「柳」。

【語釈】○善導　中国の浄土教の高僧。称名念仏を中心とする浄土思想の確立者。日本の法然・親鸞に多大な影響を与えた。永隆二年（六八一）三月十四日に六十九歳で没したので、延宝八年（一六八〇）が千回忌にあたる。○飛シ柳　漢語「飛絮」は風に飛び散る綿毛を付けた柳の種子で、境内の柳を賞し、善導の徳がこの地にも渡ってきた象徴がこれだというのであろう。また、菅原道真を慕って梅の木が飛んだという故事を踏まえてもいよう。○鐘木　橦木。鐘や鉦を突き鳴らす丁字型の棒。○満リ　柳が緑に満ちている意と、鐘や鉦の音が響き渡ることを掛ける。

古袖屋《ふるそでや》貞隆《ていりゆう》興行

三一四　はつ花や五条の吉野小袖ノ山　（同）

【句意】初花が咲いたことよ、五条では居ながらにして吉野山に出かけた気分になり、小袖が山のように積み上げられている。古着を扱う家の花と家業を賞した挨拶句。春「はつ花」。

【語釈】○古袖屋　古着商。貞隆の本業であったらしい。○貞隆　京の人で、岸田氏。二三七の【語釈】を参照。林鴻編『誹諧京羽二重』（元禄4）に「五条新町東へ入」と所書があり、五条に住んでいたことが知られる。○はつ花　開花したばかりの桜。○五条の吉野　「吉野」は花の名所である吉野山（奈良県吉野郡）で、ここは京の五条でも吉野に匹敵するすばらしい花が見られるということ。貞隆邸に見事な桜があったか。○小袖ノ山　山のように積まれた小袖。「吉野山」を念頭に、貞隆の店で扱う多くの小袖をこう表したもので、小袖が花に見立てられてもいよう。「小袖」は江戸時代の最も一般的な衣服で、現在の和服に通じる。なお、「吉野」と「小袖」に関して、『義経記』では、静御前が鎌倉の鶴岡八幡宮で頼朝と政子の前で舞を披露した際の装束が「白き小袖一襲、唐綾に上を引き重ねて」とあり、義経を慕って「吉野山峰の白雪踏み分けていりにして人の跡ぞこひしき」と歌い、褒美に「小袖の山、直垂の山」を頂戴したとある。それもこの句の作意に含まれていたと考えられる。

おくむら鞭石《べんせき》両吟

三一五　花の曰《いわ》ク風をつぶさぬか樽の山　（同）

【句意】花がこう言った、風をつぶしてしまわないか、山と積まれた酒樽たちよ、と。春「花」。

【語釈】○おくむら鞭石　京の人で、奥村氏・福田氏。慶安三年（一六五〇）～享保十三年（一七二八）。似船門で、元禄期の京都俳壇で宗匠として活躍する。○風をつぶさぬか　風を止めて滅ぼさないか。風は花の敵という通念を踏まえる。樽の山で風を遮るという発想らしく、同時に酔客への呼びかけなのでもあろう。○樽の山　花見の人々が飲んで空けた酒樽の数々。

おくむら鞭石やよひの末つかた、法観寺の旧跡にて興行

三一六　浄《じよう》蔵《ぞう》有《あり》や昼にかたぶく八坂の花　（『安楽音』延宝9）

【句意】浄蔵はおられるか、昼に衰えを見せる八坂の花を戻していただきたい。塔の傾きを直した神通力ならば、花の傾き（落花）も止められようということ。春「かたぶく…花（落花）」。

【語釈】○おくむら鞭石　三一五の【語釈】を参照。○法観寺の旧跡　「法観寺」は京都市東山区八坂上町にある臨済宗建仁寺派の寺で、その五重塔は「八坂の塔」の名で知られる。○浄蔵　平安時台中期の天台宗の僧。葛城山《かつらぎさん》や大峰山《おおみねさん》で修験道を修めた。塔が傾いたのを神通力で直したなど、奇瑞を起こす力を備えた僧侶としての逸話が多い。○かたぶく　傾く。勢いが衰えることで、ここは落花をさしていよう。これに八坂の塔が傾きかけた故事を掛ける。○八坂　京都市東山区祇園町に鎮座する八坂神社。また、その一帯の地名。境内（現在の円山公園を含む地域）の桜は有名で、枝垂れ桜などが妍を競っていた。

【備考】浮世草子『新竹斎』（貞享4）に「さいつ比《ころ》富尾何がし此所《この》にて俳句あり」として紹介。

田辺如帚《じよそう》上京の時申《もうし》侍る

三一七　飛《とぶ》や花文殊《もんじゆ》の智恵に羽《はね》はへては　（同）

【句意】花が舞い飛ぶことよ、文殊菩薩の智慧に羽が生えては矢となり、これも飛んでいく。相手が丹後の人である

ため、その地で名高い「文殊」によって挨拶とする。春「飛や花（落花）」。

【語釈】○田辺如帯　「田辺」は丹後国（京都市北部）の地名。この地にある臨済宗妙心寺派の智恩寺は九世戸《くせど》の文殊堂として名高い。「如帯」は田辺住の似船門人で、『安楽音』等に入集。「帯」は「箒」に同じで、謡曲「田村」の前シテである清水寺の童子が箒を携えることにつながる。○飛や花　花が舞い散ることを詠嘆的に表現したもの。飛花落葉は無常観の象徴で、悟達の契機とされる。○文殊　仏教の智慧を象徴する菩薩。○羽はへては　ここは羽の付いた矢となって飛んでいくこと。謡曲「田村」に「千手観音の、光を放って虚空に飛行し、千の御手毎に、大悲の弓には智恵の矢をはめて、…鬼神は残らず討たれけり」とあり、この「智恵の矢」（智慧の働きの速さを矢にたとえる言い方）を踏まえていよう。

三一八　釈迦の時代花やなかりし飲酒戒《おんじゅかい》　（同）

【句意】釈迦が生きた時代に花はなかったのか、仏教に飲酒の戒めがあることからして。花見には酒がなくてはならないものなのだから、釈迦の時代には酒がなかったのかという理屈。春「花」。

【語釈】○釈迦　「釈迦牟尼《むに》世尊」の略で、仏教を創始したゴータマ・シッダールタをさす。○花やなかりし　「花」は桜をさし、「や」は疑問の係助詞。○飲酒戒　正しくは「不飲酒戒」で、出典に「ヲンジユカイ」の振り仮名。仏教の五戒の一つで、酒を飲むことを禁じる戒律。ほかは「不殺生《せつしよう》戒」「不邪淫《じやいん》戒」「不妄語《もうご》戒」「不偸盗《ちゆうとう》戒」の四つ。

【備考】柿衞文庫蔵真蹟短冊も伝来する。

似空軒安静《じくうけんあんせい》忌《き》日《にち》釈教《しやくきよう》誹諧

三一九　花を仏《ほとけ》況《いわん》や百韻におゐてをや　（『安楽音』延宝9）

【句意】仏に手向ける花はそれ自体が仏なのであり、まして百韻における花の重要性は言うまでもない。「花」に複数の意味を持たせ、師の安静を追悼する。春「花」。

【語釈】○似空軒安静　荻田（また荻野）安静で、「似空軒」はその軒号。似船は安静の門弟で、剃髪後に似空軒二世を名乗る。二七二の【語釈】を参照。○釈教誹諧　仏教に関連する語を用いた俳諧。延宝期の中ごろに流行し、似船にもその試みがある。○花を仏　花を仏前に手向けて供養する。また、花の中に仏性を認める。「花」は仏法の利益・功徳を象徴する語でもあった。○況や　前の文の叙述からしてこの文で述べることは言うまでもなく自明である、という意味を表す。下に「はや」「をや」などを置いて呼応させることが多い。出典で「況」に「イハン」の振り仮名。○百韻　百句を連ねる連歌や俳諧連歌（連句）の形式。四箇所で「花」を詠むのが決まりで、七箇所の「月」とともに大事な詠みどころのため、詠み手を選ぶこともあった。

【備考】師の安静の忌日に興行した百韻の立句で、その百韻自体は未詳。

田中可仙《かせん》、子にをくれ給《たまい》けるをとぶらひて、浄土真宗なれば

三二〇　ちる花や聖人《しようにん》一流の御勧化《かんげ》は　（同）

【句意】散る花よ、親鸞聖人を源とする御勧化は必ずや亡き子を天に導くであろう。子に先立たれた門人への弔意の

句で、『御文章』の文句を用いつつ（【語釈】を参照）、「ちる花」に死を含意させる。春「ちる花」。

【語釈】○田中可仙　京の西六条に住む外科医で、田中氏。『安楽音』や延宝八年（一六八〇）・天和三年（一六八三）・貞享三年（一六八六）の似船歳旦帖、貞享五年（一六八八）の和及《わぎゅう》歳旦帖、元禄二年（一六八九）の言水《ごんすい》歳旦帖にも入集。四一一の田中榎川と同人か。○子にをくれ　子どもが先に死んで親が後に残されたこと。○とぶらひて　人の死を悼《いた》んで。○浄土真宗　親鸞を開祖とする仏教の一派で、念仏による他力本願を旨とする。○ちる花　桜などの落花。ここは同時に人の死を表象する。○聖人一流の御勧化　蓮如上人の『御文章』第五帖に「聖人一流の御勧化のをもむきは、信心をもて本とせられ候」とある。「聖人」は親鸞聖人。「一流」はある流派に独特のやり方。「勧化」は仏の教えを説いて教導することで、出典で「クハンケ」の振り仮名。

北野社《きたのしや》奉納百韻に

三二一　あふぐべし花に聖廟《せいびよう》月に歌人　（同）

【句意】見上げて敬意を払うがよい、花には聖廟で連歌を営んだ人々が偲ばれ、月にはここに集った歌人が偲ばれる。自分たちは俳諧で奉納するという意を込める。菅原道真が十一歳で作ったとされる漢詩「月下見梅花《げつかにばいかをみる》」（『菅家文草』）を念頭に置くか。春「花」。

【語釈】○北野社　京都市上京区にある北野天満宮。祭神である菅原道真は和歌・連歌の守護神ともされ、同社ではそれらの興行も盛んに行われた。○奉納百韻　神仏の心を和らげるために興行して奉納する百韻。○あふぐ　仰ぐ。上を向く。また、尊敬する。○花　一般には桜の花をさすも、ここは菅原道真が「東風《こち》吹かば匂ひおこせよ梅の花主《あるじ》なしとて春を忘るな」（『拾遺集』）と詠んだ、天神とゆかりの深い梅の花であろう。北野天満宮の境内には松永貞徳の作庭とされる梅花の「花の庭」がある。○聖廟　出典で「セイヘウ」の振り仮名。「聖堂」に同じく、聖人の御霊を祀った廟をいい、日本では菅原道真を祀る堂をさすことが多い。ここは北野天満宮の別名である北野聖廟のこと。各地の天満宮は連歌の拠点であった。○月に歌人　月を詠むために歌人が集うの意であろう。詞書から「北野」での「月」を詠んだと知られる和歌は少なからずある。また、道真には左遷後の心境を詠んだ「海ならずたたへる水の底までも清き心は月ぞ照らさむ」（『新古今集』）の吟があり、北野天満宮でもこの和歌は大切に扱われる。「花に聖廟月に歌人」は蘇東坡「春夜」の詩句「春宵一刻直千金、花に清香有り月に陰有り」の後半を踏まえたもので、この詩句は謡曲「田村」などにも用いられて著名。

【備考】北野天満宮に奉納した百韻の立句で、その百韻自体は未詳。

三二二　屛風峙《そばだ》テリ是《こ》レ雛《ひな》の世界桃ノ林　（『安楽音』延宝9）

【句意】屛風がそびえ立っている、ここは雛の世界であり、桃の林もある。雛飾りを仙境に見立てた漢詩文調の句。春「雛・桃」。

【語釈】○屛風　ここは雛人形を飾った背後の屛風。○峙テリ　高くそびえ立っている。普通は山・雲などに使う表現で、仙境を詠んだ都良《みやこのよし》香《か》の漢詩に「五城に霞峙てり」（『和漢朗詠集』「仙家」）とある。出典で「峙」に「ソバタ」の振り仮名。○雛　三月三日の上巳の節句に飾る雛人形。出典で「ヒナ」の振り仮名。○桃ノ林　桃の木の林。ここは雛壇に飾る桃の枝をこれに見立てる。「桃花源記」（『捜神後記』）は桃花の林に迷って不思議な世界を訪れる著名な話で、「桃」には仙境のイメージがつきまとう。

三二三　さかづきや水《みず》成レス連歌ヲ紹《じよう》巴《は》ノ字　（同）

【句意】流れる盃よ、水に「巴の字」ならぬ「紹巴の字」で連歌を形成する。曲水《きよくすい》の宴（【備考】を参照）に取材したもので、水流の曲がりくねったことを表す藤原篤茂の詩句「水は巴の字を成す初の三日」（『和漢朗詠集』「三月三日」）を踏まえ、その「巴」を「紹巴」と翻したのが作意。順番に詩歌を作るのを「紹巴」の縁で「連歌」と見なし、盃を干して詩歌を作るから、水上の盃が連歌を作り上げるようなものだとひねって表現する。春「句意による」。

【語釈】○成レス連歌ヲ　ここは「連歌を成す」と読ませる。「連歌」は五七五の長句と七七の短句を交互に詠んで付けていく文芸で、俳諧（正式には俳諧連歌）もその一種。○紹巴　室町・安土桃山時代の連歌界で第一人者として活躍した里村紹巴。

【備考】出典では三二二の句とともに「三月三日」の題下に収められ、「曲水の宴」を詠んだものと知られる。これは上巳の節句に伴う遊宴の一つで、庭園の流れに臨んで座した参会者は、盃が流れ過ぎる前に詩歌を作してその酒を飲むのが約束であった。友琴《ゆうきん》編『白根草《しらねぐさ》』（延宝8）に中七「水成二連歌ヲ」の表記で所収。原本によれば、『雪月花』なる書には「仙原に」の前書で、「なかつきや水成連歌紹巴の字」として所収の由。「なかつき」は「長月か」。同書の詳細がわからないため、改作か誤伝かは不明。「仙原」も未詳。

外科《げか》田中氏可仙《かせん》、家を求《もとめ》給ふけるを祝し侍りて

三二四　燕宿《つばめしゆく》し富貴ぞ敲《たた》ク外科《げか》ノ門　（『安楽音』延宝9）

【句意】燕が軒に巣を作り、霊鳥の富貴もたたくことであろう、この外科医の門を。新居を設けた門人に贈った句で、必ず富み栄えるであろうことを予祝する。春「燕」。

【語釈】○外科　身体外部の傷などを治療すること。また、その医者。○田中氏可仙　外科医で俳人。三二〇の【語釈】を参照。○燕宿し　燕をその家に住まわせ。燕の営巣は家運興隆の吉兆と見なされた。出典で「宿」に「シユク」の振り仮名。○富貴　財産が豊かで位の高いこと。また、祥瑞とされた想像上の鳥で、鳥の形に獣の頭を持つ。ここは後者ながら、前者の意も込めていよう。○敲ク　ここは門をたたいて訪れること。『安楽音』で「敲」に「タヽ」の振り仮名。○外科ノ門　ここは外科医である可仙の家の門。出典で「外科」に「ゲクハ」の振り仮名。

延宝七年かみな月二十五日、若江釣軒《ちようけん》より木像柿本《かきのもと》の尊影を得《え》侍りて、其《その》翌年三月廿四日、車屋《くるまや》町《ちよう》新宅にてはいかいに

三二五　夏ちかし人麿《ひとまろ》指レス南ヲ車屋町　（同）

【句意】夏も近い今日、指南車のような人麻呂の導きによって興行する、所もこの車屋町で。「木像柿本」と「車屋町」から「指南車」を想起しつつ、自分たちの俳諧も人麻呂以来の和歌の流れにあり、その指南に導かれて行うのだとする。春「夏ちかし」。

【語釈】○かみな月　神無月。十月の異称。○若江釣軒　京の人で若江氏。『安楽音』や延宝八年（一六八〇）・貞享三年（一六八六）の似船歳旦帖に入集。○柿本の尊影　和歌の神ともされる柿本人麻呂の御肖像。○車屋町　京都市中京区の町名で、車両の製造や荷車を引く者が多く住したとされる。○人麿　「人麻呂」に同じ。○指レス南ヲ　「南ヲ指ス」と読ませ、指南車が方向や進路を指し示すように教え導く、の意を表す。「指南車」は古代中国で用いられ、車に置いた人形の手が常に南を指すように作られたという。この句では「指レス南ヲ車屋町」の中にこの語を隠し、「車」が一種の掛詞になる。

【備考】車屋町の新宅で俳諧興行した際の立句らしく、その一巻全体は未詳。

三二六　産湯《うぶゆ》一《いっ》‐貼《ちょう》灌《そそぐ》や難陀《なんだ》大《だい》‐蛇《じゃ》之《の》介《すけ》　（同）

【句意】一貼の産湯を注ぐのが難陀竜王であれば、行く末は大酒飲みになろう。灌仏会《かんぶつえ》（【備考】を参照）に取材したもので、「竜」と「大蛇」の類似性から、竜王に産湯をもらえば釈迦も大蛇（酒豪）になるだろうとの理屈を示す。あるいは、難陀竜王を「難陀大蛇之介」と個人名めかして表したとも考えられる。夏「句意による」。

【語釈】○産湯一‐貼　「産湯」は新生児を入浴させて洗う湯で、ここは釈迦の誕生仏に注ぐ香水をこれに見立てる。「一貼」は「一服」に同じく、本来は薬の一回分をさす。出典で「産」に「ウブ」の振り仮名。○灌　水を注ぎかける。出典で「ソヽク」の振り仮名。○難陀　ここは「難陀竜王」のことで、仏法を護持する竜神。出典で「ナンダ」の振り仮名。○大‐蛇之介　大蛇之助。「蛇之助」は大酒を飲む者のことで、素戔嗚尊《すさのおのみこと》が八岐大蛇《やまたのおろち》に酒を飲ませて退治した伝説による。

【備考】出典では「灌仏」の題下に収められる。「灌仏」は仏像に香水を注ぎかけることで、釈迦が誕生したとされる四月八日の灌仏会をさす。

三二七　　質屋林孝《しちやりんこう》興行

片々《へんぺん》タリ光次《みつつぐ》の蛍質種《しちぐさ》より　（『安楽音』延宝9）

【句意】ひらひらと舞っている、小判の光のような蛍が、質草《しちぐさ》の間から。金貨の光を蛍に見立て、この質草が富を生むとして林孝を賞した挨拶句。夏「蛍」。

【語釈】○質屋　物品を担保に金銭を貸す業者。また、その店。○林孝　京で質屋業をする人で、堀江氏。『安楽音』に入集。○片々タリ　軽やかに漂い翻るさまを表す形容動詞。出典で「片々」に「ヘン〱」の振り仮名。○光次　小判をいう洒落言葉。大判以外の金貨は後藤庄三郎光次の製造に始まり、貨面に「光次」と記された。これに「光」の意を掛ける。○質種　質草。質屋で金銭の代わりに預ける物品。出典で「シチグサ」の振り仮名。

三二八　　榧《かや》の木の大せうねつや蚊の地獄　（同）

【句意】榧の木が大いに燃えて熱そうなことよ、これは蚊にとっての大焦熱《だいしようねつ》地獄だ。「蚊遣《かやり》」の語を使わずに、大げさな見立によってそのことを表す。夏「蚊」。

【語釈】○榧の木　イチイ科の常緑高木。この木片をいぶして蚊を払うのに用いる。○大せうねつ　大焦熱。八大地獄の第七番目である大焦熱地獄の略。罪人は炎熱で焼かれ、その苦はほかの地獄の十倍とされる。ここは蚊遣火をこれに見立てる。「焦熱」は焦げるように熱いこと。○蚊の地獄　蚊がいぶされて苦しむさまを地獄に見立てたもの。

三二九　あはれ蠅や灯心《とうしみ》を以テ飯をほる　（同）

【句意】哀れな蠅であるよ、灯心の火に惹かれて焼かれ、ねらう飯を放棄してしまった恰好だ。蠅の害を挙げた欧陽修の文章「憎青蠅賦」（『古文真宝後集』）を踏まえ、その哀れな末路を創作した可能性もある。夏「蠅」。

【語釈】○灯心　行灯《あんどん》などの灯油に浸して火をともす芯。出典で「トウシミ」の振り仮名。トウシンとも発音する。○を以テ　によって。「油を以て火を救う」（事態をますます悪化させることのたとえ）など、諺に多く用いられる文型を使ったか。○ほる　「放る」の変化した語で、うち捨ててそのままにするの意。あるいは、「掘る」の可能性もあるか。

三三〇　鬼有《あり》けり四条新町《しじようしんまち》にさうぶ冑《かぶと》　（同）

【句意】鬼がいたことだ、その鬼を退治した綱《つな》の勇猛さにあやかるためか、四条新町には冑の飾りが置かれている。「冑」から甲冑姿の四天王（仏法を守護する四体の護法神）を想起しつつ、これを源頼光《よりみつ》（平安時代中期の武将）の四天王（渡辺綱を含む臣下四人）に取りなし、綱に退治された「鬼」につなげたのであろう。夏「さうぶ冑」。

【語釈】○鬼有けり　「○○有けり」は説話等によく見られる言い方で、「鬼」は想像上の怪物。○四条新町　京を横貫する四条通と縦貫する新町通が交差するあたりで、商業の中心地。京で鬼といえば、渡辺綱（頼光四天王の一人）が鬼女の腕を切ったとされる一条戻橋《もどりばし》や、同じく渡辺綱が鬼の腕を切ったとされる羅生門（羅城門）が想起されるところで、この地名は読者に意外感を与える。○さうぶ冑　菖蒲冑。五月五日の端午の節句にほかの武具と一緒に屋外に並べ立てた模造の冑で、これが武者人形の祖型となった。邪気を祓うため菖蒲《しょうぶ》の葉で作る菖蒲鬘《あやめのかずら》にちなんだ名称とされる。「菖蒲」はサトイモ科の多年草で、アヤメ科の花菖蒲《はなあやめ》と混同されることもあり、ショウブ・ソウブ・アヤメなどと発音する。『類船集』で「甲《かぶと》」と「四天王」「端午の節供」は付合語とされる。

三三一　原既《げんすで》に放《はな》テリ光明粽《ちまき》菩《ぼ》薩《さつ》

（『安楽音』延宝9）

【句意】屈原《くつげん》はすでに光明を放っている、粽菩薩となって。屈原作の有名な一節を踏まえつつ（【語釈】を参照）、その人のおかげで粽ができたのだから粽菩薩だと言いなしたもの。夏「粽」。

【語釈】○原既に放テリ　中国戦国時代の政治家・詩人である屈原が自らの追放について記した「離騒」の「屈原既に放たれて」を踏まえ、その屈原（「原」は字《あざな》）が光明を放っていると転じたもの。出典で「原既」に「ゲンスデ」、「放」に「ハナ」の振り仮名。○放テリ光明　「光明を放てり」の倒語法。「光明」は仏・菩薩の心身から発する光で、智慧や慈悲を象徴する。○粽菩薩　架空の名称。「粽」は笹や真菰で米の粉を円錐形に巻いて蒸した餅。端午の節句に食べる習慣は、五月五日に汨羅《べきら》の水に投身した屈原を憐れみ、竹筒に米を入れて投げ入れる遺風が起源とされる。「菩薩」は修行を経た未来に仏となる存在。

【備考】出典では三三〇の句とともに「五月五日」の題下に収められる。友琴編『白根草』（延宝8）にも所収。

三三二　鳥羽瓜《とばうり》や八百屋立《た》てられての名には非《あら》ズ　　(同)

【句意】鳥羽の瓜であるよ、これは八百屋を設けて売ったことにより評判をとったものではない。世間の評判以前に、鳥羽の瓜自体が美味であることをいう。夏「瓜」。

【語釈】○鳥羽瓜　京都市南部の鳥羽地方で作られた瓜。「鳥羽」は桂川と鴨川の合流点に近い低湿な平野で、畑作が行われた。『類船集』では「鳥羽」の付合語に「瓜つくり」がある。「瓜」はウリ科の植物の総称で、とくにマクワウリをさすことが多い。○八百屋立られて　青物屋を建てて営業することらしく、これに名を立てる（評判になる）の意を掛けていよう（「立」と「建」は通用）。この当時の用例は未詳ながら、多くの中から選出されたという意の成句「白羽の矢が立つ」は「白羽の矢を立てらる」（人身御供《ひとみごくう》を求める神により、目当てとする少女の家の屋根に矢を立てられたことに由来する）ともいい、その「矢を」を「八百屋」に取りなした可能性がある。○名には非ズ　『老子』第一章の「名の名づくべきは常の名に非ず」を用いたか。これは名が唯一絶対ではないことをいう。出典で「非」に「アラ」の振り仮名。

三三三　通宝《つうほう》如来善哉《ぜんざい》善哉印可《いんか》の瓜《うり》　　(同)

【句意】これは通宝如来とも言うべき金貨に匹敵する、よきかな、よきかな、美味の印可を得た黄金色の瓜は。その色から瓜を「金瓜《きんか》」とも呼ぶことに想を起こし、同音の「金貨」を如来に見立てた上で、同じ仏教語の「印可」の語を引き出したもの。夏「瓜」。

【語釈】○通宝如来　貨幣を仏と見なした造語的表現。「通宝」は広く世間に通用する銭貨をさし、「如来」は仏のこと。○善哉　ほめたたえる際に発する語で、「善哉善哉」は謡曲「輪蔵」などに見られる。出典で「センザイ」の振り仮名。○印可の瓜　美味を保証された瓜といった意の造語的表現。「印可」は正しい・よいと認めることで、出典で「キンカ」の振り仮名。修行者の悟達を師僧が認可し（これが本来の用法）、武道・芸道で門弟の奥義修得を師匠が証明する場合に多く使う。

三三四　うしろ紐《ひも》やむすばぬ夢を土用干《どようぼし》　『安楽音』延宝9

玉龍《ぎよくりゆう》むすめの追悼

【句意】もう後紐《うしろひも》を結ぶこともなく、これを着て夢を結ぶこともなくなった衣服を、土用干にすることであろう。幼い娘を失った門人への弔意を示した句。夏「土用干」。

【語釈】○玉龍　京の東六条に住む人で、池田氏。『安楽音』や延宝八年（一六八〇）の似船歳旦帖に入集。○うしろ紐　後紐。小児の衣服に用いる付け紐で、着物の襟に縫いつけ後ろに回して結ぶ。女子では初めて帯を使う帯解《おびとき》の儀（七歳ころに行う）まで使った。○むすばぬ夢　「夢を結ぶ」は眠りについて夢を見ること。「むすばぬ」は上下に掛かる。○土用干　夏の土用（各季の終わりの十八日間）中に衣類・書籍などを干して虫を払うこと。

三三五　ちようちんや神輿洗《みこしあらい》小町《こまち》女がた　（同）

感神《かんじん》院みこし洗ひには芝居ノ役者より挑灯《ちようちん》を出《いだ》し侍れば

【句意】提灯をかざすことだなあ、神輿洗に小町ばりの美女がいると思えば、女形の役者であった。八坂神社と歌舞伎役者の関係の深さから発想したもの。夏「神輿洗」。
【語釈】〇感神院　京都市東山区祇園町北側に鎮座する八坂神社の別称。出典で「感神」に「カンシン」の振り仮名。〇みこし洗ひ　神輿洗。祭礼の前後に神輿を洗う神事で、とくに京都の祇園祭の際に鴨川で行う神事をいう。〇芝居ノ役者より挑灯を出し　八坂神社のある祇園周辺には芝居小屋が多く、役者は同社に敬意を寄せた。「挑灯」は「提灯」に同じく、灯火具の一種。祇園祭の神輿洗では提灯を振りかざして神輿を奉ずる習慣があり、多くの役者たちがその提灯を提供した。〇神輿洗小町　「神輿洗」と謡曲の曲名「草子洗小町」を組み合わせた似船の造語。「小町」は美女の代名詞にも使い、ここもそれにあたる。出典で「神輿」に「ミコシ」の振り仮名。〇女がた　演劇（とくに歌舞伎）で女の役を演じる男の役者。

三三六　みがくらん稲妻《いなずま》の影蝸牛《かぎゅう》の角《つの》　（同）

【句意】磨き立てるのであろう、稲妻の光の下で、蝸牛はその角を。白居易の詩句「蝸牛の角の上に何事をか争ふ。石火の光の中に此の身を寄せたり」（『和漢朗詠集』「無常」）を踏まえつつ、戦や人生のはかなさというその内容とは別に、蝸牛が角を磨く非現実を詠んだのであり、ここに似船による漢詩文摂取のあり方がよく現れている。秋「稲妻」。
【語釈】〇みがくらん　和歌・謡曲等に散見される措辞で、ここは鹿が角を磨くことを踏まえ、これを蝸牛の角に転じたと考えられる。○稲妻の影　稲光《いなびかり》。「稲妻」は雷雨の際に空中電気の放電によってひらめく電光で、「影」も光の意。ここは右の詩句の「石火」から「電光石火」の「電光」を導いたもので、「電光石火」は人生が稲妻や火打ち石の火のようにはかないことをいう。稲妻の光が蝸牛の角を磨くと解することもでき、稲妻が何かを磨くという発想は式子内親王「草枕はかなくやどる露の上をたえだえみがく宵の稲妻」（『式子内親王集』）に見られるも、これが後続の和歌やほかの文芸に踏襲された形跡はなく、ここは稲妻の光の下でと解しておく。○蝸牛の角　「蝸牛の角の争い」に同じく、つまらないことにこだわり争うことをいい、蝸牛の左の角に位置する触氏と右の角に位置する蛮氏が戦ったという『荘子』則陽篇の寓言による。出典で「蝸牛」に「クハギウ」、「角」に「ツノ」の振り仮名。

三三七　紫雲凝《しうんこり》て茄子《なすび》光あり玉祭《たままつり》　（『安楽音』延宝9）

【句意】紫雲が凝固したような茄子は光っている、この魂祭《たままつり》に。盂蘭盆《うらぼん》に供える紫色の茄子を紫雲の塊と見立て、「玉」と「光」の縁語関係や成語「紫玉」（紫色の宝玉で、熟れた果実についてもいう）を利用してまとめる。秋「玉祭」。

【語釈】○紫雲凝て　紫色の雲が固まって。紫の雲は吉兆とされ、念仏行者の臨終には阿弥陀仏がこの雲に乗って来迎するという。出典で「紫雲」に「シウン」、「凝」に「コリ」の振り仮名。○茄子光あり　先祖の霊を迎える乗物として、盂蘭盆の精霊棚《しようりようだな》には牛馬に見立てた茄子と胡瓜の供物をする。「光」は仏の威徳・威光をいうか。出典で「茄子」に「ナスビ」の振り仮名。○玉祭　魂祭・霊祭。死者の霊を招き祀ることで、とくに七月十五日前後の盂蘭盆で先祖の霊を供養すること。

三三八　荷《か》‐葉《よう》に飯《めし》得たり法眼目連筆《ほうげんもくれんひつ》　（同）

【句意】蓮の葉に飯を盛ってお供えをし、しめしめ、法眼を持つ目連の筆の導きで故人も極楽往生できる。盂蘭盆《うらぼん》の行事が目連の故事（【語釈】を参照）に基づくことを前提とし、目連自身がその由来を書いたかのように言いなす。秋「荷‐葉に飯（蓮飯《はすめし》）」。

【語釈】○荷‐葉に飯　「蓮飯・荷飯《はすめし》」（蓮葉の香りを移した強飯《こわめし》）をさし、盂蘭盆で蓮の葉に盛って仏前に供えるなどした。「荷葉」は蓮の葉で、出典に「カエフ」の振り仮名。同じく「飯」に「メシ」の振り仮名。○得たり　物事が思い通りにいった際に発する語。ここは手に入れたの意も込めていよう。○法眼　仏法の正理を見る智慧の目をいい、菩薩はこれで一切の事物を観察し衆生を救うとされる。○目連筆　未詳。日蓮の筆跡類をいう「日蓮筆」のもじりか。「目連」は釈迦の十大弟子の一人である大目犍連《だいもくけんれん》で、神通力に秀でていたという。餓鬼道に堕ちた母を救う説話が著名で、これにより盂蘭盆の行事が広まったとされる。日本では「目連」とも「目蓮」とも書き、右の救母説話は説教節「目連記（目蓮記）」などで広く知られた。八八の句を参照。

【備考】出典では三三九・三四〇の句とともに「魂祭」の題下に収められる。

三三九　麻《あさ》がらや棚経《たなぎよう》の説鶴《せつつる》ノ林《はやし》　（同）

【句意】麻殻《がら》をたくことよ、その灰の白さは棚経に説かれる鶴林《かくりん》もかくやと思われる。一種の見立による作で、盂蘭《うら》盆《ぼん》から釈迦の涅槃《ねはん》を連想している。秋「麻がら・棚経」。

【語釈】○麻がら　麻殻・麻幹。「苧殻《おがら》」に同じく、皮をはいだ麻の茎。盂蘭盆の精霊棚の飾りにし、迎え火や送り火を焚くのに用いる。○棚経の説　棚経の説くところの意。「棚経」は盂蘭盆会《え》に精霊棚の前で菩提寺の僧が読経することやその経。出典で「説」に「セツ」の振り仮名。○鶴ノ林　『涅槃経』の「鶴林」を訓読みにした語で、釈迦の入滅に際して白く変じて枯れたという娑羅双樹《さらそうじゅ》や、転じて仏の涅槃をさし、一般的な死をもいう。

三四〇　扇拍《おうぎびょう》子《し》金薄《きんぱく》の声有踊歌《ありおどりうた》　（『安楽音』延宝9）

【句意】扇で拍子をとりながらの金声《きんせい》ならぬ金箔《きんぱく》の声がする、踊歌の。「扇」にちなんで、歌い声もただの「金」でなく「金箔」だとしたもの。秋「踊歌」。

【語釈】○扇拍子　歌などを歌う際、扇で手のひらを打ち鳴らし拍子を取ること。○金薄の声　美声をいう「金声」をもじり、「扇」との関連で「金」を「金薄」にしたとおぼしい（『類船集』に「箔」と「扇」は付合語）。「金薄」は「金箔」に同じく、出典で「キンハク」の振り仮名。黄金を薄く伸ばしたもので、扇の装飾にも用いられた。○踊歌　踊の伴奏に用いる歌。「踊」は集団で行う盆踊（多く盂蘭盆に際して行う）の類をさし、秋の季語となる。

宗里《そうり》の許《もと》にて百韻みちて又もよほされければ

三四一　霧や油煙《ゆえん》二百ゐん讃岐《さぬき》沖《おき》の石　（同）

【句意】霧かと思えば油煙である、二百韻を巻き上げるにはたくさんの油煙墨が必要で、二条院讃岐の「沖の石」の和歌ではないが、硯《すずり》も乾くことがない。潮もしだいに満ちるように、百韻二巻も無事に満尾したの意が込められていよう。秋「霧」。

【語釈】○宗里　京の人で、服部氏。梅盛・季吟・安静らの撰集に入集。○百韻みちて　百韻の俳諧興行が満尾して。○又もよほされければ　さらに一巻の百韻を行うことになったということで、その立句《たてく》を求められたことを含意する。○油煙　「油煙墨」に同じく、油煙と膠《にかわ》を混ぜて作った墨。○二百ゐん讃岐　「二条院讃岐」のもじりで、「ゐん」は「二百韻」の「韻」に「院」を掛ける。「讃岐」は平安時代末期の女性歌人で、二条天皇に出仕して二条院讃岐と呼ばれた。○沖の石　讃岐の代表歌である「我が袖は汐干に見えぬ沖の石の人こそ知らね乾くまもなし」(『千載集』『百人一首』)をさして、乾く隙がないという意を表す。出典で「沖」に「ヲキ」の振り仮名。

似空忌日《じくうきにち》釈教《しやつきよう》百韻に

三四二　朝顔や無常の使《つかい》隙駟《げきし》にのる　(同)

【句意】朝顔が咲いているなあ、人に無常を知らせる使者が隙駟に乗ってやって来る。無常を感得させるものを並べ、師の没からも時間が経過したことを示す。秋「朝顔」。

【語釈】○似空　似船の師である安静の別号。安静の忌日は十月九日。二七一・三一九の【語釈】を参照。○釈教百韻　仏教に関連する語を用いて行う百韻興行。○朝顔　ヒルガオ科の一年草であるアサガオで、夕べを待たずにしぼむことからはかなさの象徴とされる。○無常の使　「無常」を擬人化したものか。あるいは、人を死後の世界に連れていく死神をさすか。○隙駟　戸の隙間のように短い区間を四頭立ての馬車があっという間に通過することで、時の経つのが早いことのたとえに用いる。ここはその馬車をさす。出典で「ゲキシ」の振り仮名。

三四三　松を見《けん》‐台《だい》竜灯《りゅうとう》かかげて雁《かり》を読《よむ》

たにごの国たなべの住《じゅう》、上野竹陽《ちくよう》上京の時

（『安楽音』延宝9）

【句意】松を見台にして竜灯を掲げ、雁が織りなす文字群を読んでおられるのであろう。丹後の門人の来訪を受けた際の挨拶吟で、伝承も豊かなその地の景を大胆かつ壮大に見立てつつ、相手の好学心を賞賛した。謡曲「九世戸」の「天の灯《ともしび》、竜神の御灯、此《この》松が枝に光をならべ」などが踏まえられているか。秋「雁」。

【語釈】〇たにごの国　丹後《たんご》国。現在の京都府の北部。〇たなべ　田辺。丹後国加佐郡の城下町で、現在の京都府舞鶴市の西舞鶴地区に相当。〇竹陽　丹後国田辺の人で、上野氏。『安楽音』や延宝八年（一六八〇）の似船歳旦帖に入集。〇松　天橋立《あまのはしだて》など丹後の海岸には松が多く、この景勝地の象徴ともなっている。〇見‐台　「書見台」の略で、書物を載せて見る台。出典で「ケンタイ」の振り仮名。〇竜灯　深夜の海上に点々と見られる怪火で、竜神が神仏に捧げる灯火と言い伝えられる。実際は一種の蜃気楼で、漁火《いさりび》の光の異常屈折現象とされる。天橋立が昇天する竜の姿に見立てられる伝統のほか、丹後には竜伝説や浦島伝説にまつわる土地も多い。〇雁を読　雁が一文字形に列をなして飛ぶさまを「雁字《がんじ》」といい、手紙の異称ともなっている。ここは雁が空に形成する文字を眺めるということで、実際は竹陽が読書にいそしむことを表す。『類船集』で「与謝丹後」と「雁」は付合語。出典で「読」に「ヨム」の振り仮名。

おなじ人と両吟に

三四四 橋だてや文殊《もんじゅ》の落《おと》す簡《ふだ》の雁 (同)

【句意】天橋立《あまのはしだて》よ、文殊菩薩の智慧《ちえ》でさえも漏れはあるというのに、そこは完璧な美しさであると文《ふみ》で知っている。小式部内侍の和歌(【備考】を参照)を踏まえ、まだ出向いたことはないがすばらしい所だと聞いているとして、両吟興行をする相手の土地を賞するのが、この句の隠れた主意。竹陽を文殊のような賢者と讃え、手紙は頂戴してきたの意を込めたとも考えられる。秋「雁」。

【語釈】○おなじ人 三四三の前書に出る「竹陽」。出典で二句は並置。○両吟 二人で百韻・歌仙などの連句を行うこと。○橋だて 日本有数の景勝地として知られる天橋立。京都府北部の宮津湾で、西岸の江尻から対岸の文珠に向かって突き出る砂州。○文珠 京都府宮津市文珠。これに諸仏の智慧をつかさどる文殊菩薩の「文殊」を掛ける。同地には切戸《きれと》(九世戸《くせのと》)の文殊堂として知られる智恩寺があり、中国から招請された文殊菩薩が悪竜を鎮めて竜神にしたと伝えられる。『類船集』で「文殊」と「天橋立」は付合語。出典で「モンシユ」の振り仮名。○落す簡「落簡」は書冊に脱落のあること。後年の『俚言集覧』に「文殊も智恵のこぼれ」とあるように、ここは文殊菩薩にもぬかりがあることであろう。出典で「簡」に「フダ」の振り仮名。○簡の雁 匈奴に捕えられた中国漢代の蘇武《そぶ》が雁の足に手紙を付けて故郷に送った故事(『史記』等)から、手紙のことを「雁札《がんさつ》」といい、これもその意であろう。「簡」は「札」に同じ。「落す」と「雁」も「落雁」によって結びつく。

【備考】小式部内侍「大江山いく野の道の遠ければまだふみもみず天の橋立」(『金葉集』『百人一首』)を念頭に(「ふみ」は「文」と「踏み」の掛詞)、「踏みもみず(行ったことがない)」を使わずにその意を示すため、当地で著名な文殊菩薩

（【語釈】を参照）から〈文珠（殊）の落す→落す簡（落簡）→簡の雁（雁札＝手紙）〉と尻取り風に言葉をつなぎ、「文（手紙）」から「踏み」を想起させる。

三四五　待《まつ》ぞ貴様《きさま》浦島が箱月一《つきいっ》幅《ぷく》

たにごの国如帚《じよそう》と両吟

（『安楽音』延宝9）

【句意】あなたを待っていましたぞ、浦島の玉手箱のように長い時間、一幅の絵のような月をともに眺めようと。丹後の門人を迎え、当地ゆかりの話題を加えた挨拶吟。秋「月」。

【語釈】○たにごの国　丹後《たんご》国。現在の京都府の北部。○如帚　丹後国田辺の人で、本河氏。『安楽音』や延宝八年（一六八〇）の似船歳旦帖に入集。○両吟　二人で百韻・歌仙などの連句を行うこと。○貴様　軽い敬意を含む二人称代名詞。○浦島が箱　浦島太郎が竜宮の乙姫から持ち帰ったとされる玉手箱。『丹後国風土記』等に記されるように、丹後は浦島伝説の舞台であった。○一幅　書画などの掛け軸の一つ。

三四六

しやむろ染師《ぞめし》山形屋連可《れんか》百ケ日追善の百韻

山形や紗羅《しやむろ》ノ曼荼羅《まんだら》木《こ》の間《ま》の月

（同）

【句意】山の形《なり》に積まれた染物よ、それは暹羅染《しやむろぞめ》による曼荼羅さながらの様相で、木の間の月に照らされている。親しい俳人を追悼する百韻興行の立句《たてく》。秋「月」。

【語釈】〇しやむろ染師　タイ特産の更紗染《さらさぞめ》を行う人。「しやむろ（暹羅・紗羅）」はタイ国の旧称で、「しやむ（シャム）」に同じ。〇山形屋連可　京で染物業をする人（屋号は山形屋）で、林氏。安静・季吟の俳書や似船編『かくれみの』（延宝5）に入集。〇山形　山のような形。また、屋号の上に付ける標識。ここは染物の積まれたさまで、これに屋号の「山形屋」を掛ける。単独ではヤマナリとも読める。〇紗羅　暹羅。ここは暹羅染の布で、出典で「シャムロ」の振り仮名。〇曼荼羅　密教で宇宙の真理を表すため、仏・菩薩を一定の枠の中に配置して図示したもので、出典で「マンダラ」の振り仮名。ここは染物であふれる店内を一種の小宇宙と見なしたのであろう。〇木の間の月　木々の間から眺める月やその光。「月」は仏・菩薩の慈悲を象徴し、それが洩れなく万物に届くことを表す。和歌に山中の木の間から月を眺めると詠んだものも多く、ここは染物の山をそれに代えたともとれる。

但広《たんこう》の許《もと》にて

三四七　さと芋や重箱の天地は月の外《ほか》　（同）

【句意】里芋よ、これを詰めた重箱の世界は月と別趣のものである。元稹《げんしん》の詩句「壺中の天地は乾坤の外」（『和漢朗詠集』「仙家」）の言い回しを用い、八月十五夜を芋名月と称して里芋を供えることについて、里芋だけでも十分に価値がある（賞味すべきものである）とする。秋「さと芋・月」。

【語釈】〇但広　京の人で、阿形氏。似船編『かくれみの』（延宝5）や『安楽音』、延宝六年（一六七八）の似船歳旦帖に入集。〇重箱の天地　右の詩句を踏まえ、食物を入れる木製で方形の容器を天地に見立てたもの。〇月の外　ここは月と切り離して単独でも有益ということ。和歌・連歌・俳諧で「月のほかには」と詠む例が散見され、月だけは限なく照らす、月だけが訪れるの意でも用いられる。

【備考】『俳人の書画美術1』（集英社　昭和54年）に真蹟短冊が掲載され、「八月十五日夜、但広のもとにて」の前書。

三四八　月白粉《おしろい》セリ楊貴妃《ようきひ》帰《かえ》ッテ唐《とう》の芋　（『安楽音』延宝9）

【句意】月は白粉をしたように白い、同じ色白の楊貴妃がこの世を去って、月には唐の芋を供えるようになった。源順の詩句「楊貴妃帰つて唐帝の思《おもい》」（『和漢朗詠集』「十五夜」）のもじりで、「白粉」と「楊貴妃」は一種の連想関係にある。秋「月・唐の芋」。

【語釈】〇白粉セリ　白粉を付けている。「白粉」は顔や肌に塗って色白に美しく見せる化粧料。〇楊貴妃帰ッテ　右の詩句からの引用で、「帰つて」は亡くなったことをさす。出典で「楊貴妃」に「ヤウキヒ」、「帰」に「カヘ」の振り仮名。〇唐の芋　唐芋《とうのいも》。紫芋。中国原産の里芋の栽培品種。後にはサツマイモを「唐芋《とういも》」と呼ぶようにもなる。

三四九　菊の水実盛《さねもり》やしらぬ匂《にお》ひ墨《ずみ》　（同）

【句意】菊水《きくすい》は延命の薬というけれど、実盛は知らなかったのか、匂い墨というものがあるのを。菊の香を混ぜた墨で白髪を染めればよかったのに、ということ。秋「菊の水」。

【語釈】〇菊の水　菊水。菊の花からしたたり落ちる露。これを飲むと長寿が得られるとされる。〇実盛　平安末期の武将である斎藤実盛。源氏から平家に移り、白髪を黒く染めて木曽義仲との戦いに臨み、討ち死にした。出典で

「サネモリ」の振り仮名。○匂ひ墨　芳香を加えて作った墨。

鷹峰《たかがみね》日充《にちじゅう》上人の御坊にて誹諧ありけるに床《とこ》に砂金といふ菊を生《いけ》て侍りければ

三五〇　菊の砂金。淵《えん》明《めい》奇《き》進《しん》せり隠居料《りよう》　（同）

【句意】菊の砂金、これは陶《とう》淵明が寄《き》進《しん》したのだ、隠居した僧の生活費にと。「砂金」の名が付くのであれば「金」に違いないとして、これを「隠居料」と見なし、菊を好む陶淵明から寄進されたものであろうと興じたもの。秋「菊」。

【語釈】○鷹峰　京都市北区の地区名。「京の七口」の一つの長坂口に相当し、丹波や若狭からの物資の集散地をなした。○日充上人　未詳。日蓮宗の僧侶と目され、鷹峰の日蓮宗寺院には円成寺・光悦寺・常照寺などがある。○御坊　僧坊や寺院をさす尊敬語。○誹諧　「俳諧」に同じで、「俳諧連歌」の略。○砂金といふ菊　砂金という銘の菊。江戸時代は菊の栽培が盛んで、観賞用の花に種々の名称が付けられた。○菊の砂金。砂金という名称の菊。これに砂粒状の金という本来の意を掛ける。句点は出典にある通りで、芭蕉らを含め、漢詩文調が流行したこの時期の句にしばしば見られる。○淵明　中国六朝時代の詩人である陶淵明。出典で「ヱンメイ」の振り仮名。「飲酒」の「菊を采る東籬の下、悠然として南山を見る」（『文選』等）は有名で、「菊」と「陶淵明」は『類船集』で付合語。○奇進せり　「奇進」は「寄進」に同じく、神社や寺院に金銭・物品を寄付すること。「奇」と「寄」は草体が類似する。出典で「奇進」に「キシン」の振り仮名。○隠居料　隠居後の生活費で、ここは僧が寺を後継者に譲った後に受けるもの。出典で「料」に「レウ」の振り仮名。

三五一　さや豆や在《あり》二テ釜《ふ》中《ちゅう》一ニ月を鳴《な》ル　（『安楽音』延宝9）

【句意】さや豆は釜の中でゆでられ、月を前に音を立てる。中国の故事（【語釈】を参照）を踏まえ、九月十三夜の豆名月（【備考】を参照）を漢詩文調で表現。秋「さや豆…月（豆名月）」。

【語釈】○さや豆　さやの付いたままの豆で、ここはさやが付いたままゆでる枝豆をさす。○在二テ釜中一ニ　返り点や送り仮名は出典にある通りで「在」に「アリ」、「釜中」に「フチウ」の振り仮名。中国三国時代の魏の曹植が兄の命で詩作した故事（『蒙求』「陳思七歩」等）を踏まえ、その詩に「豆は釜中に在りて泣く」とある。○月を鳴ル　月に向かって音を発するの意か。出典で「鳴」に「ナ」の振り仮名。

【備考】出典では「九月十三夜」の題下に収められる。「九月十三夜」は「後の月」ともいい、枝豆を供えることから「豆名月」ともいう。

三五二　松をのぼるもみ一匹有蔦紅葉《ありつたもみじ》　（同）

【句意】松を上っていく緋色の蛙がいる、と見れば、蔦の紅葉がからんでいるのだった。「もみ（蛙）」と「紅絹《もみ》」の同音を利用した見立の作。秋「蔦紅葉」。

【語釈】○もみ　蛙。また、調理した蛙。ここは前者で、これに「紅絹」（緋紅色に染めた平絹）を掛ける。○蔦紅葉　紅葉した蔦の葉。

【備考】出典では「名木紅葉」の題下に収められる。

三五三　瀧の糸や山を貫《つらぬい》て紅葉を房《ふさ》　数珠《じゆず》屋玉龍《ぎよくりゆう》興行　（同）

【句意】瀧の糸が山を貫き通し、紅葉を房に飾っている。亭主が数珠屋で糸に関係することから、「瀧の糸」を題材に選び、山中の景を店内のさまと重ねて描く。秋「紅葉」。

【語釈】○数珠屋　数珠を製造・販売する業者。「数珠」は仏・菩薩を礼拝する際などに手に掛ける仏具。○玉龍　京で数珠屋を営む人で、池田氏。三三四の句の【語釈】を参照。○瀧の糸　瀧の水が落ちるのを糸の垂れ下がるさまに見立てる慣用的な表現。○貫て　端から端まで突き通して。出典で「貫」に「ツラヌイ」の振り仮名。○房　装飾用に糸などを束ねたもの。出典で「フサ」の振り仮名。

三五四　思はずよ林下《りんか》に茶を煮て紅葉ヲ　風鐘子林下《りんか》七回忌に　（同）

【句意】思いがけないことだなあ、林の中で茶を煮るのに紅葉を焚いている。号の「林下」を一般名詞に取りなして詠んだ、七回忌の追善句。秋「紅葉」。

【語釈】○風鐘子林下　未詳。当時の俳書には名を見ない。○思はずよ　歌語。思ってもいない事態に感慨を覚えた際の表現。○林下「林間」にほぼ同意で、これに人名の「林下」を掛ける。出典で「リンカ」の振り仮名。○茶

を煮て紅葉ヲ　白居易の詩句「林間に酒を煖《あたた》めて紅葉を焼《た》く」（『和漢朗詠集』「秋興」）を踏まえたもので、これは『平家物語』や謡曲「紅葉狩」等にも引用され人口に膾炙した。この句では「酒」を「茶」に置き換えている。

三五五　西の京や青豆《あおまめ》の塩路《しおじ》茶匙《さじ》を漕《こぐ》　（『安楽音』延宝9）

【句意】西の京では青豆が実り、これに塩路を作って匙《さじ》を漕いでいる。実際は豆に塩を振って匙で食べるのを、大げさな言い方で見立風に表したもの。秋「青豆」。

【語釈】○西の京　「右京」に同じく、平安京で朱雀大路《すざくおおじ》（中央の大通り）より西方の地。早く荒廃して農地となった。○青豆　種子が緑色で大粒の大豆《だいず》。近世前期の歳時記類にこれ自体の立項はなく、「大豆」は秋の季語。○塩路　海流の流れる道筋。また、海上の通路。ここはゆでた豆に塩をかけたこと。○茶匙を漕　匙で豆をすくうのを、「塩路」に合わせて「漕」と表したもの。「茶匙」は茶をすくうための匙で、ここは「匙」に同じ。出典で「茶匙」に「サジ」、「漕」に「コグ」の振り仮名。

【備考】出典では「雑秋」の題下に収められる。

役行《えんのぎょう》‐者《じゃ》ノ町菱屋《ひしや》の興行

三五六　渡せすあい常是《じょうぜ》が岩橋行者ノ秋　（同）

【句意】渡すがよい、仲介業で儲けた常是ゆかりの銀貨を使って、役行者も架けなかった岩橋を、行者たちが修行に励むこの秋に。町名にちなんで役行者の故事を踏まえ、大いに稼いで役行者にもできなかったことをしてみよと興じたもの。秋「行者ノ秋」。

【語釈】○役行‐者ノ町　役行者町。京都市中京区の室町通を挟む旧町名。祇園祭で役行者の山鉾を出すことによる名称で、呉服商が多くあった。「役行者」は修験道の祖とされる人物。出典で「役」に「エンノ」の振り仮名。○菱屋　未詳。似船の門人の屋号（すあいを業としたか）らしい。○すあい　売買の仲介をして利をとること。また、その利やそれを業とする人。○常是　銀座で銀貨を鋳造する最高責任者である大黒常是とその子孫の称。代々世襲で、銀貨の極印《ごくいん》打ちと包封《ほうふう》を一任された。○岩橋　石で作った橋。ここは、役行者が葛城山《かつらぎさん》から金峰山《きんぷせん》まで架け渡そうとして果たせなかったとされる、伝説上の橋が念頭に置かれる。○行者ノ秋　山伏が修行に励む秋。吉野の大峰山《おおみねさん》で修行する峰入りは七月に行われた。

【備考】出典では「雑秋」の題下に収められる。

西寺《さいじ》内酢屋《すや》了意《りょうい》興行に、餅屋なりければ

三五七　もち米や酢屋の松山秋の浪　（同）

【句意】糯米《もちごめ》が「末の松山」ならぬこの酢屋を越える勢いで、秋の波さながらに押し寄せている。著名な歌枕をもじり、家業の繁栄を讃えた挨拶句。秋「秋の浪」。

【語釈】○西寺　現在の京都市南区唐橋西寺町。朱雀大路を中心に東寺と対称の位置に西寺があった（正暦元年〈九九〇〉に焼失）ことによる。○酢屋了意　京で餅屋（屋号は酢屋）を営む人で、岡村氏。『安楽音』や延宝八年（一六八〇）の似船歳旦帖に入集。　〇酢屋の松山　東歌「君をおきてあだし心をわがもたば末の松山波も越えなん」（『古今集』）などで知られ、波が越えることはない（心変わりはしない）とされる歌枕「末の松山」のもじり。「末」に代えて了意の屋号「酢屋」を詠み込み、餅屋の店内には糯米が波のように押し寄せるとする。出典で「酢」に「ス」の振り仮名。　〇秋の浪　秋の穏やかな海に急に高く打ち寄せる波。

【備考】出典では「雑秋」の題下に収められる。

三五八　酢《す》はじかみ君子の徳有《あり》青豆は　　（『安楽音』延宝9）

【句意】酢と薑《はじかみ》の争いを思うにつけ、青豆には君子の徳というものがある。狂言「酢《す》薑《はじかみ》」に酢売り・薑売りが登場することから、同じ行商の青豆売りを思い寄せ、酢・薑・青豆の優劣論を行ったものであろう。秋「青豆」。

【語釈】〇酢はじかみ　酢に漬けた生姜をいう語ながら、ここは酢と薑（ショウガ科の多年草である生姜）を並べたものであろう。出典で「酢」に「ス」の振り仮名。狂言「酢薑」では、酢売りと薑売りが系図に基づいて正統を争い、秀句を言い合うも決着がつかず、一緒に商売をすることになる。　〇君子の徳有　源順の詩句「玄冬素雪の寒朝に、松君子の徳を彰す」（『和漢朗詠集』「松」）は、四季を通じて色を変えない松に君子の威徳があるとする。この「松」を前提に、同じ緑色の「青豆」を出したと考えられる。　〇青豆　種子が緑色で大粒の大豆《だいず》で、熟しても色を変えない。上方ではこの煮豆を売り歩く商人がいた。訓読符により「あおまめ」と読ませるも、音読した際の「せいとう」で「正統」を含意させた可能性もある。

【備考】出典では「雑秋」の題下に収められる。

三五九　陰ぼしや入日《いりひ》をつなぐ唐菘《とうがらし》　（同）

【句意】陰干《かげぼし》にすることよ、夕日をつないだ恰好で、糸につながれた唐辛子を。糸などにつないで干す唐辛子を、同じく赤い「入日」に見立て、「つなぐ」を上下に掛けて「入日をつなぐ」と表現したところが作意。秋「唐菘」。

【語釈】○陰ぼし　陰干。日陰で風に当てて乾かすこと。○入日をつなぐ　唐辛子がつながれてあるのを、入日に見立ててこのように表現した。なお、和歌では正徹「さと遠みこるや爪木のねりそもて入日をつなぐ峰の山人」（『草根集』）の一例だけが知られ、沈む太陽を引き留めるように作業するさまを表している。正徹にはほかに「つなぐ日」「日をつなぐ」と詠んだ例もある。○唐菘　唐辛子。『毛吹草』等にこの表記が見られ、出典で「菘」に「カラシ」の振り仮名（「菘」自体は鈴菜を表す字）。

【備考】出典では「雑秋」の題下に収められる。

三六〇　島本重高《じゆうこう》墓所にて
弟子《でし》は世を何一尺去《さり》けん問《とえ》ど木葉《このは》　（同）

【句意】弟子はこの世から何尺くらい去ってしまったのか、そう問いかけても木の葉が舞うばかりだ。自分より早く世を去った門弟への追悼吟で、師に敬意を払って控えめにすべきことを意味する諺「三尺去って師の影を踏まず」を踏まえる。冬「木葉」。

【語釈】○島本重高　京の人で、島本氏。『安楽音』や延宝六年（一六七八）の似船歳旦帖に入集。○弟子　似船門の重高をさし、出典で「デシ」の振り仮名。○尺　長さの単位で、一尺は約三十センチメートル。○去けん問ど　出典で「去」に「サリ」、「問」に「トヘ」の振り仮名。○木葉　樹木の葉で、とくに冬の落葉をいい、これで冬の季語になる。

西寺《さいじ》内絵所《えどころ》水長《すいちょう》追悼

三六一　玉やあられ誂《あつらえ》のなみだ三筋光《みすじのひかり》　（『安楽音』延宝9）

【句意】玉のような霰《あられ》よ、誂《あつら》えたような三筋の涙が流れて光る。折からの霰を見て、私はもちろん、天も亡き人を偲んで涙を流していると発想したのであろう。冬「あられ」。

【語釈】○西寺　現在の京都市南区唐橋西寺町。三五七の【語釈】を参照。○絵所　一般には寺社や幕府の設けた美術方《かた》（装飾や衣服の模様など絵画関連のことを担当した役所）をさすも、ここは絵師の意か。○水長　未詳。京の絵師か。○玉やあられ　霰は宝玉のようだということで、霰を玉にたとえる「玉霰」と同意であろう。○誂　注文して作ってもらうことや、その作ってもらったもの。水鳥が注文に応じて絵を描いたことから、この語を選んだと察せられる。○三筋光　未詳。仮に「三筋の光」と読み、両眼から流す二筋の涙に玉霰を加えて「三筋」としたものと解しておく。

延宝七年十一月五日於西陣万句《にしじんまんく》興行初会に

三六二　はつ雪や西陣ノ銘《めい》に富貴の花　（同）

【句意】めでたく初雪が降ることだ、ここ西陣のすぐれた織物は富貴の花である牡丹を銘にしている。それほど繁栄・繁華の土地だということで、この万句興行（【語釈】を参照）もそれにあやかって無事に成功するだろうという予祝の意を込める。冬「はつ雪」。

【語釈】○西陣万句興行初会　西陣（京都市上京区から北区にかけての地域名）で行われた万句興行の初日の俳席。「万句興行」は多数の連衆を集めて複数の座を組み、ある期間をかけて百巻の百韻を成就させる催し。延宝七年（一六七九）の興行については未詳。○はつ雪　初雪。「雪は豊年の瑞《しるし》」の諺があるように、ここもめでたさの意を込める。○西陣ノ銘　上等な西陣織。「西陣」は織物の一大産地として知られ、ここはその西陣織をさす。「銘」はすぐれた品物につける特定の名称や、そうした名のある上等品。出典で「銘」に「メイ」の振り仮名。○富貴の花　ボタン科の落葉低木である牡丹の異称で、周敦頤「愛蓮説」に「牡丹は華の富貴なる者なり」（『古文真宝後集』）とあることによる。ここは西陣織の模様（およびその銘）とおぼしい。「牡丹」は夏の季語ながら、冬に咲く寒牡丹もあり、それを念頭に置いていてよう。

自敬軒但安塩《しおの》原《はら》山《やま》のゆあみに

三六三　根《ね》引《びき》にして待《まつ》ぞ雪共《とも》に有馬富士　（同）

【句意】根ごと引き抜く松は延命の祝いながら、待っていますぞ、雪を伴う有馬富士を根引にして持ち帰るのを。有馬へ湯治に出かける門人への餞別吟。冬「雪」。

【語釈】○自敬軒但安　京の人で、阿形氏。二二四の【語釈】を参照。「自敬軒」はその別号。○塩原山　有馬温泉の源泉がある湯山（神戸市北区有馬町愛宕山）は往古の「塩原山（塩之原山）」とされ、『風土記』に「有馬の郡。また塩之原山あり」とある。○ゆあみ　湯浴み。入浴。とくに温泉に入ること。○根引　草木などを根のついたまま引き抜くこと。ここは「待」に「松」を掛けて、正月の子の日（小松の根を引いて長寿を願う祝事）を想起させつつ、山を引き抜きにして土産にせよと呼びかけている。出典で「塩」の右下に「ノ」の振り仮名。山を引き抜く発想の前例に、「富士山を根引にしたるかすみ哉　正依」（『鷹筑波集』）があり、これも似船の念頭にあったか。○有馬富士　兵庫県三田市にある角山《つのやま》の別称。

おなじ人の許《もと》にて茶湯過《ちゃのゆすぎ》てもよほされし当座

三六四　あすもこん炉地《ろじ》の玉川《たまがわ》雪の景　（『安楽音』延宝9）

【句意】明日も来よう、「野路《のじ》の玉川」ならぬ露地《ろじ》の雪景色を見に。前書により、茶会の後に興行された連句の立句《たてく》と知られ、訪問先を讃える内容の和歌（【語釈】を参照）を踏まえつつ、明日も来たいほどのすばらしい雪景と賞美する。冬「雪の景」。

【語釈】○おなじ人　三六三の前書に出る「但安」。○当座　その場で句を詠むこと。ここは百韻などの興行であろう。○あすもこん　源俊頼「あすもこん野路の玉川萩こえて色なる波に月やどりけり」（『千載集』）を踏まえる。○炉地の玉川　右の和歌の「野路の玉川」をもじったもので、「炉地」は「露地」に同じく（出典で「炉地」に「ロヂ」の振り仮名）、茶室に付属する庭をさす。この和歌は藤原俊忠邸に招かれての吟で、「野路の玉川」は萩で知られる近江《おうみ》国の歌枕。また、「玉川」に茶を好んだ玉川子《ぎょくせんし》（中唐時代中国の詩人である盧仝《ろどう》の号）をかすめ、盧仝「茶歌」の「玉川子此の清風に乗りて帰り去らんと欲す」（『古文真宝前集』）を念頭に、今は帰って明日も来ようの意を込めたか。

宮谷頼母《たのも》にて当座はいかいに

三六五　空もめでて雪ヲ廻《めぐら》スや稽古能　（同）

【句意】空もその舞いを賞美して雪をめぐらせたのだなあ、稽古能では袖も巧みに翻っている。能楽関係者を亭主に俳諧興行をした際の立句。冬「雪」。

【語釈】○宮谷頼母　東本願寺の寺侍で、宮谷氏。同寺における能の催しを支えた人で、俳諧も行っていたらしいが、俳号は不明（「頼母」での入集は知られない）。「宮谷」はミヤタニかミヤヤか。○当座はいかい　前もって準備せずにその場で行われた俳諧。○めでて　心が惹かれて。感動して。○雪ヲ廻ス　漢語「回雪」を訓読したもので、「雪を回《めぐら》す」に同じ。風が雪を吹き回すこと、転じて、衣の袖を巧みに翻して美しく舞うことをいい、ここではその両意を用いる。○稽古能　練習のために演じる能。将軍らに見せる上覧能や寺院などに奉納する勧進能に該当しないすべての演能をさし、一般町人に公開された。

独吟百韻に

三六六　願発《おこ》せり雪をれの時火吹竹《ひふきだけ》　（同）

【句意】発願《ほつがん》をした、竹が雪に折れたときにはそれを火吹竹とするのだと。どんな苦境もそうした機転で乗り切ろうというのであり、独吟百韻を行うに際し祈願を込めて詠んだ吟。百韻自体は未詳ながら、その立句か。冬「雪をれ」。
【語釈】○願発せり　漢語「発願」（あることの成就のため神仏に願を立てること）を訓読したものであろう。出典で「発」に「オコ」の振り仮名。○雪をれ　降り積もった雪の重みで木の幹・枝や竹などが折れること。○火吹竹　吹いて火をおこすのに用いる竹筒。近世後期以降の歳時記類では冬季の語とされる。

延宝七年十一月六日人麿尊影《ひとまろそんえい》わたましの会に

三六七　御影《みかげ》うつす雪ほのぼのとぞ似船宿《じせんやど》　（『安楽音』延宝9）

【句意】尊影を映す雪明かりもほんのりとしていることよ、似船の家では。冬「雪」。
【語釈】○人麿尊影　柿本人麻呂の肖像。人麻呂は歌人中の歌人として神格化され、連歌・俳諧の席ではその像を掲げることが多い。○わたまし　移徙。貴人の転居や神輿の渡御などをいう語で、ここは人麻呂像を移し替えたこと。似船の邸内に御影堂を新築したものか。○御影　神・貴人の霊魂や亡き人の肖像などを敬っていう語。ミエイとも発音する。○うつす　句の中では「映す」の意で、これに「移す」の意を込める。○ほのぼのと　光がわずかではっきりとは見分けられないさま。詠人しらず「ほのぼのと明石の浦の朝霧に島がくれ行く舟をしぞ思ふ」（『古今集』）から引用したもので、左注に「このうたは、ある人のいはく、柿本人麿が歌なり」とあり、この和歌は人麻呂作とも考えられていた。○似船宿　似船邸の意で、歌中の「舟」を踏まえ「船宿《ふなやど》」の語を隠すか。

但広にて囲棋《いぎ》の後はいかいもよほされければ

三六八　松の声にせいもく強《つよ》し浜千鳥　　（同）

【句意】松風の音にも負けず、囲碁の井目《せいもく》のような力強さを見せている、浜辺に鳴く千鳥は。一羽の鳴き声は小さくても、多くが集まると強い力になるということであろう。囲碁の後で俳諧興行をした際の立句なので、その用語を比喩に用いている。冬「浜千鳥」。

【語釈】○但広　京都の人。似船の門人。三四七の句の【語釈】を参照。○囲棋　「囲碁」に同じく、碁盤の上で黒と白の石を交互に打って領地を争う競技。○松の声　風が松の木立に当たって鳴る音。○せいもく　井目・聖目・星目。囲碁で碁盤の外側から四線目の四隅とその中間の四点に中央の一点を合わせた合計九点。また、弱い方があらかじめその九点に石を置くことでもあるため、力量がつり合わないことのたとえにもなる。○強し　ここは何らかの利点を得て強くなること。出典で「強」に「ツヨ」の振り仮名。○浜千鳥　浜辺にいる千鳥。「千鳥」はチドリ科の鳥の総称。

三六九　娑《しゃ》婆《ば》は十夜《じゅうや》雨《ふら》スや四衆《ししゅ》の紙袋　　（同）

【句意】娑婆は十夜法要の真っ最中、絶え間なく雨を降らすようだなあ、四衆が紙袋の米を持ち寄るさまは。奉納の米が集まるさまやその音を雨にたとえたもの。冬「十夜」。

【語釈】○娑婆　煩悩にとらわれた衆生が苦しんで生きる所をいう仏教語で、広く現世・浮世の意で用いる。○十

夜　十月六日から十五日までの十昼夜、浄土宗の寺で経を読み念仏を唱える法要。真如堂《しんにょどう》（京都市左京区浄土寺真如町にある寺院）のものが有名で、参詣者は仏に供える米を紙袋に入れて持参する。○雨《ス》　ここは絶え間なく集まることを雨にたとえた表現。出典で「雨」に「フラ」の振り仮名。○四衆　仏教に帰依した弟子、比丘《びく》（男の出家修行者）・比丘尼《に》（女の出家修行者）・優婆塞《うばそく》（男の在家信者）・優婆夷《い》（女の在家信者）の四種をいう仏教語。○紙袋　ここは米を入れた紙の袋。

三七〇　はる近し城《みやこ》夜半《やはん》の天‐秤《てんびん》かけごいに到《いた》ル　（『安楽音』延宝9）

【句意】春も間近い都では、深夜に天秤商いの商人が掛乞《かけごい》にやって来る。漢詩文の調子を模した八・八・八の字余り句で、張継「楓橋夜泊」の「夜半の鐘声客船に到る」（『三体詩』『唐詩訓解』）を踏まえてもじる。冬「はる近し・かけごい」。

【語釈】○はる近し　新春が間近であることをいう冬の季語。○城　出典で「ミヤコ」の振り仮名。○夜半　真夜中・深夜。出典で「ヤハン」の振り仮名。○天‐秤　ここは「天秤商い」に同じく、天秤棒で商品をかついで売り歩くこと。また、その人。「天秤棒」は両端に荷を掛け、中央に肩を当ててかつぐ棒。出典で「秤」に「ヒン」の振り仮名。○かけごい　掛乞。掛売り（代金を後払いにする商法）の代金を請求すること。また、その人。江戸時代の商法はこれが基本で、大晦日は一年の収支決算に最も忙しい日であった。○到《ル》　至る。出典で「到」に「イタ」の振り仮名。

【備考】出典では三七一とともに「歳暮」の題下に収められる。

三七一　千《せん》石万《ごくまん》斛《ごく》松に餅開《さけ》リ民の歳暮《せいぼ》　（同）

【句意】千石・万石を俸禄《ほうろく》に取る大家《たいか》にも負けじと、松を飾って餅の花を咲かせている、庶民の歳暮のさまを見るに。新年を迎える気概は誰も同じということ。冬「歳暮」。

【語釈】〇千石万斛　「斛」も「石」と同じく（出典で「斛」に「コク」の振り仮名）、米などの容積を量る単位で、「千石」は約百八十キロリットル。諺「千石万石も食《めし》一杯」はどんなに豊かな人でも食べる飯の量に変わりはないの意で、この句もそれを踏まえる。〇松に餅開リ　正月用の松を飾り、餅花《もちばな》を用意している。「餅花」は木の枝にちぎった餅を付けて花のようにしたもので、正月・小正月・節分などに用いる。出典で「開」に「サケ」の振り仮名。〇民の歳暮　庶民の年末。「民」は公家や武士階級を除く人々。「歳暮」はサイボとも読む。

三七二　民ぞ唪《よば》ふ新《しん》樹万《じゆばん》歳《ぜい》天下の松　（同）
延宝八年庚申歳《かのえさるのとし》五月日

【句意】民が大声で連呼する、新緑の木々よ万歳と、天下の松に対して。「松」に徳川政権（松平氏）を含意させ、新将軍を「新樹」に見立て、その就任（【語釈】を参照）を寿ぐ。夏「新樹」。

【語釈】〇延宝八年庚申歳五月日　延宝八年（一六八〇）五月八日、徳川綱吉が家綱の跡を継いで五代将軍となった。〇唪ふ　出典で「唪」に「ヨバ」の振り仮名。「よばふ」は動詞「呼ぶ」の未然形に反復・継続の助動詞「ふ」が付いたもので、呼び続けることや大声で叫ぶこと。「唪」は大声を意味する字。〇新樹万歳　正月の祝福芸である

「千寿万歳《せんじゅまんざい》」をもじり、五月に合わせて「新樹」としたものか。「新樹」は初夏のみずみずしい若葉をもつ樹木。出典で「樹」に「ジユ」の振り仮名。「万歳」はめでたいことを祝って唱える一種の感動詞で、近代以降はバンゼイからバンザイに発音が移り定まった。○天下の松　天下に名高い松。天下を治める松平氏の意を込める。

【備考】出典にはこれを立句とする三吟歌仙を収録。

三七三　炭の蛙《かわず》鳴《なく》らん井堤《いで》の玉子開《さく》　（『安楽音』延宝9）

【句意】炭がはぜて蛙のように鳴くだろう、井手の玉川ではそろそろ蛙の卵が孵《かえ》ろうかというころに。藤原興風「あしびきの山吹の花ちりにけり井手のかはづは今や鳴くらむ」（『新古今集』）を踏まえ、意表を突く比喩と連想によった作。冬「炭」。

【語釈】○炭の蛙　未詳。音を出してはぜる炭を蛙の鳴き声に擬したと考えておく。出典で「炭」に「スミ」、「蛙」に「カハツ」の振り仮名。「蛙」自体の季は春。○井堤　出典で「キデ」の振り仮名。「井手」に同じく、ここは詠人しらず「かはづなくゐでの山吹ちりにけり花のさかりにあはまし物を」（『古今集』）などで知られる歌枕「井手の玉川」をさし（「井手」は京都府南部の地名）、同所は蛙と山吹の名所として知られる。○玉子開　卵から孵化することであろう。「玉子」は右の和歌に詠まれた「玉川」のもじり。出典で「開」に「サク」の振り仮名があり、「山吹」を念頭にこの読みを宛てたと推察される。

【備考】出典にはこれを立句とする両吟世吉《よよし》を収録。

延宝八年四月車屋町《くるまやちよう》の家にうつり侍りて

三七四　新宅かな庭。ぼたんは花の冨尾氏《とみのおし》　（同）

【句意】新居の庭であるなあ、牡丹は花の富者とされ、冨尾氏であるわが家の庭にも咲いている。自らの新居を祝いつつ興じたもので、転居という似船の伝記的事実が知られる。夏「ぼたん」。

【語釈】○車屋町　京都市中京区の町名。似船は延宝八年（一六八〇）にこの地で新居を構えた。○新宅かな庭。意味上は「新宅の庭かな」に近い。句点は出典にある通り。○ぼたんは花の冨尾氏　周敦頤「愛蓮説」の「牡丹は華の富貴なる者なり」（『古文真宝後集』）を踏まえ、「富貴なる者」を自らの氏である「冨尾氏」に代えたもの。

【備考】出典にはこれを立句とする十吟百韻を収録。

三七五　金覆輪《きんぷくりん》の虹《くつわ》置《おき》けり麦藁馬《むぎわらうま》　（『三ケ津《さんがのつ》』天和2）

【句意】金覆輪の虹を置いたことだ、麦藁で作った馬に。軍記物語に頻出する「金覆輪の鞍置いて」の語法を使い、玩具の馬に留まった虫の輝くさまを大げさに表現する。夏「麦藁」。

【語釈】○金覆輪　保護と装飾を兼ね、刀の鞘・鍔や馬の鞍など、器物の周縁を金で細長く覆ったもの。○虹　ある種の蟻や蟷螂・蜻蛉などの虫類をさす字。ここは「金覆輪の鞍」をもじったもので、「鞍」から同じ「く」で始まる馬具の「轡」（馬の口にはませる金具）を導き、キリギリス科の昆虫クツワムシをさしたと見ておく。○麦藁馬　麦の藁で作った玩具の馬。

三七六　晩《い》リ鐘《あい》の竜頭《りゅうず》や濡《ぬら》す袖の秋　（『うちくもり砥《と》』天和2）

【句意】入相《いりあい》の鐘の竜頭まで濡らすのか、私も涙で袖を濡らす秋であることよ。寂然法師「つくづくとむなしき空をながめつつ入相の鐘にぬるる袖かな」（『新勅撰集』）を踏まえつつ、人ばかりか竜ですら秋のさびしさに泣くと発想したものであろう。秋「秋」。

【語釈】○晩リ鐘　寺院などで夕方に鳴らす鐘。「入相の鐘」ともいい、出典で「鐘」に「アイ」の振り仮名。○竜頭　釣り鐘を鐘楼の梁《はり》にかけて吊るす、竜の頭の形をした釣り手。出典で「リウヅ」の振り仮名。○濡す袖　雨・露・涙などに濡れた衣服の袖、とくに涙を流すことをいう。「濡す」は上下に掛かり、出典で「濡」に「ヌラ」の振り仮名。

三七七　梅皺《しわ》ミ紫の塩歯《し》朶《だ》満《みて》リ　（『誹諧三物揃』天和3）

【句意】梅干《うめぼし》には皺が寄り、これを染めた塩漬けの紫蘇《しそ》もめでたいし、何より歯朶が満ち満ちている。正月飾りの蓬《ほう》莱《らい》台（【語釈】を参照）に取材した天和三年（一六八三）の歳旦句。春「梅皺ミ（梅干飾る）・歯朶」。

【語釈】○皺ミ　皺が寄って。「皺」は長寿の象徴として尊重される。蓬莱台（神仙の住む蓬莱山をかたどった正月飾りの台）に梅干を飾って祝う新春の風習があり、元日の朝には梅干の入った福茶も飲む。出典で「皺」に「シハ」の振り仮名。○紫の塩　中国の文献では河東に紫の塩を産すとあるものの、ここはただ梅干を漬けるための塩と紫蘇をさしていよう。「紫」は色の最上位とされる。○歯朶満リ　「歯朶」はシダ植物の総称で、とくに正月の飾りに用いるウラジロ（裏白）をさす。ここも蓬萊台に敷くウラジロのさまを表す。出典で「歯朶」に「シタ」、「満」に「ミテ」の振り仮名。

【備考】出典は諸家の歳旦帖を書肆の井筒屋庄兵衛が合綴して出したもので、この句は似船自身の歳旦帖で巻頭に置かれた三物の立句。

　　黒主《くろぬし》の乳母《うば》なる人むかし鏡台にもちゐすべし

三七八　近江《おうみ》のや僕《ぼく》よ蕪《かぶら》に年くれし　（『〔誹諧三物揃〕』貞享3）

【句意】「近江のや」と詠んだ黒主に倣い、来年の自分を鏡に見ようとしても、従者よ、相変わらず蕪を抜いて年が暮れていくさまが見えるばかりだ。貞享二年の歳暮句。冬「蕪・年くれし」。

【語釈】○黒主の乳母なる人　平安時代前期の歌人である大伴黒主の乳母。似船の想像上の存在であろう。出典で「黒」に「クロ」、「乳母」に「ウバ」の振り仮名。○もちゐすべし　動詞「用ゐる」が名詞化した「用ゐ」にサ変動詞「す」と推量の助動詞「べし」が付いたものか。黒主が次の和歌を詠んだのは、乳母が鏡山を鏡台として使ったためだろう、とうがったもの。○近江のや　大伴黒主「近江のやかがみの山をたてたればかねてぞ見ゆる君がちとせは」（『古今集』）を踏まえ、この一語で和歌全体を受ける形をとり、鏡で未来を占うという意に用いている。○僕　従者・召使い。これに呼びかける体裁をとることで、自分には乳母などいないと暗に示しているのでもあろう。出典で「ボク」の振り仮名。○蕪　アブラナ科の一・二年草で、冬の季語。春の七草の一つ。「蕪に年くれし」の措辞は父の家業（三八一の句を参照）に関係するか。

【備考】似船自身の歳旦帖（『〔誹諧三物揃〕』所収）で「歳暮」の末尾に置かれる。

三七九　門の松田《た》中《に》螺《し》の床《とこ》も水澄《すむ》らん　（『〔誹諧三物揃〕』貞享3）

【句意】門松が立ち並ぶ新年、田螺《たにし》の床である門田《かどた》の水もさぞかし澄んでいることだろう。貞享三年（一六八六）の歳旦句で、豊作を予祝する意を込めているか。春「門の松」。

【語釈】○田中螺の床　タニシが生息する田・池などをさし、「田中螺」は「田螺」に同じく（出典で「田中螺」に「タニシ」の振り仮名）、タニシ科の巻貝の総称。「門」と「田」で「門田」（家の前の田）も表していよう。○水澄らん　田などを思いやった表現で、「らん」は現在推量の助動詞。出典で「澄」に「スム」の振り仮名（原本で「水」に「スム」とあるのは誤植）。後年の蕪村句に「静《しずか》さに堪《たえ》て水澄む田にしかな」（『蕪村自筆句帳』）がある。

【備考】似船自身の歳旦帖（『〔誹諧三物揃〕』所収）で巻頭に置かれた三物の立句。尚白《しょうはく》編『ひとつ松』（貞享4）にも入集。似船編『勢多長橋』（元禄4）には「田螺」の表記で入集。

三八〇　遠白《とおしろ》し田歌《たうた》が末の淀《よど》の城　（『ひとつ松』貞享4）

【句意】遠くに白く堂々としたさまを見せている、田植歌が響く田の遙か向こうの果てに淀の城が。情景描写を試みた句で、「白」と「城」の同音異義語が効果的に使われる。夏「田歌」。

【語釈】○遠白し　大きく立派であることを表す語で、ここは遠くに白く見える意を重ねる。歌論用語としては奥深い気高さを表し、和歌ならぬ「田歌」をこの語と結んだ可能性もある。○田歌 「田植歌」に同じく、田植の際に歌う歌やこれを儀式歌謡にしたもの。○淀の城 淀城。京都市伏見区淀にあった平城で、戦国時代の創建から廃城と築城を重ねる。ここは寛永二年（一六二五）に松平定綱が構築したもので、慶応四年（一八六八）の鳥羽伏見の戦いで焼失する。

追善に

三八一 夢の父比《ころ》は芋《いも》売るむかし哉《かな》 （同）

【句意】 夢に現れた父、それがいつごろの姿かと言えば、芋を売って生計を立てる昔のさまであったことよ。亡父一周忌の追善句（【備考】を参照）で、似船の出自は未詳ながら、この句からして父は八百屋（あるいは販売を兼ねる農家）であったか。秋「芋」。

【語釈】 ○比 「頃」に通用。○芋 この当時の「芋」は基本的に里芋をさす。

【備考】 『勢多長橋』（元禄4）に前書「貞享二年八月十二日亡父《もうぶ》一周忌に」として入集し、父の一周忌に詠んだ追善句と知られる。「亡父」には「モウブ」の振り仮名がある。

星仏《ほしぼとけ》のほうけづきたる。しはす廿日《はつか》あまりの空にこそ。にがくおかしきものなれ。さるに椿の。たまたまひとつふたつ。若ゑびすの顔したらば

三八二 霰《あられ》ふり椿《つばき》かげろふ歳暮かな （『〔誹諧三物揃〕』貞享5）

【句意】霰が降って椿がほのめく光の中に見える、そんな歳暮であることよ。「椿」に陽春の予祝を感じながらの、貞享四年（一六八七）の歳暮句。冬「霰・歳暮」。

【語釈】○星仏　九曜星（日曜・月曜・木曜・水曜・火曜・土曜・金曜・羅睺《らご》・計都《けいと》）を仏像のように刻んだもの。一つがその年の属星《ぞくしよう》と定められ、民間でも十二月十三日にこれを買って祀り、宮中では新年に星仏祭が行われる。○ほうけづきたる「法気づきたる」で、人間離れして抹香臭いの意か。あるいは、「ほうけ」は「呆け」で、ぼおっとしているさまを表すか。前書の句点はすべて『〔誹諧三物揃〕』にある通り。○若ゑびす　若戎《わかえびす》・若恵比須。恵比須神の像を印刷した札で、京坂地方で元日の早朝に売り歩いた。○椿　ツバキ科の常緑高木で、本来の季は春。ここは早咲きのもので、当時の歳時記類にも「冬咲椿」「早咲の椿」が冬季として立項される。○かげろふ　名詞「陽炎」の動詞化したもので、光や姿がちらちらすることや光が隠れてかげったさまを表す。

【備考】似船自身の歳旦帖（『〔誹諧三物揃〕』所収）に収められ、「かげろふ」の右には小さく「陽焔」と記される。前書の大意は、「星仏の仏めいた（あるいは、呆けた）顔は、十二月二十日過ぎの忙しい空の下で、苦々しくもおかしなものである。そうしているうちに、椿がたまたま一つ二つと咲き、その花が若戎さながらの顔をしているので」。

三八三　鶉《うずら》きく歯《ほ》朶《なが》のあした都哉《かな》　（『〔誹諧三物揃〕』貞享5）

【句意】鶉の鳴き声を聞きながら、穂長《ほなが》の飾られた元朝を迎える、めでたい都であることだ。貞享五年（一六八八、九月三十日に元禄と改元する）の歳旦句。春「歯朶のあした」。

【語釈】○鶉　キジ科の鳥で、これ自体の季は秋。鳴き声が賞美され、江戸時代はその飼育が流行した。○歯朶　シダ植物の総称。とくに正月の飾りに用いるウラジロ（裏白）をさし、「穂長」ともいう。出典で「ホナカ」の振り仮名。○あした　朝。ここは元日の朝。「歯朶のあした」で元朝に歯朶などめでたい物が飾られることを表す。

【備考】似船自身の歳旦帖（『〔誹諧三物揃〕』所収）で巻頭に置かれた三物の立句《たてく》。言水《ごんすい》編『前後園《ぜんごのその》』（元禄2）に中七「穂長の朝」。似船編『勢多長橋』（元禄4）にも入集。

三八四　遊ぶ日に菊いそがはしきにほひ哉　（『雀《すずめ》の森《もり》』元禄3）

【句意】のんびりくつろぐ休日に、あちらでもこちらでも菊が香ってせわしないことだ。「遊ぶ」と「いそがはしき」の対比的な語の選択が眼目。秋「菊」。

【語釈】○遊ぶ日　仕事をせずにのんびり過ごす休日のことで、ここは九月九日の重陽の節句（菊の節句）をさす。○いそがはしき　あわただしい感じや、物事が次々と続くさまをいう。

【備考】似船編『勢多長橋』（元禄4）・江水《こうすい》編『元禄百人一句』（同4）・児水《じすい》編『常陸帯《ひたちおび》』（同4）・助叟《じよそう》編『釿始《ちようなはじめ》』（同5）・挙堂《きよどう》著『真木柱《まきばしら》』（同10）にも入集。

三八五　春よただ草の野づかさあそび駒　（『日本行脚《あんぎや》文集』元禄3）

【句意】春といえばただ、草の生える野の丘に馬が遊び群れている姿だ。春「春」。

【語釈】○春よただ　春らしさは以下の陳述内容に顕現しているということを強調的に示す表現で、和歌・連歌にも使用が散見される。○野づかさ　野阜・野司。万葉以来のやや古風な語で、野原の小高い所をいう。○あそび駒　野に放牧されている馬。

【備考】似船編『勢多長橋』（元禄4）にも入集。

三八六　比叡《ひえ》あたご雪の外《ほか》なしとしのくれ　（『誹諧三物尽』元禄4）

　　　　としの暮《くれ》に

【句意】比叡山《ひえいざん》も愛宕山《あたごやま》も、雪に覆われぬものとてない、そんな年の暮れである。京の冬を象徴的にとらえた、元禄三年（一六九〇）の歳暮句。冬「雪・としのくれ」。

【語釈】○比叡　京都市の北東にそびえる比叡山で、山城国《やましろ》と近江国《おうみ》の国境に位置する。○あたご　京都市右京区の北西部にある愛宕山で、山城国と丹波国《たんば》の国境に位置し、比叡山と東西相対《あい》する。○雪の外なし　雪のほかには何もないの意で、すべてが雪に覆われたことをいう。

【備考】似船自身の歳旦帖（『誹諧三物尽』所収）に収められる。似船編『勢多長橋』（元禄4）にも入集。

　　前集。『せたの長橋』といふ書は。功なりにたれば。また後集。『ちよの正月《むつき》』と号し侍る句帳を撰び
　　たてんとおもひたち侍るとしのはじめに

三八七　水ぐきの花待千代《はなまつ》の正月《む》かな　（同）

【句意】開花と同様に詞の花が咲くのも待つ、めでたい千代の睦月《むつき》であることよ。自らの撰集作業を含意させた、元禄四年（一六九一）の歳旦句。春「花待・千代の正月」。

【語釈】○せたの長橋　勢多長橋。似船の編集した歳時記・撰集で、全六冊。京都の井筒屋庄兵衛から元禄四年刊。季語ごとに例句・解説と類似の詩歌を記す。○功なりにたれば　ここは編集作業を終えたことをさす。○ちよの正月　千代の睦月。似船の編集した撰集で、全五冊。京都の井筒屋庄兵衛から元禄十年刊。この前書（句点は出典にある通り）により、『勢多長橋』の後集として元禄四年の段階で企画されていたと知られる。○号し　題名を付け。出典で「号」に「カウ」の振り仮名。○水ぐきの花　ここは「詞の花」に同じく、美しい表現や和歌などの詩歌類をさす。「水茎」は筆・筆跡・手紙・文字などを表す語で、「水茎の」は「丘」などに掛かる枕詞。○花待　花が咲くのを待つ。「花」は上下に掛かる。○千代の正月　永遠の繁栄を祝う正月。和歌では伊勢大輔「めづらしく今日たちそむる鶴の子は千代のむつきを重ぬべきかな」（『詞花集』）の用例が知られ、ここから採った可能性がある。出典で「正」に「ム」の振り仮名。

【備考】似船自身の歳旦帖（『誹諧三物揃』所収）で巻頭に置かれた三物の立句。

三八八　笑ふ声女更行《ふけゆく》月夜かな　（『渡し船』元禄4）

【句意】笑い声を上げる女たちとともに、更け行く月夜であることよ。秋「月夜」。

【語釈】○更行　夜が深くなっていく意のほか、年をとっていく意もあり、在原業平「おほかたは月をもめでじこれぞこのつもれば人の老《おい》となるもの」（『古今集』『伊勢物語』）を前提に、こうして楽しく月見する女たちにも老いは忍び寄ることを含意させたか。

夜会に

三八九　夜静《よるしずか》に山茶花《さざんか》寒き匂ひかな　（『祇園拾遺物語《ぎおんしゅういものがたり》』元禄4）

【句意】夜は静かに更けていき、山茶花が寒さをかきたてるように匂っていることだ。新潟の蘭月《らんげつ》が上洛した際の連句会での立句《たてく》（【備考】を参照）で、聴覚・視覚・触覚・嗅覚などを使って冬の夜を表す。冬「山茶花・寒き」。

【語釈】〇夜会　ここは夜間に行われる俳諧の会。〇山茶花　ツバキ科の常緑小高木。冬に花が咲き、よい香を漂わせる。本来の発音はサンザカで、当時はサザンカで定着していた。出典で「山茶」に「サヾン」の振り仮名。〇匂ひ　元来は色あいや色つやをいう語で、嗅覚的な香などもいうようになった。ここは後者。

【備考】似船編『勢多長橋』（元禄4）に「元禄三年十月三日の夜、ゑちごの国新潟町田蘭月といふ人、旅宿にてもよほされし誹諧に」の前書。好春《こうしゅん》編『新花鳥《はなとり》』（元禄4）・雨行《うこう》編『時代不同発句合《ほっくあわせ》』（同5）にも入集。

三九〇　おほぶくをなはしろ水の契《ちぎ》り哉《かな》　（『勢多長橋《せたのながはし》』元禄4）

【句意】元日に大福茶《おおぶくちゃ》で祝い、翌月に控えた苗代水《なわしろみず》への約束を結ぶことだ。水に関連する一月・二月の行事を取り上げ、豊作への予祝を示す。春「おほぶく・なはしろ水」。

【語釈】○おほぶく 大福。「大福茶」のことで、若水《わかみず》（元旦早々に汲んだ水）で淹《い》れた茶に梅干・山椒・昆布・黒豆などを入れて飲み、一年中の悪気を払って縁起を祝う。○なはしろ水 苗代水。稲の苗を育てる苗代田に引き入れる水。当時の歳時記類で二月のこととされる。なお、似船は門下の発句・付句を集めて『苗代水《なわしろみず》』（元禄2）という撰集を編んでいる。○契り 約束・宿縁。運命的な関係について言うことが多い。

【備考】出典の『勢多長橋』は似船編の歳時記・撰集。三八七の【語釈】を参照。久松家旧蔵「御船屏風」（『愛媛国文研究』14〈昭和39・12〉に紹介）にこの句の短冊が貼付されている。

三九一 歌の世の君がなさけや四方拝《しほうはい》 （同）

【句意】歌が世を治めるようになって以来、天子が示し続ける情けなのであろうよ、元日の四方拝は。どちらも長い伝統をもって現在に至るということ。春「四方拝」。

【語釈】○歌の世 和歌によって世が平穏に治まるという考え方は、『古今集』仮名序に示された通りで、ここはそうした平安時代を念頭に置いていよう。なお、俳諧も和歌の一体であるという考え方が、江戸時代の俳諧師には常識であった。○君がなさけ 君子が民に対して示す温情。○四方拝 天皇が元日の早朝に天地四方を拝して、天下泰平・五穀豊穣などを祈願する儀式。平安時代初期に中国からもたらされて、現在まで続く。

【備考】出典はこの句の後に四方拝の解説を『公事根源』より引く。長久《ちようきゆう》編『くの木炭《きずみ》』（元禄13）にも入集。

三九二 としだまは桂《かつら》をならす扇かな （同）

【句意】年玉にするのは月の桂にも実を結ばせる扇であることよ。「年玉は…扇」の文脈に、「（ならないとされる）桂をも実らせる扇」という文脈を合成したと見られ、その意味で初期俳諧（貞門・談林）の発想を襲うとも言える。春「としだま・扇（礼扇）」。

【語釈】〇としだま　年玉。新年を祝ってする贈り物で、商家では扇を贈ることも多かった。〇桂をならす　ここでの「桂」は月に生えるとされる伝説上の樹木。「ならす」は果実を実らせること。源恵「秋来れど月の桂の実やはなる光を花と散らすばかりを」（『古今集』）を踏まえ、和歌では花が散るばかりで実はならないと詠まれたのに対し、扇の力で実らせるとしたのであろう。また、【備考】に挙げる和歌を踏まえ、扇の風は桂を折らずに実らせるとしたのでもあろう。〇扇　これ自体の季は夏ながら、ここは新年の贈答用の粗製のものをさし、「礼扇《れいおうぎ》」（年始の客が進物として年玉に用いる扇）は春の扱い。古来、扇には不思議な力が宿っていると考えられた。「桂」と「扇」の関連については、桂女《かつらめ》（京都西郊の桂に住む巫女の一群）が正月に京都所司代を訪ね、飴や扇を献上して祝意を示したことから、二語が連想範囲にあったものと考えておく。あるいは、「桂女の年玉は月の桂にも実を結ばせる扇であることよ」と解してよいのかもしれない。

【備考】出典ではこの後に菅原道真母「久かたの月の桂もおるばかり家の風をもふかせてしがな」（『拾遺集』）を挙げる。長久編『くの木炭』（元禄13）にも入集。

三九三　このごろは風ゆるゆるの柳かな　（『勢多長橋』元禄4）

河那部《かわなべ》氏のなにがしと両吟に

【句意】この時期は風もゆったりとして、ゆるやかになびく柳であることよ。両吟で連句を巻いた際の立句《たてく》（連句自体は未詳）で、擬態語の使用が特徴的。春「柳」。

【語釈】○河那部氏のなにがし　未詳。○ゆるゆる　緩々。動きが遅くてのんびりしているさまを表す語。これに揺れ動くさまを表す「揺々」の意も持たせて、上下に掛けている。

志州戸羽《とば》。岡辺氏磯侍《きじ》。桜の木陰に霊照女《れいしようじよ》書《かき》たる絵をのぼせて。発句望《のぞ》み給ひければ

三九四　玉笊《たまい》」籬《かき》花の雪折《ゆきおれ》のなごり哉《かな》　（同）

【句意】玉の竹籠《たけかご》を使い、花が雪折でも起こす勢いで散る名残惜しさに、その花びらを集めることだ。桜と霊照女を描いた画像に讃句を求められ、その後の落花を想像して、霊照女ならばゆかりの竹籠に花を集めるだろうと考えたもの。春「花」。

【語釈】○志州戸羽　志摩《しま》国鳥羽（現在の三重県鳥羽市）。志摩半島の北東部で伊勢湾に面する。「戸羽」は「鳥羽」の別表記で、出典で「トバ」の振り仮名。前書の句点は出典にある通り。○岡辺氏磯侍　鳥羽の人で、岡辺氏。貞享三年（一六八六）の似船歳旦帖や似船編『苗代水』（元禄2）に入集。○霊照女　中国唐代の隠者である龐居士《ほうこじ》の娘。禅宗に帰依し、竹籠を売って父を養ったことで知られる。出典で「照女」に「セウジヨ」の振り仮名。○玉笊」籬　宝玉のような竹籠の意で、ここは霊照女の故事を踏まえる。「笊籬」は竹製の籠やざるをさし、出典で「イカキ」の振り仮名。ここでの「玉」は球形の物や美しく貴重な物に冠する語。○花の雪折　「花の雪」は花の散るさまを雪に

たとえる表現。「雪折」は積もった雪の重みで木や竹などが折れること。ここは雪折も起こしかねない勢いで花が散るさまであろう。○なごり　名残惜しさ。ここは花が散った後も面影が残る意の「花の名残」で、落花を惜しむ気持ちを込めて和歌などで用いる。

【備考】出典ではこの後に霊照女の解説を『伝燈録』より引き、『江湖風月集』より霊照女を題とする詩を挙げる。

三九五　蓬《よもぎ》もちとこ世の浪のかざしかな　（『勢多長橋』元禄4）

【句意】蓬餅は、常世《とこよ》から寄せるという波の頭《かしら》に挿す挿頭《かざし》であることだ。「蓬餅」も「挿頭」も植物の霊力をいただく点は同じと考え、霊力から「常世」を導き、成語「常世の浪」から〈浪→浪の頭→頭→挿頭〉と連想をつなげたのであろう。春「蓬もち」。

【語釈】○蓬もち　蓬餅。蓬の若葉を入れて搗いた餅で、三月三日の上巳の節句にはこれを食べて邪気を払う。○とこ世の浪　『日本書紀』に「神風の伊勢の国は、則ち常世の浪の重浪《しきなみよする》帰国なり」とあり、これは様々な書に引かれる。「常世」は永久に変わらないこと。また、「常世の国」に同じく、古代人が海の向こうにあると考えた不老不死の理想郷をさす。○かざし　挿頭。植物の生命力を得ようとして、花や枝を折って髪や冠に挿すこと。「波頭《なみがしら》」の語から、波にも頭があって挿頭を付けるはずと考えたもの。【備考】に挙げる和歌の海神が藻を髪飾りにするという発想も、参考になっていよう。

【備考】出典ではこの後に草餅の解説を『錦繍万華谷』より引き、『伊勢物語』第八十七段の「わたつみのかざしにさすといはふ藻も君がためにはおしまざりけり」を挙げて、これを心に詠んだものと記す。

三九六　貞享三年春。高橋松白《しょうはく》。母に別れ給へるを。悼《いたみ》て申侍《もうし》る。頃は卯月の半《なかば》なりければ

丁蘭《ていらん》を樒《しきみ》になげく若葉かな　（同）

【句意】孝行な丁蘭を思い、樒を供えるにつけても慨嘆の思いに暮れる、そんな若葉の季節であることだ。母と死別した門人に与えた追悼句。夏「若葉」。

【語釈】○高橋松白　京の人で、高橋氏。元禄二年（一六八九）・五年の似船歳旦帖や似船編『苗代水』（元禄2）・同『勢多長橋』・同『千代《ちよ》の睦月《むつき》』（元禄10）に入集。前書の句点は出典にある通り。○丁蘭　中国漢代の人で、『二十四孝』の一人に数えられる孝子。「丁蘭木母」の成語で知られ、母の木像を生きた人のようにして仕えたとされる。出典で「テイラン」の振り仮名。○樒　モクレン科の常緑小高木で、仏前に供えるもの。出典で「シキミ」の振り仮名。

【備考】出典ではこの後に丁蘭の解説を『孝子伝』より引く。

三九七　山行即興《さんこう》

来《き》しかたや猿は魚つるかきつばた　（同）

【句意】ここへ来る途中、猿は魚を釣っていた、杜若《かきつばた》の咲く水辺で。叙景句を装いつつ、杜若を見ても『伊勢物語』の故事を思い起こすばかりで独創性に欠けると、わが身を振り返って感慨を示した可能性もある。夏「かきつばた」。

【語釈】○山行即興　山中を遊び歩いた際の即興吟の意。○来しかた　時間的・空間的にこの時点や場所よりも前を

さし、過去を振り返る際にも用いられる。出典で「来」に「キ」の振り仮名。これ自体はコシカタとも発音する。○猿は魚つる　諺「猿が魚釣る」は猿が尾で魚を釣ろうとすることで、人まねをして失敗することのたとえに用いられる。正章（貞室）著『正章千句』（慶安1）の「霞む滝津の鯉つらんとや／劫を経し春の山猿知恵ありて」に対する貞徳の判に、「猿の釣すること…、世にいひ馴《なれ》たる諺なれ」とある。○かきつばた　杜若。アヤメ科の多年草。『伊勢物語』第九段で昔男がこの五文字を各句頭に置き、「唐衣きつつなれにしつましあればはるばるきつる旅をしぞ思ふ」と詠んだことは著名で、ここもこれを念頭に置いているか。

【備考】出典ではこの後に五首の和歌を挙げる。林鴻《りんこう》著『あらむつかし』（元禄6）にこの句が引かれ、喜多村信節《のぶよ》著『嬉遊笑覧』（文政13）にもその記事が引かれる。

三九八　肉桂《にくけい》は若葉のころぞほととぎす
風浪《ふうさん》と両吟に
（『勢多長橋』元禄4）

【句意】肉桂の木は若葉の茂る時期であろうなあ、時鳥《ほととぎす》が鳴く今ごろは。薬品として輸入される肉桂からその木を想像したもので、両吟興行の相手である風浪は医者か。夏「若葉・ほととぎす」。

【語釈】○風浪　京の人。元禄二年（一六八九）・五年の似船歳旦帖や似船編『苗代水』（元禄2）・同『勢多長橋』・同『千代の睦月』（元禄10）に入集。○両吟　二人で百韻・歌仙などの連句を行うこと。○肉桂　ニッキ。クスノキ科の常緑高木で、根の皮を乾燥して生薬・香料に用いる。中国の雲南省やベトナムなどに自生し、日本への渡来は享保年間（一七一六〜三六）とされるも、乾燥された薬剤はすでに使われていた。出典で「ニクケイ」の振り仮名。

【備考】柿衞文庫にこの句の真蹟短冊がある。

三九九　花栗《はなくり》やつれづれよどむ霖河《ながめがわ》　（同）

【句意】栗の花が咲くことよ、ずっとよどんだままの長雨時分の河である。夏「花栗」。

【語釈】○花栗　栗の花。五月雨の時期に開花する。○つれづれ　ある状態が変化も中断もなく長く続くさまを表す副詞。○霖河　長雨で水量を増した河川。「霖」は降り続く雨をさし、出典で「ナガメ」の振り仮名。

四〇〇　東寺の塔軒《のき》のあやめや見かへらん　（同）

【句意】高い東寺の塔を、菖蒲《しょうぶ》の葉を葺いた軒々の向こうに、振り返って仰ごう。夏「あやめ」。

【語釈】○東寺の塔　東寺の五重塔。「東寺」は京都市南区九条町にある真言宗寺院、教王護国寺の通称。その塔は市街の南端に位置する代表的な高層建築で、中心部に向かう視点からは振り返って見る恰好になる。○軒のあやめ　五月五日の端午の節句に、魔除けとして家々の軒に挿し結ぶ菖蒲の葉。この「あやめ」はサトイモ科の菖蒲で、アヤメ科の花菖蒲《はなあやめ》とは別種。

【備考】出典ではこの後に都で五月五日に用いる菖蒲は多く山城国乙訓《おとくに》郡美豆《みづ》より出ることを記す。

四〇一　日は西の塔いろふかし藻《も》かりぶね　（同）

【句意】日は西に傾き、西の塔が色もはっきり照らされている、藻刈舟《もかりぶね》も帰る時分に。「西」は上下に掛かる。「藻」と同音の「喪」を介して「西」へと連想をつなげたか。夏「藻かりぶね」。

【語釈】○日は西　太陽が西に傾くこと。○西の塔　東西両塔の西側の塔。「西」は西方浄土を意味する語でもあり、ここもそのイメージがあるか。出典で「塔」に「タウ」の振り仮名。○いろふかし　色彩が濃くて美しいことを表す。ここでは「藻」にも掛かり、その色をも表すか。○藻かりぶね　藻刈舟。藻を刈るのに用いる小舟。四〇二の句のように、「藻」に「喪」が掛けてあるか。

【備考】出典では四〇二の句とともに「水草花」の項に収められる。

和州今井杉生玄長《げんちよう》。父の喪《も》にこもり侍るときヽて。つかはし侍る

四〇二　袖にさく藻《も》の花とはん便り船

（『勢多長橋』元禄4）

【句意】袖に咲く藻の花の様子をお尋ねしよう、便り船を遣わして。涙に濡れ続ける袖は藻が生えるほどであろうという発想によるもので、「藻」に「喪」を掛けている。夏「藻の花」。

【語釈】○和州今井　大和国《やまと》今井（現在の奈良県橿原市今井町）。○杉生玄長　大和の人で、杉生氏。『勢多長橋』に入集。前書の句点は出典にある通り。○喪　出典で「モ」の振り仮名。○藻の花　夏の淡水に咲く藻類の花の総称で、ここは「喪の花」の意を匂わせる。出典で「藻」に「モ」の振り仮名。○便り船　便りを届ける船か。

四〇三　かり屋形《やかた》蛭児《えびす》蟬釣《つ》るこずゑかな　（同）
　　市中蟬《しちゆうのせみ》といふ事を

【句意】船ならぬ仮の住居で、恵比須神が鯛ならぬ梢の蟬を釣ることだ。「市中蟬」の題で詠んだものらしく、現実的な景を想定する必要はないであろう。夏「蟬」。

【語釈】○市中蟬　市街でその声を聞く蟬。○かり屋形　仮に構えた家。「屋形」は「館」に同じく、邸宅の意であるとともに屋形船の意もある。出典で「屋形」に「ヤカタ」の振り仮名。○蛭児　本来は「ひるこ」と読み、記紀神話でイザナギ・イザナミの間に生まれた手足の萎えた子をさすも、後に恵比須神に付会して信仰されるようにもなった。出典で「ヱビス」の振り仮名。○釣る　魚や虫を釣り針や糸で捕獲することで、ここは恵比須神が鯛を釣ることになぞらえたのであろう。出典で「釣」に「ツ」の振り仮名。

四〇四

　　粉川洗柳《せんりゆう》と両吟に

此《この》蓮をふねよ無心にみなれ棹《ざお》　（同）

【句意】この蓮の花を見ていれば、舟人も無心の状態になりひたすら水馴《みなれ》棹を操っている。蓮は極楽浄土に咲くとされることを前提に、蓮見舟を詠んだと考えられる。植物の葉を舟に見立てる常套的発想も関連しているか。夏「蓮」。

【語釈】○粉川洗柳　京の人で、粉川氏。元禄二年（一六八九）・五年の似船歳旦帖や似船編『苗代水』（元禄2）・同『勢多長橋』・同『千代の睦月』（元禄10）に入集。○両吟　二人で百韻・歌仙などの連句を行うこと。○ふね　舟。

ここは蓮を観賞するための蓮見舟であろう。○無心　心中に固定的なとらわれのない状態をいう仏教語で、ここは一心不乱にといった意も込めていよう。○みなれ棹　水馴棹。水になじんで使い慣れた棹をいう歌語。「見慣れ」を掛けるか。

四〇五　麻《あさ》の葉や烏帽子《えぼし》流れて夏もなし　（『勢多長橋』元禄4）

【句意】麻の葉で祓《はらえ》をする折しも、烏帽子が川に流れていき、もう夏はどこにもない。六月末の行事なので、これを終えればもう秋だということ。「烏帽子」に季感はないが、その流れる光景は季節の終わる喪失感に通じる。夏「麻の葉・夏もなし」。

【語釈】○麻の葉　クワ科の一年草である麻の葉で、御祓の折の神具とされた。季吟著『山之井』（正保5）では「祓」の傍題に「あさの葉」が挙げられており、この句も六月晦日に川辺などで行う「夏越《なごし》（名越）の祓」を扱っている。○烏帽子　元服した男子が貴賤の別なく頭にかぶるもので、室町時代末期からは儀礼の際に用いた。出典で「ヱボシ」の振り仮名。○夏もなし　夏らしさがない。ここは夏が過ぎ去ること。

【備考】出典では「御祓」の項に収められる。

四〇六　夕ながれ飯《いい》ずしはらふ柳かな　（同）

【句意】夕べの流れに臨んで、飯鮓《ずし》を払う柳であることよ。意味的な整合性に欠けるのは、和歌的な発想（【語釈】を参照）を踏まえつつ、柳が「飯ずし」を払うと俗化（あるいは無意味化）させたためでもあろう。夏「飯ずし」。

【語釈】○夕ながれ　未詳。夕刻に見る川などの流れをいうか。○飯ずし　飯鮓・飯鮨。飯の上に鱧《はも》・松茸・竹の子などを載せた押し鮨の一種で、京の六条のものが名物であったとされる。近世の歳時記類で「鮓・鮨」は夏の季語。出典で「飯」に「イヒ」の振り仮名。○はらふ　ここは軽く打つようにすることで、藤原経衡「池水のみ草もとらで青柳のはらふしづえにまかせてぞ見る」（『後拾遺集』）など、水辺の柳が何かを払うとした和歌は多くある。

【備考】出典では「雑夏」の項に収められる。

四〇七　星の床《とこ》芙蓉《ふよう》に並《なら》ぶちぎりかな　（同）

【句意】二星の過ごす床は一年に一夜、芙蓉の花と同等にはかない契りであることだ。「長恨歌」の詩句（【語釈】を参照）を踏まえ、楊貴妃の面影を重ねつつ二星の逢瀬を詠んだもの。秋「星…ちぎり（星合《ほしあい》）・芙蓉」。

【語釈】○星の床　牽牛《けんぎゅう》星・織女《しょくじょ》星が一夜を過ごす床。○芙蓉　アオイ科の落葉低木。朝に花が咲いて夕方にしぼむことから、はかないものとされる。蓮の花を「水《すい》芙蓉」とも呼ぶことから、それとの比較で「木《もく》芙蓉」ともいう。出典で「フヨウ」の振り仮名。白居易「長恨歌」に「太液の芙蓉未央の柳、芙蓉は面の如く柳は眉の如し」とあり、楊貴妃の顔がこの花にたとえられる。この詩には「七月七日長生殿、夜半人無く私語の時」ともあり、玄宗皇帝と楊貴妃の仲は七夕と結びつけられる。なお、富士山の異称「芙蓉峰」を略して「芙蓉」といい、一句の主意とは別に、富士山と星が並ぶ情景を念頭に置いた可能性もある。○並ぶ　同列の。二星が並ぶことも含意するか。出典で「並」に「ナラ」の振り仮名。○ちぎり　契り。約束・宿命・因縁や男女の情愛・逢瀬などの意。

【備考】出典では四〇八の句とともに「七夕」の項に収められる。

四〇八　ちぎる夜《よ》の桐《きり》の風情《ふぜい》や星の家

（『勢多長橋』元禄４）

【句意】契りを結ぶ夜の風情は桐のそれであるよなあ、二星が今日だけともに過ごす家は。一夜だけの契りで未練を残さないのは、落ちる際の桐の葉と同様で潔いということ。秋「ちぎる夜…星（星合）・桐（桐一葉《きりひとは》）」。

【語釈】○ちぎる夜　男女が結ばれる夜。○桐の風情　ゴマノハグサ科の落葉高木である桐は「一葉落ちて天下の秋を知る」（『淮南子』に基づく）の成語で知られ、ここはその大きな葉が落ちるさまに潔さを看取したのであろう。出典で「桐」に「キリ」、「風情」に「フゼイ」の振り仮名。○星の家　普段は別々に暮らす牽牛《けんぎゅう》星・織《しょくじょ》女星が一夜をともにする家を想定し、このように表したもの。

四〇九　棚げしき鹿やなくらん槙《まき》のたつ

（同）

【句意】精霊棚《しょうりょうだな》の哀れなさまといったらない、それは鹿も鳴くだろうし、山には槙も立つだろうけれど。和歌で秋の風情の代表とされる二つを挙げ、俳諧で取り上げる精霊棚はそれ以上であると暗に示す。秋「棚（精霊棚）」。

【語釈】○棚げしき　精霊棚の様子。「精霊棚」は七月十五日前後の盂蘭盆《うらぼん》で死者の霊を迎えるために供物を飾る棚。○鹿やなくらん　妻を求めて鳴く牡鹿の鳴き声は秋の哀れを誘う代表格とされ、この措辞は和歌でもよく用いられる。○槙のたつ　寂蓮「さびしさはその色としもなかりけり槙立つ山の秋の夕暮」（『新古今集』）以来、「槙立つ山」は秋暮のさびしい風情を象徴する題材として知られる。「槙」は杉・檜などの木をさす。

【備考】出典では「盂蘭盆・魂祭供物」の項に収められる。

四一〇　先《まず》見るや比叡《ひえ》のとを山あげ灯籠《どうろ》　（同）

【句意】真っ先に見ることだ、遠い比叡山《ひえいざん》の方向を、揚灯籠《あげどうろう》を掲げて。死者のやって来る道筋として、京を代表する山を仰ぎ見るということ。春「あげ灯籠」。

【語釈】○先　何よりも最初に。○比叡のとを山　遠方に見える比叡山。「比叡山」は京都市の北東にそびえて京都府と滋賀県にまたがる山で、天台宗総本山の延暦寺がある。死者の霊は山から訪れるとも考えられた。出典で「比叡」に「ヒエ」の振り仮名。○あげ灯籠　揚灯籠。七月十五日前後の盂蘭盆で軒や竿の先に吊るして門外に高く揚げる灯籠。本来の発音はアゲドウロウで、ここは語呂の面からアゲドウロと読む。

【備考】出典はこの後に盂蘭盆や灯籠の解説を『夢華録』等から引きつつ、ほかの書目も挙げる。江水編『柏原集』（元禄4）にも所収。

貞享二年秋八月。田中榎川《かせん》。子をさきだて給へるを。悼《いたみ》て申《もうし》侍る

四一一　しほれしや花鶏頭《はなげいとう》も夜の鶴　（同）

【句意】しおれているだろうなあ、今が盛りの鶏頭の花も、夜の鶴が子を思って悲しげに鳴くように。子を亡くした

門人に与えた追悼句。秋「花鶏頭」。
【語釈】○田中榎川　京の人で、田中氏。元禄二年（一六八九）・五年の似船歳旦帖や似船編『苗代水』（元禄2）・同『勢多長橋』・同『千代の睦月』（元禄10）に入集。前書の句点は出典にある通り。三二〇の田中可仙と同人か。○さきだて給へる　子が親より先に死去したということ。○花鶏頭　ヒユ科の一年草である鶏頭の花。「夜の鶴」に対する「朝の鶏」を意識しているか。○夜の鶴　夜半に鳴く鶴。白居易の詩句「夜鶴子《こ》を憶ひて籠中に鳴く」（『和漢朗詠集』「管弦」）により、子を思う親の愛情をたとえていう。

八月十五夜雨ふりければ

四一二　名月や春のさくらもけふ散《ちり》し　（『勢多長橋』元禄4）

【句意】雨に降られて見えない今日の名月よ、そう言えば春の桜も同じ十五日に散ったのだった。釈迦の死や西行の辞世歌（【語釈】を参照）を念頭に、和歌にも取り上げられる「雨月」を独特の視点から詠む。秋「名月」。
【語釈】○けふ　ここは十五日。釈迦の入滅は二月十五日とされ、西行はこれを念頭に「願はくは花の下にて春死なむそのきさらぎの望月の頃」（『新古今集』）と詠んで二月十六日に亡くなったため、二月十五日をその忌日とする。

探題《たんだい》に社頭果《しやとうのこのみ》を

四一三　椎《しい》寒く斗帳《とちよう》音する鏡かな　（同）

【句意】椎の実が音を立てて落ち、鏡の前の斗帳が寒々としていることだ。「斗帳寒く椎（の実）音する」の「斗帳」と「椎」を入れ替えた倒装法（漢詩で語の順を逆にする手法）の作とおぼしく、敢えて句中に題の「果」を出さず、「音する」でその落下を暗示。秋「果（前書による）」。

【語釈】○探題　多くの題を用意した会席で、籤《くじ》で引いた題で詩歌の類を詠むこと。○社頭果　神前にある木の実。「果」は「木実」に同じく、コノミともキノミとも発音し、木になる実をさして秋季。○椎　ブナ科シイノキ属の落葉高木の総称で、秋にどんぐり状の果実を結ぶ。出典で「シヰ」の振り仮名。○寒く　ここは秋の朝夕などの冷えとした感じを表す「秋寒」で、「寒し」自体の季は冬。○斗帳　小さな帳をいい、ここは神鏡の前に配置されたもの。「帳」は人目を避けるためなどに垂らす布帛の総称。出典で「トチヤウ」の振り仮名。○鏡　神社で神霊として祀る鏡。

【備考】出典では「木実」の項の末尾に収められる。

四一四　伏見《ふしみ》にまかりて
秋の田井《たい》寒きふし見の地蔵哉《かな》　（同）

【句意】秋の田井は冷え冷えとして、伏見の地蔵も寒そうにしていることだ。秋も終わるころの風情で、「寒き」は上下に掛かると見てよいだろう。秋「秋…寒き（秋寒）」。

【語釈】○伏見　京都南郊の京都市伏見区。○田井　田に引く水を溜めている所。○寒き　ここは「秋」と結んで「秋寒」を表す。四一三の【語釈】を参照。○ふし見の地蔵　京都市伏見区桃山町西町にある六地蔵。「六地蔵」は浄土宗寺院である大善寺の通称で、境内の地蔵堂に等身の石地蔵立像を安置する。小野篁が冥土からの帰還後に一木で六体の地蔵像を刻み、ここに安置したとの伝承もある。また、「六地蔵」は同寺付近の地名としても使われた。

【備考】出典では「雑秋」の項の末尾に収められる。

元禄二年十一月十五日、吉田円木月次《えんぼくつきなみ》の会に

四一五　水仙を松の操《みさお》のにほひかな　（『勢多長橋』元禄4）

【句意】水仙をほかになぞらえるならば、松のように操が堅い清廉な匂いがすることだ。冬「水仙」。

【語釈】○吉田円木　京の人で、吉田氏。元禄五年（一六九二）の似船歳旦帖や似船編『勢多長橋』（肩書に「蘆月庵清書所」とある）・同『千代の睦月《むつき》』（元禄10）に入集。○月次の会　和歌・連歌・俳諧などで毎月一定の日に行う例会。○松の操　成語「松柏の操」は、松や柏が四季を通じて色を変えないところから、節操の変わらないことについていい、『論語』子罕篇の「子曰く、歳寒くして、然る後に松柏の彫《しぼ》むに後《おく》るるを然《し》る也」を典拠とする。出典で「操」に「ミサホ」の振り仮名。○にほひ　本来は視覚的に鮮やかな色合いをいう語で、嗅覚を刺激する香についていてもいう。ここは水仙の花の香をさす。

若江氏釣軒《ちょうけん》身まかりて四十九日《なななぬか》にめぐりける日申《もうし》侍る

四一六　露氷《こお》りいりあひおもきたもと哉《かな》　（同）

【句意】露が凍り、入相時《いりあいどき》の重い袂《たもと》であることだ。門人の四十九日に詠んだ追悼句で、涙が袂にかかる意の歌語「袂の露」を踏まえ、涙に濡れた袂が寒気に凍って重いとする。冬「氷り」。
【語釈】○若江氏釣軒　京の人で、若江氏。三二五の【語釈】を参照。○四十九日　人が死んで四十九日目は死者の行き先が決まる大事な日で、極楽往生を願って供養の法事が行われる。出典で「ナ、ナヌカ」の振り仮名。○いりあひ　入相。日が暮れる時分。

世をのがれて水石《すいせき》を楽《たの》しめる人の庵《いおり》にまかりて

四一七　冬の日は蟹《かに》の爪《つめ》きく庵かな　(同)

【句意】冬の日には石の蟹爪の模様を眺め、判じて楽しむ庵であることだ。超俗的な暮らしを賞したもので、聞こえるはずのない爪音までここでは聞こえるという解も成り立つ。冬「冬の日」。
【語釈】○世をのがれて　世俗の煩わしさから離れて。○水石　泉水や庭石。また、「盆石」に同じく、趣のある石を水盤や盆上に配して自然の景観を表したもので、風流人の趣味や嗜みとして行われた。○楽しめる　出典で「楽」に「タノ」の振り仮名。○庵　出典で「イホリ」の振り仮名。○蟹の爪　蟹の鋏の先端部分で、ここは水石（盆石）に見られる模様をさしていよう。陶磁器に生じる模様をさす語に「蟹爪紋」、刀剣の刃に生じる模様を表す語に「蟹の爪」があり、東洋画で樹木の枝に関する画法にも「蟹爪枝」がある。出典で「蟹」に「カニ」、「爪」に「ツメ」の振り仮名。○きく　聞く。香《こう》や酒を味わう場合や、是非等の判断をする場合にも用いることがあり、ここも石の模様を判じては楽しむということであろう。あるいは、琴爪で琴を弾く音を「爪音《つまおと》」ということから、同じ「爪」の縁で見ることを「聞く」と表したのだとすれば、聞こえるはずのない蟹の爪音を聞くという、禅に通じる境地を表した可能性もある。

【備考】出典では「雑冬」の項の末尾に収められる。

四一八　何かおもふ大晦日《おおつもごり》の梅のはな　（『勢多長橋』元禄4）

【句意】何か思うところがあるのか、大晦日に咲いた梅の花は。梅が「花の兄」と呼ばれ、ほかに先駆けて開花するという文学的常識を前提に、大晦日から咲いたことに思惑があるのかと問いかけたもの。「梅」自体の季は春。冬「大晦日」。

元禄四年辛未《かのとひつじ》の春下《しも》の弦《つる》の比《ころ》、上京《かみつみやこ》本隆寺にてはいかいつかうまつりけること、みなつきてかはらけとりどりなるに、中西器水《きすい》といふ人「雲林院《うんりんいん》」を舞出《まいいで》給ひければ、めでて申《もうし》侍る

四一九　花や恥《はじ》んたちまち雲の林人《はやしびと》　（同）

【句意】花もこの舞いを見ては恥じることになろう、舞手《まいて》はたちまち「雲林院」中の人物となり切っている。謡曲を踏まえつつ、酒宴に興を添えた舞いへの賞美を示す作。春「花」。

【語釈】○辛未　十干と十二支を組み合わせた六十干支《かんし》の一つで、元禄四年の干支は辛未。シンビとも発音する。○下の弦の比　満月を過ぎ月が半円形になったころで、「下弦の月」は多く二十三・二十四日ころの月をいう。「比」は

「頃」に通用。○上京　京都市で三条通りを境にした北部の称。出典で「カミツミヤコ」の振り仮名。一般にはカミギョウとも発音する。○本隆寺　京都市上京区紋屋町にある寺院で、法華宗真門流の総本山。○みなつきて　俳諧興行がすべて終わって、の意を表す。○かはらけとりどりなる　それぞれに酒杯を交わした。○中西器水　京の人で、中西氏。『勢多長橋』に一座した七吟歌仙（当該句を立句とする）が入集。ほかの俳書に名が見えるも、同号の俳人が複数いて特定は難しい。○雲林院　『伊勢物語』を題材にした謡曲「雲林院」をさし、これは京都市北区紫野にあった寺院の雲林院《うりんいん》を舞台にする。○花や恥ん　若い女性らが恥じらうさまを表す「花恥《はず》かし」は、花も恥じるほどの美しさをいうことがあり、ここもそれに相当する。○雲の林人　謡曲「雲林院」の登場人物をいう造語。「雲の林」は群がる雲を林に見立てた表現で、寺院の雲林院をもさす。同曲に「ほどは桜にまぎれある雲の林に着きにけり」とあり、これが踏まえられていよう。また、「林」には「囃《はや》子」の意も掛けられているか。

【備考】出典にこれを立句とする七吟歌仙を収録。前書の大意は、「元禄四年春の下弦の月のころ、上京の本隆寺で俳諧興行をし、終わって酒宴となった際、中西器水が「雲林院」を舞われたので、賞賛して詠んだ」。

四二〇　余情《おもしろ》のあさがほの花や富士の雪　（同）

【句意】花がしぼんでも味わいの残る朝顔の花だなあ、いつも変わらぬ富士の雪とは対照的に。敢えて正反対のものを出した点に作意があり、はかなく消える朝顔の美しさも、長い期間に雪を冠する富士山のすばらしさも、ともに捨てがたいのであろう。秋「あさがほの花」。

【語釈】○余情　「余情」は物事が終わった後も心から消えない味わいをいい、ヨジョウともヨセイとも発音する。出典で「ヲモシロ」の振り仮名。本来の読みと異なる振り仮名を付し、漢字と読みの両面から複層的に意味を表すことは延宝・天和期の俳諧でよく行われた。ここも「おもしろ」で味わい深さをいう。○あさがほの花　朝顔の花。「槿《きん》花《か》一日の栄」の成語（「槿花」は木槿《むくげ》や朝顔の花をさす）もあるように、はかなさの象徴とされる。

【備考】出典にはこれを立句とする独吟百韻を収録。

四二一　冥加《みようが》あれな雛《ひな》たつ山の蓬餅《よもぎもち》　（『誹諧大湊《おおみなと》』元禄4）

【句意】神仏のご加護があって欲しいな、お雛様がすくっと立つ山に供えた蓬餅に。春「雛・蓬餅」。

【語釈】○冥加　目に見えない神仏の助力。○あれな「あり」の未然形に終助詞の「な」がついて、希望や意志や勧誘を表す。あって欲しい。○雛たつ山　立ち雛がすくっと立つ姿から、寂蓮「さびしさはその色としもなかりけり槇立つ山の秋の夕暮」（『新古今集』）の「槇立つ山」を応用した表現だろう。出典で「雛」に「ヒナ」の振り仮名。○蓬餅　蓬の若葉をゆでて餅に入れ込んで搗いた餅。草餅とも言う。季吟著の季寄『山之井』（正保5）春部の三月三日に「曲水宴　柳　桃の花　姫桃　壁桃　桃の酒　蓬餅　くさもち　鶏合　ひいな遊ひ」と併記。

四二二　或人《あるひと》の所望《しよもう》に競馬《くらべうま》の絵に書付《かきつけ》侍る

おちにきと女やかたるくらべ馬　（同）

【句意】落ちてしまった、と見物の女が語るくらべ馬。夏「くらべ馬」。

【語釈】○競馬　五月五日、京都上賀茂神社前の馬場で催す神事。江戸時代はこれにならって各地で行われた。○おちにき　僧正遍昭の「名にめでて折れるばかりぞ女郎花我おちにきと人に語るな」（『古今集』）を踏まえた表現。『徒然草』第四十一段に賀茂の競馬見物の法師が樗の木に登って、木の股にすわって居眠りしたとする記述があるので、競馬の馬から武者が落ちたのではなく、見物人が木から落ちた様子を画賛句として詠んだか。一七二の句を参照。

四二三　九重《ここのえ》の宮城野《みやぎの》なびく踊りかな　（同）

【句意】幾重にも重なった踊りの輪は、宮城野がなびくほど、にぎやかに揺れているなあ。秋「踊り」。

【語釈】○九重　いくえにも重なっていること。また宮中、禁中、皇居。皇居のある所。○宮城野　仙台市の東部の平野。萩の名所。歌枕。ここは「宮城野の萩」の「萩」の抜け（談林俳諧で流行した手法）で、萩が揺れるように踊りの輪も揺れることを掛ける。○なびく　横に倒れるように揺れ動く。

【備考】休計《きゆうけい》編『浪花置火燵《なにわおきごたつ》』（元禄６）・宰陀《さいだ》編『宰陀稿本』（享保４）にも入集。

四二四　うつせ貝むせぶあられの田螺哉《たにしかな》　（同）

薄古《はつこ》・友扇《ゆうせん》など催されしに

【句意】空っぽのうつせ貝、おまえは霰《あられ》が降る日にあられもなく、はげしく泣いている田螺だよなあ。春「田螺」。

【語釈】○薄古　山城国（京都府）の人。明田氏（『安楽音』句引等より）。似船門。常矩編『誹諧塵取』（延宝７）、延宝

七年（一六七九）の似船歳旦帖、似船編『安楽音』（延宝９）、常矩編『俳諧雑巾』（延宝９）、天和三年（一六八三）の似船歳旦帖に入集。○友扇　山城国の人。村上氏。胡兮編『到来集』（延宝４）に入集。同名で元禄期の俳書に入集する友扇がいるも、同一人かどうかは未詳。○うつせ貝　殻（空）になった貝。和歌でむなしいことにたとえてきた。文明十二年（一四八〇）成立の宗祇『筑紫紀行』に収載する「けふぞしる此のうら波のうつせ貝身のうしとてやかくもなるらん」の発想を借りたか。○むせぶ　はげしく泣く。○あられ　霰。天から地上に降る白色の氷の小さな塊。冬の季語。ここでは「あられなし」の「あられ」を掛け、ありえないほど取り乱して泣きむせぶさまを表す。○田螺　水田や池沼に住む淡水産巻き貝。和歌では詠まれない俳諧題。

四二五　梅が香《か》の空《こ》谷《だ》響《ま》ひろはん深山河《しんさんが》

（『誹諧京羽二重《きようはぶたえ》』元禄４）

【句意】梅が芳しく香るさびしい谷、耳を澄まして響く足音を聴こう、この深い山河で。春「梅」。

【語釈】○空谷響　こだま（谺・木霊）のこと。「空谷」は人気のないさびしい谷。孤独でさびしい生活をしていると、思いもかけない訪問や便りに喜びを感じること。この表記によって、跫音空谷《きようおんくうこく》または空谷跫音《くうこくきようおん》（『荘子』）をきかせ、「梅が香」が深山河に春の訪れを感じさせる響きとみなし、また深山を訪ねる友の足音を暗示する。○ひろはん　花を拾うと音を拾うの意を言い掛ける。ここでは音を拾うこと、耳を澄まして聴くこと。○深山河　深い山と谷。深山幽谷と同じ意。

【備考】随流《ずいりゆう》著『貞徳永代記』（元禄５）・只丸《しがん》著『あしぞろへ』（元禄５）にも入集。

伊予《いよ》の温泉《ゆ》を

四二六　千代《ちよ》をいさゆげたがそへむ涼み松

（「御船屏風」元禄4）

【句意】千年の命を、さあ、たくさんの湯につかって、いつまでも生き続けなさい、千年も生きるという松の陰で涼んで。夏「涼み松」。

【語釈】○伊予の温泉　愛媛県の温泉。道後温泉とする説と熟田津石湯《にぎたつのいわゆ》とする説の二つがある。○千代　千年。非常に長い年月。千年の後も栄える意の「千代を籠《こ》む」の略。地名「伊予」と音が類似する「千代」を連想させたか。○いさ　人を誘う言葉。さあ。○ゆげた　湯桁。湯槽《ゆぶね》のまわりのふち。ここでは数多くある湯。「伊予の湯桁もたどしかるまじう見ゆ」（『源氏物語』「空蟬」巻）。「伊予のゆげた」は、数が多いことのたとえ。『源氏物語』「空蟬」巻で伊予介の妻の空蟬《うつせみ》と、先妻の娘軒端荻《のきばのおぎ》が碁を打ち終わったあと、マス目を算える場面、「夕顔」巻で伊予介が上京して光源氏に挨拶に来る場面に使われたほど、古くから流布していた。これを連想したか。○そへむ　動詞「添《そ》ふ」に推量を表す助動詞「む」で、そばに寄せること。○涼み松　納涼の際の木陰となる松。「寄らば大樹の陰」また「松」は「松平」（徳川）を暗示するか。

【備考】出典の「御船屛風」は、和田茂樹「久松家旧蔵「御船屛風」」『愛媛国文研究』14（昭和39・12）の紹介・翻刻による。

五条なる家にうつり侍りしとしのくれに

四二七　たそがれや梅の夕がほとし忘れ

（『〔歳旦集〕』元禄5）

【句意】たそがれ時だなあ、梅の木に夕顔の蔓がからまっている、この家でこの一年を忘れよう。五条の家に転居した年末の感懐。元禄四年の歳暮吟で、同五年の歳旦帖に所収。冬「とし忘れ」。

【語釈】○五条　京都の五条。『源氏物語』では夕顔が住んでいた乳母の家があったとされる。五条あたりの荒れ果てた夕顔の咲く家が思われるが、ここでは似船自身が転居した所。○たそがれ　誰《た》そ彼《かれ》。夕暮れ。○梅の夕がほ　軒端に植えた梅に夕顔がからまっている様子。○とし忘れ　一年の苦労を忘れること。

【備考】出典の『〔歳旦集〕』（天理図書館綿屋文庫蔵）は元禄五年・六年・七年の歳旦集を合綴したもので、これは四二八・四二九の句とともに元禄五年のものに入る。文車《ぶんしや》編『花蔣《はなかつみ》』（元禄8）に入集。似船編『千代の睦月』（元禄10）に「都五条なる家にうつり侍る年の暮に」の前書がある。

節分　こよひ世のならはしにゑがきたる舟をしきねするといへばにや。大路うりありく声の聞ゆるを

四二八　都《みやこ》にも舟よばふ夜のせちぶ哉《かな》

（『〔歳旦集〕』元禄5）

【句意】海から離れた都にあっても、船を呼ぶ声がしきりに聞こえてくる、夜の節分だなあ。実際は宝船の絵を売り歩く切迫した声を「舟よばふ」とした点が作意。元禄四年の歳暮吟。冬「せちぶ」。

【語釈】○節分　季節が移り変わる立春・立夏・立秋・立冬の前日。○ゑがきたる舟　七福神が乗る画に描いた宝船。正月、吉祥の初夢を見るために、枕の下に敷いて寝た縁起物。○しきね　敷いて寝ること。○せちぶ　節分。ここでは立春の前日。「しきりに」や「切迫したさま」を意味する「せち（切）」を言い掛ける。

【備考】幸佐《こうさ》編『誹諧入船《いりふね》』（元禄5・6ころ）に入集。似船編『千代の睦月』（元禄10）に「こよひは世のならはしに絵書たるふねをしきねするといへばにや、大路うる声を聞て」の前書で、上五を「宮古にも」と表記。

四二九　みちとせのけふもも開《さけ》りにし肴《ざかな》　（同）

【句意】三千年の昔々からある桃の花が咲いた、西肴に積んで一年の幸を願おう。「みちとせ（三千年）」から西王母を、西王母から「西肴」を連想させて、めでたい新春を寿いだ作。春「もも・にし肴」。

【語釈】○みちとせ　三千年、長い年月のこと。昔々。○もも　桃。神世の時代から悪から護る霊威があるとされてきた果実。崑崙山《こんろんさん》に住むという古代中国の伝説の神女・西王母は、三千年に一度だけ実を結ぶ桃を手にしており、画にも好んで描かれた。○開り　咲いた。出典《ところ》で「開」に「サケ」の振り仮名。○にし肴　西肴。新年の祝儀に用いる、三方や折敷に柑橘類、干し柿、梅干し、野老、伊勢海老などを積んだもので、蓬萊飾りに近い。また、一説にタニシの煮たものとも、ニシンの煮たものともいう。タニシは、縁起物の「海螺《つぶ》」に似ていることから新年の縁起物とされ、甘辛に煮て正月料理とした。

【備考】鷺水著『俳諧新式』（元禄12）に「本歌の心になしたる姿」の例として挙げられている。藤原信実「三《み》ちとせの数にもめぐれ春を経てたえぬやよひの花のさかづき」（『新撰和歌六帖』）や待賢門院堀河「君が代のかざしに折らむみちとせのはじめに咲ける桃のはつ花」（『万代集』）など、「三千年」を「桃の花」と取り合わせて詠む和歌は少なからず見られ、特定しがたいが、似船がめでたい気分を込める和歌の本意を正月の吟とした点が鷺水の意を得たか。原本に『俳諧年中行事』にも載るとあるが、同書は未見。

四三〇　千早振《ちはやぶる》萩の玉垣《たまがき》風情《ふぜい》かな

（『八重桜集』元禄5）

【句意】神々しい萩の垣根、何とも趣のあるたたずまいだなあ。秋「萩」。

【語釈】○千早振　霊力が盛んで神々しいさま。「神」「氏」「宇治」の枕詞。紀貫之「ちはやぶる神の斎垣《いがき》にはふ葛も秋にはあへずうつろひにけり」（『古今集』）をヒントに「萩の玉垣」を発想したか。○萩　マメ科ハギ属の小低木。夏から秋にかけて紅紫色または白色の小さな花をつける。○玉垣　美しい垣根。主として神社の周囲または境内の境界にめぐらした垣。○風情　たたずまい。様子。容姿。

四三一　としのくれ阿波《あわ》のなるとは花見哉《かな》

（『〔歳旦集〕』元禄7）

【句意】今年も年末を迎えた、阿波の鳴門のうず潮は花のよう、うず潮で花見だよ。元禄六年の歳暮吟で、同七年の歳旦帖に所収。冬「としのくれ」。

【語釈】○としのくれ　年末。歳暮。○阿波のなると　阿波の鳴門。淡路島と四国の間の鳴門海峡。うず潮で知られる。歌枕。延宝・元禄期以降道歌として流布していた作者未詳の「世の中を渡りくらべて今ぞ知る阿波の鳴門は波風もなし」への答えか。この歌は、寛政元年（一七八九）刊手島堵庵《てじまとあん》著『為学玉箒後篇』に収録される。○花見　おもに桜の花を見て飲食すること。ここではうず潮を花に見立てた花見。

【備考】出典の『〔歳旦集〕』（四二七の【備考】を参照）で四三二の句とともに元禄七年（一六九四）のものに入る。

似船編『千代の睦月』（元禄10）にも入集。幸佐編『二番船』（元禄11以前）に「元禄六年としのくれに」の前書。

四三二　胡鬼《こぎ》の子やあきつ羽《は》のすがた国遊《くにあそび》　（同）

【句意】羽根突きの羽根よ、あたかも蜻蛉の翅の姿、これぞ日本国の遊びだね。春「胡鬼の子」。

【語釈】○胡鬼の子　羽根突きに用いる羽根。羽子《はご》。出典で「胡鬼」に「こき」の振り仮名。○あきつ羽　蜻蛉羽。トンボの翅《はね》。「蜻蛉洲《あきつしま》」を言い掛ける。○国遊　ここでは羽根突きをいう。日本の国の古称「あきつしま」にちなんで、羽根つきの羽をトンボの羽と見立てて、国遊びとしたもの。

【備考】友山文庫蔵の真蹟短冊に「元禄七年の元日に申侍る」の前書がある。芳山《ほうざん》編『まくら屏風』（元禄9）にも入集。

四三三　神輿路《みこしぢ》や苗代《なわしろ》水のあをかりし　（『堀河之水《ほりかわのみず》』元禄7）

【句意】ご神体が通る路の清々しさよ、苗代の水が澄んで青々と清らかだった。夏「神輿」。

【語釈】○神輿路　神体が鎮座する神社から他所へ赴く神幸《しんこう》の際、神体または御霊代《みたましろ》が乗る輿《こし》が通る路。この句の場合は、昔京都七条油小路南にあった「稲荷旅社」から神が旅立つ路（【備考】を参照）。出典で「神輿路」に「みこしぢ」の振り仮名。○苗代水　水稲の種を蒔《すいとう》いて稲を育てる田の水。出典で「なはしろ」の振り仮名。

【備考】出典の自注に「著聞集に　時雨するいなりの山のもみぢ葉はあをかりしよりおもひそめてき　とよみし。あをかりしの詞をかりて、稲荷のたよりとし侍るまで也」と述べる。この歌は「著聞集」（『古今著聞集』）には見えず、平治元年（一一五九）以前成立の藤原清輔著『袋草紙』では牛飼童《うしかいのわらわ》が読んだ「賤夫歌」とし、『類船集』では「いやしきもの、泉（和泉）式部によみて参らせし」とする。これらに就けば、春の紅葉の「青かりし」を苗代水の「青」に借用した句作りとなる。

四三四　ゆるがして時雨ぞとをるなるこ庵《あん》　（『堀河之水』元禄7）

【句意】ゆさぶって、時雨が通り過ぎて行く、その名も鳴子の鳴子庵。冬「時雨」。

【語釈】○ゆるがして　ゆさぶって。○時雨　秋の末から初冬に降る雨。降ったり止んだりするとされる。この句では、昔、猪隈（熊）通西九条にあった田中社辺りに降る「田中時雨」と特定している（【備考】参照）。○とをる　通る。歴史的仮名遣いでは「とほる」、現代仮名遣いでは「とおる」。○なるこ庵　鳴子を備えた庵。鳴子は、田畑を荒らす鳥獣をおどすための道具。板に細い竹管を掛け連ねて縄で張り、そこを通過すると板に触れて音が出る引板《ひた》。

【備考】出典の自注には、左近大将実泰の歌として「○田家をよみ侍る（前書）　庵さす外面の小田に風過て　ひかぬなるこの音ぞ聞ゆる　玉葉集巻十六」と記す。これを参照すれば、風が鳴子を鳴らすことになるので、この句は時雨が鳴子を鳴らしたと転じたことになる。

四三五　寺扈従《てらこしよう》夕日を撫《なづ》る瓜見《うりみ》かな　（同）

【句意】寺小姓、夕日の光を打つように、刃物を振り上げて瓜を切っているなあ。夏「瓜」。

【語釈】○寺扈従　寺小姓とも。寺で住持の雑用をつとめた少年。寺若衆。ちご。出典で「てらこしよう」の振り仮名。○撫る　慈しむ。かわいがる。ここでは打つこと（斎宮の忌詞）。出典で「撫」に「なづ」の振り仮名。○瓜見　瓜畑に出かけ瓜を食べながら行楽をすること。出典から、東寺九条の瓜田の瓜見（『堀河之水』第三「瓜田夕照」）。

【備考】出典に「明日は祇園会《かみのそのえ》かけたる夕すゞみ、ちはやぶる宮川の水に、むれゐる瓜にはねて飛ぶといふなる物をとて、瓜田におりたつ田子の夕日影に、刃物《はもの》ひらめかしてぞ見えたる」とあり、この句の前書となっている。

四三六　里歌《さとうた》ふかり藍富《あいとめ》り南風《みなみ》　（同）

【句意】里歌を歌っている、刈り取った藍が人々を豊かにする、南風が吹き渡るように。夏「南風」。

【語釈】○里歌ふ　京都東寺九条で作る「かり藍」を七条塩小路の民家に干し並べて、「女は庭に慶び、男は市に歌うたふ。その声屑家の軒をめぐりてやむ事なし」（出典）から、七条塩小路辺りで歌われた歌。出典で「歌」に「うた」の振り仮名。○かり藍　藍はタデ科の一年草の蓼藍《たであい》。葉や茎から染料をとる。ここでは刈り取った藍のこと。○富り　出典で「富」に「とめ」の振り仮名。○南風　南から吹いて来る温かい風。出典で「南」に「みなみ」の振り仮名。「○家語に云、舜《しゅん》は五絃《げん》の琴《こと》を弾じ、南風の詩を造り云。南風の薫《くん》ぜるや、以て吾が民の慍《いきどおり》を解くべし。南風の時、以て吾が民の財を阜《あつう》すべし」（出典の後注）。「家語」は『孔子家語《こうしけご》』で、『論語』に漏れた孔子一門の説話を蒐集したという。

【備考】出典では、この句の前に「○史記三王世家に云、伝に云。青采藍《あおきいろあい》より出ず、而《しこうして》実の藍《あい》より青《あおき》教への然《しから》使《しむる》なり」とある。

四三七　市昏《いちくれ》て葱《ねぶか》さびしき赤葉かな　（『堀河之水』元禄7）

【句意】青物の市店の日が暮れて、売れ残った葱の、さびしげに枯れた赤い葉よ。夏「句意による」。

【語釈】○市　物品の交換や売買を行う場所。ここでは京都油小路七条南の青物の市店（出典）。出典で「いち」の振り仮名。○昏て　暮れて。出典で「昏」に「くれ」の振り仮名。○葱　ねぎ。地中深く根を下ろすので根深ともいう。冬の季語。○赤葉　枯れて茶色くなった葉。

【備考】出典の前文に「鄽《いちぐら》のこのもかのもに、本願寺の役義《やくぎ》つとむる人々、軒《のき》をならべ、絵所表具師《ひょうぐし》のなにがしと名乗て、たれ布ゆたかに竈《かまど》の煙《けぶり》にぎやかなり。檐《のき》を繞《めぐ》る謡《うたい》の声は、枕《まくら》を二階《にかい》にささへて、称名念仏《しょうみょうねんぶつ》する旅客《りょかく》の夢をよろこばしめ、梁《うつばり》にさはらぬ鼓《つづみ》の色は、市のかり屋のなさけを染《そ》む。しかのみならず、帘《さかばやし》の陰によだれを流し、もちゐ売る店《み》に茶をこぼして、我よ人とののしる声々、初郭公やうらむらん」とあり、「郭公の初音」を待っていることから、夏の情景と知ることができる。なお、この前文と句の前にも時楽の句「市人やはつね邪魔するほととぎす」を載せている。

四三八　堀河《ほりかわ》や菜花《なたね》さくらん蛙なく　（同）

【句意】かつて堀河殿の邸だったなあ、やがて菜の花が咲くのだろう、蛙が鳴いている。栄華の人の邸宅の栄枯盛衰に思いをめぐらせたのだろう（【備考】参照）。春「菜花・蛙」。

【語釈】○堀河　京都の堀川の東にあった藤原基経の邸。堀川殿。藤原基経は、平安前期の公卿。太政大臣。関白。通称、堀河大臣。関白を意味する「阿衡《あこう》」は、ただの名誉職だと言われて、基経が激怒し、職場を放棄して朝廷機能を麻痺させた事件（阿衡事件）で有名。○菜花　なのはな。出典で「なたね」の振り仮名。

【備考】出典の前文に「草のなびき、水の音、皆仏種《みなぶつしゅ》をもよおす便《たより》にもやあるらん、かかればもとの瀬にかへるこころをやめて、常なき色を風にながめて、住はてぬ世をたのしみ給へといひて風雅集の歌をさえづりける「けふくれぬあす有とてもいくほどのあだなる世にぞうきも慰《なぐさ》む」と吟じて、花の梢をつたひゆけば、蛙はうき草の底にかくれにけり」とある。『風雅集』の歌の作者は永福門院右衛門督。本句の後に藤原基俊「やまぶきの花さきにけり蛙なく井堤のさと人いまやとはまし」（『千載集』）の歌を引く。基俊は平安時代後期の公家・歌人・書家。藤原道長の曾孫。この前後の文章と和歌から、本句は、永福門院右衛門督の歌と藤原基俊の歌を踏まえており、菜の花や蛙が「仏種（悟りを得るための所行）」を思い起こさせ、栄華を誇った藤原氏の栄枯盛衰を嘆じたことになる。

四三九　橋とよむ駟馬《しめ》の車や月をひく　（同）

【句意】橋がきしんで鳴り響いている、四頭立ての馬車よ、月を載せて引いて行くようだ。橋を渡った人は、古代中国の司馬相如《しばそうじょ》であり、高位に昇らんという大望をかなえて、満月の夜、駟馬の馬車に月までを乗せて、橋を渡って行く様子を想像したのだろう（【備考】を参照）。秋「月」。

【語釈】○橋　京都塩小路堀河に渡した橋。「所の人は生酢屋橋」と言った（出典）。現在では、東は東洞院通から西は御前通に至る通りの名前として残っている。○とよむ　響む。鳴り響く。出典には詠人しらず「秋萩にうらひれおればあしびきの山下とよみ鹿のなくらん」（『古今集』）を用例として挙げている。〇駟馬　四頭立ての馬車。また、その馬車を引く四頭の馬。出典で「しめ」の振り仮名。

【備考】出典に「司馬相如といふ人、学問のため蜀国《しょくこく》へおもむく。昇仙橋《しょうせんきょう》を過《よぎ》る時、橋柱に題していへらく。我、書を学びえて高き位にのぼり、駟馬の車に乗らずば、ふたたび此橋を過じとちかひしことあり」と自注している。司馬相如は、紀元前一七九年～紀元前一一七年ころ（中国前漢）の文章家。景帝、武帝に仕え、琴の名手で卓文君との恋愛でも知られる。

四四〇　鐘霞《かねかす》み松昏《くれ》やすき東寺《とうじ》かな　（『堀河之水』元禄7）

【句意】鐘の声も霞み、境内の松の木から暮れて行く、まさしく東寺であるなあ。春「鐘霞み」。

【語釈】〇霞み　物の形や音などがぼやけてはっきりしない状態になること。「鐘霞む」は藤原為広の歌「暮深み春も泊瀬の花の跡に雨そぼ降て鐘霞む」（『為広詠草』）のように雨が降っていて鐘が霞んで見えること。また、春ののどかさを霞がかかることにたとえて、ぼんやりと鐘の声が聞こえることをいう。〇昏やすき　暮れやすい。出典で「昏」に「くれ」の振り仮名。〇東寺　東寺真言宗の総本山。京都市南区九条町にある。平安京鎮護のための官寺として建立、嵯峨天皇より空海に下賜され、真言密教の根本道場として栄えた。松の木が多い。

【備考】出典の前文に「〇此精舎《しょうじゃ》は東鴻臚《とうこうろ》を以て東寺として、弘法大師に賜りし所なり」とある。これは、弘仁年間（八一〇～八二四）、東鴻臚（東の鴻臚館―迎賓館）があった地に東寺が建立され、嵯峨天皇から弘法大師が東寺の管理・造営を任されたことをいう。蝶夢編『俳諧名所小鏡』（天明2）には、「山城」の「東寺」の句として収載する。

四四一　祇陀林《ぎだりん》は藤を地にしく嵐かな　（同）

【句意】祇陀林では、紫の藤の花を散らして地に敷きつめる嵐が吹いているよ。春「藤」。

【語釈】○祇陀林　この寺の由緒は出典の冒頭〔第十　祇陀林〕で次のように記されている。「京都七条の南朱雀にあった。昔は歓喜寺《かんぎじ》、あるいは広幡院《こうはんいん》と言った。昔、広幡中納言庶明《ひろはたちゅうなごんよしあき》公の遺跡《ゆいせき》で、左大臣顕光《さだいじんあきみつ》公の家だった。顕光は家を捨て、寺として釈迦仏を本尊として院（寺）を建立し、供養の日、僧侶たちを招請し、音楽を演奏した。その後、西方院の座主《ざす》が、ここで舎利会《しゃりえ》を修し、大臣や公卿たちが会した。左大臣顕光は、この院を座主に奉納した。例の須《しゅ》達長者《だっちょうじゃ》が祇陀太子《ぎだたいし》の苑《その》をいただいて、祇園精舎《ぎおんしょうじゃ》をつくり、釈尊《しゃくそん》に奉献したことに似ていることから、祇陀林寺と名付けた。もとは天台宗の寺だった。そうした由緒から恵心僧都《えしんのそうず》が、しばらく、この寺にお住まいになられた。今は浄土宗となり、知恩院の末寺である…庭に紫藤《しとう》がある」（現代語訳）。○しく　敷く。平らにして広げる。ここでは紫の藤の花が嵐に散って地上に敷きつめられたこと。紫色の藤から天皇が高僧に下賜した紫衣を連想した。

【備考】出典の前文では「○草庵集云　仏舎利を拝みて　世をてらす光を今ものこす哉鶴の林の花の下露」として、『草庵集』の歌を引いている。『草庵集』は、頓阿自撰の家集。応長百首から延文三年（一三五八）頃までの歌を収載。延文四年秋から同五年春にかけて頃成立。

名所月

四四二　浦《うら》のすがた月や産《うみ》けん須磨明石　（『鳥羽蓮花《とばれんげ》』元禄8）

【句意】海辺の美しい姿よ、この須磨明石を月が産んだのだろうか、明石の君が美しい姫君を生んだように。秋「月」。

【語釈】○浦　海辺。海や湖が湾曲して陸地に入り込んだ所。○須磨明石　兵庫県の海辺。光源氏流謫の地（『源氏物語』）。光源氏は、須磨で月を仰いで歌を詠んだという（同）。また、明石に移った光源氏は、そこで美しい明石の君と逢って娘が産まれた。和歌では後水尾院に「須磨明石すむらん影もみるめなき我が身を浦の浪のうへの月」（『新明題和歌集』）があり、俳諧では如流「武蔵野の月のはしりや須磨明石」（『末若葉』）などがあり、月の名所として知られているが、『源氏物語』「明石」「澪標」巻から、懐妊と出産を「産む」として用いたか。

【備考】似船編『千代の睦月』（元禄10）・碓嶺編『さらしな記行』（文化14）にも入集というが不明。

四四三　国を医《い》す花や情《なさけ》の初桜　（『まくら屏風《びょうぶ》』元禄9）

【句意】国の病を治す花だなあ、思いやりのある初桜は。春「初桜」。
【語釈】○医す　病を治し治療する。「上医ハ国ヲ医シ、其次ハ人ヲ救フ」（『国語』）を踏まえ、桜を上医に擬えた表現。○情　思いやる心。○初桜　その年初めて咲く桜。

四四四　河床《かわどこ》やしのにをりはへ夏羽織　（同）

【句意】河床よ、その河床に、たくさん広がる夏羽織。夏「夏羽織」。

【語釈】○河床　川辺に設けられた納涼のための床。夏の鴨川ではこれが風物詩のようなもので、後世季題となる。○しの　篠。細かく群生する小さな竹。紀貫之「河社《かわやしろ》しのにをりはへ干《ほ》す衣いかに干せば七日干《ひ》ざらん」（『新古今集』）を踏まえて、たくさんの夏羽織が広げられていることを連想させながら、夏羽織を着て河床で納涼している人がたくさんいることを鳥瞰《ちょうかん》した。○をりはへ　長く延して広げる。○夏羽織　夏用の一重の羽織。ここでは、夏羽織を着た人々。

【備考】似船編『千代の睦月』（元禄10）に「かも河の流にすずみて」の前書。

四四五　梶《かじ》そむる歌や翅《つばさ》の橋ばしら　（同）

【句意】梶の葉に染筆される歌よ、二星のために鵲が翼を広げて作る橋の柱と同じく、はたらくのだろう。どちらも恋を成就させたいという願いを支えるものだ。秋「梶（の葉）」。

【語釈】○梶　梶の葉。七夕祭のとき、七枚の梶の葉に詩歌などを書いて、芸能の向上や恋の思いが遂げられることなどを祈る。○そむる　染筆する。絵や書を描いていろどる。○翅　七夕のとき、天の川に架かる橋となる鵲《かささぎ》の翅。この橋を渡って織女と牽牛が出会う、という伝説に基づく。○橋ばしら　鵲の橋の柱。越後高田の重実の句に「鵲のふたつの足や橋ばしら」（『続山井』）から察すると鵲の二本の足だが、この句では、鵲の翼を橋柱に見立てている。

四四六　野の宮や木の葉しばふく松の風　（同）

嵯峨へまかりける時

【句意】これが野々宮だなあ、松風がしきりに吹き、さびしく木の葉を揺らしている。冬「木の葉」。

【語釈】○野の宮　皇女や女王が斎宮・斎院になるとき、潔斎のため一年間籠もった仮の宮殿。斎宮の宮殿は嵯峨、斎院の宮殿は紫野に設けた。『源氏物語』では斎宮になった娘に付き添って、六条《ろくじょうの》御息所《みやすどころ》が籠もった宮。○しばふく　しばらく吹く。しきりに吹く。柴吹風としては西行「身にしみし荻の音にはかはれども柴吹く風もあはれなりけり」（『山家集』）の例がある。○松の風　松に吹く風。ここでは、僧が六条御息所の霊を訪ねた折の「虫の声もかれがれに松吹く風の響までもさびしき」の詞章（謡曲「野宮《ののみや》」）から推して、さびしさをつのらせる風だろう。

【備考】似船編『千代の睦月』（元禄10）に「泥洹院《でいえんいん》殿嵯峨の山荘におはしましける日まふで侍りけるに野宮にて」の前書で入集し、中七「木の葉しはぶく」と濁点がある。これに就けば、「しはぶく」（出典には濁点がない）は「咳く」で、木の葉を擬人化して咳をしたように聞こえたことの比喩となる。今治市河野美術館蔵の真蹟短冊に「嵯峨へまかりける時野宮にて」の前書。

四四七　楪《ゆずりは》や縄むすぶ代《よ》のむかし草　（『反故集《ほうぐ》』元禄9）

【句意】楪よ、おまえは縄文時代からの昔を偲ばせる草。楪に託して、不易なものや習慣によって新年を祝うことの喜びを言う。春「楪」。

【語釈】○楪　ユズリハ科の常緑高木。葉は長楕円形で厚く、雌雄異株。四五月頃、緑黄色の小花をつける。新しい葉が生長すると古い葉が譲るように落ちるのでこの名がある。葉は新年の飾り物に用いる。○縄むすぶ代　縄文時代。　○むかし草　昔を思い出させる草。一般には橘をさすことが多い。

洗柳興行に

四四八　ほそどのの薫物《たきもの》綰《わぐ》るやなぎかな　（『千代の睦月《むつき》』元禄10）

【句意】渡り廊下ではお香が薫り、柳を結んで輪にしている。俳諧興行をする洗柳の号にちなみ、柳を輪に結ぶように人々の和を願い、再び帰ってきて俳諧の席をともにしたい、との挨拶句。春「やなぎ」。

【語釈】○洗柳　粉川氏。京の人。似船の歳旦帖や撰集に入集。四〇四の【語釈】を参照。○興行　俳諧の席を設けて、連句を巻くこと。○ほそどの　渡り廊下。局《つぼね》の住居をいうこともある。○薫物　香を合わせてつくった練香《ねりこう》、またそれをたいたお香。○綰る　たわめ曲げる。曲げて輪にする。出典で「綰」に「ワグ」の振り仮名。○綰るやなぎ　綰柳のこと。古代中国の習慣。旅立つ者が無事帰ってくることを祈り、再会を期して柳を三本使って輪に結び見送った。後に、年始めに無事一年が過ごせるようにとの願いを込め、また「一陽来復」の意を込め、床の間に「結び柳」「綰柳」を生けるようになった。

芦月庵月なみに

四四九　なでおろす鐘の手いづこ庭柳《にわやなぎ》　（同）

【句意】撫で下ろす鐘の手はどこだろう、庭の柳は風まかせ。月次句会で、式目に違反すると警鐘を鳴らすが、庭の柳はそんなことに構わない、と言いたいのだろう。春「柳」。

【語釈】○芦月庵月なみ　似船の月次句会。○なでおろす　上から下へ撫でる。○鐘の手　ここでは「矩《かね》の手」（曲《かね》尺《じやく》のように直角をなすこと）を言い掛け、式目（付合のルール）に即して句を正して警鐘を鳴らすこと。○いづこ　どこか。○庭柳　庭に植えられた柳のことで、「庭柳」という葉が柳に似るタデ科の一年草ではない。

絵所萩夕父の十七回忌追薦《ついせん》興行に

四五〇　花の栄《は》へ父も笑《えむ》らんほとけの座

（『千代の睦月』元禄10）

【句意】花が美しく見栄えがするなあ、亡きあなたの父も微笑むだろう、仏様の座にいて。春の七草のホトケノザが点々と花を付ける様子を亡父が笑っているようだ、と見立てたのだろう。春「ほとけの座」。

【語釈】○絵所　平安時代、朝廷に置かれた絵画に関することをつかさどった役所。鎌倉時代以降は住吉・春日かすが神社、本願寺など大きな社寺にも設けられるようになり、室町幕府・江戸幕府もこれを設けた。また、そこに属した絵師。○萩夕　山城国の人。渡部氏。蟻麿亭。油小路通七条上ルの住。元禄五年の似船歳旦帖、似船編『勢多長橋』（元禄4）・林鴻編『誹諧京羽二重』（元禄4）・似船編『堀河之水』（元禄7）に入集。○追薦　死者の冥福を祈って善根を修めること。とくに死者の年忌などに仏事供養を営むこと。追善、追福とも。○花の栄へ　花が美しく見栄えがすること。○ほとけの座　キク科の二年草であるタビラコの別名で、春の七草の一つ。葉の付け根に紅色の唇形花を点々とつける。仏になった故人の座と春の七草のホトケノザを言い掛ける。

本願寺御門主二月の比《ころ》、関の東に趣《おもむ》かせ給ひけるに、近習《きんじゅ》の人々、御輿《みこし》の後につかうまつり給ふと聞て、其御かたへ筆などをくり侍る時、申つかはしける

四五一　見ぬ人にむさし野染《そめ》よ筆つばな　（同）

【句意】見たことのない人に、筆のような土筆《つくし》で武蔵野を紫色に染めさせなさい。「土筆」に「筆」を言い掛け、この筆で浄土真宗を布教して来なさいという寓意が込められていよう。春「筆つばな」。

【語釈】○本願寺御門主　浄土真宗本願寺派（本山・西本願寺）第十四代宗主の寂如《じゃくにょ》。慶安四年（一六五一）〜享保十年（一七二五）。○見ぬ人　和歌でよく使われる言葉。道信「むらさきのねみぬものからむさしのをたづねしほどに袖はひぢにき」（『道信朝臣集』。**【備考】**を参照）。「知らぬ人」の意も含む。○むさし野　武蔵野。現在の埼玉県川越以南、東京都府中までの関東平野。「しらねども武蔵野といへばかこたれねよしやさこそは紫のゆえ」（『古今六帖』）と詠まれるように紫が連想された。木下長嘯子「武蔵野はぬす人あなり紫のいろはめづともはやかへりきね」（『挙白集』）。○染よ　染めなさい。ここでは僧衣の紫色の衣（紫衣）に染めよ、の意が隠されているか。○筆つばな　筆津花。つくし（土筆）の異名。筆を連想させる土筆の表記から、武蔵野の紫草《むらさきぐさ》を染料として、江戸で染め始めた江戸紫を寓意するか。出典では「春草」の題下に収められる。

【備考】道信は藤原氏。天禄三年（九七二）〜正暦五年（九九四）。法住寺太政大臣為光の男、母は一条摂政伊尹の女。従四位上で左近中将。二十三歳で夭折。「いみじき和歌の上手」として、歌書や説話集などに逸話が多い。中古三十六歌仙の一人。

友貞興行に

四五二　金山をなはしろ水のゆくゑ哉《かな》　（『千代の睦月』元禄10）

【句意】金山をめざして苗代を出て流れ行く水、その行方は黄金の実りの稲の山でしょうね。豊かな稲が実るようにあなたが興行する連句も実り多いことでしょうね、とする挨拶。春「なはしろ水」。

【語釈】○友貞　京の人で、雑賀氏。元禄五年の似船歳旦帖や似船編『勢多長橋』（元禄4）・同『堀河之水』（元禄7）・同『千代の睦月』（元禄10）に入集。○金山　金や銅を掘り出す山。ここでは稲穂が金色に輝く山の比喩。キンザンともカナヤマとも読める。○なはしろ水　水稲の苗を育てる水田の水。

【備考】出典では「苗代」の題下に収められる。

摂州ふたつ茶屋由清上京、旅宿《りよしゆく》にて興行に

四五三　よき伽《とぎ》ぞ花ものいはぬ旅の宿　（同）

【句意】夜話の良い相手だなあ、花は美しく、ものを言わないけれど、この旅の宿の慰めとなる。春「花」。

【語釈】○摂州　摂津国《せつつのくに》。現在の大阪府北中部の大半と兵庫県南東部。○ふたつ茶屋　室町時代、二人の武士が開いて、現在まで続いているという伝説がある神戸の茶屋。○由清　未詳。ふたつ茶屋の主人の名前か。○旅宿　旅の宿。○興行　俳諧連句の会を催すこと。○伽　夜の話し相手をつとめ、旅のつれづれを慰めること。○花　桜花。○旅の宿　宿泊する宿。

芦月庵月次《つきなみ》に

四五四　待《まつ》ころや葩《はぜ》うる都はなざくら　（同）

【句意】待っているだろうなあ、葩煎《はぜ》を売っている都では桜の花が咲くころだ。春の桜花が咲くころの月次句会が待ち遠しく、その日が来そうな喜び。春「はなざくら」。

【語釈】〇芦月庵月次　似船の庵で毎月定期的に行う句会。〇葩　出典に「ハゼ」の振り仮名。現代は「葩煎」の表記が一般的。餅米を煎《い》って、爆《は》ぜさせたもので、紅白に染め分けて、桃の節句の菓子用とした。江戸時代は、年賀の客に出したり、蓬萊台の下に敷いたりした。芦月庵（似船）の句会が桃の節句のころに開催されたとすれば、少し遅れて桜が咲くころも、葩煎を売りに来たことになる。〇はなざくら　花桜。桜の花。

本国寺周孝坊庵の桜さかりなり。此《この》僧茶人なれば

四五五　茶の庵《いおり》いかにせよとか初ざくら　（同）

【句意】茶をたてる茶室、この静けさをどうしようというのか、咲きそろった初桜よ。桜が咲き始めると、茶人も気もそぞろで、落ち着いて喫茶することもできないという逆説的な桜誉め。春「初ざくら」。

【語釈】〇本国寺　本圀寺。京都市山科区御陵大岩にある日蓮宗の大本山（霊跡寺院）。二七八の【語釈】を参照。〇周孝　本国寺の住僧。延宝九年刊『安楽音』等に入集。〇茶の庵　茶室。〇いかにせよとか　どうしようというの

か。〇初ざくら　その年一番最初に咲く桜。

四五六　神代《かみよ》いさ桃のしたてるひゐなひめ　（『千代の睦月』元禄10）

【句意】 神代のことはどうか知らないけれど、桃の花の下で照り輝く雛人形の姫であるなあ。神話に出る「下照姫」を出して、眼前の女雛の美しさを愛でた作。春「桃・ひゐな」。

【語釈】 〇神代　記紀神話の神々の時代。〇いさ　さあ。自分や相手を強く促すときに使う副詞。どうだっただろうか。〇桃　桃の節句に飾る花。霊力があり、また理想郷に咲くとされた。〇したてる　木の下が照り輝く。〇したてるひゐなひめ　下照雛姫。女雛を、『古事記』や『日本書紀』に登場する女神の下照姫をもじって表したもの。「下照雛」で、桃の花の下を照らす雛の意を込める。

【備考】 出典では四五七の句とともに「三月三日」の題下に収められる。

四五七　跡《あと》あるは水に絵櫃《えびつ》の柳かな　（同）

【句意】 絵櫃に描かれた筆蹟の跡は、水に映った柳のようにしなやかで涼しげだなあ。春「柳」。

【語釈】 〇跡　出典に「アト」の振り仮名。水茎の跡の略。筆跡。ここでは、柳のようなしなやかな筆跡の意も言い掛ける。〇絵櫃　桃や柳、キクなどの絵を彩色した飯櫃形の曲物（円形の容器）。三月と九月の節句に草餅や赤飯などを入れた。二四一の【語釈】を参照。

四五八　初霓《にじ》やきえしおもかげ法《のり》の橋　　（同）

法橋《ほつきよう》由以、身まかりたまひて、三七日《みなのか》にめぐりける比、但広のもとへ申《もうし》つかはし侍る

【句意】消えやすい春の初虹よ、消えておもかげばかり残る、衆生を導き彼岸へ渡す橋にたとえられる法橋だ。三七日の法事を営む但広に送った、はかなく世を去った法橋・由以の追善句。春「初霓」。

【語釈】○法橋　仏法を、衆生を導き彼岸へ渡す橋にたとえていう語。法橋上人の略。法印・法眼《ほうげん》に次ぐ位。江戸時代は、医師や画家などにも与えられた。○由以　未詳。○身まかり　亡くなり。○三七日　没後二十一日目。この日に営む法事。○但広　阿形氏。似船門。三四七の句の【語釈】を参照。○初霓　春の虹。淡く消えやすい虹。○法の橋　衆生を導き彼岸へ渡す橋。法橋と言い掛ける。

四五九　ふさぐ日の薫《たく》からかなし夕火踏《ゆうごたつ》　　（同）

伊勢国富田広瀬好永上京有《あり》て、父の身まかり給へるよしかたり、竹つるに悼《いたみ》の物をつかはし侍る。折しも三月つごもりなれば

【句意】塞ぐ日にあって最後に焚く、そのはじめから悲しくなる、夕方の炬燵よ。炬燵を塞ぐ名残惜しさに、死者への追悼の気持ちを込めた。気分が塞ぐ日のお香は、焚くそばから悲しみがわいてくる、とりわけ夕は、と哀悼した。春「ふさぐ…火踏（炬燵塞ぐ）」。

【語釈】○伊勢国富田　三重県。江戸時代には桑名藩領の東富田村・西富田村・富田一色村があり、このいずれかの村。○広瀬好永　伊勢国富田の人。似船編『勢多長橋』（元禄4）・同『堀河之水』（元禄7）・幸佐編『二番船』（元禄11以前）・同『三番船』（元禄11）に入集。○身まかり給へる　他界される。○竹つる　竹蔓。または竹弦か。竹を編んで蔓のように仕立てたものか。○三月つごもり　三月晦日。○ふさぐ日　冬の間火を入れた炉を春になって塞ぐ日。ここでは炬燵を塞ぐ日。○薫　ここでは炬燵の火を焚くことで、香を焚くことも含意させる。○夕火踏　『書言字考節用集』等によれば、「夕炬燵」に同じで、夕方の炬燵をさすことになる。

無周法師のもとより、『百人一首』の歌にて富士の形《なり》を書たるに、発句かきつけてよと申《もうし》こされければ

四六〇　おもしろし歌の富士のね百千鳥《ももちどり》　（『千代の睦月』元禄10）

【句意】おもしろいなあ、真っ白な富士の高嶺と浦辺に群れるたくさんの千鳥よ。千鳥が群れる田子の浦から富士山を望んだ絵の賛か。春「百千鳥」。

【語釈】○無周法師　未詳。○百人一首　藤原定家撰とされる『小倉百人一首』。○富士の形　富士山の形。円錐形で頂上が平らにみえる。百人一首で富士を詠んだ歌は山部赤人「田子の浦にうちいでて見れば白たへの富士の高嶺に雪は降りつつ」だから、田子の浦に千鳥が群れている風景を描いた絵の画賛か。○富士のね　富士の高嶺。○百千鳥　数多くの鳥。和歌では浦辺に群れる鳥をいう。古今伝授の三鳥の一つで、春の鳥とされ、鶯の異称ともいう。

元禄十年三月十四日、稲荷神幸《いなりしんこう》の日、雨ふりければ

四六一　雨雲の神路《かみじ》うるほふ御出《おいで》かな　（同）

【句意】空には雨と雲、神様がお通りになる路が潤う、ご出発だなあ。春「稲荷神幸（前書による）」。

【語釈】○元禄十年三月十四日　元禄十年（一六九七）甲午の日。○稲荷神幸　稲荷祭。三月中午日の御輿迎の儀に始まる、御神輿《おみこし》の御旅所への御渡《おわたり》。京都の伏見稲荷大社で行われる。○神路　神様がお通りになる路。ここでは雷神の通り道をいうか。○うるほふ　潤う。水気を帯びて湿る。雨雲の恵みを受け豊かになることを言い掛ける。

芦月庵新宅興行に

四六二　福《さいわ》ひや根にかよひたる花牡丹　（同）

【句意】幸せなことだなあ、根がしっかりしている牡丹の花。新宅の庭に植えられた牡丹が地下の根にまで通じ合っていることに託して、新宅に集い俳諧を興行する人々の心が通い合っていることを寿いだ作だろう。夏「花牡丹」。

【語釈】○芦月庵　似船の庵。○福ひ　幸福。神から授かる助け。○根にかよひたる　根まで通じている。○花牡丹　牡丹花。牡丹の花で、花の王とされ、好まれた。

四六三　菖《しょう》蒲《ぶ》帯《おび》草にやつれぬすがた哉《かな》　（同）

【句意】菖蒲帯を締めると、みすぼらしく見えない姿と見えるなあ。端午の節句に、左右に並べて菖蒲の根の長短をくらべ、歌を読み比べる「菖蒲合《あわせ》」を菖蒲帯と菖蒲（草花）の「草合」に転じて、勝負を競った遊びの句だろう。夏「菖蒲帯」。

【語釈】○菖蒲帯　端午の節句以降、五月中、菖蒲帷子《かたびら》を着た折に締める帯。菖蒲帷子は、単《ひとえ》の着物。晒《さらし》の布を紺地白に染め、京都ではその家の使用人などに着せ与えた。元禄年間（一六八八～一七〇四）に将軍家の御用縮《ちぢみ》に指定され、また武士の式服に制定、親藩諸侯・諸大名は麻裃《かみしも》として用いた。「しょうぶ」は、「勝負」や「尚武」に通じるから、その帯は武家にとって誇らしいもの。○草　ここでは菖蒲草。サトイモ科の多年草。端午の節句に飾り、菖蒲湯とする。○やつれぬ　みすぼらしくない。「ぬ」は打消の助動詞「ず」の連体形。○草にやつれぬ　頓阿「あやめふくけふやなかなか故郷は草にやつれぬやどとみゆらん」（『草庵集』）を踏まえるとすれば、「草にやつれぬやど（宿）」をもじって、「草にやつれぬすがた」としたのであろう。

【備考】出典では四六四・四六五の句とともに「五月五日」の題下に収められる。

四六四　絵あはせや菖蒲の并《ならび》紙のぼり

（『千代の睦月』元禄10）

【句意】絵合をしているなあ、菖蒲と並んでいる紙幟。端午の節句の日、絵合に興じている傍らで、並び立つ紙幟にも注目したのだろう。夏「菖蒲・紙のぼり」。

【語釈】○絵あはせ　絵合。左右に組を分けて、それぞれが絵や絵に添えた和歌を出し合って、優劣を競う遊び。○菖蒲　尚武と音が通じるので、武家に尊ばれた。強い香気があり、邪気を祓うとして重用された。五月五日頃には菖蒲が盛りを迎えるので、端午の節句を菖蒲の節句ともいう。○并　出典で「ナラビ」の振り仮名。並び立つこと。
○紙のぼり　紙幟。五月五日の端午の節句に立てるのぼり。二九四の【語釈】を参照。

四六五　寿命種《いのちぐさ》ひくやさ月の玉かづら　（同）

【句意】命を長らえる薬草の根を引っぱっているなあ、あちこちに繁茂している五月のつる草を。五月五日に「薬狩」と称して野に出て長寿を願い薬草を採取することをこう詠んだのだろう。夏「さ月」。
【語釈】○寿命　寿命を二文字で「いのち」と訓む。○種　出典で「クサ」と振り仮名。草に同じ。ここでは薬草。種々《いろいろ》の意味を兼ねる。○ひく　引く。藤原家隆「あやめぐさひくやさ月の池水にぬれてあやしき袖のかぞする」（『壬二集』）を踏まえ、詠人しらずの「ほととぎす鳴くや五月の菖蒲草《あやめぐさ》あやめも知らぬ恋もするかな」（『古今集』）をもじるか。また、千代を祝って小松を引き若菜を引いて遊ぶ「子の日の遊び」も思い起こさせる。○さ月　五月。○玉かづら　玉鬘。玉葛。つる草の総称。玉は美称。「さ月の玉」で端午の節句に飾る薬玉《くすだま》も表す。

四月《うづき》の初つかた、哥和《かわ》の父身まかり給ひぬ。三七日《みなのか》にもなりやしぬらんとおもふ比《ころ》、なきあとのつれづれをとぶらひて

四六六　早松茸《さまつだけ》雲をかたみのにほひかな　（同）

【句意】匂いがない早松茸さながら、火葬の雲だけが生きた証し（形見）であるなあ。哥和の父の人柄が恬淡として

いたことを暗喩した追悼句。夏「早松茸」。
【語釈】○四月の初つかた　四月初旬。○咢和の父　未詳。○身まかり給ひぬ　他界なさってしまわれた。○三七日　没後二十一日目。また、その日に営む法事。○なりやしぬらん　なるだろうか。○早松茸　担子菌類シメジ科のキノコ。初夏に生え、大形で松茸に似ているキノコ。食べられるが、香りがない。○雲をかたみ　かたみの雲と同じ。火葬の煙。足利義政「程もなく煙の末は立消て雲をかたみのそらぞ悲しき」（『慈照院殿義政公御集』）に用例がある。雲だけを形見に残して、消えて行くこと。かたみ（形見）は、生きた証し。生前を思い出させる種となる遺品や遺児など。

粉川宗知《こながわそうち》身まかり給へる比《ころ》、洗柳のもとへ申つかはしける

四六七　ぬけがらもせみは残るを恨みかな　（『千代の睦月』元禄10）

【句意】蟬ですら脱け殻を残すのに、あなたは何も残さないで逝ってしまった、恨みますよ。粉川宗知への追悼句で、逝去した故人を恨む、と言って哀悼する。夏「せみ」。
【語釈】○粉川宗知　先柳の父か親族。季吟編『新続犬筑波集』（万治3）、光方編『雀子集』（寛文2）、安静編『如意宝珠』（延宝2）に句が入集する人か。○洗柳　粉川氏。京の人。四〇四の【語釈】を参照。○ぬけがら　脱け殻。脱皮した後の殻。ここでは虚脱感を比喩する。○せみ　蟬。セミ科の昆虫の総称。夏に「鳴く」虫の代表。

ある人所望にて、座頭の釣《つり》する絵に書付し

四六八　糸たれてこ歌も釣《つ》らむ涼み哉《かな》　（同）

【句意】釣糸を垂れ、魚を釣り上げようとしながら、小唄もつられて歌うのだろう、暑気を忘れる涼みだなあ。画賛句で、盲目の座頭が釣をする姿の静寂さに涼しさを感受したのであろう。夏「涼み」。

【語釈】○所望　望み願うこと。○座頭　僧形の盲人の長。琵琶法師の通称としても使われた。琵琶法師が弾く琵琶の弦と釣り糸を重ねて連想したか。六月十九日、京都で行われる盲人納涼会を「座頭涼」という（『類船集』『続山井』『俳諧其傘』）。○こ歌　小唄。俗謡小曲の総称で、万治以前から宝永ころまで流行した滑歌《ぬめりうた》をいうこともある。

四六九　この程のなみだや紫蘇《しそ》の染所《そめどころ》　（同）

田龍父、身まかり給へるを悼《いたみ》て

【句意】このほどのあふれる涙よ、その涙は紫蘇で染め物をする染所のような涙だ。田龍の父への哀悼句。夏「紫蘇」。

【語釈】○田龍父　未詳。田龍は山城国花洛の人で、元禄二年似船歳旦帖や似船編『苗代水』（元禄2）・東潮編『松かさ』（元禄7）等に入集。京都矢掛の住人ならば、除風編『青莛』（元禄13）・正興編『岩壺集』（宝永4ころ）にも入集。○身まかり　亡くなる。○紫蘇　シソ科の一年草。葉は鋸葉で、紫色。染め物にすると染料となり、漬け物に入れると香も色も良く薬用となる。ここでは血の涙（血涙）を思い出させる、身を裂くほどの悲しみの涙。○染所　染め物をする所。

四七〇　こよひあふ星やすがた見《み》雪の富士　（同）

【句意】今晩逢う七夕の星よ、冠雪した富士山は、二人の姿を写す鏡となるね。富士山を鏡に見立てて、天の川を仰いだ大きな風景句。秋「こよひあふ星」。

【語釈】○こよひあふ星　七夕の夜に逢う織女星と牽牛星。○すがた見　姿を見るための大型の鏡。○雪の富士　冠雪した富士山。

【備考】出典では四七一・四七二・四七三の句とともに「七夕」の題下に収められる。

四七一　ほし忍ぶ足をと梶《かじ》のそよぎかな　（『千代の睦月』元禄10）

【句意】織女と牽牛の忍び逢いの足音に梶の葉がそよそよそよいでいるよ。秋「ほし忍ぶ・梶」。

【語釈】○ほし忍ぶ　七夕の夜の織女と牽牛の忍び逢い。○梶　梶の葉。七夕の日に梶の葉に歌を書いて星に手向けた。○そよぎ　そよそよと音を立てること。

四七二　たなばたの舟やひくらん流れ星　（同）

【句意】七夕で逢うための舟を引いているのだろう、流れ星は。秋「たなばた」。

【語釈】○たなばたの舟　織女星と牽牛星が逢うという七月七日の夜に出す舟。花園院「あまの河かはべの霧のふかき夜につまむかへ舟いまか出づらし」（『新千載集』）のように、牽牛星が「つま（織女星）」を迎えるために出すという舟。○流れ星 流星。別名に「よばいぼし・はしりぼし・奔星《ほんせい》」などもある。俳諧特有の題。

四七三 かささぎや恋をくもでにほしの橋 (同)

【句意】鵲《かささぎ》よ、織女と牽牛の恋のため、四方八方に橋を架けておくれ。天の川にも支流があるから、あちこちに橋を架けてくれと鵲に呼びかけたのだろう。秋「かささぎ(の橋)」。

【語釈】○かささぎ 鵲。七夕の日に逢う織女星と牽牛星のために、天の川に翅を連ねて橋を作るという伝説をもつ鳥。カラスよりやや小型で尾が長い。○くもで 蜘蛛手。蜘蛛の足が八方にあることから、また蜘蛛の巣が四方八方に張られることから、張りめぐらされる様子。『伊勢物語』第九段に「そこを八橋といひけるは、水ゆく河の蜘蛛手なれば、橋を八つ渡せるによりてなむ、八橋といひける」とあることを踏まえ、天の川にも支流がたくさんあるだろう、と戯れた。

盂蘭盆《うらぼん》

四七四 かへれかし盆のこころにはつ桜 (同)

【句意】再び帰って来て咲いてくれ、はつ桜よ、お盆にご先祖が帰って来るように。秋「盆」。

【語釈】○盂蘭盆 七月十五日に先祖の霊を迎えて祀る行事。精霊会《しょうりょうえ》とも。○かへれかし 四段活用の自動詞「かへる」の命令形に終助詞(間投助詞とも)「かし」をつけて念を押す。帰って来いよ。○盆のこころ 盂蘭盆の日には祖先が霊棚《たまだな》に帰って来るといわれるので、その日のような心持ちになること。○はつ桜　その年初めて咲く桜。ここでは新盆を迎えたことを初桜になぞらえた。

【備考】佳聚亭編『寄生《やどりき》』（元禄11）に「うら盆を」の前書。長角編『根なし蔓《かづら》』（宝永1）にも入集。

四七五　けふは鯖《さば》を華厳《はなかざ》りませ玉祭

（『千代の睦月』元禄10）

【句意】玉祭の今日は、死者ばかりではなく生身魂《いきみたま》にも菩薩の功徳として鯖を祀ろう。「生身魂」は生きている人間のこと。死者ばかりではなく生きている親にも鯖を食べさせよう、の意。秋「玉祭」。

【語釈】○鯖を華厳りませ　出典で「華厳」に「ハナカザ」の振り仮名。七月十五日に「生身魂」のお祝いに刺鯖（鯖の干し物）を供した（『東都歳事記』）こと。華厳りは、仏語の華厳《けごん》と言い掛ける。華厳は多くの仏が集まっている様子で、ここでは花を飾るように鯖を仏壇にたくさん供えること。○玉祭　七月に祖先の霊を迎えて祀ること。盂蘭盆会（精霊会）。

四七六　花ぞさく空蟬《うつせみ》の世の絹どうろ

（同）

【句意】灯籠の花が咲いているぞ、魂が抜けたうつろな世の透けて見える絹灯籠にも。秋「絹どうろ」。

【語釈】○花　灯籠の比喩。○空蟬　蟬の抜け殻。魂が抜けた状態の身。ここではうつろな現世の比喩。『源氏物語』で光源氏が寝所にしのんで行くともぬけの殻だったという「空蟬」巻を連想させるか。○絹どうろ　絹が透けるように光を放つ灯籠。蟬の翅が透けることを連想させる灯籠だろう。

【備考】出典では四七七・四七八とともに「灯籠　付をくり火」の題下に収められる。

四七七　初秋《はつあき》のよし野の山や花とうろ　（同）

【句意】初秋の吉野の山よ、春は桜が満開だが、秋の今は花灯籠が山いっぱい点っている。秋「初秋・花とうろ」。

【語釈】○初秋　秋のはじめ。旧暦の七月。○花とうろ　造花で飾った灯籠。花模様を描いた灯籠。高橋因元「吹《ふく》風に去年《こぞ》の桜か花灯籠」（『時勢粧』）や定之「わが門にちぐさ有《ある》かげや花灯籠」（『続山井』）等の用例があり、一般的に使われていた。ここでは花の名所吉野山にちなむ命名だろう。

四七八　秋よあはれ入《いり》あひのかねにとうろ影　（同）

【句意】秋よあわれ、しみじみと秋を感じさせる入相の鐘、庭先の灯籠の灯。秋「秋・とうろ影」。

【語釈】○秋よあはれ　中園（洞院）公賢「秋よあはれこころづよくもかへるかなをしまぬ人もあらじとおもふに」（『公賢集』）に見られる表現だが、俳諧ではほとんど用いない。○入あひのかね　入相の鐘。夕暮れの鐘。○とうろ影　灯籠に点された灯。

渡辺信勝一周忌興行

四七九　おもひ出《いで》んうき世のをどり一周《ひとめぐり》　（同）

【句意】故人を思い出すことになるだろう、この浮き世（憂き世）の踊りを一周してから。一周忌を迎えた故人を追善する作。秋「をどり」。

【語釈】○渡辺信勝　未詳。歌舞伎役者か。○うき世のをどり　元禄時代（一六八八～一七〇四）の終わり頃から流行した歌舞伎舞踊の一つ「浮世踊」を言うか。「浮き世」と「憂き世」を言い掛ける。○一周　出典で「周」に「メクリ」の振り仮名。踊りを一回り終えたことと、人が亡くなってから満一年の命日に営む行事の一周忌を言い掛ける。

芦月庵ちかき医家に至りて

四八〇　銀茶匙《ぎんさじ》の世に耀《て》る花の千種《ちぐさ》哉《かな》　（『千代の睦月』元禄10）

【句意】薬を調合する銀の匙、世の人々の心の希望として輝き、いろいろの秋草の花のようですね。秋「千種」。

【語釈】○芦月庵　似船の庵号。○銀茶匙　桑の柄が付いた銀製で挽溜《ひきため》の抹茶をすくいとり茶器に移すときに用いる匙。ここでは医家（医者）が薬を調合する匙。○耀る　輝く。ここでは花が咲くこと。銀茶匙の光が輝く意も言い掛ける。出典で「耀」に「テ」の振り仮名。○千種　秋のいろいろの草。

ひと丸の木像をえたる人の所望にて

四八一　あさ霧の浦や世に鳴《な》る松の風　（同）

【句意】朝霧の明石の浦よ、世に鳴り響く、人麻呂と松の風。秋「あさ霧」。

【語釈】○ひと丸の木像　松永貞徳の家集『逍遊集』に「十二月十八日、木像の人丸を公軌《きんのり》ひらかるるに」の前書で「梅花それともみえぬゆきかひにえならぬ匂ひとまる宿かな」の歌があり、似船と同時代の鬼貫や才麿も人麿の像を詠むことから、歌人や俳人に尊まれ伝来してきた像だろう。○あさ霧の浦　朝霧がかかる浦。柿本人麿作とされる「ほのぼのと明石の浦の朝霧に島がくれ行く舟をしぞ思ふ」（『古今集』）を意識して用いた表現。柳情「朝霧の晴てうれしと松の風」（『国の花』）のように用いる例もある。「松風」の舞台は須磨だが、須磨明石と併称されるので、謡曲「松風」を連想したか。○鳴る　出典で「鳴」に「ナ」の振り仮名。「音が鳴る」と「知れ渡る」ことを言い掛ける。○松の風　松に吹く風。謡曲「松風」は、諸国行脚の僧が須磨の浦で、在原行平の寵愛をうけた松風・村雨姉妹の墓標である松に出会う。姉の松風が、行平恋しさに狂おしく舞った後、姉妹は姿を消し、松に吹く風ばかりが吹き渡る。

七条なる所に住ける人の家にて彼《かの》七条后温子《よしこ》の官女花の鏡と詠たる事を思ひ出て

四八二　伊勢《いせ》がよみし花の鏡と秋の月　（同）

【句意】伊勢が詠んだ「花の鏡」の歌は、いつまでも飽きることがない、美しい秋の月のようだ。秋「秋の月」。

【語釈】○七条后温子　藤原温子《よしこ／おんし》。貞観十四年（八七二）～延喜七年（九〇七）六月八日。第五十九代宇多天皇の后。関白藤原基経女、母は式部卿忠良親王の女操子《みさこ／そうし》。同母弟に兼平、異母兄弟に時平、仲平、忠平。第六十代醍醐天皇養母で、住まいが七条にあったことから七条后とも呼ばれた。○七条后温子の官女　伊勢のこと。貞観十六年～天慶元年（九三八）以降とされるが、異説もある。伊勢守をつとめた藤原継蔭の娘。父の任国から伊勢の通称で呼ばれた。若くして藤原温子に仕える。歌人中務の母で、『古今集』『後撰集』『拾遺集』に多くの歌が採られた有力歌人。○花の鏡　伊勢の「年をへて花のかがみとなる水は散りかかるをや曇るといふらむ」（『古今集』）の歌を指す。○秋の月　伊勢の「秋の月ひとへに飽かぬものなれば涙をこめてやどしてぞみる」（『伊勢集』）の歌を指す。

四八三　おもひきや月やどれとは秋あはせ

　友貞・梅枝、母の喪《も》にこもれるをとぶらひて申《もうし》つかはしける

（『千代の睦月』元禄10）

【句意】思っていただろうか、母を亡くした悲しみの袖の涙に月が宿れ、と秋袷に着替えたのだと。更衣の折に母を亡くす悲しみがあなたの身に起こるとは思ってもいなかったでしょう、の意を婉曲に詠んだ作。秋「月・秋あはせ」。

【語釈】○友貞　京の人で、雑賀氏。四五二の【語釈】を参照。○梅枝　京の人で、雑賀氏。友貞の弟か。似船編『勢多長橋』（元禄4）や元禄五年（一六九二）の似船歳旦帖等に入集。○おもひきや　反語で、「思っていただろうか、いや、思ってはいなかった」の意。作者未詳「忘れては夢かとぞ思ふおもひきや雪踏み分けて君を見むとは」（『古今集』）。『伊勢物語』では、この歌を雪深い小野の里に惟喬親王を訪ねた在原業平の歌とする。○やどれ　宿るの命令形「宿れ」で、光や影が映ること。伊勢「あひにあひても思ふころのわが袖に宿る月さへ濡《ぬ》るる顔なる」（『古今集』）。○秋あはせ　秋に着る袷。重陽（九月九日）以降に着る綿入れの袷。「袷」（夏の季語）は、綿を抜いた裏地付の着物で、四月一日の更衣に着る。

【備考】出典では「月」の題下に収められる。

四八四　名月やうき世のつやのあるじ君　（同）

【句意】名月よ、おまえはこの憂き世でおもしろみをみせてくれる主人だ。秋「名月」。

【語釈】○名月　八月十五夜の月。○うき世　憂き世、また浮き世。○つや　艶。おもしろみ。味わい。○あるじ　主人。

四八五　稲の穂や重浪《しきなみ》よする君子国《くんしこく》　（同）

月次《つきなみ》の会に豊年の心を

【句意】稲の穂がたわわに実っているなあ、あたかも波が重ねて寄せてくる、豊かな徳川が統治する国では。くり返し行われる月次とくり返し寄せ来る重波を言い掛け、めでたさを表現した。秋「稲の穂」。

【語釈】○月次　毎月に行われる俳句会。月例会。○豊年　穀物がよく実った年。○重浪　くり返し打ち寄せてくる波。出典で「シキナミ」の振り仮名。○君主国　世襲によって統治する国。ここでは江戸幕府を世襲する徳川の国。

四八六　はつ花や九日《くにち》こ袖のうら若み　（同）

【句意】初花が咲いたよ、九月九日、小袖を着た若くてういういしい女のように。秋「九日こ袖」。

【語釈】○はつ花　初めて咲く花。桜をいう場合が多いが、ここでは重陽の節句に咲く菊だろう。○九日こ袖　九月九日の重陽の節句に、地下（身分の低い人）の人々が縹色（薄い藍色）の小袖を着て互いに祝い合う習慣。小袖は、袖口の小さい垂領《たりくび》の着物。垂領は、襟の両端が前部に垂れ下がった形のもの。今日の着物の原形。○うら若み　若くてういういしいこと。歌語。

四八七　星にほひ日月《じつげつ》をそし菊の殿　（『千代の睦月』元禄10）

【句意】星が輝き始め、太陽と月はゆったりと運行し、地上には長寿を象徴する菊が大輪の花を咲かせる宮殿がたたずんでいる。日没過ぎの大景を詠んだ作。秋「菊」。

【語釈】○星にほひ　星が輝き始めること。○日月　太陽と月。○日月をそし　ゆったりと動くこと。「蓬萊宮中日月長し」（「長恨歌」）や「黄金の山を築かせては、白銀の月輪を出だされたり、たとえばこれは、長生殿の中には、春秋を留めたり　不老門の前には、日月遅しと云う心を学ばれたり」（謡曲「邯鄲」）の文句取り。○菊の殿　「長生殿」のもじり。また月の世界にあるという「広寒宮」や「月宮殿」をもじった言い方。菊は、菊の露を飲むと不老不死の長寿を得るという菊慈童の伝説から長寿の象徴とされる。

四八八　くろむらん老曽《おいそ》の森も菊の水　（同）

【句意】暮れて黒ずんで行くようだ、老蘇の森にも菊水が流れている。「老曽（老蘇）の森」が笈からの蘇生を連想させることと菊水の伝承に基づき、老いて白くなった私の髪も菊水の効能で黒く甦っていくだろうと興じた。秋「菊」。

【語釈】○くろむ　黒ずんで行く。黒みをおびる。○老曽の森　老蘇の森。滋賀県蒲生郡安土町にある。ホトトギスの名所。歌枕。老いを蘇生させるイメージがある。○菊の水　菊水。中国河南省内郷県にある白河の支流。崖上にある菊の露がしたたり落ちる川の水を飲むと長生きすると言われ、九月九日の重陽の節句には盃に菊花を浮かべて飲む習慣が生まれた。三四九の【語釈】を参照。

【備考】老山編『名所百物語』（元禄13）に「老曽森　近江　元禄の比」の前書。

若狭国雲が浜、田中好生庵、有馬の温泉《ゆ》あみにゆきて、かへるさに芦月庵に宿り侍る比《ころ》は、九月《ながつき》十日あまりなれば菊を題して申侍る

四八九　浪よする菊や古郷《こきよう》の雲が浜　（同）

【句意】波が寄せてくるように菊が風に揺れているよ、あなたの故郷の雲が浜でも。秋「菊」。

【語釈】○若狭国雲が浜　福井県小浜市。○田中好生庵　若狭の人。法橋。元禄九年七月二十日頃没か。○有馬の温泉　兵庫県北区にある、古代からの名湯。出典で「温泉」に「ユ」の振り仮名。○かへるさ　帰るとき。○芦月庵　似船の庵号。○九月十日あまりなれば　九月九日が重陽の節句で菊の日ともいうことを暗示した。

田中好生庵もろともに十三夜の月をながめて

四九〇　国もとやこひしき月の後瀬山《のちせやま》　（同）

【句意】故郷が恋しく思われるでしょうね、恋しい故郷には月が照らす後瀬山がそびえている。帰郷する前の田中好生庵とともに十三夜の月見をしながら、好生庵の故郷の後背山の後の月をほめたたえたのだろう。秋「月（後の月）」。

【語釈】○田中好生庵　若狭の人。四八九の句の【語釈】を参照。○もろともに　一緒に。○十三夜の月　九月十三日の夜の月。後の月。豆名月、栗名月とも言う。○国もと　故郷。○後瀬山　福井県小浜市の山。歌枕。後瀬山城（古城）があったことで知られる。

法橋《ほつきよう》好生庵七月廿日あまりの日身まかりぬ、と告《つげ》きたりければ

八月初《はづき》めつかたになりて、悼《いたみ》の物かきて、わかさの国へつかはし侍《はべ》る。

四九一　拾《ひろ》ふべきいのちはきえつ若狭椎《わかさしい》

（『千代の睦月』元禄10）

【句意】命拾いすべき命は消えてしまった、若狭の椎の実のような好生庵の命が。生き延びるべきであった好生庵を悼み、無念の思いを込めた作。秋「椎（椎の実）」。

【語釈】○法橋　仏法を俗人に橋渡しする人。法眼の次の律師に相当する僧位。近世期は医師や画家にも使われた。○好生庵　田中好生庵。四八九の【語釈】を参照。○八月初めつかた　八月初旬。○拾ふべき　椎の実を拾うべき。○若狭椎　若狭の椎。「椎」は海岸近くに自生するブナ科の常緑高木。実は卵形で食用とする。椎と「思惟」の音が通じることから、好生庵が思慮深い若狭の人であったことを暗喩する。

四九二　四句《しく》の偈《げ》の鐘いかにせむ秋の暮

（同）

【句意】大事な四句の偈を唱えてから、梵鐘を打とうと思うが、秋の暮のさびしさにしばし手を止めてしまったよ。秋「秋の暮」。

【語釈】○四句の偈　四つの句からなる偈。韻文で仏の徳や教理、真理を述べたもの。「鳴鐘偈」の一節「願諸賢聖《がんしよげんじよう》・同入道場《どうにゆうどうじよう》・願諸悪趣《がんしよあくしゆ》・倶時離苦《くじりく》」の四つの偈文を唱えること。○鐘　梵鐘。つりがね。撞木《しゆもく》で打ち鳴らす。慈円「いかにせんねてもさめてもきく鐘をまつもいとふもよそにのみして」（『拾玉集』）を踏まえ、「四句の偈の鐘」と転じたか。○いかにせむ　どうしよう。○秋の暮　秋の夕暮れをいう場合も、秋の終わりをいう場合もある。いずれもさびしさを本意とする。

梅雪・粗吟の父身まかり給へる比《ころ》、申《もうし》つかはしける、時は秋の半《なかば》なれば

四九三　うす綿やなみだの藻屑《もくず》袖の秋　（同）

【句意】羽織っている薄綿の着物よ、涙の痕がその袖に宿って秋の悲しみを深くする。秋「袖の秋」。

【語釈】○梅雪　元禄五年の似船歳旦帖に「一通子妻」として入集する人か。梅雪号の俳人は多く、元禄期の諸集に句が入集する。「一通」は以仙編『落花集』（寛文11）に山城国の人として入集する人らしく、この人の妻か。○粗吟　林鴻編『誹諧京羽二重』（元禄4）に「西六条」の所付で入集。似船編『堀河之水』（元禄7）等にも入集。梅雪の弟か。○身まかり給へる　現世からあの世へ行くこと。死ぬこと。○秋の半　仲秋。○うす綿　綿を薄く入れた綿入れの着物。○藻屑　海中の藻などの屑。ここでは涙の痕。○袖の秋　袖の露と同じように、袖に

宿る涙。さびしさや悲しみの譬喩《ひゆ》。和歌では「袖の秋風」と詠まれ、袖に吹き込むさびしい秋風をイメージすることが多い。

初秋の末つかたある御方のたらちめうせたまへるを悼て申をくり侍る

四九四　実《み》よ秋のなみだいくふさ玉かづら　（『千代の睦月』元禄10）

【句意】この実を見よ、秋の涙がいくつもこぼれた玉鬘のようだ。亡き母の遺髪（玉鬘）を手にとって涙を流して泣いたことに共感して、ともに悲しむ追悼句。秋「秋」。

【語釈】○ある御方　未詳。○たらちめ　垂乳女から、生みの母。母親。○実よ　出典で「実」に「ミ」の振り仮名。涙の玉を果実の実に擬え、「見よ（見なさい）」と呼びかけた表現。○いくふさ　幾房。いくつもの房。ここではあふれる涙の粒を連想させる。○玉かづら　女性の髪の美称。ここでは、子々孫々を含めた親類が多いことも暗示する。

四九五　重ね襟《えり》冬を見せたるたもと哉《かな》　（同）

【句意】着物を何枚も重ねた襟、冬を感じさせるふくれた袂よ。冬「冬」。

【語釈】○襟　出典で「エリ」の振り仮名。首の後ろの部分。掛け襟（共襟）、襟裏、襟先布も含めた総称。○たもと　和服の袖付けから下の袋状の部分。

四九六　夕陽《ゆうひ》山町は傘《かさ》さす寒さかな　（同）

【句意】夕陽がさす山、その一方、町では雨に傘をさすほど、寒々としているなあ。冬「寒さ」。

【語釈】○夕陽山　夕陽がさす山。出典で「陽」に「ヒ」の振り仮名。ここでは、夕陽がさす一方で、夕立が降る町。夕立は、雨が降っている所がある一方で降らない所がある。そうした降り方から「夕立は馬の背を分ける」と言われる。○傘　唐傘。出典で「カサ」の振り仮名。

【備考】出典では、「時雨」の題下に収められる。

元禄六年十月九日、似空子二十五回忌、はいかい興行に

四九七　卒塔婆《そとば》箒《はく》をとは昔の落葉《おちば》哉　（同）

【句意】卒塔婆の周りを掃き清める音は、昔を偲ぶよすがの落葉だなあ。師・安静の二十五回忌にあたり、亡き師を偲んで興行した追善俳諧（連句）の発句。冬「落葉」。

【語釈】○元禄六年　一六九三年。似空子（安静）の二十五回忌にあたる。○似空子　似船の師・安静。安静は荻田氏（荻野氏とも）。松永貞徳門。寛文九年（一六六九）十月九日没。五十余歳。二七二・三二九の【語釈】を参照。○卒塔婆　供養追善のために墓に立てる、塔の形を模した細長い板。梵字・経文・戒名などを記す。○箒　出典で「ハク」の振り仮名。

芦月庵におはします木づくりの人麿に奉りける

四九八　落葉柿《おちばがき》歌のひじりの心かな　（『千代の睦月』元禄10）

【句意】柿落葉、これこそ歌聖《うたひじり》・人麻呂の心だなあ。冬「落葉（柿）」。

【語釈】○芦月庵　似船の庵号。○木づくりの人麿　木像の人麻呂像。四八一の【語釈】を参照。○落葉柿　柿落葉と同じ。霜が降る頃、紅葉した後に落葉する。柿本人麻呂と言い掛けて、柿の木から落ちる葉を人麿の心に擬えた。○歌のひじり　歌聖。人麻呂と山部赤人の二人を歌聖とよぶ。「かきのもとの人まろなむ、歌のひじりなりける」（『古今集』序）。

茶湯者《ちやのゆしや》の許《もと》にて

四九九　すいせんや茶の初《はつ》むかし忍ぶ草　（同）

【句意】水仙が香っているなあ、「初むかし」の茶の香の昔を偲ぶ忍草。「初むかし」と「むかし忍ぶ」、「むかし忍ぶ」と「忍ぶ草」が掛詞として働く。「茶のはつむ（茶の葉摘む）」と「初むかし（初昔）」も言い掛け、茶に「はつ昔」の名を付けた小堀遠州を偲んだのだろう。冬「すいせん」。

【語釈】○茶湯者　茶の湯を巧みにする者。また、茶の湯を行って世渡りをする者。茶道具に目が利き、茶技が巧みでもあった。茶人。○すいせん　水仙。ヒガンバナ科の多年草。ラッパ形の花や八重の花を咲かせ、すがすがしい芳香を放つ。○茶の初　初会。明治以降は初釜。新春を迎えて初めて開く茶会。○初むかし　小堀遠州が命名した碾茶《てんちゃ》の茶銘。遠州は、最初の昔からあったものとして白みある色の宇治茶を初昔と名付け、織部好みの青色のものを初昔の後に好まれたものとして後昔と命銘したと『上林家前代記録』などに見える（『原色茶道大辞典』）。○忍ぶ草　シダ類の一種。土がなくても堪え忍んで育つと言われる。「忘れ草」の別名。ここは昔を思い出すよすがの草として用いる。

友とする人々興行に

五〇〇　炭つぎて夜半《よわ》の鐘きくこたつ哉《かな》　（同）

【句意】炭を継ぎ足して、真夜中の鐘の音を聞く、炬燵のぬくもりよ。友人との俳諧興行の喜びを詠んだ発句。「こたつ」が俳言。冬「炭・こたつ」。

【語釈】○炭つぎて　暖房用の炭を継ぎ足して。○夜半の鐘　おおよそ真夜中前後の夜中。張継「月落ち烏なき霜天に満つ、江楓漁火愁眠に対す、姑蘇城外寒山寺、夜半の鐘声客船に到る」（『三体詩』『唐詩訓解』）のほか、権大僧都堯尋「天つ空霜もみちぬる夜半とてや月にさえ行く鐘の音かな」（『新続古今集』）など和歌でも詠まれることが多い。○こたつ　炬燵。手足を温める暖房用具。掘り炬燵と置き炬燵がある。

茶湯者《ちゃのゆしゃ》の所望に

五〇一　炭の香や爐《ろ》をなつかしみ月夜よし　（同）

【句意】かぐわしい炭の香だなあ、風炉で湯をわかした日を懐かしんでする炉開き、月夜もよろしいですね。昨年の炉開きの日のことを懐かしむ茶湯者に、今年の炉開きの日も美しい月夜でしょうと祝したのだろう。秋「月夜」。

【語釈】○茶湯者　茶の湯を巧みにする者。茶人。四九九の句の【語釈】を参照。○爐　茶席につかう爐。風炉。現在は五月から十月まで用いる。○爐をなつかしみ　山部赤人「春の野にすみれ摘みにと来し我そ野をなつかしみ一夜寝にける」(『万葉集』)や小野小町「かすみたつ野をなつかしみ春駒のあれても君が見えわたるかな」(『小町集』)などの「野をなつかしみ」をもじった表現。

阿形但広興行に

五〇二　炭竈《すみがま》をふくべにかろき都かな　(『千代の睦月』元禄10)

【句意】炭竈を瓢箪の代わりにして気楽に世渡りする、ここはさすがに都だなあ。炭竈は茶をわかすための道具。これを持ち歩いて茶を売って生きた黄檗僧の売茶翁のような人もいることを詠んだか(【備考】を参照)。冬「炭竈」。

【語釈】○阿形但広　似船の門人か知人。寛文初年から天和のころ(一六六一〜八三)、阿形氏には、但英(江戸)・但良(江戸)・但次(江戸)・但安(京都)・但治(京都)・但秀(京都)・但常(京都)・但重(大坂)ら「但」の付く俳人がいた。三四七の【語釈】を参照。○炭竈　木を焼いて炭にするためのかま。ここでは、お茶に使う炭竈。○ふくべ　瓢箪《ひょうたん》から作った器。米など食料とする穀物を入れる器。○かろき　気楽に。

【備考】売茶翁は、黄檗僧。延宝三年(一六七五)〜宝暦十三年(一七六三)。佐賀に生まれ、陸奥に遊歴し、五十七歳で上京して京都に住み、自ら茶道具を背負って売り歩き、人々と問答した。なお、芭蕉に「もの一《ひとつ》我がよはかろきひさご哉」（『あつめ句』）がある。

五〇三　松やしる峰の炭がまいし地蔵　　（同）

【句意】松は知っている、峰にある炭竈と石地蔵は動かないことを。峰にある長寿の松が、炭竈や石地蔵など庶民の暮らしや信仰を見守り、これらが動かないことを知っている、というのだろう。冬「炭がま」。

【語釈】○松　マツ科の常緑樹。長寿や節操を象徴するものとして尊ばれてきた。一説に神がその木に天降ることをマツ（待つ）から生まれた名とする（『広辞苑』）。和歌で盛んに詠まれた。在原行平「立ちわかれいなばの山の峰に生《お》ふる松としきかば今かへりこむ」（『古今集』）はその代表例。○峰　山頂。山のいただき。○炭がま　炭を焼く竈。「事の外におもへりける女に」の前書で平兼盛の歌「谷ふかみ焼く炭竈の煙だに峰の雲とはならぬものかは」（『続詞花集』）を参照すると、炭竈の煙は燃える恋の暗喩。○いし地蔵　石作の地蔵で戸外に立てられる。地蔵は地蔵菩薩の略で、衆生を救う者として平安時代から盛んに信仰されたが、和歌では詠まない。

五〇四　ひとりこけて根笹《ねざさ》にあそぶ霰哉《あられかな》　　（同）

【句意】ひとり転がって、根笹に遊ぶかのように転がる霰よ。転んでしまった我が身にも霰が降りかかる、の意を含むか。難解。冬「霰」。

【語釈】○こけて　つまずいて転がって。○根笹　小型のササ。山野に自生する小さな笹の総称。○霰　雪の結晶に水滴がついて凍った丸い氷。雹《ひよう》も含めて言った。
【備考】源実朝「ささの葉のみ山もそよに霰ふり寒霜夜をひとりかもねん」（『金槐集』）の歌を踏まえて、笑いに転じたか。

はじめて女にあへる人の許《もと》へ申遣《もうしや》る

五〇五　寝まき袖《そで》雪にほふ夜の姿かな　（『千代の睦月』元禄10）

【句意】寝間着の袖、そこに夜の雪が匂っているような、あなたのお姿ですね。冬「雪」。
【語釈】○あへる　逢うこと。逢って一夜をともにすること。和歌の題「初逢恋」を応用した言い方。○寝まき袖　寝間着の袖。寝間着では外出しないが、男を待ち侘びて、庭に面した雪が降る廊下に出たことをいうか。○にほふ雪の匂いがすること。雪の中、女が待っていたことを暗示するか。

五条の橋に至る日、ひがし山のけしきをながめて

五〇六　煙《けぶ》る哉《かな》雪の清水《きよみず》茶屋つづき　（同）

【句意】もやがかかって煙っているなあ、雪が降りしきる清水寺の参詣路《さんけいみち》には茶屋が続いている。冬「雪」。
【語釈】○五条の橋　京都の鴨川に架かる大橋。旧五条橋は清水寺の参詣路にあたるため清水橋とも呼ばれた。○ひ

がし山　京都市東山。鴨川の東に連なる丘陵。○清水　京都市東部。東山西麓《せいろく》地区。清水寺がある。○茶屋つづき　清水寺の参詣路に茶屋が立ち並んでいること。清水寺は、西国三十三所第十六番の札所。観音の霊場。本堂の前の大舞台でも有名。茶屋は、路傍で休息する人に湯茶などを出す店。

ある人の所望にて布袋《ほてい》の絵にかきつけし

五〇七　もちばなはその暁のけしき哉《かな》　（同）

【句意】もちばなは、小正月の明け方を彩る風情だなあ。杖に袋をぶら下げている布袋像の姿をもちばなが垂れ下がっている様子に見立てたものか。春「もちばな」。

【語釈】○布袋　唐代末から五代十国時代にかけて明州（中国浙江省寧波市）に実在したとされる人。水墨画では大きな袋を背負った太鼓腹の僧侶の姿で描かれる。日本では七福神の一神として信仰された。○もちばな　餅を小さく丸めて赤や白に彩色し、柳の枝などに飾り付けて花に見立てたもの。十五日の小正月に神棚に供える。○その暁　小正月の日の暁。もちばなの赤から「暁（あかつき）」を連想させたか。藤原敦家「夢さめんその暁をまつほどのやみをもてらせのりのともし火」（『千載集』）、藤原俊成「はるかなるその暁をまたずともそらのけしきはみつべかりけり」（『夫木抄』）など。「その暁」は和歌でも詠まれてきた。

両吟三十六句

五〇八　牛わらは夢や重たき春の岡　（同）

【句意】牛飼いの子ども、その子の夢は重たいのだろうよ、春の岡でまだ眠っているから。春の陽気に誘われて、眠りから覚めずまどろんでいる様子を「夢や重たき」というのだろう。春「春の岡」。

【語釈】○両吟三十六句 「両吟」は二人で連句を行うこと。三十六句続ける連句を「歌仙」という。ここは二人で歌仙を巻いたこと。○牛わらは 牛飼いの子ども。○春の岡 春草が生えるのどかな岡。

【備考】この句は、担吟との両吟歌仙の似船発句、脇は担吟で「つゞじの朱をうばふ岩窟《くど》」、第三は同（担吟）「楝の槌さいはひもも の酒くみて」。

五〇九　蚊《か》𧍝《や》𧍝《たけ》闌て松風寒き軒端《のきば》哉《かな》　三吟

（『千代の睦月』元禄10）


【句意】蚊帳を使う盛りも過ぎ去って、松風の寒さを感じる軒先であるなあ。閉じた蚊帳を軒端に干すと松風が寒々と吹いてくる、とのことだろう。秋「句意による」。

【語釈】○蚊𧍝 かや。麻布や木綿などで箱形に作り、四方から吊り下げて、寝床を囲み、蚊が入らないようにする防虫具。○闌て 季節の盛りを過ぎて。出典で「闌」に「たけ」の振り仮名。ここは「寒き」と結び、「やや寒」のころ（秋初）を表していよう。○松風 松に吹く風。○軒端 軒先。

【備考】この句は、一睡と珍卜との三吟歌仙の発句で、脇は一睡で「歌のすずりの芋の葉の露」、第三は珍卜「朝の月旅乗物の戸をもれて」である。脇が「芋の葉の露を硯に入れて（七夕の）歌を詠む」とするから、初秋の句と推定した。

月前述懐　両吟

五一〇　身は老《おい》ぬとはばやなぞる月の皃《かお》　（同）

【句意】我が身は老いたが、いつも変わらない月の顔に年を問いたいものだ。秋「月」。

【語釈】○月前述懐　月を仰いで思いを述べること。和歌の題詠で、この題で詠んだ藤原経通の「うき身よになからへはなをおもひいてよたもとにちきるありあけの月」（『新古今集』）などがある。○両吟　二人で百韻・歌仙などの連句を行うこと。○身は老ぬ　月がなければ老いを知らないままでいることができるが、年月がつもり老いてしまったとの感懐。「むかし、いと若きにはあらぬ、これかれ友だちども集まりて、月を見て、それがなかにひとり、おほかたは月をもめでじこれぞこのつもれば人の老《おい》となるもの」（『伊勢物語』）を踏まえるか。○とはばや　問いたいものだ。○なぞる　まねをする。ここではいつも変らないこと。○月の皃　月の顔。貞門・談林の初期俳諧に多く使われ、月を擬人化したり、月を鏡と見て、そこに映った顔を見立てて言うことが多い。雖吟「西方の美人が残る月の顔」（『続山井』）、忠頼「稲荷山みこしのめんか月の顔」（同）、宗房（芭蕉）「五月雨に御物遠や月の皃」（同）、一幽「月の貌《かお》やきらきら光《ひかる》須磨源氏」（『境海草』）。

【備考】薄流との両吟歌仙の発句で、脇は薄流「鳫の一つら文字ほどく空」、第三は同（薄流）「其風情せかれぬ水の秋ふけて」。

三吟　（『千代の睦月』元禄10）

五一一　千代の香や九日《くにち》の淵《ふち》の菊のぬし

【句意】永遠の香がすることだよ、今日、九月九日の節句に、菊からしたたる露でできる淵にたたずむのは、菊の主（菊慈童）。長寿を祝う挨拶句だろう。秋「菊」。

【語釈】○三吟　三人で百韻や歌仙などの連句を行うこと。○千代の香　永遠の香。○九日の淵　菊の淵と同じ。菊からしたたる露によってできるという淵。不老不死の吉兆にたとえる語。九月九日は重陽の節句。宮中では盃に菊の花を浮かべ、酒を飲み交わし、詩歌を作る宴が開かれた。御製（後宇多院）「契りおく露も千とせにつもりてや老いせぬ菊の淵と成るらん」（『題林愚抄』『亀山殿七百首』）。○菊のぬし　菊の主《あるじ》。菊慈童のこと。菊慈童は、容姿が美しく、周の穆王《ぼくおう》に愛されたが、十六歳のとき、罪を犯したとして南陽郡酈県《れきけん》に流された。しかし菊を愛し、菊の露を飲んで不老不死になったという。日本では、謡曲「菊慈童」（「枕慈童」とも）で知られる。

【備考】但澄と但暦との三吟歌仙の立句で、脇が但澄「ひくやおりしも琵琶の霽月《せいげつ》」、第三が但暦「撰集の家のほまれを雁鳴て」。

三吟　（同）

五一二　水仙よ鶴はつれなき朝ぼらけ

【句意】水仙が美しく咲いているよ、鶴はよそよそしく歩む、ほんのり夜が明ける頃。梅を妻とし鶴を子として仙人のように生きたという林和靖の故事（『詩話総亀《しわそうき》』）があることから、鶴と梅は取り合わせが良いが、水仙と鶴を取り合わせることがないので、つれないというのだろう。冬「水仙」。

【語釈】○水仙　ヒガンバナ科の多年草。名前から仙人を連想させることもある。○つれなき　よそよそしい。冷淡。○朝ぼらけ　朝がほんのり明ける頃。

【備考】湖白と萩夕との三吟歌仙の発句で、脇は湖白で「やまはじけたる松の木がらし」、第三は萩夕で「炭車氷をきしる条《すじ》見えて」。

独吟

五一三　煮茶《しやちや》もがな夢はむかしの時鳥《ほととぎす》　（同）

【句意】煮茶を飲みたいなあ、夢の中で昔の人が詠んだ時鳥の声を聞いたよ。できれば、煎茶を飲んで起きて居て、時鳥が鳴くのを聞きたいなあ。夏「時鳥」。

【語釈】○煮茶　茶を煮出すこと。これを飲むのは、眠気を覚ますため。また平穏に生きていることを喜んで受け入れるため。○もがな　願望を表す終助詞。○むかしの時鳥　皇后宮美作「きかばやなそのかみ山のほととぎすありしむかしのおなじこゑかと」（『後拾遺集』）、詠人しらず「ほととぎす花たちばなのかをとめて鳴くはむかしの人や恋しき」（『新古今集』）などを踏まえるか。

【備考】似船独吟歌仙の発句で、脇は「世ははれ罌粟子《けし》の有明の園」。

五一四　元日や富貴《ふうき》のひかりほのぼのと　（『寄生《やどりき》』元禄11）

【句意】元日だよなあ、富貴の気配に満ちた朝の光もほのぼのとさしている。春「元日」。

【語釈】○富貴のひかり　初日の「光」に金銀・財宝が放つ比喩的な「光」を掛け、ここは元日のめでたく豊かな感じを表すのであろう。○ほのぼのと　夜がかすかに明けていくさまを表す語で、太上天皇「ほのぼのと春こそ空にきにけらし天の香具山霞たなびく」（『新古今集』）など、元旦の空を表すことも多い。

摂津天満宮蛭子宮《えびすぐう》の絵馬の発句望ければ

五一五　蛭子世にあそぶや花の難波船《なにわぶね》　（同）

【句意】蛭子も恵比須となってこの世の春に遊ぶことよ、葦舟ならぬ花の難波船に乗って。絵馬に記す発句を所望されての吟で、蛭子と葦舟に関する故事（【語釈】を参照）や和歌の難波津詠（同）を踏まえて、難波の春のめでたい繁栄を表現する。春「花」。

【語釈】○摂津天満宮蛭子宮　大阪市北区天神橋に鎮座する天満宮（現在の大阪天満宮）で恵比須神を祀った蛭子遷殿をいうか。江戸時代は一月・五月・九月の十日にここで祭礼「十日戎」が行われた。「蛭子・蛭児」は蛭のように手足の萎えた子で、伊邪那岐・伊邪那美の間に生まれた子をいい、三年たっても足が立たなかったので葦舟に乗せて流されたとされる。しかし、中世以降は恵比須神として尊崇され、エビスと読まれるようになる。○絵馬　祈願や報謝のため神社・寺院に奉納する馬の絵を描いた額・板絵。○花の　花が咲き満ちていることに、難波が繁華の地であることを掛ける。○難波船　『和漢船用集』（巻四）に「難波船…今、廻船・荷舟・檜垣等、大坂舟と称す」とあり、難波の入江に集う船の総称と考えられる。詠人しらず「難波津に咲くやこの花ふゆごもり今は春べと咲くやこの花」（『古今集』仮名序）や在原業平「難波津をけふこそみつの浦ごとにこれやこの世をうみわたる舟」（『後撰集』）などが念頭にあったか。

元禄十一年五月五日《さつき》に

五一六　軒の妻あやめたしなむにほひかな　（真蹟短冊・元禄11）

【句意】軒に立つ妻、軒の端《つま》で、厄除けに吊されたアヤメに親しんでいる、何とも良いたたずまいだなあ。夏「あやめ」。

【語釈】○五月五日　端午の節句。この日、邪気を払うために菖蒲《しようぶ》や蓬《よもぎ》を軒にさし、粽《ちまき》や柏餅を食べた。○軒の妻　嫁入りした妻と軒の端を言い掛ける。軒のはし。のきば。不染「軒の妻やかくるあやめの長かもじ」（『鷹筑波』）などの例もある。○あやめ　アヤメ科アヤメ属の多年草。病気を治す薬、厄除けとしても用いられる。○たしなむ　嗜む。このんで親しむこと。愛好する。○にほひ　匂い。たたずまい。

【備考】原本では年代不詳とされていたが、前書から元禄十一年としてここに置いた。

朝白《あさがお》を

五一七　月は満《みち》朝白つぼむうき世哉《かな》　（『寄生』元禄11）

【句意】月はまん丸に満ち、朝顔はしぼんでまた明日の開花に向け蕾をふくらませる、そんな浮世だなあ。すべては移り変わる世の中だが、それが常理と言いたい。秋「月・朝良」。

【語釈】○朝良　「朝顔」に同じく、ヒルガオ科の蔓性一年草。○つぼむ　「窄む」であれば、開いていたものが閉じること、「蕾む」であれば花が開く前の状態にあることで、両者は語源が同じとされる。ここは両意を掛けるか。○うき世　当世・俗世。本来は「憂世」と書き、仏教的無常観に基づく苦に満ちた現世をさした。江戸時代になるとその反動で享楽的に生きるべきという考えが広まり、「浮世」の表記が主流になったが、「憂世」の意も言い掛けた。

五一八　水音《みずおと》やむらさきかたるかきつばた　（『金毘羅会《こんぴらえ》』元禄13）

【句意】水の音が聞こえてくるよ、水辺には紫草《むらさきぐさ》のふりをして可憐に咲く杜若《かきつばた》。宗鑑が宗長を誘って逍遥院殿《しょうよういん》に行った折、宗鑑の姿を「かきつばた」ならぬ「餓鬼《がき》つばた」だと詠んで戯れた故事（【語釈】を参照）が念頭にあるか。夏「むらさき・かきつばた」。

【語釈】○水音　ここでは水辺の音。井戸や筧（懸樋）の水辺。○むらさき　ムラサキ科の多年草である紫草。山地に生え、根は太く紫色。全体に毛が密生し、葉は披針形で互生し、六・七月ごろ、白い小花をつける。○かたる　相手に伝えることの「語る」とだます意の「騙る」を言い掛けて、ふりをするの意を表す。「騙る」の発想に、『貞徳永代記』『醒睡笑《せいすいしょう》』など複数の書に記されて著名な宗鑑の故事が反映するか。宗鑑が一本の杜若を持参して逍遥院（三条西実隆）を訪ねた折、院が「手にもてる姿を見ればがきつばた」と詠んだのを受け、宗長が「のまんとすれど夏の沢水」の脇、宗鑑が「蛇《くちなわ》に追《おわ》れていづちかへるらん」の第三を付けたというもので、芭蕉もこれにちなみ、「山崎宗鑑が旧跡／有《あり》がたきすがた拝まん杜若」（『泊船集』）と詠んでいる。なお、訪問先を近衛殿（近衛兼輔か）とするなど、説話には異同もある。○かきつばた　杜若。アヤメ科の多年草。沼や湿地などの水辺に生え、紫または白の大きな花を開く。

五一九　はねがきは松に預けて鴫《しぎ》たちぬ　　『倭漢田鳥集《わかんでんちょう》』元禄14）

【句意】待ち侘びる羽搔きの音は、松に吹く風の音に託して、鴫が飛び立ったなあ。秋「鴫（たつ）」。
【語釈】○はねがき　羽搔き。鳥が嘴でその羽をしごくこと。鴫のはねがきは常套句。「これ、もと榻《しじ》の端書《はしき》、百端《ももは》がきと云ふ古事に准じて、鴫の羽ねかき百羽がきと云へり。鴫の羽の順列に重りたるが、かの車の榻に印し付けたるといふより、歌にも詠みならはしたりとぞ」（『わくかせわ』）。○松に預けて　松風が吹いてざわざわと音立てる様子を鴫の羽搔きに重ねた表現。松を「待つ」と言い掛けて、待つのではなく、飛び立つと反転させた。○鴫　水辺に住む鳥。くちばしが長く、魚や虫を食べる。和歌では「鴫のはねがき」は待ち侘びる様子の形容。従二位家隆卿「待ちわびて思ひたえにし秋の夜に誰があかつきの鴫のはねがき」（『夫木抄』）や待賢門院堀河「待ちわびていくよなよなをあかすらん鴫のはねがき数しらぬまで」（『久安百首』）等。

五二〇　鏡とて餅に影あり花の春　　（『花見車』元禄15）

【句意】鏡餅といわれるように、餅にも光がある、新年を迎えて。春「花の春」。

【語釈】○鏡とて　鏡餅といわれるように。餅そのものを鏡と見立てたか。立圃「むかひみる餅はしろみの鏡かな」（『歳旦発句集』）の例がある。○影　本体が放つ光。○花の春　新年。新春。

【備考】巨海《きよかい》編『石見銀《いわみがね》』（元禄15）・蓮谷《れんこく》編『誹諧温故《おんこ》集』（延享5）・永我《えいが》編『誹諧三人張《さんにんばり》』（宝暦2）にも入集。

五一二　何事もしまひおさめてとしのくれ　（『俳諧三物揃』元禄16）

【句意】どんなこともかたをつけて、年の暮れをむかえたよ。元禄十五年（一七〇二）の歳旦吟で、同十六年の歳旦帖に所収。冬「としのくれ」。

【語釈】○何事も　すべてのこと。どんなことも。○しまひおさめて　かたをつけること。ことに掛け買いしておいたものの代金を支払うこと。

五一三　諷初《うたいぞめ》や治《おさま》れる代の民の声　（同）

【句意】謡初《うたいぞめ》の日だなあ、平和に治まる代の、のどかな民の声。春「諷初」。

【語釈】○諷初　正月に謡《うたい》を初めてうたう儀式。江戸幕府は正月二日・三日に能役者を招いて謡曲のうたい始めをする儀式を「御謡初《おうたいぞめ》」と呼び、年中行事とした。○治れる代　平和な代になった徳川の治世。

五二三　冬咲《ふゆざき》や位牌《いはい》かなしき梅の花　（『花皿《はなざら》』元禄16）

【句意】冬に咲く花よ、残った位牌だけが悲しい、傍らに早咲きの梅の花が咲いている。春色《しゅんしょく》の一周忌追善句（【備考】参照）。冬「冬咲…梅の花（寒梅）」。

【語釈】○冬咲　冬に咲く寒桜や緋寒桜。ここでは梅。○位牌　死者の戒名を記した木札。

【備考】出典の桃源川編『花皿』は春色の一周忌追善集。元禄十六年（一七〇三）十一月十四日自序。春色は正保三年（一六四六）〜元禄十五年十一月、五十七歳。はじめ談林派の俳人だったが、のち其角門になった。播磨国（兵庫県）竜野法雲寺の僧侶。

五二四　見渡せば桜は手つくすがた哉《かな》　（『柏崎《かしわざき》』元禄16）

【句意】高い山から鳥瞰すると手入れされたかのような見事な桜が、手をつくように都全体を覆っていることだよ。春「桜」。

【語釈】○見渡せば　鳥瞰すると。素性法師「見渡せば柳桜をこきまぜて都ぞ春の錦なりける」（『古今集』）を踏まえる。○手つく　地面などに「手を着く」と、手入れをする「手を尽くす」を言い掛け、手を尽くした桜が都全体を覆って見事に桜が咲いている様子を表す。藤原定家の「見わたせば花も紅葉もなかりけり浦のとま屋の秋の夕暮」（『新古今集』）の逆説的な表現と異なり、桜がいっぱい咲き誇っている状態。

五二五　面《おも》かげのゆかしき富士や土用ぼし　　『柏崎』元禄16）

【句意】おもかげがなつかしく浮かんでくる、富士山の白い雪のように真っ白な布の土用干《ぼし》の衣が。夏「土用ぼし」。

【語釈】○面かげ　眼前にはないが、目の前に浮かぶ姿や容貌。ここでは、土用干の白い衣類から富士山の雪の白さを目に浮かべたのだろう。○ゆかし　心が惹かれるさまの形容。○富士　富士山。○土用ぼし　夏の土用（立秋の前十八日）にかびや害虫を防ぐために、衣類や書物を日陰で干すこと。

【備考】嘯山《しょうざん》編『俳諧古選』（宝暦13）に収載され、「座間、風を生ず」（句のふりが風趣を生み出す）と評されている。

五二六　梅千里よそほひ高し門の松　　（『俳諧三物揃』元禄17）

【句意】梅の香りは千里四方に及び、姿が神々しく、門松は高貴な姿で立っている。元禄十七年（三月十三日に宝永元年と改元）の歳旦吟。春「梅・門の松」。

【語釈】○梅千里　梅の香りが千里に及ぶこと。漢詩文で言う「方千里（四方千里）」を応用した言い方。兼綱卿「永徳御百首／乙女子がかざしの梅の花かづら千里をかけてにほふはる風」（『題林愚抄』）。○よそほひ高し　姿が神々しいこと。○門の松　門松。新年に歳神《としがみ》を迎えるための依り代として立てる松。

五二七　此上《この》は何匂ふらん梅の華　　（『根なし蔓《かずら》』宝永1）

【句意】これ以上に何か匂うことなどあろうか、梅の花だけで十分だ。春「梅の華」。

【語釈】○此上　これ以上望むこともないこと。ここは梅の花が馥郁とした香を匂わせるよりも上の意。竹也「此うへはよもあらじ此よもの春」（『境海草』）のように表現する。○何　ここは「何か」に同じく、反語表現として梅よりもよい匂いは何もないことを強調する。

五二八　長き御代《みよ》をひくやしめ緒《お》の菖笠《あやめがさ》　（同）

【句意】長久の御代をさらに引き延ばすのだろうなあ、長く引いた締緒で菖蒲笠をしっかりかぶることだ。藤原孝善「あやめぐさ引く手もたゆく長き根のいかであさかの沼におひけん」（『金葉集』）など、和歌では菖蒲の長い根を引くと詠まれる伝統を踏まえつつ、これを「菖笠」の緒の長さに翻した点が作意であろう。夏「菖笠」。

【語釈】○ひく　延く。長く延ばす。これに緒を引っぱる意を掛けるか。正徹「夕かけてひくやしめ野の神風も長き草葉も春をしるらし」（『草根集』）と表現が類似。○しめ緒　締緒。笠などを首にくくりつけるための紐。○菖笠　不明。茨城県潮来市の水郷地帯ではこの名の農作業用の笠が古くからあり、花菖蒲に似せて作ったことによる呼称という説がある。これに類したものか。後の例だが、瀾湖「行つつも笠にや葺《ふか》ん菖蒲草《あやめぐさ》」（『俳諧新選』）の例も参照。なお、サトイモ科の菖蒲とアヤメ科の花菖蒲は混同もされる。

五二九　円鏡《まるかがみ》むかし見かへせ年の暮　（同）

【句意】円鏡という名を持つ餅である鏡餅なら、過ぎた日々を映して見返すがよい、この歳末に。年の末に正月の鏡餅を飾り、一年を振り返ることをいうのだろう。冬「年の暮」。

【語釈】○円鏡　円形の鏡。満月。ここでは円形の鏡で、正月に飾る鏡餅をいう。

五三〇　松坂をこえしは夢かととしのくれ　（『俳諧三物揃』宝永2）

【句意】松坂を越えたのは夢かと、この一年をふり返ってみる、年の暮れに。宝永元年（一七〇四）の歳暮吟で、同二年の歳旦帖に所収。冬「としのくれ」。

【語釈】○松坂　伊勢国（三重県）松坂。伊勢街道・和歌山街道の分岐点にあたり、交通の要衝。伊勢踊りの歌詞「松坂こえてやっこのやっこのやっこのはっああよいやさ」を踏まえるか。あるいは、松坂と縁が深い西山宗因のことを夢に見たか。宗因が「松坂にて」の前書で「花野わけいたる所や月の宿」（『宗因発句帳』）、「四方にあそぶこよひは月をあかし哉」（同）、「朝涼み風のゐて行く浜辺かな」（同）など松坂にちなむ句が多くある。

五三一　聖泰《せいたい》はむかしもかくや御代《みよ》の春　（同）

【句意】平和なこの世は昔もこうであっただろうか、安定した天皇の治世の春はめでたいことだ。春「御代の春」。

【語釈】○聖泰　平和で安定した世。○かくや　このようだろうか。○御代　天皇の治世。

五三二　なんの海辺《うみべ》雁《かり》鳴て咲《さく》菊の淵《ふち》　（『夢の名残』宝永2）

【句意】なんという名の海辺だろう、雁が飛来して鳴き、菊が咲く淵に。平和な世を寿ぐ句。在原業平が「すみよしのはまにあそびて」の前書で「雁なきて菊の花さく秋はあれどはるのうみべにすみよしのはま」（『伊勢物語』）と、雁が鳴いて菊が花咲く秋は言うまでもなく、春の海辺の住みよい住吉の浜辺だ、と詠んだのに対して、雁が鳴き菊が咲く秋の海辺は何というのだろうか、とユーモラスに応えたものか。秋「雁・菊」。

【語釈】○海辺　海のほとり。○雁　カモ目カモ科の水鳥でハクチョウより小さくカモよりやや大きい鳥。秋に日本列島に飛来して冬を過ごし、春には北方へ帰る。ガンに同じ。○菊の淵　菊からしたたる露によってできるという淵。紀貫之に「みづのほとりにきくおほかり」の前書で「水にさへながれてふかきわかやどは菊の淵とそ成ぬへらなる」（『貫之集』）があるように、水辺には菊が多くて「菊の淵」となるとされた。また不老不死の吉兆にたとえる語。九月九日の重陽の節句の連想語（『山之井』）。

重陽

五三三　けふといへば山紅粉《べに》つけて菊しろし　（『誹諧家譜』宝暦1）

【句意】重陽の日の今日と言えば、山は紅葉して赤く、薄化粧した菊は白い。秋「菊」。

【語釈】○重陽　九月九日の菊の節句。○けふといへば　期日を指定する表現。和歌で用例が多く、重陽の日を「けふといへば八重さくきくを九重にかさねしあともあらはれにけり」（『拾玉集』）と詠む例もある。○山紅粉　山が紅葉したことの比喩。

【備考】出典の『誹諧家譜』は千載堂丈石編で宝暦元年（一七五一）の刊。

五三四　堂さへも蓬莱山《ほうらいさん》の今朝の春　（『俳諧名所小鏡』天明2）

【句意】蓬莱山という名前ばかりか、堂さえも蓬莱山さながらの神聖さで迎える、今朝の元旦を。蓬莱山に見立てられる熱田神宮（【語釈】【備考】を参照）を詠んだ歳旦句。春「今朝の春」。

【語釈】○堂　神仏を祀る建物のことで、ここは愛知県名古屋市熱田区に鎮座する熱田神宮（熱田社とも）の本殿であろう。○蓬莱山　中国の神仙思想に説かれる神山の一つで、東方の海上にあって仙人の住む別天地とされる。これをかたどる新年の飾り物をいうほか、熱田神宮の別称でもある。○今朝の春　歳旦句に常套的な表現で、新春を迎えた元日の朝をいう。

【備考】出典の『俳諧名所小鏡』は蝶夢編。同書で「尾張」の「熱田社」の句として収載する。堂は、その神宮寺であった円通寺の本堂などをさすか。

五三五　辻卜《つじうら》によき事ききぬほととぎす　（同）

【句意】辻占で吉となることを聞いた、時鳥《ほととぎす》の鳴き声を。無条件に賞美するものとされる時鳥の声を聞き、これこそ最上の吉兆であるとした。夏「ほととぎす」。

【語釈】○辻卜　辻占。朝夕などに道の辻に立ち、最初に通りかかる人の言葉から吉凶を判断する占いで、黄楊の櫛を持ち道祖神に祈って歌を三唱するなどの約束事があった。また偶然に遭遇した物事によって将来の吉凶を判断することもいう。ここは、実際には橋の上や近くで往来の人の言葉から占う橋占（【備考】を参照）。それも辻占の一種と言ってよいだろう。○よき事　吉事。俳諧式目書『はなひ草』（寛永13）には「辻立・辻占　恋也」とあり、ここも恋の願いがかなうと喜んだものか。

【備考】出典の『俳諧名所小鏡』で「山城」の「一条戻橋」の句として収載する。「一条戻橋」は京都市の市街地中央部を南北に流れる堀川の一条辺に架かる橋で、橋占をする場所として各種の伝承を生み、渡辺綱が橋上で鬼の片腕を切り落とした話でも名高い。

五三六　星にかせ細谷川《ほそたにぐさ》の一《ひと》むすび　（同）

【句意】星に貸しなさいよ、細谷川を一結びの帯として。逢瀬のためには容易に解ける帯がよいとして、天の川を渡る前に細谷川の帯を締めて行きなさい、とユーモラスに表現したのだろう。秋「星（星合）」。

【語釈】○星　七月七日の夜に織女星と逢瀬をする牽牛星。その逢瀬を星合といい、これが季語になる。○細谷川　流れの細い谷川。吉備中山（岡山市北西部）の中央を流れる小川。『類船集』では「丸木橋　真金吹《まがねふく》　恨る恋　吉備の中山」が付合語として掲げられる。また『連珠合璧集』では「帯トアラバ、むすぶ　みち　行めぐる　細谷川」とされる。詠人しらず「真金ふく吉備の中山帯にせる細谷川の音のさやけさ」（『古今集』）の歌（『万葉集』では、柿本人麻呂の歌として上句を「大王《おおきみ》の御笠の山の帯にせる」）以来、山の帯に見立てられる。○一むすび　紐や帯などを一回結ぶこと。ここではやがては解ける「帯」を一結びすること。
【備考】出典の『俳諧名所小鏡』で「備前」の「細谷川」の句として収載する。

五月五日に

五三七　都かな末の松山紙のぼり

（真蹟短冊・年代未詳）

【句意】これこそ都だなあ、波も越えないとされる末の松山をも波が越えるほど林立して紙幟がはためいている。都のにぎやかな風景を奥州（東北地方）の歌枕を引き合いに出して詠む。夏「紙のぼり」。
【語釈】○末の松山　奥州多賀城（宮城県多賀城市八幡）の丘陵。景勝地。詠人しらず「君をおきてあだし心をわがもたば末の松山波も越えなん」（『古今集』）の歌で有名。これは「末の松山を波が越えることがあっても、私の恋心は変わらない」の意の恋の歌。ここでは、恋から離れて、末の松山に「押し寄せる白波」を「林立する紙幟」に読み替えた。○紙のぼり　紙幟。紙製ののぼり。五月五日の節句に立てる。二九四の【語釈】を参照。

野径《やけい》即興

五三八　むつ穂麦さくらは溝《みぞ》を流れけり

（今治市河野記念文化館蔵短冊・年代未詳）

【句意】穂麦が出始めた初夏のこみち、桜の花びらは溝を流れて行ったよ。夏「穂麦」。
【語釈】○野径　野中のこみち。野路。○むつ穂麦　未詳。「穂麦」は穂の出た麦。麦の穂。「むつ」は睦《むつ》み合うから生まれた言葉で慣れ親しむの意か。芭蕉「いざともに穂麦喰はん草枕」（『野ざらし紀行』）、尺草「雨に折れて穂麦にせばき径《こみち》哉」（『俳諧勧進牒』）、荊口「藪疇《やぶあぜ》や穂麦にとどく藤の花」（『続猿蓑』）など穂麦を詠んだ句があり、新しい素材であった。「むつ」は慣れ親しんだの意か。

西川可周にいざなはれ賀茂へまかりて杉の木陰にあそび侍りて

五三九　名乗れ木陰《こかげ》ここを氈《せん》しく郭公《ほととぎす》　（同）

【句意】名乗りを上げよ、この木陰に毛氈を敷いてゆっくり聞いてやろう、時鳥《ほととぎす》よ。夏「郭公」。

【語釈】○西川可周　似船編『勢多長橋』（元禄4）に「西河氏」の姓で載る。同『堀河之水』（元禄7）に西川姓で収載される人も同一人らしく、似船門人であろう。○賀茂　京都の上賀茂・下鴨の総称。○まかりて「行く」「来る」の謙譲語。ここでは行く。○氈しく　広げる。ここでは自分の住処とする意。○郭公　ホトトギス。宗鑑編『犬筑波集』夏部に「仏壇に本尊《ほぞん》かけたかほとぎぎす」の発句があり、室町時代頃から「ホゾンカケタカ」と鳴く鳥とされた。ここでは、西行「きかずともここを背にせむ時鳥山田の原のすぎのむら立」（『新古今集』）を踏まえ、「背」を「氈」に代えて、ここに毛氈の類などを敷いて、ゆっくり聞こうではないか、と洒落た。

五四〇　銀漢《ぎんかん》や迦羅《きやら》あたためて紅葉《もみじ》の橋　（『古今短冊句帖』年代未詳）

【句意】天空に雄大な天の川が流れているなあ、伽羅をたいて（牽牛星と織女星が）渡って行く、紅葉の橋を。詩句

「酒をあたためて」を「迦（伽）羅あたためて」と転じた作（【語釈】を参照）。秋「銀漢・紅葉の橋」。

【語釈】○銀漢　天の川。○迦羅　伽羅。香木の一種。沈香《じんこう》の最上品で珍重された。○迦羅あたためて　「林間に酒を煖《あたた》めて紅葉を焼《た》く」（白居易「送王十八帰山寄題仙遊寺詩」）のもじり。「酒を煖めて」は、『和漢朗詠集』や『平家物語』、謡曲「紅葉狩」等に引かれ流布した。○紅葉の橋　鵲の橋、烏鵲橋とともに七月の季語（『俳諧其傘』）。牽牛星と織女星が逢瀬の際に渡る橋。詠人しらず「天の川もみぢを橋に渡せばやたなばたつめの秋をしも待つ」（『古今集』）や西園寺公経「星逢のゆふべすずしき天の川もみぢのはしをわたる秋かぜ」（『新古今集』）など、多くの和歌に詠まれる歌語。

五四一　わた時と今を夕べやなにはぐさ　（『俳諧年中行事』年代未詳）

【句意】綿の実の取り入れ時は、今、この夕べだと、何を言うのだろう難波草よ。秋「わた時・なにはぐさ」。

【語釈】○わた時　綿の実の取り入れ時。秋。○夕べ　夕暮れ。ここでは「夕」と「言ふ」を言い掛ける。○なにはぐさ　難波草。「なには」の「なに」と「何」を言い掛ける。葦《あし》の異称。伊勢では浜荻。「難波の葦は伊勢の浜荻」（諺）。梵灯庵「伊勢路にもあるをこそきけ難波草所によりてかはるこの名は」（『梵灯庵袖下集』）。

【備考】出典の『俳諧年中行事』は未見のため、原本による。

寛文十一年夏日発句に　海辺時鳥《うみべのほととぎす》といふことを

五四二　返事せよあまのよび声郭公《ごえほととぎす》　（真蹟短冊・寛文11）

【句意】返事をして鳴くがよい、しきりに呼びかける海士の声に応じて、時鳥《ほととぎす》よ。なかなか鳴かない時鳥へのじれる思いを、対照的に間断ない「あまのよび声」を引き合いに出して表したか（あるいは、「あまのよび声」に「天の声」を掛けているか）。夏「郭公」。

【語釈】○日発句　ある期間（ここは夏の間）に毎日一句ずつ発句を詠むこと。また、その作品。○海辺時鳥といふことを「海辺時鳥」という題で詠んだの意。「海辺時鳥」は海辺に鳴く時鳥ということで、和歌の題でもある。○あまのよび声　漁師らがその作業とともに上げる声。長忌寸意吉麿「大宮のうちまで聞こゆ網引《あびき》すとあご整ふるあまのよび声」（『万葉集』『古今六帖』）など、和歌でも用いられる。ここは謡曲「忠度」の「浦山かけて須磨の海、海人《あま》の呼声《よびごえ》ひまなきに」などを踏まえつつ、それを時鳥に呼びかける声の意に取りなしたか。○郭公　ホトトギス科の鳥である時鳥の一表記。江戸時代にこの用字でカッコウをさすことは少ない。

【備考】本書の表紙に写真を掲載。

付録

冨尾似船年譜

本年譜は、原本（『元禄京都諸家句集』）に収められた雲英末雄氏作成の「年譜」に基づいて作成したものである。歳旦や連句興行、似船への言及や似船自身の俳書出版に関する情報はそれぞれ単独に立項し、入集状況に関しては各年次の末尾に一括して記した。俳書名は『俳文学大辞典』（角川書店）に準拠しつつも、私見により改めた箇所がある。この年譜では書名の角書もそのままとした。俳書の年次は刊記・奥書・序・跋などによって判断するほか、阿誰軒編『誹諧書籍目録』によった場合は〈阿〉と記し、判断材料がない場合は「同年刊か」「このころ刊か」などとしたところがある。俳書が部分的にしか残っていない場合は「零本」とし、現存部分の入集句数を記した。零本でも句引により入集句数が知られる場合は「零本・句引」とし、句引に載る句数を記した。散逸書の場合は「散逸」と記した。

寛永六年（一六二九）己巳　一歳

○出生（墓碑銘と『京都名家墳墓録』『誹家大系図』等に記載される享年よりの逆算）。冨尾氏。名は重隆。通称は弥一郎。芦月庵・柳葉軒とも号し、師である安静の軒号を襲って似空軒二世を称した。住所は、『俳諧行事板』（延宝八年奥）に「車屋丁二条上ル町」、『誹諧京羽二重』（元禄四年刊）に「五条橋通東洞東へ入朝妻町」とあり、『勢多長橋』（元禄四年奥）では自ら「西洞院通七条上ル町」と記している。

明暦二年（一六五六）丙申　二十八歳

○令徳編『崑山土塵集』（二月上旬刊、零本・句引）に発句七。貞室編『玉海集』（八月刊）に発句六。この年から寛文四年までは重隆の号を使用。

万治二年（一六五九）己亥　三十一歳

○安静の歳旦三物興行に参加（『滑稽太平記』）。

万治三年（一六六〇）庚子　三十二歳

○歳旦発句を詠む（『歳旦発句集』）。

万治四・寛文元年（一六六一）辛丑　三十三歳

○歳旦発句を詠む（『歳旦発句集』）。

寛文二年（一六六二）壬寅　三十四歳

○歳旦発句を詠む（『歳旦発句集』）。

○安静編『鄙諺集』（三月刊、零本）に発句百二十以上（『蘆花集』序文）。

寛文四年（一六六四）甲辰　三十六歳

○歳旦発句を詠み（『歳旦発句集』）、安静の歳旦三物興行に参加（『知足書留歳旦帖』）。

寛文五年（一六六五）乙巳　三十七歳

○歳旦発句を詠み（『歳旦発句集』）、安静の歳旦三物興行に参加（『知足書留歳旦帖』）。

○『蘆花集』（三月刊、零本・句引）を刊行。全四冊からなる発句集（現存は中本三冊）で、自身の発句は百八十三。

この年から似船の号を使用。

寛文六年（一六六六）丙午　三十八歳

○歳旦発句を詠み（『歳旦発句集』）、安静の歳旦三物興行に参加（『知足書留歳旦帖』）。

寛文七年（一六六七）丁未　三十九歳

○歳旦発句を詠む（『歳旦発句集』）。

寛文八年（一六六八）戊申　四十歳

○歳旦発句を詠み（『歳旦発句集』）、安静の歳旦三物興行に参加（『寛文前後古誹諧』）。

寛文九年（一六六九）己酉　四十一歳

○歳旦発句を詠み（『歳旦発句集』）、安静の歳旦三物興行に参加（『寛文前後古誹諧』）。

寛文十一年（一六七一）辛亥　四十三歳

○元隣著『宝蔵』（二月序）の「追加発句」に発句十。

○未琢編『ひともと草』（春ころ刊か）に発句三。

延宝二年（一六七四）甲寅　四十六歳

○安静編『如意宝珠』（五月刊、零本・句引）に発句三十九・付句十一。寛文九年の出版予定が編者死去のために延び、似船が清書・出版したもの。序文を記す。

延宝三年（一六七五）乙卯　四十七歳

○歳旦三物興行をして歳旦帖（正月、『俳諧三ツ物揃』所収）を上梓。

○六月二十九日、万句興行を実施（『かくれみの』）。

○高政編『誹諧絵合』（七月刊）に独吟百韻一巻。高政自序に似船評がある。

延宝四年（一六七六）丙辰　四十八歳

○仮名草子『石山寺入相鐘』（三月奥）を刊行。大本二冊。京を出て、発句や狂歌を詠みながら、近江の石山寺を参詣するまでを描く。

○『独吟大上戸』（三月刊、散逸）を刊行したか。『誹諧書籍目録』によれば一冊で独吟百韻二巻を収める。

○十月九日、安静の七回忌追善の百韻興行を行い、立句を詠む（『かくれみの』）。
○汲浅編『誹諧渡奉公』（三月二十五日奥）に発句四。西鶴編『古今誹諧師手鑑』（十月二十五日序）に発句一。

延宝五年（一六七七）丁巳　　四十九歳

○安静が筆録した怪異小説集『宿直草』（二月刊）に序文を寄せる。
○『かくれみの』（九月序、零本）を刊行。全三冊からなり（現存は発句集の横本一冊）で、自身の発句は七十四。残りは付句集・連句集と察せられる。
○惟中編『俳諧三部抄』（十一月刊）に発句二・付句三。

延宝六年（一六七八）戊午　　五十歳

○歳旦三物興行をして歳旦帖（正月、『俳諧三ッ物揃』所収）を上梓。
○三月八日、五句付俳諧に点者として点を施す（『芦月庵似船点五句附俳諧』）。
○九月、万句興行を実施（『安楽音』）。

延宝七年（一六七九）己未　　五十一歳

○『火吹竹』（九月刊、散逸）を刊行したか。『誹諧書籍目録』によれば一冊。
○十一月五日、西陣で万句興行を実施（『安楽音』）。
○惟中著『近来俳諧風躰抄』（十一月跋）で漢語・釈教語の使用について述べる箇所に、その例として付句が引かれる。
○随流著『誹諧破邪顕正』（十二月奥）と維舟著『誹諧熊坂』（冬刊）で宗因流の推進者として批判される。
○卜琴編『越路草』（このころ刊か、零本）に発句三。

延宝八年（一六八〇）庚申　五十二歳
○歳旦三物興行をして歳旦帖（正月、『〔俳諧三ツ物揃〕』所収）を上梓。
○随流著『俳諧猿黐』（三月刊）で外道の邪俳として排撃される。
○三月二十四日、車屋町の新宅で俳諧興行（『安楽音』）。四月にも同様の興行（同）。
○著者未詳『俳諧綾巻』（四月刊）で邪道の宗匠として非難される。
○鶴林著『俳諧行事板』（九月奥）に邪俳の一人として挙げられる。
○友琴編『白根草』（五月二十五日序、零本・句引）に発句五。自悦編『洛陽集』（九月十五日跋）に発句三。

延宝九・天和元年（一六八一）辛酉　五十三歳
○『安楽音』（三月刊）を刊行。発句集・付句抜書・連句集からなる横本四冊本で、漢詩文調の撰集として知られる。自身の作は発句六十八・付句二十一と連句五巻。

天和二年（一六八二）壬戌　五十四歳
○未達編『俳諧関相撲』（一月刊、零本）で京の点者の一人に数えられる。
○如扶編『誹諧三ケ津』（四月刊）に発句一。風黒編『高名集』（四月刊）に発句一。秋風編『うちくもり砥』（七月序）に発句一。

天和三年（一六八三）癸亥　五十五歳
○歳旦三物興行をして歳旦帖（正月、『誹諧三物揃』所収）を上梓。

貞享三年（一六八六）丙寅　五十八歳
○歳旦三物興行をして歳旦帖（正月、『〔誹諧三物揃〕』所収）を上梓。

貞享四年（一六八七）丁卯　　五十九歳

○尚白編『ひとつ松』（三月二十五日刊）に発句三。

貞享五・元禄元年（一六八八）戊辰　　六十歳

○歳旦三物興行をして歳旦帖（正月、『〔誹諧三物揃〕』所収）を上梓。

元禄二年（一六八九）己巳　　六十一歳

○歳旦三物興行をして歳旦帖（正月、『誹諧大三物』所収）を上梓。

○『苗代水』（四月上旬跋）を刊行。半紙本六冊からなり、発句題・前句題に応じた門下の発句・付句を収める。

○言水編『誹諧前後園』（二月序）に発句一。

元禄三年（一六九〇）庚午　　六十二歳

○三千風著『日本行脚文集』（四月下旬跋）に三千風が似船を訪ねた記事があり、似船の発句に三千風が脇を付けた付合が記される。

○可休編『誹諧物見車』（八月尽序）で可休の独吟歌仙にほかの点者とともに加点する。

○正春編『俳諧かつら河』（九月序）で正春の独吟歌仙の首尾各六句にほかの点者とともに加点する。

○団水著『俳諧物見車返答特牛』（十月十四日跋）に言及がある。

○和及編『誹諧雀の森』（四月跋）に発句一。団水著『俳諧秋津島』（十月跋）に発句一。

元禄四年（一六九一）辛未　　六十三歳

○歳旦三物興行をして歳旦帖（正月、『誹諧三物尽』所収）を上梓。

○松春編『俳諧初学祇園拾遺物語』（一月刊）で歌仙の一部に加点をし、発句一が入集。

○団水編『俳諧団袋』（二月刊）に言及がある。

○『勢多長橋』（五月十八日奥）を刊行。半紙本六冊からなり、例句を挙げながら季語を解説し、付句集・連句集を付す。自身の作は発句三十一・付句二と連句二巻。

○西鶴著『俳諧石車』（八月刊）に似船らの点（『物見車』）が再録され、発句一（上五を付けたもの）が入集。

○林鴻編『誹諧京羽二重』（九月刊）で「誹諧点者」に分類され、発句一が入集。

○順水編『誹諧渡し船』（二月上旬奥）に発句一。江水編『元禄百人一句』（三月序）に発句一。好春編『新花鳥』（八月二十五日〈阿〉）に発句一・歌仙一。江水編『俳諧柏原集』（閏八月二十五日〈阿〉）に発句一。児水編『常陸帯』（閏八月刊）に発句一。幸佐編『誹諧大湊』（閏八月刊）に発句四。

元禄五年（一六九二）壬申　　六十四歳

○歳旦三物興行をして歳旦帖（正月、『誹諧三物尽』所収）を上梓。

○随流著『誹諧貞徳永代記』（三月刊）に論難の記事があり、発句一が入集。

○只丸著『誹諧あしぞろへ』（五月跋）に『貞徳永代記』の非難に対する弁護がある。

○菊子編『咲やこの花』（十月刊）に『苗代水』から抜粋した前句・発句が載る。

○雨行編『時代不同発句合』（五月二十五日序）に発句一。助叟編『誹諧釿始』（八月十五日刊）に発句一。示右編『俳諧八重桜集』（このころ刊）に発句一。

元禄六年（一六九三）癸酉　　六十五歳

○林鴻著『俳諧永代記返答あらむつかし』（八月序）に『貞徳永代記』の非難に対する弁護があり、発句一が入集。

○休計編『誹諧浪花置火燵』（閏二月下旬後序）に発句一。幸佐編『誹諧入船』（前年ないし同年刊）に発句一。梨節編

『反古ざらへ』（このころ刊）に発句一。

元禄七年（一六九四）甲戌　六十六歳

○歳旦三物興行をして歳旦帖（正月、『〔誹諧三物尽〕』所収）を上梓。

○田宮禎編『奈良土産』（二月刊）に点者として前句題を出題。

○『絵入堀河之水』（五月上旬奥）を刊行。下京新町の名所・旧跡を絵入りで解説したもので、後半には一部を除いて『勢多長橋』を再録する。

○夜食時分著の浮世草子『好色万金丹』（七月刊）に名が挙げられる。

元禄八年（一六九五）乙亥　六十七歳

○一月七日、駒角（京極高住）による父追悼の歌仙興行に一座（『面々硯』）。

○鷺水著『誹諧よせがき大成』（九月二十五日刊）に当世もてはやす風体として似船点の句が掲載される。

○『〔似船点取帖〕』（京大図書館蔵）に元禄五年から八年までの百韻十五巻を収録。

○文車編『誹諧花蒋』（二月上旬序）に発句一。和海編『鳥羽蓮花』（十月序）に発句一。

元禄九年（一六九六）丙子　六十八歳

○良弘編『高天鶯』（十一月刊）で京の点者として挙げられ、点をした前句付も載る。

○芳山編『誹諧まくら屏風』（八月序）に発句五。遊林子編『誹諧反古集』（十二月奥）に発句一。

元禄十年（一六九七）丁丑　六十九歳

○閑水編『笠付前句ぬりがさ』（二月刊）でほかの点者とともに歌仙に加点する。

○『千代の睦月』（十一月中旬奥）を刊行。半紙本五冊からなる発句・連句集で、自発句八・付句二と歌仙六巻。

○挙堂著『真木柱』（閏二月二十九日刊）に発句二。幸佐編『誹諧二番船』（この年までに刊）に発句一。

元禄十一年（一六九八）戊寅　七十歳

○佳聚亭編『寄生』（二月十五日序、零本）に発句四。調和撰・一蜂編『面々硯』（同年刊）に歌仙一巻。

元禄十二年（一六九九）己卯　七十一歳

○西鶴著『西鶴名残の友』巻四ノ三「見立物は天狗の媒鳥」に名が挙げられる。

○鷺水著『誹諧大成しんしき』（二月二十五日跋）に発句一。

元禄十三年（一七〇〇）庚辰　七十二歳

○長久編『くの木炭』（三月跋）に発句一。老山編『名所百物語』（三月跋）に発句一。朋水著『誹諧道橋大全』（九月中旬刊）に発句二。寸木編『金毘羅会』（九月序）に発句一。

元禄十四年（一七〇一）辛巳　七十三歳

○三千風編『倭漢田鳥集《鴫立沢》』（一月序）に発句一。

元禄十五年（一七〇二）壬午　七十四歳

○轍士著『花見車』（三月刊）で「太夫」（点者）に分類され、発句一が入集し、今は身上がり（遊女が客を取らないこと）して客もないと記される。

○巨海編『石見銀』（五月跋）に発句一。

元禄十六年（一七〇三）癸未　七十五歳

○歳旦三物興行をして歳旦帖（正月、『〔俳諧〕三物揃』所収）を上梓。

○柴珊瑚編『万歳烏帽子』（一月刊）に加点した前句付が載る。

○夏、不角らを迎えた世吉興行に一座（『誹諧一峠』）。七月二十六日には言水が不角を招いた歌仙興行にも一座（同）。

○桃源川編『花皿』（十一月十四日序）に発句一。郁翁編『誹諧柏崎』（十一月下旬序）に発句二と序文。『誹諧一峠』（同年刊か）に歌仙一巻・世吉一巻。

元禄十七・宝永元年（一七〇四）甲申　七十六歳

○歳旦三物興行をして歳旦帖（正月、『俳諧三物揃』所収）を上梓。

○長角編『根なし蔓』（六月奥）に発句四。

宝永二年（一七〇五）乙酉　七十七歳

○歳旦三物興行をして歳旦帖（正月、『俳諧三物揃』所収）を上梓。

○海棠編『夢の名残』（四月四日序）に発句一。

○七月十六日、死去。墓碑は京都市東山区五条橋東の大谷本廟にあり、碑表に「芦月庵似船」と刻され、その右と左に「宝永乙酉年」「七月十六日」とある。享年七十七（『誹諧家譜』『誹家大系図』等）。

没後

○宰陀編『宰陀稿本』（享保四年奥）、蓮谷編『誹諧温故集』（延享五年二月二十五日跋）、丈石編『誹諧家譜』（宝暦元年一月一日刊）、永我編『誹諧三人張』（宝暦二年五月十三日序）、嘯山編『俳諧古選』（宝暦十三年正月刊）、素外編『古今句鑑』（安永六年跋）、蝶夢編『俳諧名所小鏡』（上巻は天明二年八月刊）、碓嶺編『さらしな記行』（文化十四年刊）、青藜編『俳諧浦玉藻』（天保十五年九月刊）、編者未詳『俳諧年中行事』（年次未詳）、等に発句が入集。

出典俳書略解題

『崑山《こんざん》土塵《どじん》集』

鶏冠井《かえでい》令徳《りょうとく》編。発句集。中本六冊か（夏・冬存）。明暦二年二月上旬刊（『渡奉公』による）。

『玉海《ぎょっかい》集』

安原貞室《ていしつ》編。発句・付句集。中本七冊。明暦二年八月、敦賀屋久兵衛刊。

『歳旦発句集』

書肆《しょし》編。歳旦集。横本一冊。延宝二年正月、（京都）表紙屋庄兵衛刊。年代不知・寛永十六年〜延宝二年の諸家の歳旦発句集。本書に収録した延宝二年以前の歳旦句は同書による。

『鄙諺《ひげん》集』

荻野《おぎの》安静《あんせい》編。発句集。中本八冊（巻六冬部発句存）。寛文二年三月刊（『渡奉公』による）。

『蘆花《ろか》集』

冨尾似船編。寛文五年三月刊。発句集。中本四冊（一・二・四存）。寛文五年三月、（京都）西尾五兵衛刊。

『ひともと草《ぐさ》』

石田未琢《みたく》編。発句集。半紙本五冊。寛文九年九月序刊。

『宝蔵《たからぐら》』

山岡元隣《げんりん》著。俳諧文集。大本五冊。寛文十一年二月自序。秋田屋五郎兵衛刊。巻末に「追加発句」を収録。

『如意《によい》宝珠《ほうしゅ》』

荻野安静編。発句・付句集。中本八冊（一〜四・六〜八存）。延宝二年五月、（京都）長尾平兵衛刊。

『俳諧三《み》ツ《つ》物揃《ものぞろえ》』

書肆編。歳旦集。横本一冊。延宝三年正月、（京都）庄兵衛刊。

『誹諧絵《え》合《あわせ》』

菅野谷高政《すがのやたかまさ》編。発句・連句集。横本二冊。延宝三年七月、（京都）林和泉刊。

『石山寺入相鐘《いしやまでらいりあいのかね》』

冨尾似船著。仮名草子。延宝四年三月奥。（京都）武村新兵衛刊。

『渡奉公《わたりぼうこう》』

大鹿汲浅《おおしかきゅうせん》編。俳書目録・発句集。横本二冊。延宝四年三月自奥刊。角書「誹諧」。

『かくれみの』

冨尾似船編。発句集。横本欠一冊（上巻存）。延宝五年九月自序。もとは『隠蓑隠笠』を書名とする三冊本（発句・付句・連句集）か。書名表記は学習院大学殿田文庫蔵本による。

『俳諧三ツ物揃』

書肆編。歳旦集。横本一冊。延宝六年正月、（京都）井筒屋庄兵衛刊。

『詞林金玉集《しりんきんぎょくしゅう》』

桑折宗臣《こおりむねしげ》編。発句集。大本十九冊（写本）。延宝七年八月自序。

『〔俳諧三物揃〕』

書肆編。歳旦集。横本一冊。延宝八年正月、（京都）井筒屋庄兵衛尉重勝刊。

『白根草《しらねぐさ》』

神戸友琴《かんべゆうきん》編。発句・付句集。中本四冊（一・四存）。延宝八年五月、（京都）山森六兵衛刊。

『洛陽集《らくようしゅう》』

浜川自悦《はまかわじえつ》編。発句集。半紙本二冊。延宝八年九月序刊。

『安楽音《あんらくのこえ》』

冨尾似船編。発句・付句・連句集。横本四冊。延宝九年三月、（京都）村上勘兵衛元信刊。

『三ケ津《さんがのつ》』

紙谷如扶《かみやじょふ》編。絵入発句集。半紙本一冊（影写本のみ存）。天和二年四月、（大坂）深江屋太郎兵衛刊。角書「誹諧」。

『うちくもり砥《と》』

三井秋風《しゅうふう》編。発句・連句集。大本一冊。天和二年七月序刊。西山宗因《そういん》・田中常矩《つねのり》（両者とも天和二年三月没）追善集。

『誹諧三物揃』

書肆編。歳旦集。横本一冊。天和三年正月、（京都）井筒や庄兵衛重勝刊。

『〔誹諧三物揃〕』

書肆編。歳旦集。横本一冊。貞享三年正月、（京都）井筒屋筒井庄兵衛重勝刊。

『ひとつ松』

江左《こうさ》尚白《しょうはく》編。発句集。半紙本四冊。貞享四年三月、井筒屋庄兵衛重勝刊。

『〔誹諧三物揃〕』

書肆編。歳旦集。横本一冊。貞享五年正月、(京都)筒井庄兵衛重勝刊。

『雀の森』

三上《みかみ》和及《わぎゅう》編。発句・連句集。半紙本一冊。元禄三年四月跋。(京都)皇都書林刊。角書「誹諧」。

『日本行脚《あんぎゃ》文集』

大淀《おおよど》三千風《みちかぜ》著。俳諧紀行(発句・和歌・漢詩等を多数収載)。大本七冊。元禄三年四月跋刊。

『誹諧三物尽《みつものづくし》』

書肆編。歳旦集。横本一冊。元禄四年正月、(京都)いつゝや庄兵衛刊。「誹諧」は角書。

『渡し船』

島《しま》順水《じゅんすい》編。発句・連句集。半紙本一冊。元禄四年一月、(京都)井筒屋庄兵衛刊。角書「誹諧」。

『祇園《ぎおん》拾遺《しゅうい》物語《ものがたり》』

坂上《さかがみ》松春《しょうしゅん》編。俳論書・俳諧点取・発句・連句集。半紙本二冊。元禄四年一月、(江戸)西村半兵衛、(京都)西村市郎右衛門、(京都)坂上甚四郎刊。角書「俳諧初学」。

『勢多長橋《せたのながはし》』

冨尾似船編。歳時記・付句・連句集。半紙本六冊。元禄四年五月奥。(京都)井づゝ屋庄兵衛刊。

『誹諧大湊《おおみなと》』

高田《たかだ》幸佐《こうさ》編。発句・連句集。半紙本一冊。元禄四年閏八月、(京都)中村孫兵衛刊。

『誹諧京《きょう》羽二重《はぶたえ》』

堀江《ほりえ》林鴻《りんこう》編。発句集・俳人系譜・俳諧作法書。半紙本四冊。元禄四年九月、(京都)井筒屋庄兵衛刊。「誹諧」は角書。

「御船屏風《おふねびょうぶ》」

久松定直《ひさまつさだなお》（俳号三嘯《さんしょう》）編か。発句短冊貼込屏風。六枚折一双。元禄四年成か。和田茂樹「久松家旧蔵「御船屏風」」（『愛媛国文研究』14号、昭和三十九年十二月）参照。

『〔歳旦集〕』

書肆編。横本一冊。元禄七年正月、（京都）井筒屋庄兵衛刊。元禄五年～七年の諸家の歳旦帖を合綴したもの。

『八重桜《やえざくら》集』

小栗栖示右《おぐるすじゆう》編。発句・連句集。半紙本二冊。元禄五年ころ成刊。（京都）井筒屋庄兵衛刊。

『堀河之水《ほりかわのみず》』

冨尾似船編。名所発句・付句集・俳諧歳時記。半紙本八冊。元禄七年五月、（京都）井つゝや庄兵衛刊。角書「絵入」。

『鳥羽蓮花《とばれんげ》』

梅原和海《うめはらわかい》編。発句・連句集。半紙本一冊。元禄八年十月序。（京都）ゐつゝや庄兵衛刊。松永貞徳《ていとく》追善集。

『まくら屏風《びょうぶ》』

滝芳山《たきほうざん》（方山）編。発句・連句集。半紙本二冊。元禄九年八月序跋。（京都）井筒屋庄兵衛刊。角書「誹諧」。

『反故集《ほうぐ》』

遊林子詠嘉《ゆうりんしえいか》編。発句・連句集・諺字辞書。半紙本三冊。元禄九年十二月奥。（京都）井筒屋庄兵衛刊。角書「俳諧」。

『千代《ちよ》の睦月《むつき》』

冨尾似船編。発句・連句集。半紙本五冊。元禄十年十一月奥。(京都)井筒屋庄兵衛刊。書名表記は早稲田大学図書館蔵本による。

『寄生《やどりき》』

佳聚亭《かしゆうてい》編。発句集か。半紙本欠一冊(上巻のみ存)。元禄十一年二月序。

『金毘羅会《こんぴらえ》』

木村寸木《すんぼく》編。発句・連句集。半紙本二冊。元禄十三年九月序。(京都)井筒屋庄兵衛刊。

『倭漢田鳥集《わかんでんちよう》』

大淀三千風編。発句・和歌・漢詩・連句・前句付集。大本三冊。元禄十四年一月序。(京都)百々勘兵衛刊。角書「鴫立沢」。

『花見車《はなみぐるま》』

匿名(室賀轍士《むろがてつし》)著。俳諧評判記。半紙本四冊。元禄十五年三月序。(京都)いつゝや庄兵衛刊。

『(俳諧三物揃)』

書肆編。歳旦集。横本一冊。元禄十六年正月、(京都)井筒屋庄兵衛刊。「俳諧」は角書。

『花皿《はなざら》』

桃源川《とうげんせん》編。発句・連句集。半紙本一冊。元禄十六年十一月自序刊。御風山春色《しゆんしよく》一周忌追善集。

『柏崎《かしわざき》』

長井郁翁《ながいいくおう》編。発句・連句集。半紙本二冊。元禄十六年十一月序。(京都)ゐつゝ屋庄兵衛刊。角書「誹諧」。

『〔俳諧三物揃〕』

書肆編。歳旦集。横本一冊。元禄十七年正月、(京都)井筒屋庄兵衛刊。「俳諧」は角書。


『根なし蔓《かずら》』

朽縄軒長角《きゅうじょうけんちょうかく》編。発句・連句集。半紙本二冊。宝永元年六月奥。(大坂)高谷平右衛門・山田屋次郎兵衛刊。


『俳諧三物揃』

書肆編。歳旦集。横本一冊。宝永二年正月、(京都)井筒屋庄兵衛刊。「俳諧」は角書。


『夢の名残《なごり》』

青木海棠《あおきかいどう》編。発句・連句集。半紙本二冊。宝永二年四月自序。(京都)井筒屋庄兵衛刊。肖柏《しょうはく》百八十年忌集。


『誹諧家譜《かふ》』

早川丈石《はやかわじょうせき》編。俳人系譜・点印譜・発句集。半紙本二冊。宝暦元年十一月、(京都)野田藤八、(京都)金屋三郎兵衛刊。


『俳諧名所《めいしょ》小《こ》鏡《かがみ》』

蝶夢《ちょうむ》編。名所発句集。中本三冊。上巻は天明二年八月、(京都)井筒屋庄兵衛、(京都)橘屋治兵衛刊。中・下巻は寛政七年十月、(京都)井筒屋庄兵衛、(京都)橘屋治兵衛刊。

初句索引

似船発句の初句索引として、初句（上五）を現代仮名遣いで表記し、五十音順に配列した。アラビア数字は発句の番号であり、利便のため（　）内には初句の原表記も付した。

あ行

あおぐべし（あふぐべし）　321
あかぼしや（あかぼしや）　28
あがむべし（崇むべし）　138
あきかぜや（秋風や）　267
あきのたい（秋の田井）　414
あきのたの（秋の田の）　298
あきよあわれ（秋よあはれ）　478
あさがおや（朝顔や）　342
あさがらや（麻がらや）　339
あさぎりの（あさ霧の）　481
あさのはや（麻の葉や）　405
あさのまの（朝の間の）　137
あざみぐさ（あざみ草）　80
あしあとは（足跡は）　303
あすもこん（あすもこん）　364
あそぶひに（遊ぶ日に）　384
あたごどのや（阿太胡殿や）　134
あとあるは（跡あるは）　457
あまがべにの（あまが紅粉の）　251
あまぐもの（雨雲の）　461
あまのとや（天の戸や）　32
あみがさと（編笠と）　301
あめがしたに（天が下に）　11
あめのそらや（雨の空や）　103
あられふり（霰ふり）　382
あわれいはい（あわれ位牌）　281
あわれはえや（あわれ蠅や）　329
いけばなや（いけばなや）　65
いしもちの（石首魚の）　69
いせがよみし（伊勢がよみし）　482
いちくれて（市昏て）　437
いでてみよ（出て見よ）　1
いとたれて（糸たれて）　468
いねのほや（稲の穂や）　485
いのちぐさ（寿命種）　465
いりあいの（晩り鐘の）　376
いりひさす（入日さす）　302
いろよかよ（いろよ香よ）　95
いわおつつむ（いはほつつむ）　44
うきたった（うきたつた）　145
うぐいすの（鶯の）　52
うぐいすや（うぐいすや鶯や）　182　225
うしろひもや（うしろ紐や）　334
うしわらわ（牛わらは）　508
うずらきく（鶉きく）　383
うすわたや（うす綿や）　493
うたいぞめや（諷初や）　522
うたのよの（歌の世の）　391
うちつけに（打つけに）　24
うちわたす（打わたす）　197
うつしみるや（うつし見るや）　35
うつせがい（うつせ貝）　424
うつせみん（うつせ見ん）　60
うのはなの（卯のはなの）　98
うぶゆいっちょう（産湯一貼）　326
うめがかの（梅が香の）　425
うめしわみ（梅皺ミ）　377
うめせんり（梅千里）　526
うらじろや（うらじろや）　173　205
うらのすがた（浦のすがた）　442
うらはかや（うらは香や）　106
うらぼんの（うら盆の）　198

うりだしの（うり出しの） 161
えあわせや（絵あはせや） 464
えにおがむ（絵に拝む） 206
えにかいた（絵にかいた） 107
えのながれ（江の流れ） 180
えはかちょう（絵は花鳥） 194
えびすよに（蛭子世に） 515
えんまおう（閻魔王） 254
おうぎびょうし（扇拍子） 340
おうみのや（近江のや） 378
おおぶくを（おおぶくを） 390
おくすみや（をく炭や） 283
おそろしき（おそろしき） 111
おちにきと（おちにきと） 172 422
おちばがき（落葉柿） 498
おとづきの（弟月の） 18
おにありけり（鬼有けり） 330
おぼえたか（覚えたか） 280
おもいいでん（おもひ出ん） 479
おもいきや（おもひきや） 483
おもかげの（面かげの） 525
おもきこそ（おもきこそ） 148
おもしろし（おもしろし） 460
おもしろの（余情の） 420
おもちようの（おもちやうの） 210
おもわずよ（思はずよ） 354
おるほねや（おるほねや） 123
おるやきの（おるや木の） 83
おわばおえ（追ばおへ） 112

か 行

かいどうに（かいだうに） 86
かえるなり（かへるなり） 257
かえれかし（かへれかし） 474
かかぐるや（かかぐるや） 305
かがみとて（鏡とて） 520
かきうつす（かきうつす） 151
かきぞめの（書初の） 13
かぎりなきを（限なきを） 290
かげぼしや（陰ぼしや） 359
かげもなし（影もなし） 203
かこちょうや（過去帳や） 196
かささぎや（かささぎや） 473
かさねえり（重ね襟） 495
かさのゆきや（かさの雪や） 220
かざやそでに（香ざや袖に） 63
かじそむる（梶そむる） 445
かぜやはだか（風やはだか） 249
かたぐみや（方組や） 226
かどのまつ（門の松） 379
かどまつや（門松や） 10 166
かにきえて（香にきえて） 170
かによって（香によつて） 212
かねかすみ（鐘霞み） 440
かねつきを（鐘突を） 275
かみなりは（かみなりは） 116
かみのはるや（神の春や） 12 34
かみのぼり（紙のぼり） 294
かみのほんじ（神の本地） 193
かみよいさ（神代いさ） 456
かやたけて（蚊幮闌て） 509
かやのきの（榧の木の） 328
かようにめし（荷葉に飯） 338
からうすや（からうすや） 288
かりやかた（かり屋形） 403
かれゆくや（枯ゆくや） 139
かわおとや（河音や） 271
かわすずし（川涼し） 307
かわどこや（河床や） 444
がんおこせり（願発せり） 366
かんこどり（かんこ鳥） 239
がんじつや（元日や） 514
がんじんに（雁陣に） 75
きえてあいに（きえてあゐに） 49
ぎおんえも（祇園会も） 217
ききならえ（聞ならへ） 101
きぎはかれ（木々は枯） 273
きくすいや（菊水や） 263
きくのさきん（菊の砂金） 350
きくのみず（菊の水） 349
きしかたや（来しかたや） 397
きしなみの（岸浪の） 143
きだすけや（気だすけや） 184
ぎだりんは（祇陀林は） 441
きょうといえば（けふといへば） 533
きょうのずを（京の図を） 222
きょうはさばを（けふは鯖を） 475
きりやゆえん（霧や油煙） 341
ぎんかんや（銀漢や） 540

ぎんこうか（銀公か）　25
ぎんさじの（銀茶匙の）　480
きんざんを（金山を）　452
ぎんしょくに（銀燭に）　149
きんぷくりんの（金覆輪の）　375
くうやまど（空夜窓）　158
くさのもちに（草のもちに）　118
くさやきよ（草や木よ）　178
くすりびや（薬日や）　245
くにもとや（国もとや）　490
くにをいす（国を医す）　443
くみぬるや（くみぬるや）　43
くもにかぜや（雲に風や）　7
くれたとしの（くれた年の）　3
くろむらん（くろむらん）　488
けいはまつの（景は松の）　84
けがせぬは（けがせぬは）　295
けさぞてんか（けさぞ天下）　308
けさにおう（今朝匂ふ）　168
けさのゆきや（今朝の雪や）　146
けしにしゅみ（芥子に須弥）　247
げっきゅうも（月宮も）　81
けぬにふる（けぬに降）　23
けぶるかな（煙る哉）　506
げんすでに（原既に）　331
けんびしか（けんびしか）　48
こうばいの（こうばいの）　47
こえするや（声するや）　78
こおりそろ（氷そろ）　142
こがらしに（木がらしに）　179
こぎのこや（胡鬼の子や）　432
ここにあり（ここにあり）　265
ここにくすりこ（粤薬子）　304
ここのえの（九重の）　423
こしごえの（腰越の）　292
ごしそくに（御子息に）　279
ことにすきの（殊にすきの）　216
このうえは（此の上は）　527
このごろは（このごろは）　393
このてらの（此寺の）　46
このはすを（此の蓮を）　404
このほどの（この程の）　469
こはるとや（小春とや）　136
こまちだを（小町田を）　68
こよいあう（こよいあふ）　470
これやいう（これやいふ）　40
ころばすや（ころばすや）　57

さ行

さいわいや（福ひや）　462
さかずきや（さかづきや）　323
さかてとや（酒手とや）　306
さきのつきの（さきの月の）　204
さくらだい（さくらだい）　67
さしつめて（さしつめて）　90
さすつきの（さす月の）　89
さといもや（さと芋や）　347
さとうたう（里歌ふ）　436
さねかたの（実方の）　73
さまつだけ（早松茸）　466
さむきよも（寒き夜も）　287
さやまめや（さや豆や）　351
さるまるや（猿丸や）　20
さわるくもや（さはる雲や）　202
さんごやに（三五夜に）　200
しいさむく（椎寒く）　413
しうんこりて（紫雲凝て）　337
しおれしや（しほれしや）　411
しきなみは（しきなみは）　160
しくのげの（四句の偈の）　492
しげるかげや（しげる陰や）　113
しげれるは（しげれるは）　94
しずけさは（しづけさは）　167
じせつおかし（時節おかし）　191
したうなみだ（したふ涙）　272
しとどぬれて（しとどぬれて）　22
しもにかれぬ（霜にかれぬ）　276
しゃかのじだい（釈迦の時代）　318
しゃけのいわく（社家ノ曰ク）　309
しゃちゃもがな（煮茶もがな）　513
しゃばはじゅうや（娑婆は十夜）　369
じょうぞうありや（浄蔵有や）　316
じょうになる（ぜうになる）　9
しょうぶおび（菖蒲帯）　463
しょうりょうの（招涼の）　124
しらたまや（しら玉や）　21
しろつばき（しろつばき）　55
しんたくかなにわ（新宅かな庭）　374

しんぼくや（神木や） 53
すいさんや（すいさんや） 208
すいせんや（すいせんや） 499
すいせんよ（水仙よ） 512
すいせんを（水仙を） 415
すえとおき（末遠き） 169
すげぬるや（すげぬるや） 37
すこしうる（少うる） 39
すずしさや（涼しさや） 129
すずしすぎて（涼し過て） 171
すだれもや（簾もや） 29
すはじかみ（酢はじかみ） 358
すみがまを（炭竈を） 502
すみつぎて（炭つぎて） 500
すみのかや（炭の香や） 501
すみのかわず（炭の蛙） 373
すりばちか（雷盆か） 130
せいたいは（聖泰は） 531
せせなぎの（せせなぎの） 141
せそんじや（世尊寺や） 50
せんきんや（千金や） 237
せんごくまんごく（千石万斛） 371
せんざいや（千歳や） 157
そうぶのぼり（さうぶのぼり） 244
そでにさく（袖にさく） 402
そとばはく（卒塔婆箒） 497
そのはずぞ（その筈ぞ） 284
そぼふるは（祖母降は） 14
そらもめでて（空もめでて） 365

た 行

たえやこれ（妙やこれ） 278
たきのいとや（瀧の糸や） 353
たけのなる（竹のなる） 41
たそがれや（たそがれや） 427
たなげしき（棚げしき） 409
たなばたの（たなばたの） 195 472
たまいかき（玉笊籬） 394
たまのはなや（玉の花や） 144
たまやあられ（玉やあられ） 361
たみぞよぼう（民ぞ哢ふ） 372
たむけには（手向には） 296
だんぎぼうや（談義房や） 31
ちぎるよの（ちぎる夜の） 408
ちはやぶる（千早振） 430
ちゃのいおり（茶の庵） 455
ちゃのはなか（茶のはなか） 147
ちゃのはなや（ちやの花や） 285
ちょうちんや（ちようちんや） 335
ちよのかや（千代の香や） 511
ちよをいさ（千代をいさ） 426
ちるこのは（ちる木葉） 16
ちるこのはや（ちる木葉や） 135
ちるはなや（ちる花や） 236 320
つうほうにょらい（通宝如来） 333
つかさどる（つかさどる） 269
つきおしろいせり（月白粉セリ） 348
つきのなを（月の名を） 177
つきはみち（月は満） 517
つくりみる（つくり見る） 164
つげてあけぬ（つげて明ぬ） 291
つじうらに（辻卜に） 535
つのぐむや（つのぐむや） 70
つばめしゅくし（燕宿し） 324
つぼそこか（つぼそこか） 79
つゆこおり（露氷り） 416
つりがねの（つりがねの） 119
つりぶねは（つりぶねは） 154
つれまわる（つれ舞る） 91
ていらんを（丁蘭を） 396
でしはよを（弟子は世を） 360
てらこしょう（寺扈従） 435
てんかいちの（天下一の） 261
どうさえも（堂さへも） 534
とうじのとう（東寺の塔） 400
とおしろし（遠白し） 380
ときことや（ときことや） 162
どこのみねも（どこの峰も） 293
としだまは（としだまは） 392
としのくれ（としのくれ） 431
となうるや（となふるや） 286
とばうりや（鳥羽瓜や） 332
とびしやなぎ（飛シ柳） 313
とぶやはな（飛や花） 317
ともしありく（ともしありく） 165
ともすひや（ともす火や） 189
とりあえず（とりあへず） 241
とりおどす（鳥おどす） 199

な　行

ながきみよを（長き御代を）528
なかじまや（中島や）128
なくころや（なくころや）120
なくよりの（泣よりの）282
なしのはなの（なしの花の）87
なつきえぬ（夏きえぬ　なつきえぬ）175　121
なつごろも（なつごろも）92
なつちかし（夏ちかし）325
なつのよや（なつの夜や）125
なでおろす（なでおろす）449
なにかおもう（何かおもふ）418
なにごとも（何事も）521
なにをかぜの（何を風の）15
なにをみかけ（何を見かけ）187
なのれこかげ（名乗れ木陰）539
なみよする（浪よする）489
なんのうみべ（なんの海辺）532
にくけいは（肉桂は）398
にしのきょうや（西の京や）355
にわのはなを（庭の花を）96
ぬぎかくる（脱かくる）234
ぬけがらも（ぬけがらも）467
ぬるちょうを（ぬる蝶を）77
ねのびして（ねのびして）38
ねはんぞう（ねはんざう）183
ねはんのくも（涅槃ノ雲）312
ねびきにして（根引にして）363
ねまきそで（寝まき袖）505
のきのたるひ（軒の垂氷）19
のきのつま（軒の妻）516
のこれるや（のこれるや）93
ののみやや（野の宮や）446
のぼりみるや（のぼり見るや）82
のりものや（駕や）229
のりものや（のりものや）270

は　行

はえぞめや（はえ初や）56
はげやまや（はげ山や）228
はしだてや（橋だてや）344
はしとよむ（橋とよむ）439
はしりいや（はしり井や）211
はしりぢえや（はしり知恵や）133
はだかずきに（はだか数奇に）268
はつあきの（初秋の）477
はつたびや（はつ旅や）242
はつとりや（はつ鳥や）223
はつにじや（初霓や）458
はつはなや（はつ花や）314　486
はつゆきや（はつ雪や）362
はなくりや（花栗や）399
はなぞうき（花ぞうき）64
はなぞさく（花ぞさく）476
はなとのみ（花とのみ）259
はなにかぜや（花にかぜや）186
はなにさけ（花に酒）188
はなによめ（花によめ）100
はなのいわく（花の曰ク）315
はなのかぜは（花の風は）209
はなのかも（花の香も）153
はなのかを（花の香を）233
はなのなみの（はなのなみの）66
はなのなみや（花のなみや）62
はなのはえ（花の栄へ）450
はなのもとの（花の下の）235
はなはなど（花はなど）185
はなはひを（はなは火を）110
はなはよしの（花は吉野）232
はなやしる（花やしる）231
はなやはじん（花や恥ん）419
はなやもも（花や桃）240
はなをほとけ（花を仏）319
はねがきは（はねがきは）519
はりうりや（針うりや）262
はるちかし（はる近し）370
はるなつや（春なつや）97
はるのあめの（はるの雨の）51
はるのくる（春の来る）33
はるやとく（春や解）311
はるよただ（春よただ）385
ひえあたご（比叡あたご）386
ひとこえや（一声や）102
ひとたちは（人たちは）4
ひとつがき（一ツ書）221
ひとなりて（ひとなりて）74
ひともすや（火ともすや）54
ひとりこけて（ひとりこけて）

504
ひにけぬる（日にけぬる） 17
ひのためしに（氷のためしに） 36
ひはにしの（日は西の） 401
ひばりぶえや（雲雀笛や） 72
ひびきあうや（ひびきあふや） 76
ひめももも（ひめももも） 71
ひゆるふりや（ひゆるふりや） 126
びょうぶそばだてり（屏風峙テリ） 322
ひろうべき（拾ふべき） 491
ふうていや（風体や） 258
ふくふくの（ふくふくの） 155
ふさぐひの（ふさぐ日の） 459
ぶつみょうや（仏名や） 30
ふでわたって（筆渡ツテ） 310
ふどうならで（不動ならで） 131
ふみこのむ（文好む） 174
ふみとどろ（ふみとどろ） 156
ふゆざきや（冬咲きや） 523
ふゆのうめや（冬の梅や） 27
ふゆのひは（冬の日は） 417
ふゆやたちて（冬やたちて） 132
べんぎさえ（便宜さへ） 274
へんじせよ（返事せよ） 542
へんぺんたり（片々タリ） 327
ぼくひとり（僕ひとり） 230
ほけきょうの（法華経の） 45
ほししのぶ（ほし忍ぶ） 471
ほしにおい（星にほひ） 487
ほしにかせ（星にかせ） 536
ほしのとこ（星の床） 407
ほしはつきの（星は月の） 140
ほそどのの（ほそどのの） 448
ほりかわや（堀河や） 438
ほんぞんは（本尊は） 104
ほんぞんや（本尊や） 105
ほんぽうや（本方や） 264

ま行

まずみるや（先見るや） 410
まちしはなの（待し花の） 243
まつころや（待ころや） 454
まつざかを（松坂を） 530
まつぞきさま（待ぞ貴様） 345
まつのこえに（松の声に） 368
まつのひや（松の火や） 289
まつむめや（松むめや） 227
まつやしる（松やしる） 503
まつるたまも（祭る玉も） 299
まつをけんだい（松を見台） 343
まつをしぐれ（松を時雨） 218
まつをのぼる（松をのぼる） 352
まもれるや（守れるや） 260
まるかがみ（円鏡） 529
まるぐけに（丸ぐけに） 58
みおくるや（見をくるや） 127
みがくらん（みがくらん） 336
みかげうつす（御影うつす） 367
みこしじや（神輿路や） 433
みさいわい（実さいはひ） 114
みしひとや（見し人や） 214
みずいろの（水色の） 5
みずおとや（水音や） 518
みずぐきの（水ぐきの） 387
みずとりも（水鳥も） 26
みずとんで（水とんで） 250
みずにちかき（水に近き） 248
みずをせき（水をせき） 115
みちとせの（みちとせの） 429
みぬひとに（見ぬ人に） 451
みはおいぬ（身は老ぬ） 510
みみにみちぬ（耳にみちぬ） 246
みやぎのの（宮城野の） 297
みやこかな（都かな） 537
みやこにも（都にも） 428
みよあきの（実よ秋の） 494
みょうがあれな（冥加あれな） 421
みるめかぐ（見る目かぐ） 255
みるやめの（見るや目の） 88
みわたせば（見渡せば） 524
むかしみし（むかし見し） 108
むしのねや（虫の音や） 6
むつごとや（むつごとや） 252
むつほむぎ（むつ穂麦） 538
めいげつや（名月や） 412 484
めづるいじも（めづる意地も） 277
めづるはなの（めづるはなの） 61
めはなあるに（目はなあるに）

めはなさぬ（目はなさぬ）　190
もじのひや（文字の火や）　109
もしもしゅざ（若も朱座）　300
もちおうぎ（もち扇）　266
もちごめや（もち米や）　253
もちばなは（もちばなは）　357
もどかしの（もどかしの）　507
ものいうを（ものいふを）　201
213

や　行

やねのといや（やねの樋や）　117
やまがたや（山形や）　346
やまびこや（山彦や）　192
やまぶきの（やまぶきの）　85
やまもひとつ（山も一つ）　224
やまをけずり（山を削）　238
ゆうぐれや（ゆふぐれや）　176
ゆうだちの（ゆふだちの）　122
ゆうながれ（夕ながれ）　406
ゆうひやま（夕陽山）　496
ゆきじしと（雪獅子と）　152
ゆきにみるや（雪に見るや）　150
ゆくをつなぐ（ゆくをつなぐ）　163
ゆずりはや（楪や）　447
ゆめでなし（夢でなし）　8
ゆめのちち（夢の父）　381
ゆるがして（ゆるがして）　434
よいにきませ（宵にきませ）　256
よきとぎぞ（よき伽ぞ）　453
よのなかや（世の中や）　207
よもぎもち（蓬もち）　395
よやちょうの（世や蝶の）　215
よりてこそ（よりてこそ）　181
よるしずかに（夜静に）　389

ら　行

らいをもって（礼をもつて）　99
りょがいながら（慮外ながら）　219

わ　行

わしのやま（鷲のやま）　59
わたかずき（綿かづき）　159
わたせすあい（渡せすあい）　356
わたどきと（わた時と）　541
わたならば（綿ならば）　2
わたばなは（綿ばなは）　42
わらうこえ（笑ふ声）　388

語彙索引

似船発句の語彙索引として、【語釈】に採り上げた語句を現代仮名遣いで表記し、五十音順に配列した。アラビア数字は句番号、（　）内は句中の表記であり、見出し語と句の表記が一致する場合は後者を省略した。

あ　行

あい（あゐ）　49
あえる（あへる）　505
あおぐ（あふぐ）　321
あおし（あをし）　179
あおまめ（青豆　青｜豆）　355　358
あがたじしょう（阿形自笑）　242
あがたたんこう（阿形但広）　502
あかつき　158
あかのひる（あかの昼）　47
あかば（赤葉）　437
あかぼし　28
あがむ（崇む）　138
あきあわせ（秋あはせ）　483
あきつす（秋津州）　166
あきつは（あきつ羽）　432
あきのくれ（秋の暮）　492
あきのつき（秋の月）　482
あきのなかば（秋の半）　493
あきのなみ（秋の浪）　357
あきよあわれ（秋よあはれ）　478
あけがた　158
あげどうろ（あげ灯籠）　410
あけのはる（明の春）　32
あげまき　29　96
あさがお（朝顔　朝皃）　342　517
あさがおのはな（あさがほの花）　420
あさがら（麻がら）　339
あさぎ（浅黄）　205
あさぎりのうら（あさ霧の浦）　481
あさくら（朝くら）　12
あさのは（麻の葉）　405
あさぼらけ（朝ぼらけ）　512
あざみぐさ（あざみ草）　80
あしあと（足跡）　303
あしがたばかり（あしがた計）　281
あした　383
あしで（芦で）　70
あじろ（網代）　31
あじろのとこ（あじろの床）　160
あすもこん　364
あすもみょう（あすも見よう）　64
あそびごま（あそび駒）　385
あそぶひ（遊ぶ日）　384
あたご　386
あたごどの（阿太胡殿）　134
あつらえ（誂）　361
あと（跡）　457
あぶらづき（あぶら月）　125
あま　251
あまつかり（天津雁）　302
あまのと（天の戸）　32
あまのよびごえ（あまのよび声）　542
あみがさ（編笠）　301
あめがした（天が下）　11
あめのあし（雨の脚）　288
あや　143
あやめ　516
あやめがさ（菖笠）　528
あらし（嵐）　134
あられ（あられ　霰）　175　424　504
あられざけ（霰酒）　21
ありまのゆ（有馬の温泉）　489
ありまふじ（有馬富士）　363
あるおかた（ある御方）　494

あるじ（あるじ）　484
あれ　114
あれな　421
あれのかみ（あれの神）　134
あわのなると（阿波のなると）　431
あわれ（あはれ）　281
あんない　208
い（威）　148
いいずし（飯ずし）　406
いえとうじ（主人妻）　276
いおう（医王）　260
いおり（庵）　417
いかにせよとか　455
いかにせん（いかにせむ）　492
いぎ（囲棋）　368
いくさものがたり　78
いくたり　231
いくふさ　494
いけばな　65
いこう（衣桁）　233
いこん（遺恨）　129
いさ　426　456
いしじぞう（いし地蔵）　503
いしもち（石首魚）　69
いす（医す）　443
いずこ（いづこ）　449
いせざくら（伊勢ざくら）　4　65　188
いせのくにとみた（伊勢国富田）　459
いそがわしき（いそがはしき）　384
いそぐ　288
いたる（到ル）　370
いち（市）　437
いちだんごう（一談合）　271
いちねんみちすじ（一念三千筋）　305
いちのかりや（市のかり屋）　43
いちのひじり（市のひじり）　43
いちばい（一倍）　179
いちまんくまんざ（一万句満座）　246
いちもんじ（一もんじ）　39
いちよ（一予）　282
いっけん（一見）　242
いっこうしゅう（一向宗）　182
いっとう（一灯）　189
いっぷく（一幅）　345
いっぺん（一ぺん）　253
いで（井堤）　373
いてとけ（凍解）　310
いなずまのかげ（稲妻の影）　336
いなりしんこう（稲荷神幸）　461
いねのとの（稲の殿）　298
いのうえかか（井上何可）　284
いのうえのきり（井上の桐）　284
いのこのあれ（豕子のあれ）　134
いのち（寿命）　465
いはい（位牌）　523
いまし　112
いむ　75
いも（芋）　381
いもの（鋳物）　108
いよのゆ（伊予の温泉）　426
いりあい（晩リ鐘　いりあひ）　376　416
いりあいのかね（入あひのかね）　478
いりひさす（入日さす）　302
いりひをつなぐ（入日をつなぐ）　359
いろ（色）　33
いろどり（彩色）　222
いろふかし　401
いわお（いはほ）　44
いわしみず（いはし水）　126
いわとび（岩とび）　26
いわはし（岩橋）　356
いわんや（況や）　319
いんかのうり（印可の瓜）　333
いんきょりょう（隠居料）　350
うい　62
うえつかた（うへつかた）　50
うかべたて　133
うき　64
うきたったくも（うきたった雲）　145
うきよ（うき世）　206　484　517
うきよのおどり（うき世のをどり）　479
うぐいす（うぐいす　鶯）　52　182
うしのたま（牛のたま）　68
うしのとし（うしの年）　163

うしろひも（うしろ紐） 334
うしわらわ（牛わらは） 508
うしん（有心） 312
うすがすみ（薄霞） 224
うずら（鶉） 383
うすわた（うす綿） 493
うたいぞめ（諷初） 12 522
うたえ（うた絵） 70
うたのひじり（歌のひじり） 498
うたのよ（歌の世） 391
うちおさまれる 34
うちつけに（打つけに） 24
うちもの 162
うちわたす（打わたす） 197
うづきのはじめつかた（四月の初つかた） 466
うつしごころ（うつし心） 183
うつす 367
うつせ 60
うつせがい（うつせ貝） 424
うつせみ（空蟬） 476
うのはな（卯のはな） 98
うぶゆいっちょう（産湯一貼） 326

うみべ（海辺） 532
うみべのほととぎすということを（海辺時鳥といふことを） 542
うめ（梅） 309
うめせんり（梅千里） 526
うめのあめ（うめの雨） 116
うめのゆうがお（梅の夕がほ） 427
うめほうし（梅法師） 114
うら（浦） 442
うらしまがはこ（浦島が箱） 345
うらじろ 173 205
うらはか（うらは香） 106
うらぼん（うら盆　盂蘭盆） 198 474
うらめずらしき（うらめづらしき） 173
うらわかみ（うら若み） 486
うりだし（うり出し） 161
うりみ（瓜見） 435
うるおう（うるほふ） 461
うんりんいん（雲林院） 419
え（江） 180

え（絵） 206
えあわせ（絵あはせ） 464
えいが（栄花） 146
えいさんこう（映山紅） 82
えがきたるふね（ゑがきたる舟） 428
えたり（得たり） 338
えどかぶと（江戸甲） 244
えどころ（絵所） 361 450
えどざくら（江戸ざくら） 189
えにかいた（絵にかいた） 107
えびす（蛭児） 403
えびつ（絵櫃） 241 457
えぼし（烏帽子） 405
えま（絵馬） 515
えり（襟） 495
えんしろう（燕子楼） 74
えんのぎょうじゃのちょう（役行者ノ町） 356
えんぽうはちねんかのえさるのとしごがつひ（延宝八年庚申歳五月日） 372
えんまおう（焔魔王） 254
えんめい（淵明） 350

おいそのもり（老曽の森） 488
おうぎ（あふぎ　扇） 194 392
おうぎびょうし（扇拍子） 194 340
おうみのや（近江のや） 378
おおじ（大路） 289
おおはら（大原） 192
おおぶく（おほぶく） 390
おかし 178 191
おかべしきじ（岡辺氏磯侍） 394
おがみうち 122
おきつしま 67
おきのいし（沖の石） 341
おくすみ（をく炭） 283
おくむらべんせき（おくむら鞭石） 315 316
おくりごう（送り号） 300
おけ（桶） 142
おさまれるよ（治れる代） 522
おしどり（鴦鳥） 151
おしろいせり（白粉セリ） 348
おちても 64
おちにき 422
おちにきとひとにかかるる（おちにきと人にかかるる）

172
おちばがき（落葉柿）　498
おつるや　55
おと（をと）　116　130
おどす　199
おとすふだ（落す簡）　344
おとづき（弟月）　18
おどりうた（踊歌）　340
おなじひと（おなじ人）　344　364
おにありけり（鬼有けり）　330
おはたもと（お旗下）　244
おはらもんどう（をはらもんだう）　192
おびぐるま（帯ぐるま）　87
おびをさせけり（帯をさせけり）　268
おぼえたか（覚えたか）　280
おめしりょう（御召料）　297
おもいきや（おもひきや）　483
おもえばさびし（思へばさびし）　217
おもかげ（面かげ）　525
おもしろ（余情）　420
おもちよう（おもちやう）　210
おもてはちく（おもて八句）　186
おもわずよ（思はずよ）　354
おりから（をりから）　191
おりはえ（をりはへ）　444
おるほね　123
おわば（追ば）　112
おんじゅかい（飲酒戒）　318
おんながた（女がた）　335
おんなのおにか（女の鬼か）　4
おんもちい（御用ひ）　245

か行

か（香）　212
かいげ（改悔）　182
かいし（会紙）　272
かいどう（かいだう）　86
かいのおと（貝の音）　59
かえりざき（かへり咲）　136
かえりばな（帰花）　146　274
かえるかり（かへる雁）　292
かえるさ（かへるさ）　489
かえるなり（かへるなり）　257
かえれかし（かへれかし）　474
かか　235
かかぐる　305
かがみ（鏡）　413
かがみいし（鏡石）　36
かがみとて（鏡とて）　520
かがみもち（鏡餅）　35
かかるる　172
かきぞめ（書初）　13
かきつばた（かきつばた　杜若）　95　397　518
かきのもとのそんえい（柿本の尊影）　325
かぎゅうのつの（蝸牛の角）　336
かぎりなきを（限りなきを）　290
がく（楽）　46
がくもんじゃ（学文者）　149
かくや　531
かぐらうた（かぐら歌　神楽歌）　28　157
かぐらでん（神楽殿）　29
かげ（陰）　85
かげ（影）　107　204　520
かけごい（懸乞　かけごい）　290　370
かけたり　238
かげぼし（陰ぼし）　359
かげもなし（影もなし）　203
かけりこま（かけり駒）　61
かげろう（かげろふ）　382
かこちょう（過去帳）　196
かさ（傘）　496
かざ（香ざ）　63
かささぎ　473
かざし　395
かさねてこうぎょう（かさねて興行）　274
かじ（梶）　445　471
かしまし　156
かしらおろしけるとき（かしらおろしける時）　114
かすが（春日）　168
かずき（かづき）　159
かすみ（霞）　44
かすみ（霞み）　440
かぜのくち（風の口）　15
かぜのだしたる（風の出したる）　307
かぜや（風や）　249

かぜをつぶさぬか（風をつぶさぬか） 315
かたぐみ（方組） 226
かたぶく 316
かたる 518
かちょう（花鳥） 194
かつおおどる（鰹をどる） 250
かってあてたら（勝手あてたら） 243
かつらをならす（桂をならす） 392
がとのつき（画図の月） 203
かどがきびしい（門がきびしい） 256
かどのまつ（門の松） 526
かどまつ（門松） 10 166
かなひばし（鉄火箸） 283
かにのつめ（蟹の爪） 417
かね（鐘） 86 492
かねつき（鐘突） 275
かねのて（鐘の手） 449
かのきたること（香の来る事） 27
かのこえ（蚊の声） 111
かのこゆり（かのこ百合） 110
かのじごく（蚊の地獄） 328
かのとひつじ（辛未） 419
かぶら（蕪） 378
がま（蒲） 131
がまのそう（がまのさう） 131
かみじ（神路） 461
かみつみやこ（上京） 419
かみなづき（かみな月） 325
かみなり（神なり） 130
かみのたび（神の旅） 270
かみのはる（神の春） 12 34
かみのぼり（紙のぼり） 294 464 538
かみのほんじ（神の本地） 193
かみぶくろ（紙袋） 369
かみぶすま（紙ぶすま かみ衾） 151 156
かみよ（神代） 456
かめ（瓶） 108
かめのこう（亀の甲） 221
かも（賀茂） 539
かや（蚊幮） 509
かやのき（榧の木） 328
かようにめし（荷-葉に飯） 338
からうす 288
かり（雁） 532
がり 96
かりあい（かり藍） 436
かりのふね 200
かりやかた（かり屋形） 403
かりをよむ（雁を読） 343
かれこれ 178
かれゆく（枯ゆく） 139
かろき 502
かわおと（河音） 271
かわすずし（川涼し） 307
かわずのいくさ（かはづのいくさ） 78
かわどこ（河床） 444
かわなべしのなにがし（河那部氏のなにがし） 393
かわのちち（哥和の父） 466
かわらけとりどりなる（かはらけとりどりなる） 419
かわりばん（かはり番） 55
がんおこせり（願発せり） 366
かんこどり（かんこ鳥） 239
かんざん（寒山） 193
がんじん（雁陣） 75
かんじんいん（感神院） 335
きえて 170
ぎおんえ（祇園会） 217
きく 417
きくすい（菊水） 263
きくのさきん（菊の砂-金） 350
きくのつゆ（菊の露） 265
きくのとの（菊の殿） 487
きくのぬし（菊のぬし） 511
きくのふち（菊の淵） 532
きくのみず（菊の水） 349 488
きさき（木さき） 25
きさま（貴様） 345
きしかた（来しかた） 397
きしなみ（岸浪） 143
きじのこえ（きじのこゑ） 76
きしゅう（紀州） 242
きしんせり（奇進せり） 350
きだすけ（気だすけ） 184
きたのしゃ（北野社） 321
きたの山 121
ぎだりん（祇陀林） 441

きづくりのひとまろ（木づくりの人麿）　498
きなるくれ（黄なる昏）　85
きぬたにこえ（碪に声）　262
きぬどうろ（絹どうろ）　476
きのどく（気の毒）　6
きのまた（木の股）　83
きのめ（木目）　51
ぎば（耆婆）　226
きませ　256
きみ（木み）　174
きみがなさけ（君がなさけ）　391
きもん　1
きゃら（伽羅）　168
きゃらあたためて（伽羅あたためて）　540
きょう（けふ）　412
ぎょうじゃのあき（行者ノ秋）　356
きょうといえば（けふといへば）　533
きょうのうた（けふの歌）　13
きょうのず（京の図）　222
きょうのつき（けふの月）　202
きょうのはる（今日の春）　167
ぎょくりゅう（玉龍）　334　353
きよみず（清水）　4　506
きりすずり（錐硯）　308
きりとうだい　125
きりのうた（きりの歌）　100
きりのふぜい（桐の風情）　408
きりひおけ（桐火桶）　284
きりりと　32
きりん（麒麟）　223
きんえちょう（きんゑてう）　45
ぎんか（銀花）　3
ぎんかなめ（銀かなめ）　175
ぎんかん（銀漢）　540
ぎんこう（銀公）　25
ぎんさじ（銀茶匙）　480
きんざん（金山）　452
ぎんしょく（銀燭）　149
ぎんのこえ（吟の声）　225
きんぱくのこえ（金薄の声）　340
きんぷくりん（金覆輪）　375
くうや（空也）　43
くうや（空夜）　158
くくたち　39
くさ（草）　463
ぐさ（種）　465
くさにやつれぬ（草にやつれぬ）　463
くさのもち（草のもち）　118
くずばかま（葛袴）　17
くすりこ（薬子）　304
くすりび（薬日）　245
くちばしりて（口ばしりて）　15
くつわ（虹）　375
くにあそび（国遊）　432
くにさづち（国狭槌）　34
くにちこそで（九日こ袖）　486
くにちのふち（九日の淵）　511
くにのころも（垢貳の衣）　141
くにもと（国もと）　490
くみぬるや　43
くもい（雲井）　5
くもいざくら（雲井ざくら）　42
くもで　473
くものあわたつ（雲のあはたつ）　147
くものはやしびと（雲の林人）　419
くもみぐさ（雲見ぐさ）　109
くもをかたみ（雲をかたみ）　466
くらべうま（競馬）　422
くるとし　169
くるまやちょう（車屋町）　325　374
くれた　3
くれて（昏て）　437
くれないのはかま（くれなゐの袴）　137
くれやすき（昏やすき）　440
くろぬしのうばなるひと（黒主の乳母なる人）　378
くろぼう（くろばう）　103
くろむ　488
くんし（君子）　148
くんしこく（君主国）　485
くんしのとくあり（君子の徳有）　358
くんずる（薫ずる）　95
け　23
けい（景）　84
けいき（景気）　66
けいこのう（稽古能）　365

げか（外科） 324
けがせぬ 295
げかのもん（外科ノ門） 324
げきし（隙駟） 342
げけしゅじょう（下化衆生） 236
けさ 308
けさのはる（けさの春　今朝の春） 222 534
けしにしゅみ（芥子に須弥） 247
けだもののすみ（けだものの炭） 152
げっきゅう（月宮） 81
げつぜんじゅっかい（月前述懐） 510
けぶりのみの（けぶりの蓑） 40
けんけん（涓々） 76
げんすでにはなてり（原既に放テリ） 331
けんだい（見-台） 343
けんびし 48
げんりょう（玄了） 226
げんろくじゅうさんねんやよいじゅうよっか（元禄十年三月十四日） 461
げんろくろくねん（元禄六年） 497
ご（御） 33
ごい（五位） 304
こいのおもに（恋のおも荷） 195
こうぎょう（興行） 224 269 448 453
こうぐやしげつぐ（香具屋重次） 265
こうさくのひつじのひ（告朔の羊の日） 132
ごうし（号し） 387
ごうしゅう（江州） 154
こうせいあん（好生庵） 491
こうぜっちょう（広舌長） 104
こうた（こ歌） 468
こうなりにたれば（功なりにたれば） 387
こうばい 47
こうばいぞめやふがく（紅梅染屋不学） 261
こうばいどの（紅梅殿） 28
こえのしたりがお（声のしたり皃） 262
こおり（こほり） 48
ごかい（五戒） 112
こがねぎく（金菊） 18
こがらし（木がらし） 179
こぎのこ（胡鬼の子） 37 432
こけて 144 504
ここに（粤） 304
ここのえ（九重） 423
こころをつなぐ（心をつなぐ） 109
こざくら（児桜） 214
こしごえのふみ（腰越の文） 292
こしにはるべきゆみ（腰にはるべき弓） 263
こしばがき（こしば垣） 98
ごじゅうろくおくしちせき（五十六億七夕） 252
ごじょう（五条） 427
ごじょうのはし（五条の橋） 506
ごじょうのよしの（五条の吉野） 314
こそでのやま（小袖ノ山） 314
こそでびつ（小袖櫃） 267
こたつ 500
こだま（空-谷-響） 425
ことに（殊に） 216
ことばのはな（ことばの花） 136
こながわせんりゅう（粉川洗柳） 404
こながわそうち（粉川宗知） 467
こなた 114
こにおくれ（子にをくれ） 320
このうえ（此上） 527
このてら（此寺） 46
このは（木の葉　木葉） 20 172 360
このはざる（木葉猿） 16
このはてんぐ（木葉天狗） 140
このまのつき（木の間の月） 346
こはる（小春） 136
ごひゃくりょう（五百両） 306
ごふん（胡粉） 311
ごぼう（御坊） 350
こまちだ（小町田） 68
こまつなぎ（駒つなぎ） 139
こよい（こよひ） 203
こよいあうほし（こよひあふ星） 470

ころ（比）　256　381
ころころ　144
ころばす　57
こんじょうき（紺青鬼）　80

さ　行

さいじ（西寺）　357　361
ざいしょしゅ（在所衆）　209
さいふくじ（西福寺）　182
さいわい（さいはひ　福ひ）　114　462
さかけ（酒気）　145
さかて（酒手）　306
さかもと（坂本）　19
さきだてたまえる（さきだて給へる）　411
さぎちょう（さぎちやう）　41
さぎっちょう（さぎつちやう）　40
さきのつきのうしろ（さきの月のうしろ）　204
さきんというきく（砂金といふ菊）　350
さくじつ（朔日）　132
さくと　55
さくらだい　67
さけすごして（酒すごして）　188
さけにきく（酒に菊）　264
さけり（開り）　429
ささちまき（篠粽）　118
さざんか（山茶花）　389
さしあたって（さしあたつて）　278
さしつめている　90
さじをこぐ（茶匙を漕）　355
さすつき（さす月）　89
さぞ　244　282
さつき（さ月）　465
さつきいつか（五月五日）　516
ざとう（座頭）　468
さとうたう（里歌ふ）　436
さなえ（早苗）　115
さね（核）　116
さねかたのたま（実方の魂）　73
さねもり（実盛）　349
さばをはなかざりませ（鯖を華厳りませ）　475
さほひめ（佐保姫）　33
さまつだけ（早松茸）　466
さむき（寒き）　414
さむく（寒く）　413
さやまめ（さや豆）　351
さらさぞめ（さらさ染）　92
さりけんとえど（去けん問ど）　360
さるはうおつる（猿は魚つる）　397
さるまいごし（猿まひごし）　16
さるまる（猿丸）　20
さわる（さはる）　202
さわること（さはる事）　136
さん（賛）　241
さんぎん（三吟）　511
さんげ（山下）　182
さんこうそっきょう（山行即興）　397
さんごや（三五夜）　7　200
さんぼん（三本）　227
しい（椎）　413
しうんこりて（紫雲凝て）　337
しおじ（塩路）　355
しおのはらやま（塩-原-山）　363
しがのはな（しがの花）　213
しかやなくらん（鹿やなくらん）　409
しかりければ　185
しぎ（鴫）　519
じぎ（時宜）　253
しきなみ（しきなみ　重浪）　160　485
しきね　428
しきみ（樒）　396
しく　441
じくう（似空）　274　342
じくうけんあんせい（似空軒安静）　319
じくうけんあんせいしちかい（似空軒安静七回）　272
じくうし（似空子）　497
しくのげ（四句の偈）　492
しぐれ（時雨）　133　272　434
じけいけんたんあん（自敬軒但安）　363
しげる　113
しじゃ（紫麝）　95

ししゅ（四衆） 369
しじゅう（四十） 263
じしゅうじ（時宗寺） 30
ししゅうとば（志州戸羽） 394
じしょう（自笑） 242 248 259
しじょうしんまち（四条新町） 330
じせつ（時節） 191
じせんやど（似船宿） 367
しそ（紫蘇） 469
じぞうそん（地蔵尊） 159
したうなみだ（したふ涙） 272
したてる 456
したてるひいなひめ（したてるひゐなひめ） 456
しだみてり（歯朶満リ） 377
しちぐさ（質種） 327
しちじょうのきさいよしこ（七条后温子） 482
しちじょうのきさいよしこのかんにょ（七条后温子の官女） 482
しちや（質屋） 327
しちゅうのせみ（市中蟬） 403

じつげつ（日月） 487
じつげつおそし（日月をそし） 487
じっしょう（十声） 246
しとど 22
しの 444
しのびだけ（しのび竹） 72
しのぶぐさ（忍ぶ草） 499
しばいのやくしゃよりちょうちんをいだし（芝居ノ役者より挑灯を出し） 335
しばふく 446
しほうはい（四方拝） 391
しまいおさめて（しまひおさめて） 521
しまもとじゅうこう（島本重高） 360
しみず（清水） 171
しめ（駟馬） 439
しめお（しめ緒） 528
しも（霜） 137 139
しものかみ（霜の神） 138
しものつるのころ（下の弦の比） 419

しもよのかね（霜夜のかね） 101
しゃか（釈迦） 318
しゃかのたけ（釈迦の嶽） 150
しゃく（尺） 360
しゃけ（社家） 309
しゃちゃ（煮茶） 513
しゃっきょうはいかい（釈教誹諧） 319
しゃっきょうひゃくいん（釈教百韻） 342
しゃとう（社頭） 63
しゃとうのこのみ（社頭果） 413
しゃば（娑婆） 369
しゃむろ（紗羅） 346
しゃむろぞめし（しゃむろ染師） 346
しゅうこう（周孝） 455
しゅうさい（秀才） 174
じゅうさんやのつき（十三夜の月） 490
しゅうしん（執心） 93
しゅうせき（萩夕） 450
じゅうばこのてんち（重箱の天地） 347

じゅうや（十夜） 369
しゅざ（朱座） 266
じゅずや（数珠屋） 353
しゅみのやま（須弥の山） 177
しゅもく（鐘木） 313
じょう（ぜう） 152
じょうが（嫦娥） 304
しょうぎ（しやうぎ） 207
じょうぐうたいし（上宮太子） 236
じょうぜ（常是） 356
しょうせき（小石） 233
じょうぞう（浄蔵） 316
じょうと（鎖と） 267
じょうどしんしゅう（浄土真宗） 320
じょうになる（ぜうになる） 9
しょうにんいちりゅうのごかんげ（聖人一流の御勧化） 320
じょうは（紹巴） 323
しょうぶ（菖蒲） 464
しょうぶおび（菖蒲帯） 117 463
しょうぶがたな（菖蒲刀） 295

しょうめん（正面）　237
しょうりょう（聖霊）　300
しょうりょうだな（聖霊だな）　197
しょうりょうのたま（招涼の玉）　124
じょそう（如帚）　345
しょもう（所望）　468
しらくもやま（白雲山）　293
しらたま（しら玉）　21
しる　231
しるひと（しる人）　216
しろつばき　55
しろぶしん（しろ普請）　69
しわみ（皺ミ）　377
じんか（人家）　19
じんぎかん（神祇官）　186
しんさんが（深山河）　425
しんじゅばんぜい（新-樹万-歳）　372
しんじょう（進上）　279
しんたくかなにわ。（新宅かな庭。）　374
しんとく（信徳）　268
しんぼく（神木）　53
すあい　356
すいさん　208
すいせき（水石）　417
すいせん（すいせん　水仙）　499　512
すいちょう（水長）　361
すえつむはな（末つむ花）　251
すえのまつやま（末の松山）　537
すがたみ（すがた見）　470
すき　216
すぎおげんちょう（杉生玄長）　402
すげ　37
すさき（洲崎）　166
すじり（すぢり）　199
すすけいろ（すすけ色）　113
すずみまつ（涼み松）　426
すずりおとたてつ（硯音たてつ）　310
すだれをかかげれば（簾を撥げれば）　96
すはじかみ（酢はじかみ）　358
ずほくめんさい（頭北面西）　206
すぼめる　220
すまあかし（須磨明石）　442
すまいぐさ（すまひ草）　115
すみがま（炭がま　炭竈）　502　503
すみつぎて（炭つぎて）　500
すみのかわず（炭の蛙）　373
すみれぐさ（すみれ草）　79
すやのまつやま（酢屋の松山）　357
すやりょうい（酢屋了意）　357
すりばち（雷盆）　130
する（摩）　38
すわのやしろ（諏訪のやしろ）　53
すわりと（すはりと）　53
せい　214
せいおうぼ（西王母）　240
せいか（盛夏）　123
せいかろう（栖霞楼）　81
せいたい（聖泰）　531
せいびょう（聖廟）　321
せいもく　368
せかい（世界）　269
せかいのはる（世界の春）　291
せき　115
せせなぎ　141
せそん（世尊）　50
せたのながはし（せたの長橋）　387
せちぶ　161　428
せっしゅう（摂州）　453
せっしゅふしゃ（摂取不捨）　286
せっってんまんぐうえびすぐう（摂津天満宮蛭子宮）　515
せつぶん（節分）　428
せみ　467
せみのきょう（せみの経）　120
せめらるる　139
せんきん（千金）　237
せんごくまんごく（千-石万-斛）　371
せんざい（千歳）　157
ぜんざい（善哉）　333
せんしく（氈しく）　539
せんせん（千々）　246
ぜんどう（善導）　313
せんにゅうじ（泉涌寺）　46

せんゆうか（仙遊霞） 46
せんりゅう（洗柳） 448 467
そうえい（宗英） 276
そうしきり（双紙きり） 70
そうぶかぶと（さうぶ冑） 330
そうぶのぼり（さうぶのぼり） 244
そうもん（桑門） 201
そうり（宗里） 341
そえん（そへむ） 426
そぎん（粗吟） 493
ぞくのおそれ（賊の怖） 256
そじょう（訴状） 266
そそぐ（灌） 326
そでのあき（袖の秋） 493
そとば（卒塔婆） 497
そのあかつき（その暁） 507
そのはず（その筈） 284
そばだてり（峙テリ） 322
そぼふる（祖母降） 14
そむる 272 445
そめかたびら（染かたびら） 49
そめどころ（染所） 469
そめよ（染よ） 451
そもそも（抑） 242
そよぎ 471
それは 232
そろ 142

た行

たい（田井） 414
だいじゃのすけ（大蛇之介） 326
だいじょうご（大上戸） 231
だいしょうねつ（大せうねつ） 328
たいらのきょう（たいらの京） 10
たうた（田歌） 380
たえ（妙） 278
たかがみね（たかがみね　鷹峰） 94 350
たかごたつ 181
たかし 153
たかね 311
たかはししょうはく（高橋松白） 396
たきぎのけぶり 91
たきのいと（瀧の糸） 353
たきのみ（瀧飲） 21
たきもの（薫物） 448
たく（薫） 459
たけつる（竹つる） 459
たけて（闌て） 509
たけのけぶり（竹のけぶり） 113
たけのなるこえ（竹のなる声） 41
たしなむ 516
たそがれ（たそかれ） 427
たたく（敲ク） 324
たださえ（たださへ） 176
たたみ 160
たなかかせん（田中榎川） 411
たなかかせん（田中可仙） 320
たなかこうせいあん（田中好生庵） 489 490
たなかしかせん（田中氏可仙） 324
たなぎょうのせつ（棚経の説） 339
たなげしき（棚げしき） 409
たなばた 195
たなばたのふね（たなばたの舟） 472
たなびく 81
たなべ 343
たなべじょそう（田辺如帚） 317
たにごのくに（たにごの国） 343 345
たにし（田螺） 424
たにしのとこ（田中螺の床） 379
たのしめる（楽しめる） 417
たびのやど（旅の宿） 453
たま（玉） 142 150
たまあられ（玉霰） 20
たまいかき（玉笊籬） 394
たまがき（玉垣） 430
たまかずら（玉かづら） 465 494
たまごさく（玉子開） 373
たまごのおやじ（玉子の親ぢ） 291
たまつくり 68
たまのはな（玉の花） 144
たままつり（玉祭　玉まつり）

254　255　256　337　475
たまやあられ（玉やあられ）　361
たまやま（玉山）　106
たみのせいぼ（民の歳暮）　371
たむけ（手向）　296
たもと　495
たよりぶね（便り船）　402
たらちめ　494
たるのやま（樽の山）　315
たるひ（垂氷）　19
たをかえす（田をかへす）　68
たんあん（但安）　224　279　283
だんぎぼう（談義房）　31
たんこう（但広）　347　368　458
たんごのいしゅ（端午の意趣）　280
たんだい（探題）　112　413
ちぎり（ちぎり　契り）　390　407
ちぎるよ（ちぎる夜）　408
ちぐさ（千種）　480
ちくさい（竹斎）　225
ちくぶじま（竹生島）　26
ちくよう（竹陽）　343
ちとせ　38
ちはやぶる（千早振）　430
ちまきぼさつ（粽菩薩）　331
ちゃうす（茶磨）　230
ちゃのいおり（茶の庵）　455
ちゃのはつ（茶の初）　499
ちゃのはな（ちやの花　茶の花）　147　155　285
ちゃのゆしゃ（茶湯者）　499　501
ちゃやつづき（茶屋つづき）　506
ちゃやのとこ（茶屋の床）　307
ちゃをにてこうようを（茶を煮て紅葉ヲ）　354
ちゅうのもの（中のもの）　7
ちよ（千世　千代）　279　426
ちょうのゆめ（蝶のゆめ）　215
ちょうよう（重陽）　533
ちよのか（千代の香）　511
ちよのむつき（ちよの正月　千代の正月）　387　387
ちよろり　289
ちりがた　185
ちるはな（ちる花）　236　320
ちんちろり（鵆ちろり）　6
ついせん（追薦）　450
ついぜん（追善）　14
ついまつ（つゐまつ）　54
つうほうにょらい（通宝如来）　333
つか　56
つかさどる　269
つきとうしん（月灯心）　305
つきなみ（月次）　485
つきなみのかい（月次の会）　136　415
つきにかじん（月に歌人）　321
つきのかお（月の皃）　510
つきのかげ（月の影）　301
つきのかさ（月の笠）　227
つきのかつら（月のかつら）　140
つきのほか（月の外）　347
つきまる（月丸）　200
つきよ（月夜）　107
つきをなる（月を鳴ル）　351
つげて　291
つじうら（辻卜）　535
つじげんちく（辻玄竹）　260
つたえて（ツタヘテ）　304
つたもみじ（蔦紅葉）　352
つちさいぎょう（土西行）　311
つなぐ　163
つのぐむ　70
つばき（椿）　382
つばさ（翅）　445
つばめしゅくし（燕宿し）　324
つぼそこ　79
つぼむ　58　517
つや　484
つゆわくる（露わくる）　83
つよし（強し）　368
つらぬいて（貫て）　353
つらら（氷柱）　143
つりがね　119
つりぶね　154
つる（釣る）　403
つる（鶴）　37
つるぎのみや（つるぎの宮）　138
つるのはやし（鶴ノ林）　339
つれづれ　24　399
つれなき　512
つれまわる（つれ舞る）　91
ていらん（丁蘭）　396
ていりゅう（貞隆）　237　273　314

でおんな（出をんな） 213
てかくる（手かくる） 267
でし（弟子） 360
てつく（手つく） 524
てならい（手習） 286
てまさぐり（手まさぐり） 57
てらこしょう（寺扈従） 435
てる（耀る） 480
てんか（天下） 189 308
てんかいちど（天下一同） 245
てんかのまつ（天下の松） 372
でんこう（電光） 289
てんじん（天神） 309
てんなにをかいわんや（天何ヲカ言哉） 309
てんのうじ（天王寺） 236
てんびん（天-秤） 370
でんりゅうちち（田龍父） 469
とい（樋） 117
どう（堂） 534
とうか（踏歌） 42
とうがらし（唐菘） 359
とうくむ（塔くむ） 100
とうざ（当座） 283 364
とうざはいかい（当座はいかい） 365
とうじ（東寺） 153 440
とうじのとう（東寺の塔） 400
とうじばい（冬至梅） 153
とうしみ（灯心） 329
とうのいも（唐の芋） 348
とうべて（たうべて） 126
とうりん（桃林） 163
とうろ（灯籠） 198
とうろかげ（とうろ影） 478
とおしろし（遠白し） 380
とおりちょう（通り町） 229
とおる（とをる） 434
とぎ（伽） 453
ときこと 162
ときのとり（土岐の鳥） 5
とく（解） 311
どくぎんひゃくいん（独吟百韻） 280
とくさ 238
どこのみね（どこの峰） 293
とこよのなみ（とこ世の浪） 395
とこよばな 108
ところてん 250
としだま（としだま　年玉） 11 27 392
としのうち（としの内　年のうち） 27 162
としのくれ 431
としのすえ（年の末） 165
としわすれ（とし忘れ） 427
とちょう（斗帳） 413
となうほとけ（となふほとけ） 159
となうるや（となふるや） 286
となりぐさ（となり草） 164
とばうり（鳥羽瓜） 332
とびしやなぎ（飛シ柳） 313
とぶやはな（飛や花） 317
とぶらいて（とぶらひて） 320
とめり（富り） 436
ともし 110
ともちどり（友千鳥　友ちどり） 281 282
ともよぶ（友よぶ） 303
どようぼし（土用干　土用ぼし） 334 525
とよむ 439
とりはだ（鳥肌） 22
とりべの（鳥部野） 56
とわばや（とはばや） 510
どんす 143

な行

な（名） 177 261
ながし 263
なかじま（中島） 128
ながつきとうかあまりなれば（九月十日あまりなれば） 489
なかにしきすい（中西器水） 419
ながめがわ（霖河） 399
ながれぼし（流れ星） 472
なき 274
なくより（泣より） 282
なごり 394
なさけ（情） 443
なしのはな（なしの花） 87
なすびひかりあり（茄子光あり） 337
なぞる 510

なだいめん（名対面）　196
なたね（菜花）　438
なつごろも　92
なつのかぜ（なつの風）　129
なつばおり（夏羽織）　444
なつもなし（夏もなし）　405
なづる（撫る）　435
なでおろす　449
など　185
なとりて（名取て）　219
ななぬか（四十九日）　416
なに（何）　527
なにかたいじ（何かた意地）　259
なにごとも（何事も）　521
なにはあらず（名には非ズ）　332
なにわぐさ（なにはぐさ）　541
なにわぶね（難波船）　515
なにを（何を）　15
なのれ（名乗れ）　539
なびく　423
なみのもん（浪の紋）　48
なむあみだ　215
ならし　193
ならで　131
ならび（并）　464
ならぶ（並ぶ）　407
なりやしぬらん　466
なる（鳴る）　481
なるかみ　156
なるこあん（なるこ庵）　434
なわしろみず（なはしろ水　苗代水）　390　433　452
なわむすぶよ（縄むすぶ代）　447
なんし（南枝）　102
なんだ　299
なんだ（難陀）　326
なんのため（何の為）　219
なんをさす（指ス南ヲ）　325
にいたまつしましゃ（新玉津島社）　63
におい（にほひ　匂ひ）　174　389　415　516
においずみ（匂ひ墨）　349
におう（にほふ）　505
にがつにじゅうごにち（二月廿五日）　309
にくけい（肉桂）　398
にしかわかしゅう（西川可周）　539
にしざかな（にし肴）　429
にしじんのかい（西陣の会）　309　312
にしじんのめい（西陣ノ銘）　362
にしじんまんくこうぎょうしょかい（西陣万句興行初会）　362
にしのきょう（西の京）　185　355
にしのとう（西の塔）　401
にちじゅうしょうにん（日充上人）　350
にないぢゃや（荷ひ茶屋）　235
にないぼし（にない星）　195
にばん（二番）　223
にひゃくいんさぬき（二百ゐん讃岐）　341
にょさん（女三）　71
にわのおぎわらまずそうぎ（庭の荻原まづ宗祇）　258
にわやなぎ（庭柳）　449
にんなじ（仁和寺）　106
ぬけがら　467
ぬらすそで（濡す袖）　376
ぬる　77
ねいも（根芋）　257
ねこ　77
ねざけ（寝酒）　287
ねざさ（根笹）　504
ねずみやひかん　254
ねだれん　228
ねにかよいたる（根にかよひたる）　462
ねのび　38
ねはんぞう（ねはんざう）　183
ねはんのくも（ねはんの雲　涅槃ノ雲）　50　312
ねびき（根引）　363
ねぶか（葱）　437
ねまきそで（寝まき袖）　505
ねよ　86
ねんないりっしゅん（年内立春）　162
ねんぶつししょう（念仏師匠）　286
のうだゆう（能大夫）　91
のきのあやめ（軒のあやめ）　400
のきのつま（軒の妻）　516
のきば（軒端）　509

のさばる 287
のじ（野路） 72
のちせやま（後瀬山） 490
のづかさ（野づかさ） 385
ののみや（野の宮） 446
のりのはし（法の橋） 458
のりもの（駕　のりもの） 229 270
のる 105

は　行

ばいか（梅花） 170 296
はいかい（誹諧） 350
ばいし（梅枝） 483
ばいせつ（梅雪） 493
はえぞめ（はえ初） 56
はぎ（萩） 430
はぎのにしき（萩の錦） 297
はく（箒） 497
はげやま（はげ山） 228
はし（橋） 439
はしだて（橋だて） 344
はしのうまじるし（端の午じるし） 294
はしばしら（橋ばしら） 445
はしりい（はしり井） 211
はしりぢえ（はしり知恵） 133
はぜ（葩） 454
はだか 249
はだかずき（はだか数寄） 268
はたざお（旗竿） 302
はたたがみ（はたた神） 111
はちたたき（鉢たたき） 158
はつあき（初秋） 477
はづきはじめつかた（八月初めつかた） 491
はっこ（薄古） 424
はつざくら（はつざくら　初桜　初ざくら　はつ桜） 237 238 443 455 474
はつとり（はつ鳥） 223
はつにじ（初霓） 458
はつね（初子） 168
はつはな（はつ花） 314 486
はつむかし（初むかし） 499
はつゆき（はつ雪） 362
はな（花） 240 321 453 476
はなあかせけり（鼻あかせけり） 255
はないけ（花いけ） 154
はなか（花香） 169
はなくり（花栗） 399
はなげいとう（花鶏頭） 411
はなざかり 82
はなざくら 454
はなてりこうみょう（放テリ光明） 331
はなとうろ（花とうろ） 257 477
はなにかぜ（花にかぜ） 186
はなの（花の） 60 515
はなのいろ（花の色） 220
はなのかお（花のかほ） 71 75
はなのかがみ（花の鏡） 482
はなのかげ（花の陰） 188
はなのかぜ（花の風） 208 209 210
はなのくも（はなの雲） 61
はなのさかり 47
はなのしぐれ（花の時雨） 234
はなのすず（はなの鈴） 86
はなのとき（花の時） 54
はなのながし 89
はなのなみ 62 66
はなのはえ（花の栄へ） 450
はなのはる（花の春） 520
はなのひも（花の紐） 58
はなのもと（花の下） 235
はなのゆきおれ（花の雪折） 394
はなのりん（花の輪） 87
はなはうまれん（花は生れん） 306
はなぼたん（花牡丹） 462
はなまつ（花待） 387
はなみ（花見） 431
はなやなかりし（花やなかりし） 318
はなやはじん（花や恥ん） 419
はなやま 102
はなをほとけ（花を仏） 319
はなをほにあげ（花を帆にあげ） 229
はねがき 519
はねはえては（羽はへては） 317
はびき（葉びき） 295
はびこる 85
はまちどり（浜千鳥） 303 368

はらう（はらふ）　406
ばらばら　135
はりうり（針うり）　262
はりしごと（はり仕事）　51
はるちかし（はる近し）　370
はるなつ（春なつ）　97
はるのあめ（はるの雨）　51
はるのおか（春の岡）　508
はるのかぜ（春の風）　162
はるのすえの（春の末野）　79
はるのゆめ（春の夢）　207
はるひかげ（春日影）　89
はるよただ（春よただ）　385
はんじつ（半日）　235
ひえ（比叡）　386
ひえのとおやま（比叡のとを山）　410
ひえのやま（ひえの山）　82
ひえのゆき（比叡の雪）　1
ひおけのまど（火桶のまど）　9
ひがしのきょう（東の京）　185
ひがしやま（東山　ひがし山）　232　506
ひく　465　528

ひしや（菱屋）　356
ひじょう（非情）　218
ひつじのひ（ひつじの日）　132
ひと（人）　257
ひとこえ（一声）　102
ひとごといい（人事いひ）　285
ひとつがき（一ツ書）　221
ひとつなる（一つなる）　224
ひとなりて　74
ひとまるのもくぞう（ひと丸の木像）　481
ひとまろ（人麿）　325
ひとまろそんえい（人麿尊影）　367
ひとむすび（一むすび）　536
ひとめぐり（一周）　479
ひともす（火ともす）　54
ひとりくちきく（ひとり口きく）　273
ひな（雛）　322
ひなたつやま（雛たつ山）　421
ひにけぬる（日にけぬる）　17
ひのためし（氷のためし）　36
ひばちのおに（火鉢の鬼）　283

ひはにし（日は西）　401
ひばりぶえ（雲雀笛）　72
ひびきのなだ　84
ひふきだけ（火吹竹）　366
ひぼっく（日発句）　542
ひむろ　121
ひむろやま　193
ひめもも　71
ひゃくいん（百韻）　319
ひゃくいんみちて（百韻みちて）　341
ひゃくにんいっしゅ（百人一首）　460
ひゃっかんどうぐ（百貫道具）　249
ひゆる　126
びょうぶ（屏風）　322
びょうぶぶくろ（べうぶぶくろ）　44
ひれふるやま　67
ひろうべき（拾ふべき）　491
ひろせこうえい（広瀬好永）　459
ひろわん（ひろはん）　425
びわのうみ（びわの海）　154

ひんがしの　53
ふうき（富貴）　324
ふうきのはな（富貴の花）　362
ふうきのひかり（富貴のひかり）　514
ふうげつ（風月）　194
ふうさん（風飡）　398
ふうしょうしりんか（風鐘子林下）　354
ふうてい（風体）　258
ふかくさ　176
ふきゅう（不及）　278
ふくふくの　155
ふくべ　502
ふけゆく（更行）　388
ふさ（房）　353
ふさぐひ（ふさぐ日）　459
ふじ（富士）　525
ふじのなみ（ふぢの浪）　84
ふじのなり（富士の形）　460
ふじのね（富士のね）　460
ふしみ（伏見）　414
ふしみのじぞう（ふし見の地蔵）　414

ふしやなぎ　52
ふじをいれけりおうぎばこ（富士を入けり扇箱）　247
ふぜい（風情）　430
ふせっしょうかい（不殺生戒）　112
ふたつぢゃや（ふたつ茶屋）　453
ふだのかり（簡の雁）　344
ふだんのおんつとめ（不断の御つとめ）　30
ふち（淵）　299
ふちゅうにありて（在テ釜中ニ）　351
ふつかぐさ（二日草）　191
ぶっしょうえ（仏生会）　99
ぶつみょう（仏名）　30
ふでつばな（筆つ花　筆つばな）　56　451
ふでのくき（筆の茎）　312
ふでわたって（筆渡ツテ）　310
ふどう（不動）　131
ふとくおおきな（ふとく大きな）　97
ふなぐるま（舟ぐるま）　127
ふね　404
ふねながしたる（舟ながしたる）　65
ふねのあし（舟のあし）　161
ふみ（文）　174
ふみづかい（文使）　292
ふみとどろかし　156
ふゆざき（冬咲）　523
ふゆのうめ（冬の梅）　27
ふゆやたちて（冬やたちて）　132
ふよう（芙蓉）　407
ふらす（雨ス）　369
ふり　126
ふるそでや（古袖屋）　314
へきぎょくのはる（碧玉の春）　308
べに（紅粉）　251
へのまつうり（舳松瓜）　126
へのまつかげ（への松陰）　126
へらずぐち（へらず口）　23
べんぎ（便宜）　274
へんぺんたり（片々タリ）　327
へんれい（返礼）　3
ほうかいりんき　202
ほうかんじのきゅうせき（法観寺の旧跡）　316
ほうけづきたる　382
ほうげん（法眼）　338
ほうしむしゃ（法師むしや）　31
ほうそ（彭祖）　265
ほうねん（豊年）　485
ほうのうひゃくいん（奉納百韻）　321
ほうらいさん（蓬萊山）　534
ほかげ　165
ぼく（僕）　230　378
ほけきょう（法華経）　45
ほこ　127　210
ほし（星）　536
ほししのぶ（ほし忍ぶ）　471
ほしにおい（星にほひ）　487
ほしのいえ（星の家）　408
ほしのとこ（星の床）　407
ほしぼとけ（星仏）　382
ほしまつり（星祭り）　296
ほそたにがわ（ほそ谷川　細谷川）　117　536
ほそどの　448
ほたる　107
ぼたんははなのとみのおし（ぼたんは花の冨尾氏）　374
ほっきょう（法橋）　458　491
ほてい（布袋）　507
ほとけのざ（ほとけの座）　450
ほととぎす（ほととぎす　郭公　子規）　101　192　218　243　539　542
ほなが（歯朶）　383
ほのぼのと　367　514
ほのほや（穂のほや）　131
ほりかわ（堀河）　438
ほる　329
ほんがんじもんしゅ（本願寺御門主）　451
ほんこくじ（本国寺）　278　455
ほんぞん（本尊）　104　105
ぼんのこころ（盆のこころ）　474
ほんぽう（本方）　264
ほんりゅうじ（本隆寺）　419

ま　行

まいて 118
まかりて 539
まきのたつ（槙のたつ） 409
まず（先） 410
まだしき 187
またもよおされければ（又もよほされければ） 341
まだるし 232
まちしはな（待し花） 243
まちぶぎょう（町奉行） 298
まつ（松） 84 343 503
まつかぜ（松風） 509
まつざか（松坂） 530
まつにあずけて（松に預けて） 519
まつにもちさけり（松に餅開リ） 371
まつのおやま（松の尾やま） 157
まつのかぜ（松の風） 446 481
まつのひ（松の火） 289
まつのみさお（松の操） 415
まつばらのけ（松原の毛） 94
まつむめ（松むめ） 227
まつるたま（祭る玉） 299
まつをしぐれ（松を時雨 松をしぐれ） 218 271
まどのゆき（まどのゆき 窓のゆき） 9 149
まりば（まり場） 17
まるかがみ（円鏡） 529
まるぐけ（丸ぐけ） 58
まろ 124
まんく（万句） 182 310
まんだら（曼荼羅） 346
み（身） 22
み（実） 114
みか（三日） 241
みがくらん 336
みかげ（御影） 367
みかのもも（三日の桃） 191
みこしあらい（みこし洗ひ） 335
みこしあらいこまち（神輿洗小町） 335
みこしじ（神輿路） 433
みしひと（見し人） 214
みす（見す） 96
みす（釣簾） 301
みずいろ（水色） 5
みずおと（水音） 518
みずぐき（水茎） 13
みずぐきのはな（水ぐきの花） 387
みすじのひかり（三筋光） 361
みずすむらん（水澄らん） 379
みずとんで（水とんで） 250
みずのはな（水のはな） 212
みそぎがわ（みそぎ川） 130
みそのやよい（三十の矢よひ） 90
みぞれ（霙） 145
みちとせ 429
みっかめ（三日め） 240
みつつぐ（光次） 327
みてり（満リ） 313
みどりのいろ（みどりの色） 80
みなつきて 419
みなのか（三七日） 458 466
みなみかぜ（南風） 436
みなれざお（みなれ棹） 404
みぬひと（見ぬ人） 451
みね（峰） 503
みねのくも（峰の雲） 184
みのり 120
みはおいぬ（身は老ぬ） 510
みまかり（身まかり） 458 469
みまかりたまいぬ（身まかり給ひぬ） 466
みまかりたまえる（身まかり給へる） 459 493
みまね（見まね） 167
みみと（耳と） 41
みみなし（耳なし） 190
みや（宮） 63
みやぎの（宮城野） 423
みやぎののはぎ（宮城野の萩） 297
みやこ（城） 370
みやたにたのも（宮谷頼母） 365
みよ（実よ） 494
みよ（御代） 167 531
みょうが（冥加） 421
みよのはる（御代の春） 223
みるめかぐはな（見る目かぐ鼻） 255
みわけず（見分ず） 277
みわたせば（見渡せば） 524

みん（見ん） 60
むかしぐさ（むかし草） 447
むかしのほととぎす（むかしの時鳥） 513
むかしみし（むかし見し） 108
むぎわらうま（麦藁馬） 375
むげのたま（無価の玉） 106
むさしの（むさし野） 451
むしゅうほうし（無周法師） 460
むじょう（無常） 209
むじょうのつかい（無常の使） 342
むしん（無心） 404
むすこ（男） 279
むすばぬゆめ（むすばぬ夢） 334
むせぶ 424
むつごと 252
むつほむぎ（むつ穂麦） 538
むらさき 518
むらさきのしお（紫の塩） 377
めいげつ（名月） 484
めいよ（名誉） 121
めたなばた 251
めづる 61
めづるいじ（めづる意地） 277
めでたや 118
めでて 174 365
めにあう（めにあふ） 155
めのほとけ（目のほとけ） 88
めはな（目はな） 190
めはなさぬ（目はなさぬ） 109
めまつ（女松） 276
も（喪） 402
もうけたまう（儲給ふ） 279
もがな 163 513
もかりぶね（藻かりぶね） 401
もくず（藻屑） 493
もくれんげ 88 198
もくれんひつ（目連筆） 338
もし 214
もじのひ（文字の火） 300
もしも（若も） 266
もず（鵙） 199
もちいすべし（もちゐすべし） 378
もちおうぎ（もち扇） 253
もちつつじ 83
もちばな（もち花　餅花　もちばな） 164 288 507
もどかし 201
もどりばし（もどり橋） 197
ものいう（ものいふ） 213
ものはな（藻の花） 402
もみ 352
もみうら 234
もみじのはし（紅葉の橋） 540
もも（もも　桃） 429 456
ももちどり（百千鳥） 460
もものはやし（桃ノ林） 322
もろともに 490
もんじゅ（文殊） 317
もんじゅ（文珠） 344

や　行

やおやたてられて（八百屋立られて） 332
やかい（夜会） 389
やけい（野径） 538
やさか（八坂） 316
やつれぬ 463
やど（宿　やど） 173 260 261
やどのあき（宿の秋） 269
やどのうめ（宿の梅） 226
やどめ（矢どめ） 180
やどれ 483
やな 69
やなぎごし（柳腰　柳ごし） 38 53
やはん（夜半） 370
やまあらし（山嵐） 16
やまおかげんじょ（山岡元恕） 174
やまおろし（山おろし） 187
やまがた（山形） 346
やまがたやれんか（山形屋連可） 346
やまざくら（山桜　山ざくら） 190 216
やまじ（山路　やまぢ） 187 199
やまにはなのころ（山に花のころ） 293
やまのはら（山のはら） 8
やまびこ（山彦） 192
やまぶき 85
やまべに（山紅粉） 533

やまぼうし（山法師） 119
やまほととぎす（やまほととぎす 山ほととぎす） 102 106
やまをけずり（山を削） 238
やゆう（夜遊） 146
やよいつごもり（三月つごもり） 459
ゆあみ 363
ゆうあらし（夕あらし） 135
ゆうい（由以） 458
ゆうがすみ（夕がすみ） 43
ゆうぐれ（ゆふぐれ） 176
ゆうごたつ（夕火踏） 459
ゆうしぐれ（夕時雨） 15
ゆうせい（由清） 453
ゆうせん（友扇） 424
ゆうだち（ゆふだち 夕立） 122 130
ゆうづくひ（夕づくひ） 89
ゆうてい（友貞） 452 483
ゆうながれ（夕ながれ） 406
ゆうひやま（夕陽山） 496
ゆうべ（夕べ） 541
ゆえん（油煙） 341

ゆかし 525
ゆきうち（雪打） 24
ゆきおこし（雪おこし） 77
ゆきおれ（雪をれ） 366
ゆきおんな（雪女） 25
ゆきぐに（雪国） 98
ゆきげ（雪気） 23
ゆきじし（雪獅子） 152
ゆきつぶて（雪礫） 24 280
ゆきのたけ（雪の竹） 123
ゆきのふじ（雪の富士） 470
ゆきのほかなし（雪の外なし） 386
ゆきのまつ（雪の松） 279
ゆきをめぐらす（雪ヲ廻ス） 365
ゆげた 426
ゆずりは（楪） 447
ゆめのうきはし 215
ゆめみぐさ（夢見草） 66
ゆるがして 434
ゆるしいろ（ゆるし色） 261
ゆるゆる 393
よ（世） 215
よい（宵） 256

ようきひかえって（楊貴妃帰ツテ） 348
ようろうのながれ（養老のながれ） 211
よきこと（よき事） 535
よしだえんぼく（吉田円木） 415
よしの（吉野） 232
よそおいたかし（よそほひ高し） 526
よどのしろ（淀の城） 380
よのなかさわがしき（世中さはがしき） 256
よばう（啈ふ） 372
よべ 32 146
よもぎもち（蓬もち 蓬餅） 395 421
よりて 181
よるのつる（夜の鶴） 411
よろいぐさ（鎧ぐさ） 96
よろずはる（万春） 221
よわのかね（夜半の鐘） 500
よをのがれて（世をのがれて） 417

ら行

らい（礼） 99
りこん（利根） 174
りゅうず（竜頭） 376
りゅうとう（竜灯） 343
りょうがえしゃくむ（両替尺霧） 269
りょうぎん（両吟） 344 345 398 404 510
りょうぎんさんじゅうろっく（両吟三十六句） 508
りょうぜん（霊山） 59 273
りょがいながら（慮外ながら） 219
りょしゅく（旅宿） 453
りんか（林下） 354
りんこう（林孝） 327
るりぎみ（瑠璃君） 33
れいしょうじょ（霊照女） 394
れいよりも（例よりも） 134
れっしがまわす（列子がまはす） 270
れんか（連可） 267

れんがをなす（成ス連歌ヲ） 323
れんげほう（蓮華峰） 128
ろ（爐） 501
ろくい（六位） 304
ろくじ（六字） 30
ろげつあん（芦月庵） 462 480 489 498
ろげつあんつきなみ（芦月庵月なみ 芦月庵月次） 449 454
ろじ（炉路） 248
ろじのたまがわ（炉地の玉川） 364
ろをなつかしみ（爐をなつかしみ） 501

わ 行

わ（把） 2
わかえしちょうけん（若江氏釣軒） 416
わかえちょうけん（若江釣軒） 325
わかえびす（若ゑびす） 382
わかかえで（和歌楓） 97
わかざかり（若ざかり） 285
わかさしい（若狭椎） 491
わかさのくにくもがはま（若狭国雲が浜） 489
わき（ワキ） 240
わぐる（綰る） 448
わぐるやなぎ（綰るやなぎ） 448
わこう（和光） 309
わしのやま（鷲のやま） 59
わしゅういまい（和州今井） 402
わすれぬ（忘れぬ） 171
わすれみず（わすれ水） 62
わた（綿） 2
わたどき（わた時） 541
わたなべのぶかつ（渡辺信勝） 479
わたばな（綿ばな） 42
わたまし 367
わらいがお（笑顔） 144
わらび（蕨） 57
をもって（を以テ） 329

あとがき

雲英末雄先生は、平成二十年十月六日、急性骨髄性白血病のため、六十八歳でご逝去されました。前年の一月二十二日には櫻井武次郎先生、同三月十一日には岡本勝先生がご逝去。親しく交流されて俳諧研究を推進された先生方の跡を追うかのような、あまりに急いだ黄泉路への旅立でした。

入院中の病院を見舞うと、「何でおれが入院しなければならんのか、分からん」と腑に落ちないご様子で、一年間の予定がびっしり書かれた手帳を取り出して、「〇〇氏に、会の件で連絡してくれ」「件の話は代わりにせよ」「日本歳時記の諸本を校訂したい」「画図百花鳥も気にかかる」「病院は見舞客を断わるが、電話なら大丈夫だと知らせよ」など、いつもと変わりません。いつまでもお話していたいけれど、「できるだけ短時間で面会せよ」という病院側の指令にしたがって早めに病室を出ると、先生は「心配ない」と笑って、しっかりした足取りでエレベーターまで送ってくれました。

何年経っても、先生のお姿もお声も忘れられません。

本著は、雲英先生の編著『元禄京都諸家句集』（勉誠社　昭和五十八年）に収録されている「冨尾似船」の句の略注です。これを先生の謦咳に接した五人で成したのは、先生が守って来られた冨尾似船の墓守を五人で継承してきたからです。

先生は同著で「元禄俳諧」「元禄俳人」に焦点をあてて、従来の芭蕉中心の俳諧史を書き換えられました。こうした大切なご著書の厳密な校訂を竹下義人さんがされ、注釈と元禄俳諧の特色を佐藤勝明さんが説き、伊藤善隆さんが俳諧資料をきちんと整え、池澤一郎さんが漢文学からの視点で読み解いて、それぞれ分担して執筆した上で、リモート等を利用して論議し、検討を重ねて成ったのが本書です。気がついてみると、私が先生を超えたのは年齢だけですが、優れた後輩と新典社のご理解のおかげで上梓することになりました。

恩師の十七回忌にあたり、一同謹んで本書をささげます。

令和六年十月六日

玉城　司　拝

《著者紹介》

伊藤　善隆（いとう　よしたか）
1969年 4 月　東京都板橋区に生まれる
2001年 3 月　早稲田大学大学院文学研究科日本文学専攻博士後期課程退学
学　位　博士（文学）
現　職　立正大学文学部教授
編著書　『芭蕉　コレクション日本歌人選34』（2011年，笠間書院）
　　　　『初期林家林門の文学』（2020年，古典ライブラリー）

竹下　義人（たけした　よしと）
1955年 9 月　神奈川県横浜市に生まれる
1987年 3 月　早稲田大学大学院文学研究科日本文学専攻博士後期課程退学
学　位　文学修士
現　職　元日本大学特任教授
編著書　『元禄名家句集略注　上嶋鬼貫篇』（2020年，新典社）
論　文　「圓朝のかかわった月並句合―補遺」（『語文』176輯，2023年12月，日本大学国文学会）

池澤　一郎（いけざわ　いちろう）
1964年 4 月　東京都墨田区に生まれる
1995年 9 月　早稲田大学大学院文学研究科日本文学専攻博士後期課程修了
学　位　博士（文学）
現　職　早稲田大学文学学術院教授
編著書　『雅俗往還―近世文人の詩と絵画』（2012年，若草書房）
論　文　「河村文鳳『帝都雅景一覧』二編（南北）の頼山陽の序文と題画詩について―正岡子規「写生」論再考の一契機―」（『近世文藝 研究と評論』106号，2024年6月）

佐藤　勝明（さとう　かつあき）
1958年 3 月　東京都大田区に生まれる
1993年 3 月　早稲田大学大学院文学研究科日本文学専攻博士後期課程退学
学　位　博士（文学）
現　職　和洋女子大学人文学部教授
編著書　『芭蕉と京都俳壇』（2006年，八木書店）
　　　　『元禄名家句集略注　青木春澄篇』（2022年，新典社）

玉城　司（たまき　つかさ）
1953年 1 月　長野県長野市に生まれる
1987年 3 月　早稲田大学大学院文学研究科日本文学専攻修士課程修了
学　位　文学修士
現　職　清泉女子大学人文科学研究所客員所員
編著書　『蝶夢全集　続』（2022年，和泉書院）
論　文　「「木のもとに汁も鱠も桜かな」考」（『近世文藝 研究と評論』106号，2024年6月）

元禄名家句集略注　冨尾似船篇

2024年10月6日　初刷発行

著　者　伊藤善隆・竹下義人・池澤一郎・佐藤勝明・玉城司
発行者　岡元学実

発行所　株式会社　新典社

〒111－0041　東京都台東区元浅草2-10-11吉延ビル4F
ＴＥＬ　03－5246－4244　ＦＡＸ　03－5246－4245

印刷所　惠友印刷㈱　製本所　牧製本印刷㈱

ISBN978-4-7879-0656-4 C1095
https://shintensha.co.jp/
E-Mail:info@shintensha.co.jp